**ANDREW LANE**
SECRET PROTECTOR
**TÖDLICHES SPIEL**

ANDREW LANE

# SECRET PROTECTOR

## TÖDLICHES SPIEL

Band 1

Aus dem Englischen
von Christian Dreller

Ravensburger

FSC
www.fsc.org
MIX
Papier aus verantwortungsvollen Quellen
FSC® C111262

1 3 5 4 2

Text: Andrew Lane
Originaltitel: *Secret Protector 1*
Umschlaggestaltung: Frauke Schneider unter Verwendung
eines Fotos von depositphotos/heckmannoleg

Deutsche Erstausgabe


Printed in Germany

ISBN 978-3-473-58561-8

www.ravensburger.de

*Dem kleinen Danny gewidmet,
der biologisch gesehen zwar nicht mein Enkel
ist, aber emotional betrachtet schon. Bring
deine Mom dazu, dir dies hier vorzulesen,
wenn du alt genug bist.*

*Außerdem Sophie gewidmet,
meiner Testleserin.
Du bist genauso liebenswert wie Danny.
Und gar nicht mal so viel größer …*

# VORBEMERKUNG DES AUTORS

Was die Orte anbelangt, so habe ich mir in diesem Buch mehrere Freiheiten erlaubt, besonders was den Zoo von New Orleans angeht (der eigentlich Audubon Zoo heißt).

Ich bin selbst dort gewesen und habe auch tatsächlich ein Becken mit Piranhas und die Freianlage der Nashörner gesehen. Allerdings habe ich deren Form und Gestalt für meine Zwecke umgewandelt.

Gleiches gilt in geringem Maß auch für die Stadt Berlin und das Atlantis-Hotel in Dubai. Aber hey, so ist das mit ausgedachten Geschichten: Ich darf das.

# KAPITEL EINS

Morgens nach dem Aufwachen tat Lukas Crowe immer eines von zwei Dingen in seinem Winnebago-Wohnmobil, das weit entfernt von anderen Fahrzeugen stand.

Ging es ihm schlecht, öffnete er die Jalousien des Fensters, das nach Süden ging. Dort fiel sein Blick auf eine weite Betonfläche, die wie ein Riesenpuzzle von Rissen durchzogen war. Am fernen Ende grenzte sie an den fünfspurigen Highway und kränklich aussehendes Unkraut wucherte aus den Ritzen. Einiges so hoch, dass es ihm zur Hüfte reichte.

Die Betonwüste war einmal ein Parkplatz gewesen – darauf deuteten zumindest die Farblinien hin, die die einstigen Stellflächen markierten. Die sengende Sonne und die extremen Gewitterregen, die gelegentlich vom Golf hereinzogen, hatten sie mittlerweile fast bis zur Unkenntlichkeit verblassen lassen. Die Stadt New Orleans hatte es schon vor Jahren aufgegeben, den Parkplatz in Schuss zu halten.

Soweit Lukas sagen konnte, wusste niemand, wem die Fläche gehörte. Und folglich wusste auch niemand etwas damit anzufangen. Was einer der Hauptgründe dafür war, dass er überhaupt dort parkte: Die Wahrscheinlichkeit, gestört zu werden, war gering.

Auf der anderen Seite des Highways erstreckte sich New Orleans – die einstöckigen Lagerschuppen und Wohnhäuser des Vororts Metairie zuerst, dahinter der Geschäfts- und Hotelbezirk mit seinen Wolkenkratzern, deren Glasfassaden in der Sonne glitzerten. Nachts funkelten sie auf andere Weise, wenn sich ihre hell erleuchteten Fenster in willkürlichen Mustern bis in den Himmel hinaufzogen. Dort markierten rote Blinklichter die Spitzen der riesigen Gebäude, damit die Flugzeuge beim Landeanflug auf den nahen Airport nicht aus Versehen in sie hineinflogen.

Der andere Grund, warum Lukas das Wohnmobil auf diesem alten, gottverlassenen Parkplatz abgestellt hatte, war der Blick aus dem anderen Fenster. Dem Fenster, das nach Norden zeigte. Und dessen Jalousien er öffnete, wenn er sich nach dem Aufwachen glücklich und optimistisch fühlte – was in letzter Zeit immer seltener vorkam.

Ein paar Hundert Meter weiter in dieser Richtung endete der Parkplatz an einer hüfthohen Betonmauer. Dahinter erstreckte sich die blau-graue Fläche des Lake Pontchartrain. Doch es war nicht der See, der seine Stimmung hob, sondern die Brücke, die darüber hinwegführte: der Lake Pontchartrain Causeway. Eigentlich waren es sogar zwei Brücken, die parallel zueinander verliefen – eine für jede Fahrtrichtung. Der Causeway schob sich von irgendwo zu Lukas' Linken ins Bild, um sich dann nach sanfter Krümmung schnurgerade über den See zu ziehen – wo er sich durch eine optische Täuschung, die Lukas immer wieder aufs Neue faszinierte, in der Ferne verlor.

Lukas hatte sich mal in einem Internetcafé darüber schlaugemacht. Mit seinen fast vierzig Kilometern von Ufer zu Ufer galt der Causeway als längste fortlaufende Brücke der Welt, die über Wasser führte, und ruhte auf 9.500 in den Seegrund gerammten Betonpfeilern. Ein ziemlich beeindruckendes Ingenieurskunststück. Ihr nächster Rivale war die Jiaozhou-Bucht-Brücke in China. Aber die hatte eine Inselverbindung in der Mitte und zählte daher nicht als fortlaufend.

Vielleicht würde er eines Tages nach China gehen. Der Gedanke war verlockend. Er konnte nicht ewig in New Orleans bleiben. Nirgendwo konnte er das. Während der letzten Jahre war er die Ostküste der USA hinabgezogen: Boston, New York, Philadelphia, Annapolis, Washington DC. Dann ein kurzer Abstecher nach Florida, bevor er sich westwärts nach New Orleans aufgemacht hatte. Überall hatte es ihn nur wenige Monate oder sogar nur ein paar Wochen gehalten. Amerika begann ihn zu langweilen.

Zeit für einen Wechsel, dachte er. Er würde Mandarin oder Kantonesisch lernen müssen. Aber das wäre bei seinem Sprachtalent kein Problem. Als Kind hatte er Yoruba, Swahili und Xhosa gelernt, während er und seine Familie in Afrika gelebt hatten. Und in den Jahren, seit er diesen

Kontinent verlassen und die Welt bereist hatte, waren einige weitere hinzugekommen.

Als er an diesem Morgen so dalag und gegen die Decke des Winnebago starrte, fühlte Lukas sich zu seiner Überraschung merkwürdig optimistisch. Vielleicht lag es an der Vorstellung, Amerika zu verlassen, ganz neuen Zielen entgegen.

Er rollte sich auf die Seite, streckte den Arm aus und zog die Jalousie auf der Nordseite hoch. Etwa fünf Minuten verbrachte er damit, auf die beiden weißen Betonbänder zu starren, die in wenigen Kilometern Entfernung im feinen grauen Dunst verschwanden. Ohne an etwas Besonderes zu denken, ließ er erst einmal alle Geister richtig wach werden, bevor er aufstand.

Er nahm eine Dusche im kleinen Badbereich des Wohnmobils – mit kaltem Wasser, um nicht kostbare Batterie fürs Aufheizen zu verschwenden. Klar konnte er die Batterien wieder laden, wenn er eine halbe Stunde oder so auf dem verlassenen Parkplatz herumkurvte. Aber das würde unerwünschte Aufmerksamkeit erregen. Ein heruntergekommener Winnebago, der inmitten von Unkraut und Gestrüpp auf einem verlassenen Stellplatz stand, war unauffällig. Ein heruntergekommener Winnebago, der im Kreis herumfuhr oder auf dem Highway verschwand, nur um wenig später zurückzukehren, brachte die Leute womöglich dazu, genauer hinzusehen. Und nachzudenken. Herumzuschnüffeln. Was seine Pläne fürs Weiterziehen von »irgendwann in Zukunft« auf »sofort« beschleunigen würde.

Er zog zwanglose Klamotten an – schwarze Chino, schwarzes T-Shirt, dazu unauffällige No-Name-Turnschuhe – und machte sich einen Kaffee. Ein prüfender Blick in den Kühlschrank ergab nichts als ein paar pappige Brötchen, Schmelzkäsescheiben sowie ein Glas mit Bratwürstchen: nichts, worauf er zum Frühstück Lust gehabt hätte. Also schlüpfte er in seine Jeansjacke, schloss sorgfältig den Winnebago hinter sich ab und machte sich über die rissige Betonfläche auf zu Ben's Crab Shack. Die Imbissbude stand am Ufer unmittelbar hinter dem Parkplatz, wo ein kleiner Erholungspark an den See grenzte.

Ben's Crab Shack machte seinem Namen alle Ehre. Denn es war in der Tat nichts anderes als ein Schuppen: zusammengezimmert aus ungleichen Holzlatten, einst blau gestrichen, von der Sonne Louisianas jedoch mittlerweile zu einem Staubgrau ausgebleicht. Ein Generator sorgte für Beleuchtung und Kühlung, während eine große Gasflasche die Energie fürs Kochen und Braten lieferte.

Ben selbst war ein großer Mann mit breiter Brust, langem grauem Bart und einer Stoppelfrisur, die Lukas vermuten ließ, dass er irgendwann beim Militär gewesen war. Vielleicht bei den Marines, den Tattoos auf seinem Unterarm nach zu schließen. Solange Lukas ihn kannte, trug er stets dieselbe schmutzige Schürze. Fleck um Fleck gesellte sich darauf, ohne dass jemals einer verschwand. Es schien, als würde er sie niemals waschen – aus Stolz auf die Geschichte, die die Flecken erzählten. In dieser Hinsicht verhielt es sich ebenso wie mit seinen Tattoos oder der alten, vernarbten Schusswunde, die von seinem Unterhemd nur halb verborgen wurde.

Beim Näherkommen nahm Lukas drei Kids wahr, die vor dem Tresen standen. Dem Anschein nach waren sie kaum fünfzehn, ein paar Jahre jünger als Lukas. Aber sie benahmen sich, als wären sie viel älter. Gleich darauf konnte er hören, wie sie Ben gegenüber pampig wurden.

»Diese Scheiße hier schmeckt nach gar nichts«, sagte einer, der Größte von ihnen. »Dafür zahlen wir nicht.«

»Ihr habt's gegessen«, antwortete Ben in vernünftigem Ton. »Also zahlt ihr. Wenn ihr's nicht mochtet, hättet ihr was sagen sollen, bevor ihr alles verputzt habt.«

Lukas verlangsamte seine Schritte. Die Kids hatten ihn noch nicht entdeckt und er wollte sehen, wohin dies führte.

»Wir zahlen hier gar nix!«, bekräftigte der Junge und suchte zur Bestätigung den Blick seiner Freunde.

Eifrig nickten sie ihm zu. Lukas erkannte, dass er der Anführer der Meute war. Aber der Junge musste weiterhin seine Vorherrschaft behaupten. Er konnte es sich nicht leisten, Ben nachzugeben. Eine Position als Anführer war auch schnell wieder futsch.

»Ihr zahlt«, sagte Ben, während er sich vorbeugte und seine Arme auf den Tresen wuchtete. »Oder ich komm rum, versohl eure Ärsche mit 'nem Kantholz, bis sie durch sind, und schlepp euch nach Hause, damit eure Eltern blechen. Eure Wahl.«

Der größere Junge – der Anführer – langte in seine Baggyjeans. Lukas wusste, worauf das Ganze hinauslief.

Er blickte sich nach einer möglichen Waffe um, ohne jedoch etwas zu entdecken – nicht einmal Bens angekündigtes Kantholz. Auch Ben wusste, was Sache war. Er trat vom Tresen zurück und hob beschwichtigend die Hände, um die Situation zu entschärfen.

Der Junge zog eine Waffe aus seiner Jeans. »*Das* ist meine Wahl!«, sagte er streitlustig.

Lukas erkannte augenblicklich, was es war: eine »Saturday Night Special«, wie die Cops sie nannten. Eine billige Handfeuerwaffe, die mit ebenso großer Wahrscheinlichkeit in der Hand des Schützen explodieren würde, wie tatsächlich einen Schuss abzugeben.

Dies hier war eine Raven Arms MP-25, Zinklegierung, Holzgriff, blau lackiertes Metall. Der Junge hatte sie vermutlich irgendwo gefunden, nachdem sie nach einem Überfall weggeschmissen worden war. Oder er hatte sie einem Familienmitglied stibitzt, ohne dass derjenige es wusste. Wie dem auch sei: Ganz offensichtlich kam er sich mit der Waffe stark vor. Aber sie machte ihn zu einer Bedrohung – für sich ebenso wie für andere.

»Hey«, sagte Ben mit ruhiger Stimme. »Kein Grund für Gewalt.«

Der Junge richtete die Waffe auf Bens Kopf. Er hielt sie seitwärts gedreht, Gangsta-Style. Er hatte wohl zu viele Filme und Serien gesehen. Lukas wusste, dass dieser Griff keinerlei praktische Vorteile hatte. Im Gegenteil: Es hieß, dass das Visier nicht benutzt werden konnte. Dennoch war die Waffe immer noch tödlich, vor allem auf kurze Distanz.

Aber es verschaffte Lukas einen Vorteil – wenn er denn nah genug herankam.

»Hey«, schaltete er sich nun ein und näherte sich mit deutlich sichtbaren Händen. Er wollte nicht, dass der Junge ihn vor Schreck oder Überraschung über den Haufen schoss. »Kann ich dir einen Rat geben?« Er sprach leise und ruhig.

»Was willst du?«, fragte der Junge und starrte verwirrt auf Lukas. Seine Waffe schwenkte herum, bis der Lauf auf Lukas' Brust zielte – immer noch seitwärts gedreht.

Lukas trat noch einen Schritt näher. »Hör mal, du hältst sie total falsch. Was dagegen, wenn ich einen Vorschlag mache?«

»Was dagegen, wenn du dich verpisst?«, erwiderte der Junge. Er sah wütend aus. Aber unter der Wut lag auch Furcht – Furcht davor, verlegen zu wirken. Furcht davor, dämlich dazustehen.

»Wenn du die Knarre so seitwärts hältst, fliegen dir die ausgeworfenen Hülsen eher ins Gesicht als sonst wohin«, fuhr Lukas leise, aber selbstsicher fort, fast wie hypnotisch. »Und mal ehrlich, das Letzte, was du willst, sind glühend heiße Hülsen, die dir die Fresse perforieren. Auf so was steht niemand.« Wie beiläufig streckte er die rechte Hand aus, während er versuchte, die Geste völlig natürlich wirken zu lassen. »Komm, ich zeig dir einen besseren Griff.« Seine Finger schlossen sich um die Waffe.

Der Junge sah verblüfft aus. So etwas hatte er noch nicht erlebt. Normalerweise hatten die Leute Respekt vor

Gangstern und ihren Waffen. Und fassten sie nicht einfach an.

Blitzschnell trat Lukas zur Seite, sodass der Lauf an ihm vorbeizielte. Entschlossen verdrehte er seine Hand. Zusammen mit dem bereits seitwärts gerichteten Griff des Jungen ließ dieser Extradreh die Handgelenk- und Unterarmknochen seines Gegners gegeneinander reiben. Mit einem Aufschrei ließ der Junge die Waffe fallen. Lukas trat einen Schritt zurück und hielt die Waffe neben sich zum Boden gesenkt, statt sie auf den Jungen zu richten.

»Und das andere Problem ist«, fuhr er ungerührt fort, »dass man dich so viel leichter entwaffnen kann.«

Schockiert starrte der Junge ihn an. Lukas musterte die anderen beiden. Auch die waren in Schockstarre, schienen die Show jedoch irgendwie fast auch zu genießen. Auf jeden Fall sahen sie nicht aus, als würden sie eingreifen.

Er machte ein paar Schritte an den Kids und Ben's Crab Shack vorbei und schleuderte die Waffe mit weit ausholender Bewegung in den See hinaus. Sie segelte über die Betonpromenade, klatschte ein Stück weiter draußen ins Wasser und schreckte ein paar Möwen auf, die friedlich auf dem See dümpelten.

Lukas drehte sich um und bedachte sie nacheinander mit eindringlichem Blick. »Mein Freund hier hat eine Waffe unter'm Tresen«, sagt er schließlich. »Und zwar nicht so ein Schrottding wie eure. Und er weiß, wie man sie hält. Schätze mal, ihr zieht besser Leine und kommt nie wieder.«

Einige Sekunden standen sie wie versteinert da. Dann rannten sie los. In jazzartigem Rhythmus trommelten ihre weißen Turnschuhe auf den Beton, während ihnen die Baggyjeans um die Beine flatterten.

»Danke«, sagte Ben. »Aber ich wär schon klargekommen, weißt du? Nicht das erste Mal, dass jemand 'ne Knarre auf mich richtet.«

»Ich weiß«, antwortete Lukas. »Wollte dir nur die Mühe ersparen.«

»Mein Geld hab ich deswegen trotzdem nicht«, meinte Ben und schüttelte den Kopf. »Ich hätte sie bestimmt bequatschen können.«

»Oder dir den Kopf wegblasen lassen. Wenn der Junge das nicht bei sich selbst erledigt hätte.«

»Auch wieder wahr.« Ben nickte. »Hast dich 'ne Weile nicht blicken lassen.«

»In einer Woche verträgt man eben nur 'ne begrenzte Menge Krebse«, erwiderte Lukas. »Ich glaube, ich kriege langsam schon eine Allergie.«

Ben schüttelte den Kopf. »Sohn, wenn ein Mann genug von Krebsen hat, wird's Zeit für Hummer. Und wenn er genug von Hummer hat, gibt's immer noch Langusten.«

»Was ist mit Shrimps?«, fragte Lukas und ließ sich auf einer der Holzbänke nieder, die die Imbissbude umgaben.

»Shrimps sind was für Weicheier«, mokierte Ben sich. »Also, was kann ich dir machen? Alles ganz frisch aus dem See heute Morgen. Und 1A Qualität. Ich hab Taschenkrebse, Blaukrabben und auch Seespinnen. Und nicht zu vergessen Weichschalenkrabben, wenn du magst.«

»Dann unbedingt Weichschalenkrabben, bitte.«

»Gute Wahl, Sohn. Willste sie gebraten, gekocht, gegrillt oder frittiert?«

»Frittiert, auf ’nem Brötchen«, sagte Lukas. »Und eine Cola dazu.«

»Kommt sofort.«

Während Ben die Krabben zubereitete, ging Lukas im Kopf seinen Tagesplan durch. Eigentlich hätte er heute frei gehabt. Aber er hatte sich bereit erklärt, seinem Boss einen Gefallen zu tun und auf der Party auszuhelfen, die heute Nachmittag im Zoo von New Orleans stattfinden würde.

Bei seiner Ankunft in der Stadt konnte er mit seinem Wissen über wilde Tiere, das er während seiner Kindheit in Afrika erworben hatte, einen Job als Hilfstierpfleger im Insekten- und Spinnenhaus ergattern. So etwas in der Art versuchte er immer, wenn er woanders hinkam und es dort einen Zoo, Safaripark oder wenigstens ein Aquarium gab. Andernfalls schuftete er auf dem Bau, kellnerte in Restaurants oder arbeitete sogar als Parkplatzwächter, wenn es sein musste. Hauptsache, er verdiente genug, um zu essen und ein finanzielles Polster zurückzulegen. Für Notfälle. Damit er weiterziehen konnte, wann immer er wollte. Oder musste. Aber die Arbeit mit Tieren war das, was er bevorzugte. Worin er gut war. Meist zog er Tiere den Menschen vor. Sie waren berechenbarer und nicht so hilfsbedürftig.

Heute jedoch sollte er auf einer Nobelparty Drinks und Häppchen servieren, für eine Gruppe reicher Leute, die die Räumlichkeiten des Zoos gemietet hatte. Statt spezielles Servicepersonal für die Bedienung anzuheuern, griff der Zoo dabei immer auf die eigenen Angestellten zurück, denn so konnte jeder auf der Party, der etwas über die Tiere erfahren wollte, einfach mit dem nächsten Kellner plaudern, der vorbeikam. Eine nette Idee. Für Lukas bedeutete es, dass er zwei Jobs gleichzeitig machte. Aber er würde sich nicht beschweren. Die Bezahlung war gut.

In diesem Augenblick kamen seine Weichschalenkrabben: mit Semmelbröseln paniert, ein paar Minuten frittiert und auf halbierten Brötchen serviert, die zusätzlich mit Salat und Tomatenscheiben belegt waren. Ben hatte die Krabben zudem in seiner eigenen Spezialsoße zubereitet, die er aus Butter, einem Spritzer Weißwein, etwas Limonensaft sowie ein, zwei Teelöffeln Kapern zubereitete.

Lukas hatte Kapern immer für so etwas wie kleine Essiggürkchen gehalten, bis er Ben eines Tages gefragt hatte.

»Nee, Sohn«, hatte Ben geantwortet. »Das sind die eingelegten Knospen einer Blume, die in Italien und überhaupt im Mittelmeerraum wächst.«

»Man lernt nie aus«, hatte Lukas' Kommentar gelautet.

Er biss in das erste Brötchen. Die Krabbenschale war weich, fast nicht wahrnehmbar unter den Semmelbröseln, und das Fleisch drinnen war ausgesprochen süß. Kein ausgefeilter Geschmack, aber dennoch überaus köstlich. Warum aßen die Leute eigentlich Burger und Kebab, wenn es auf der Welt so etwas wie Weichschalenkrabben gab?

»Und? Is' okay?«, rief Ben zu ihm rüber.

»Fuper«, antwortete Lukas mit vollem Mund. »Und keine Bange: Dafür werd ich zahlen!«

»Sag mal«, fuhr Ben fort. »Du kommst jetzt schon eine Weile immer wieder vorbei und ich weiß nicht mal deinen Namen oder wo du wohnst.«

»Ich heiße ... Luke«, antwortete Lukas und wandelte seinen Namen bewusst etwas ab. Er wollte nicht geradeheraus lügen. Aber auch nicht die genaue Wahrheit sagen. »Ich wohne ungefähr fünfzehn Minuten zu Fuß von hier, drüben in der Stadt.«

»Ich bin Jeremiah«, sagte Ben.

»Ich dachte, du heißt Ben.«

Er grinste. »Jep, da steht Ben's Crab Shack auf dem Schild, ich weiß. Aber Ben ist schon vor Jahren gestorben. Danach hat Jake übernommen. Der ist auch tot. Dann war ich dran.«

»Schön, dich endlich kennenzulernen.« Lukas lächelte, nahm sich jedoch vor, nicht mehr herzukommen. Es machte ihn nervös, wenn die Leute neugierig wurden. Noch ein Grund, bald weiterzuziehen.

Nachdem er seine Krabben und Brötchen aufgegessen hatte, bezahlte er, bedankte sich bei Ben – oder Jeremiah, wie er jetzt wusste – und ging davon. Statt zum Winnebago zurückzukehren, lenkte er seine Schritte Richtung Highway. Neben dem Wohnmobil besaß Lukas auch ein Auto, das er immer etwa eine Meile entfernt abstellte, damit niemand die beiden Fahrzeuge miteinander in Verbindung brachte.

Er hatte es billig gekauft, als er vor ein paar Monaten in die Stadt gekommen war. Wenn er weiterzog, würde er es mit den Schlüsseln im Zündschloss zurücklassen, damit es der erstbeste Finder nutzen konnte. Autos waren leicht zu beschaffen, wohin man auch ging. Es ergab keinen Sinn, mit ihnen durch die Lande zu reisen. Gute Wohnmobile jedoch, nun, das war etwas ganz anderes.

Bei dem Wagen handelte es sich um einen Ford Pontiac. Ein altes Modell, weiß lackiert, weil das die beliebteste Wagenfarbe in Amerika war. Staubbedeckt, wie das Fahrzeug war, nahmen die Leute kaum Notiz davon. Meist parkte er es in einer Wohnstraße, wo es keine Aufmerksamkeit erregen würde, solange es nicht herrenlos wirkte.

Mit vollem Magen, pudelwohlem Gefühl und dennoch seltsam unruhig startete er den Pontiac und legte die fünfzehn Kilometer bis zum Zoo von New Orleans zurück. Wegen des dichten Verkehrs brauchte er fast zwanzig Minuten. Er stellte den Wagen auf dem Angestelltenparkplatz ab, nahm den laminierten Mitarbeiterausweis aus seiner Tasche und hängte ihn um, bevor er sich in das Hauptgebäude begab.

Auf dem Weg hinein musste er an einem riesigen zylinderförmigen Aquarium vorbei, das einen Großteil des Eingangsbereichs einnahm. Es war ein lebendiges Werbeplakat für das New Orleans Aquarium. Wie immer blieb er ein paar Minuten stehen, um die Fische zu betrachten. Der Zylinder war mit einem Schwarm Piranhas bevölkert, der im Uhrzeigersinn seine Runden drehte. Zahlreiche Touristen hatten sich darum versammelt und starrten sie an, während sie ihre Kommentare dazu abgaben.

Die einzelnen Fische waren klein, nicht größer als Lukas' Hand. Aber etwas an ihnen machte einen nervös. Ob es nun die toten Augen waren oder die überproportional großen Kiefer, jedenfalls strahlten sie schlichtweg *Gefahr* aus.

Bald war es Zeit für die Fütterung. Lukas hielt sich am Rand der Menge im Hintergrund, um zuzusehen. Eine Zooangestellte näherte sich mit einem Eimer und einer Trittleiter. Ihr Name war Jenny. Lukas kannte sie vom Grüßen und sie hatten sich einmal in der Angestelltenkantine unterhalten. Sie bahnte sich den Weg durch die Menge und stellte die Trittleiter am Zylinderbecken auf. Vorsichtig stieg sie hinauf, den Eimer in einer Hand. Oben angekommen, schob sie mit der freien Hand eine Luke in der Haube auf, die das Becken bedeckte.

»Ladys und Gentlemen, liebe Kinder«, verkündete sie. »Herzlich willkommen zur täglichen Fütterung unserer Roten Piranhas. Piranhas kommen aus Südamerika, wo sie in Süßwasserflüssen, Seen und Tümpeln leben. Trotz ihres furchterregenden Rufs handelt es sich eigentlich um scheue Kreaturen, die aus Sicherheitsgründen im Schwarm leben und nur angreifen, wenn sie bedroht werden – oder hungrig sind. Außerdem sind sie trotz ihres üblen Rufs keine reinen Fleisch-, sondern vielmehr Allesfresser, die – wenn verfügbar – auch Beeren, Früchte und Nüsse zu sich nehmen.« Sie hielt inne und blickte sich im Publikum um, um die Reaktionen zu überprüfen. Alle sahen sie fasziniert an. »Piranhas besitzen im Ober- und Unterkiefer eine Einzelreihe scharfer Zähne. Im Verhältnis zur Körpermasse verfügt der Piranha dank seiner großen Kiefermuskeln über einen der stärksten Bisse, die bei Wirbeltieren gemessen wurden. Die starken Kiefer und feinen Sägemesserzähne machen Piranhas zu Meistern im Zerschreddern von Fleisch.« Sie lächelte. »Ebenso wie von Früchten, Beeren und Nüssen. Womöglich haben Sie Geschichten von Piranhas gehört, die eine unglückselige Kuh, die in einen Fluss gestolpert ist, in weniger als einer Minute bis auf die Knochen skelettiert haben. Aber das ist nur erfunden.« Den Eimer in die Höhe haltend, fuhr sie fort. »Abgesehen davon habe ich hier ein halbes Kilo Krabben drin. Schauen Sie, was passiert, wenn ich sie ins Becken kippe.«

Der Spannung wegen machte sie eine kurze Pause. Zwinkernd fing sie Lukas' Blick auf, kippte den Eimer und ließ die Krabben durch die offene Luke ins Becken rutschen.

Die Tiere hatten die Wasseroberfläche kaum berührt, als sich die träge kreisende Fischmeute in eine wirbelnde, schäumende Masse verwandelte, in der die einzelnen Fische nicht mehr auseinanderzuhalten waren. Es war, als hätte das Wasser urplötzlich wild zu brodeln begonnen.

Die Krabben lösten sich in einer Wolke abwärts schwebender Brocken auf, während die Piranhas danach schnappten, um sie zu zerfetzen und zu verschlingen. Die Zuschauer sogen vor Schreck und Überraschung die Luft ein. Einige traten unwillkürlich einen Schritt zurück, als könnte ein Piranha plötzlich aus der offen Luke springen und sie angreifen. Lukas rührte sich nicht. Er hatte das alles schon gesehen, aber es faszinierte ihn immer wieder aufs Neue.

Wie auf telepathischen Befehl begannen die Piranhas dreißig Sekunden später wieder ihre majestätischen Kreise zu ziehen, als wäre nichts passiert. Von der einstigen Existenz der Krabben kündete nur noch ein feiner, im Wasser treibender Restenebel: zu mickrig, um sich damit abzugeben.

»Und deswegen«, brach Jenny die Stille, während sie mit dumpfem Ton die Luke schloss, »sollten Sie Ihre Hand nie in ein Piranhabecken stecken – nicht einmal zum Spaß. Haben Sie noch Fragen?«

Ein Mädchen – vermutlich nicht älter als zehn oder elf – hob die Hand. »Wenn die Pi… Piranhas Früchte und so was genauso essen wie Fleisch, warum füttern Sie sie dann mit Krabben? Warum kriegen sie keine Mangos oder Erdbeeren? Die mögen sie vielleicht auch.«

»Die Krabben waren eine Belohnung«, antwortete Jenny ernst. »Weil sie diese Woche sehr brav waren.« Sie blickte sich im Publikum um. »Ich möchte mich herzlich fürs Zuschauen bedanken und wünsche Ihnen noch einen schönen Tag bei uns. Und vergessen Sie nicht, auch das Aquarium zu besuchen, wenn Sie die Möglichkeit haben. Dort gibt es jede Menge zu entdecken. Und sollten wir uns bei Ihrem Besuch über den Weg laufen, zögern Sie auf keinen Fall, mich anzusprechen, um etwas über unsere fantastischen Tiere zu erfahren.«

Die Menge zerstreute sich, während sich alle noch aufgeregt über die Piranhas unterhielten.

»Wird die Show nicht irgendwann mal langweilig?«, sagte Jenny leise zu Lukas, als sie mit Leiter und leerem Eimer an ihm vorbeiging. »Du bist so ziemlich jeden Tag hier.«

»Ich denke, du solltest es mal mit Himbeeren versuchen«, antwortete er. »Das wird wie Blut im Wasser aussehen. Die Touris werden drauf abfahren.«

»Da könnten einige aus den Latschen kippen«, lächelte sie. »Und dann hab ich den ganzen Papierkram am Hals, wenn ich's erklären soll. Lohnt sich nicht. Sehen wir uns nachher?«

»Ich hoffe doch«, erwiderte er unverbindlich. Als sie davonging, warf er einen Blick zum Becken zurück. Friedvolle Kreaturen, die nur bei Gefahr oder Hunger angriffen. Aber dann taten sie's mit überwältigender Macht. Vielleicht mochte er sie deswegen so sehr. Sie erinnerten ihn irgendwie an sich selbst.

Er begab sich zu dem Gebäude, in dem die Party stattfinden und er servieren sollte. Der große hohe Raum war mit Bildern dekoriert, auf denen verschiedene Zootiere zu sehen waren. Bisher war keiner der Gäste eingetroffen. Einige der bereits anwesenden Mitarbeiter drapierten Platten voller Speisen auf einem langen Buffettisch in der Mitte des Raums, während andere weiter abseits den Barbereich mit Drinks bestückten.

Lukas schnappte sich eine schwarze Schürze, streifte sie über und begann zu helfen.

Ein, zwei andere Helfer – Zooangestellte, die ihn erkannten – begrüßten ihn mit einem Nicken, das er erwiderte. Während der Arbeit nahm er wahr, wie einige von ihnen am Ende des Raums ein Banner an der Decke befestigten. Kurz darauf wurde es vor einem deckenhohen schwarzen Vorhang entrollt. Darauf prangte eine grellbunte Illustration, die aussah wie einem Comic entsprungen. Das Bild zeigte einen vierschrötigen Kämpfer, der einen Mix aus Hightech-Kampfmontur und mittelalterlicher Lederpanzerung trug.

In der einen Hand hielt er eine gewaltige futuristische Waffe, in der anderen einen Speer mit gezackter Knochenspitze. Als sich das Banner weiter entrollte, erkannte Lukas ein paar Worte: *Die Weltneuheit von Slow Decay Games.* Darunter stand – in größeren Buchstaben und eher als Logo ausgeführt – das Wort *Timeslice!*, umgeben von Blitzen und explodierenden Funken.

»Was ist das?«, fragte er einen vorbeikommenden Kellner und zeigte auf das Banner. Wie Lukas sich zu erinnern meinte, arbeitete er normalerweise im Reptilienhaus, wo er sich um die Alligatoren kümmerte.

Der Mann wirkte überrascht. »Du hast noch nichts von *Timeslice!* gehört? Soll der neueste VR-Spiel-Hit werden, wie sie sagen. Bin schon ganz heiß drauf. Hab ne ganze Woche Urlaub genommen, um es durchzuzocken, einschließlich aller Easter Eggs und so.«

»Easter Eggs?«, echote Lukas verwirrt.

Der Kellner hob eine Augenbraue. »Du spielst nicht viel, was? Easter Eggs nennt man kleine Scherze und Extras, die die Programmierer für Spieler versteckt haben, die gut genug sind, sie zu finden. Da war zum Beispiel mal diese Geheimtür, als vor ein paar Jahren die Neuversion von *Doom* rauskam. Wenn du da durch bist, biste in der Originalversion von 1993 gelandet, mit echt grausamer Grafik.« Er starrte Lukas an. »Sagt dir nix, was?«

Lukas schüttelte den Kopf. »Nicht wirklich.«

»Na ja, jedenfalls präsentiert die Firma, die *Timeslice!* entwickelt hat, das Spiel hier im Zoo. Kannst mir glauben, ist echt 'ne Riesensache und ich werd hier mit so viel Gratis-Merchandise rausmarschieren, wie ich nur zusammenraffen kann. Sie haben außerdem Internetstars eingeladen wie GamRFlamR zum Beispiel, der extra eingeflogen wird. Und Profi-Gamer wie Una Britcross kommen auch.«

»GamRFlamR?«, fragte Lukas. »Ist das ein richtiger Name?«

»Das ist ein Tag, ein Spielername. Ist nicht sein echter. In Wirklichkeit weiß niemand, wer er ist. All seine Internetstreams macht er nur mit Maske. Man munkelt, dass er sich hier demaskieren wird – nur um dem Spiel noch mehr Publicity zu geben. Das Ganze wird per Livestream auf

YouTube übertragen. Sie rechnen mit Millionen Fans, die sich zuschalten.«

»Nun, ich schätze mal, das ist gut.« Lukas nickte. »Danke.«

Der Mann runzelte die Stirn. »Du arbeitest im Insektenhaus, richtig? Lukas, oder?«

»Ja. War nett, mit dir zu plaudern.« Lukas zog weiter, während sich ein leiser Keim von Sorge in ihm regte. Mittlerweile wussten zu viele Leute hier, wer er war. Eindeutig Zeit, weiterzuziehen.

Er ging in die Küche und schnappte sich ein Tablett mit Speisen, um sie zum Buffet zu bringen. Auf diesem waren mehrere Teller mit Thunfisch, der auf kleinen Crackern drapiert war. Unwillkürlich kam es Lukas fast ein wenig gefühllos vor, Thunfisch auf einer Party zu servieren, die kaum hundert Meter von einem Aquarium stattfand. Dort gab es schließlich ein ganzes Riesenbecken mit lebenden Thunfischen: große, silbrig-blaue Fische, die bis zu zwei Meter lang wurden und ruhig durch ihr Salzwasserhabitat schwammen. Wie mochten die sich wohl fühlen, wenn die Gäste an ihrem Becken vorbeischlenderten und dabei an Thunfischkanapees herumknabberten?

Als er mit seinem Tablett wieder in den Gästebereich kam, waren ein paar Leute gerade dabei, zwei riesige Plasmabildschirme auf beiden Seiten des *Timeslice!*-Banners zu montieren. Kabel wurden durch den schwarzen Vorhang nach hinten verlegt, wo sich vermutlich ein Mischpult für Licht und Ton befand. Lukas setzte sein Tablett ab und musterte mit kritischem Blick die Buffetanordnung. Jemand hatte achtlos das Dessert – Götterspeise mit Sahnehäubchen, drapiert auf einer Basis aus Trifle – inmitten der herzhaften Speisen abgestellt: eine Beleidigung für seinen Ordnungssinn. Somit verbrachte er die nächsten paar Minuten damit, die Platten zu verrücken, bis alles gefälliger arrangiert war. Er widerstand dem Drang, die Speisen alphabetisch zu ordnen, also etwa Hühnchen vor Roastbeef, Salami und Thunfisch. Vielleicht hätte ihn das noch zufriedener gestellt. Aber niemand außer ihm würde es bemerken, geschweige denn sich darum scheren.

Als er mit der Korrektur des Buffets fertig war, hatten die Techniker die Plasmabildschirme an den Computern hinter der Kulisse angeschlossen. In satten, hyperrealistischen Farben und überwältigend detailreicher 4K-Qualität tauchten auf den Monitoren Szenen auf, bei denen es sich vermutlich um Ausschnitte aus dem Spiel handelte. Sie zeigten Figuren, die allesamt in dieser seltsamen futuristisch-antiken Kampfmontur gekleidet waren. Gemeinsam bewegte sich die militärisch wirkende Einheit durch die Straßen einer Stadt voran, in der sich ebenfalls Dinge aus Zukunft und Vergangenheit mischten. Auf einer steinernen Viehtränke, aus der gerade ein paar Pferde soffen, flimmerte Hologrammwerbung und an Lastkarren mit gediegenen Holzrädern sausten Schwebegleiter vorbei.

Während die Figuren durch die Stadt vorrückten, fand Lukas unversehens etwas an ihnen auszusetzen. Er wusste, dass es nur ein Computerspiel war. Aber warum guckten alle nach vorn? Warum hielt niemand nach hinten Ausschau, um sich vor Überraschungsangriffen zu schützen? Und warum trug der Anführer ein gewaltiges Schwert mit gezähntem Klingenrücken, wo doch ein ganz passabler, wenn auch alter Revolver an seiner Hüfte baumelte? Wie es schien, kam es bei solchen Spielen auf etwas anderes an als auf eine realistische Darstellung.

Allerdings konnte er nicht anders, als die Detailgenauigkeit zu bewundern. Es war, als würde man sich durch die Straßen einer echten Stadt bewegen – abgesehen davon, dass es solche Städte nicht gab. Sogar die computeranimierten Vögel, die hoch oben am blauen Himmel flogen, wirkten absolut real.

Am Eingang des Raums kam plötzlich Unruhe auf und lenkte Lukas' Aufmerksamkeit ab. Die Haupttüren waren geöffnet worden und die ersten Gäste trafen ein.

Die nächsten zehn Sekunden stellten eindrucksvoll unter Beweis, wie radikal zufällige Entscheidungen das Leben eines Menschen ändern können. Zwei Dinge passierten gleichzeitig: Links von Lukas, am Getränketisch, ließ ein Kellner aus Versehen eine Flasche fallen, die unter lautem Getöse auf dem harten Boden zerschellte. Im selben Moment kam rechts von ihm jemand durch die Haupttüren und stieß mit einem anderen Kellner zusammen – der samt seinem Tablett mit Hühnchen- und Käsehäppchen auf dem Boden landete.

Wäre Lukas nach links gegangen, um zu helfen, wären die folgenden Tage sicher weit weniger gefährlich geworden.

# KAPITEL ZWEI

Die Person, die hereingekommen war, war ein Mädchen und gehörte zu einer Vierergruppe. In ihrer Begleitung waren ein Mann, ein zweites Mädchen sowie ein Junge. Als Lukas sich ihnen näherte, taxierte er sie rasch, wie er es immer tat, wenn er jemandem zum ersten Mal begegnete. Es war eine Angewohnheit, geboren aus Vorsicht und Erfahrung.

Das Mädchen, das den Zusammenstoß ausgelöst hatte, weckte sofort seine Aufmerksamkeit. Sie war jung – etwas älter als er vielleicht – und schlank. Ihr rotes Haar reichte bis zur Hüfte. Sie hatte bleiche Haut und ihre Nase zierten ein paar vereinzelte Sommersprossen. So blass, wie sie war, holte sie sich vermutlich leicht einen Sonnenbrand, dachte Lukas, als er sich näherte. Ihre Kleidung strahlte Understatement aus: Jeans, Cowboystiefel, weiße Rüschenbluse zu schwarzem Jackett. Aber Lukas hatte woanders schon in Kaufhäusern gearbeitet und erkannte ein teures Label, wenn er es sah.

Der Junge neben ihr konnte ihr Bruder sein. Er war jünger – vielleicht zwölf – und kleiner als sie. Er hatte das gleiche flammenfarbene Haar. Allerdings war es kürzer, gestutzt zu einem Bürstenhaarschnitt. Auch er trug Jeans, darüber ein T-Shirt und eine schwarze Lederjacke. Lukas registrierte, dass er trotz seines jungen Alters eine teure Uhr besaß. Offensichtlich hatte die Familie Geld.

Der Mann in der Gruppe war vermutlich ein oder zwei Jahre älter als Lukas. Auch wenn die Bezeichnung »Mann« streng genommen wohl nicht ganz zutraf, schien er doch noch nicht lang volljährig zu sein. Unter seinem dunklen Dreiteiler – Jackett, Weste, Hose – trug er ein teures, schlichtes lavendelfarbenes Hemd mit Manschetten und Manschettenknöpfen. Seltsamerweise hatte er keine Krawatte: Sein offener Kragen bot einen Blick auf ein Stück braun gebrannten Hals. Seine Haare waren schwarz und sein Gesicht schien zu einer permanenten Maske der Missbilligung erstarrt.

Die vierte Person – ebenfalls ein Mädchen – war sonnengebräunt und hatte lange schwarze Haare, die ebenso dunkel waren wie ihre Augen. Lukas vermutete, dass sie wohl arabischer Herkunft war, auch wenn sie sehr moderne westliche Kleidung trug und somit wohl keine strenggläubige Muslimin war. Sie hatte ein großes Tablet in der Hand und hielt sich nervös im Hintergrund, während alle anderen versuchten, dem gestürzten Kellner zu helfen.

All diese Beobachtungen hatten nicht einmal fünf Sekunden in Anspruch genommen. Dann hatte Lukas die Gruppe auch schon erreicht. »Sind alle okay?«, fragte er in seinem gelassensten und beruhigendsten Ton.

Der Mann im dunklen Anzug trat vor und öffnete den Mund. Aber es war das Mädchen mit dem langen roten Haar, das zuerst das Wort ergriff. »Oh, Gott. Das tut mir ja so leid! Ich bin erst fünfzehn Sekunden hier und schon an einem Unfall schuld. Ich bin so ein Tollpatsch!«

»Kein Problem!«, antwortete Lukas, während er die Hand ausstreckte und dem Kellner auf die Beine half. Leise sagte er zu ihm: »Lass dich erst mal in der Erste-Hilfe-Station durchchecken. Und mach dir keinen Kopf. Ich räum das Chaos weg. Komm erst zurück, wenn die sagen, dass du in Ordnung bist.«

»Okay, danke«, sagte der Kellner. Er hörte sich mitgenommen an.

Lukas blickte sich zu dem rothaarigen Mädchen um, als der Kellner auf wackeligen Beinen davonzog. »Bist du okay?«

Sie nickte. »Ja, bis auf einen Schreck jedenfalls. Tut mir echt leid.«

»Keine Sorge! Hauptsache, keiner hat sich verletzt. Lass mich das Zeug wegräumen.«

Er bückte sich und schaufelte die Hühnchen- und Käsehäppchen aufs Tablett zurück. Der Teller, auf dem sie gelegen hatten, war zerbrochen. Er klaubte die Scherben auf und beförderte sie ebenfalls aufs Tablett. Mit dem unteren Rand seiner Schürze wischte er, so gut er konnte, die fettigen Schmutzflecken auf dem Boden weg. Es musste ja nicht auch noch jemand darauf ausrutschen und sich die Knochen brechen.

Er richtete sich auf und hob das Tablett auf seine Schulter. »Entschuldigt mich«, sagte er und machte Anstalten, sich zu entfernen.

Der Mann im dunklen Anzug stellte sich ihm mit erhobener Hand in den Weg. »Ihr Kellner ist in Una reingerannt«, sagte er. »Nicht sie in ihn. Es war nicht ihre Schuld.«

»Ich glaube nicht, dass es irgendwelchen Ärger gibt«, antwortete Lukas diplomatisch.

»Wär auch besser!«, sagte der Mann.

Das Mädchen – Una? – trat vor und legte ihm beschwichtigend die Hand auf die Brust. »Mach's nicht noch schlimmer, Ryan.« Sie lächelte Lukas zu und wies mit einem Nicken auf das Tablett, das er hielt. »Sag nicht, dass du jetzt nach hinten gehst, den Schmutz von dem Zeugs kratzt und es dann wieder als frisch servierst.«

Lukas erwiderte das Lächeln. »Natürlich nicht«, sagte er. »Das einzige Essen, worauf wir Angestellten heute Abend hoffen können, sind Unfälle wie der hier. Die werden sich hinten schier drum schlagen.«

Als er sich entfernte, hörte er den Mann im dunklen Anzug – Ryan – sagen: »Verplemper deine Zeit nicht mit dem Personal, Una. Hier sind wichtigere Leute, mit denen du dich unterhalten musst.«

Una antwortete etwas. Lukas verstand es nicht genau, aber es hörte sich eher nach Tadel als Zustimmung an. Ihm war es egal. Die Meinung anderer Leute bedeutete ihm wenig. Solange er mit sich im Reinen und überzeugt war, die richtigen Entscheidungen zu treffen und niemandem wehzutun, war er zufrieden.

Er schmiss das verschüttete Essen in den Mülleimer und machte sich auf, nach dem verletzten Kellner zu sehen. Der Mann verließ gerade die Erste-Hilfe-Station, um sich wieder an die Arbeit zu begeben. Lukas griff nach einer Flasche Wasser, nahm drei große Schlucke und ging mit einem neuen Speisentablett in den Saal zurück, um das Buffet nachzubestücken.

Inzwischen waren die meisten Gäste eingetroffen. Um die Buffettische und den Getränkebereich hatte sich jeweils eine Traube gebildet. Die Leute trugen entweder Businesskleidung – Anzüge und lässige Kombis aus Hemd oder Bluse und Jackett – oder aber zwanglose Outfits: Jeans, Chinos und in einigen Fällen geblümte Shorts. Auf den Plasmabildschirmen waren weitere Szenen aus *Timeslice!* zu sehen: Kampfszenen diesmal, in denen einer der Helden gegen ein Rudel Monster kämpfte, die wie riesige Schakale mit Oktopusköpfen aussahen, über und über bestückt mit peitschenden Tentakeln und einem schnappenden Schnabel in der Mitte.

Für Lukas wirkte das Ganze sogar noch weniger reizvoll als zuvor. Am Eingang hatte man einen Tisch aufgestellt, an dem Angestellte die eintreffenden Gäste von einer Liste strichen und ihnen eine Tüte überreichten, die vermutlich Merchandise zum Game enthielt. Es war alles ziemlich abgefahren. Lukas kapierte nicht so recht, was an Videospielen so faszinierend war. War das Leben denn nicht interessant genug?

»Hi noch mal«, sagte eine Stimme, als er das Speisentablett den Servicekräften aushändigte, die das Buffet bestückten.

Er drehte sich um. Vor ihm stand das rothaarige Mädchen und lächelte. »Hi!«, erwiderte er. Er blickte sich um. »Du hast es also geschafft, deine Bodyguards loszuwerden?«

»Ryan telefoniert. Macht er immer. Er ist mein Manager und auch mein Verlobter. Daniel stopft sich den Bauch voll, er ist mein Bruder. Und Alya steht vermutlich irgendwo in einer dunklen Ecke herum. In fremder Gesellschaft wird sie sehr nervös. Sie ist meine persönliche Assistentin. Und ich bin Una.«

»Und was ist mit deinem Stilberater und dem, der deine drei kleinen Hunde ausführt, die du vermutlich hast?«, fragte Lukas.

Una lächelte. »Hört sich an, als würde ich mit einem ganzen Gefolge reisen, oder? Aber ich habe keine eigene Realityshow, ich schwöre!

»Ich … bin Lukas«, sagte er, überrascht, dass er ihr so bereitwillig seinen Namen verraten hatte.

Una zeigte auf seinen laminierten Ausweis. »Darauf wär ich selbst gekommen, wenn da nicht dieser kleine Fleck über deinem Namen wär.«

»Berufsrisiko, wenn man als Kellner arbeitet«, erwiderte Lukas. In Wirklichkeit hatte er selbst den Fleck dort platziert, direkt auf seinem Namen. Gewöhnlich teilte er nicht gern Informationen mit Fremden. Una jedoch schien anders zu sein.

Plötzlich fiel ihm ein, was sein Kollege aus dem Reptilienhaus vorhin gesagt hatte – der, der ihm etwas über *Timeslice!* erzählt hatte. »Una Britcross? Bist du nicht eine berühmte Gamerin?«

Sie zuckte kurz zusammen und blickte sich um. »Verrat's niemandem.«

Lukas lachte. »Ich fürchte, dafür ist es zu spät. Die News ist raus.« Er machte eine Geste Richtung Plasmabildschirme. »Hast du das Ding mal gespielt? Was hältst du davon?«

»Das ›Ding‹? Du bist kein Spieler, was?« Ihr Gesichtsausdruck ließ darauf schließen, dass die Vorstellung sie überraschte, ja sogar schockierte. Lukas' Eindruck nach lebte sie in einer Welt, in der jeder spielte.

Er zuckte die Achseln. »Irgendwie konnte ich Videospielen bisher meistens aus dem Weg gehen. Ich mein, ich weiß, dass es sie gibt. Aber ich hatte keine Ahnung, dass daraus so eine Riesensache geworden ist!«

»Du würdest Augen machen«, sagte Una. »Die gesamte Videospielindustrie hat letztes Jahr an die hundertfünfzig Milliarden Dollar umgesetzt – das ist das Dreifache der gesamten US-Filmindustrie. Gaming ist *gigantisch*. Denk nur mal dran, wie viele Konsolen und Spiele jedes Jahr zu Weihnachten oder Geburtstagen verschenkt werden – und wie viel sie kosten.«

»Okay, ich bin beeindruckt – wieder was gelernt. Und du machst das wirklich *professionell?* Wie funktioniert das?«

Sie lächelte. »Stell es dir wie bei einem professionellen Pokerspieler vor. So was gibt's doch schon seit über hundert Jahren, oder? Das hier ist genauso.«

»Also reist du durchs Land und bestreitest dein Leben nur mit Computerspielen?«

»So wie du es sagst, hört es sich nach was Schlechtem an. Und nein: Ich reise nicht *durchs Land* und bestreite mein Leben nur mit Computerspielen – ich reise *durch die Welt* und bestreite mein Leben mit Computerspielen. Und zwar ein sehr gutes Leben.«

»Dann sind die Preisgelder gut?« Lukas war aufrichtig interessiert. Das war eine völlig neue Welt für ihn und er lernte gern Neues kennen.

Man musste Una anrechnen, dass sie ein wenig schuldbewusst aussah. »Die Preisgelder sind *unglaublich* gut. Alle paar Wochen findet irgendwo auf der Welt ein Wettbewerb statt. Damals, in den alten Tagen, mussten die Spieler bei Pokerwettbewerben ein Antrittsgeld aufbringen, das sie im Fall des Ausscheidens nicht zurückbekamen. Aber bei Videospielen werden die Preistöpfe von den Fans finanziert, die fürs Zuschauen bezahlen – entweder im Internet oder live vor Ort. Letztes Jahr betrug der Gesamtumsatz allein der Videospielwettbewerbe über eine halbe Milliarde Dollar.«

»*Im Ernst?*«, fragte Lukas verblüfft.

Una zuckte die Achseln. »Wenn wir gewinnen, kriegen wir nur ein kleines Stück vom Kuchen. Das meiste geht an die Organisatoren. So läuft das Geschäft nun mal. Aber es reicht trotzdem mehr als gut zum Leben.«

»Dann bist du in deinem Privatjet nach New Orleans geflogen?«

»Nee, mit einem Linienflug.« Sie hielt inne. »Wenngleich wir erste Klasse geflogen sind. Mach mir deswegen jetzt kein schlechtes Gewissen.« Sie machte eine unbestimmte Handbewegung. »Aber genug von mir. Was machst du eigentlich, wenn du nicht diese Schürze trägst? Offensichtlich nicht Computerspiele spielen.«

Lukas wies mit einem vagen Nicken Richtung Tür und den Zoo dahinter. »Ich arbeite da draußen, im Zoo. Sie heuern uns bei diesen Eventsachen als Aushilfen an, damit wir den Gästen mögliche Fragen zu den Tieren beantworten können.«

Sie riss die Augen auf. »Cool! Du arbeitest richtig mit Tieren? Ist ja *super*.«

»Ist nicht so toll, wie sich's anhört. Ich ziehe nicht eigenhändig Tigerbabys auf oder so was. Tatsächlich arbeite ich im Insektenhaus.«

Fall überhaupt möglich, sah Una daraufhin sogar noch beeindruckter aus. »Ich *liebe* Insekten! Was ist dein Lieblingstier?«

Lukas dachte einen Moment nach. »Da gibt's mehrere«, gestand er schließlich. »Aber verrat's nicht den anderen, die können ganz schön eifersüchtig werden, vor allem die

Milben. Nein, im Ernst, ich mag Riesenkäfer. Die haben dieses übertrieben große Horn auf dem Kopf, das weit nach vorn ragt. Das Ding ist komplett sinnlos, sieht man mal davon ab, dass die Männchen es als Waffe benutzen, wenn sie gegeneinander kämpfen. Dann ist da die Australische Großschabe, eines der größten Insekten der Welt. Sie frisst Laubmulch und buddelt sich bis zu einen Meter tief in den Boden ein. Ach ja, und nicht zu vergessen die Goliathkäfer. Die können so groß wie deine Hand werden und manche halten sie sogar als Haustier. Fütter sie mit Hunde- oder Katzenfutter und sie sind glücklich und zufrieden.«

»Klingt alles ziemlich groß«, hob Una hervor. »Stehst du auf große Insekten?«

»Die haben mehr Charakter«, gestand Lukas. »Ich mag auch eine Stabheuschreckenart sehr gern, die in Australien lebt. Wenn sie Angst hat, stößt sie einen chemischen Stoff aus, der genauso wie Erdnussbutter riecht.«

Una kicherte. »Wer würde das nicht mögen?«

»Aber wenn ich mich für meine absolute Nummer eins im Insektenhaus entscheiden müsste, würde ich gar kein Insekt wählen, sondern tatsächlich einen Gliederfüßer. Und zwar den Riesenschnurfüßer, einen Tausendfüßer. Die können so lang werden wie dein Arm und haben an die zweihundertfünfzig Beine. Sie sehen vielleicht etwas gruselig aus, sind aber sehr friedlich.« Er zögerte. »Würdest du gern einen sehen?«

»Im Ernst?« Una starrte ihn erstaunt an. »Wär das möglich?«

»Klar«. Er zuckte die Achseln. »Ich kann uns im Insektenhaus hinter die Kulissen bringen und werde dich Charlie vorstellen. So nenne ich unseren Riesenschnurfüßer. Tatsächlich liebt er es, wenn man ihn anfasst.«

Una sah sich nervös um und musterte die Gesichter in der Menge. »Ryan würde es nicht gefallen, wenn ich mich verkrümel.«

»Er hat aber nicht das Sagen, oder?«, antwortete Lukas. »Du bist diejenige, die all das Geld macht. Also kannst du tun, was du willst.«

Sie nickte entschlossen. »Weißt du was? Du hast recht! Also okay. Zeig mir deinen Tausendfüßer.«

Lukas führte Una aus dem Empfangsbereich, während er im Gehen die Schürze abnahm und sie auf einem Tisch an der Tür ablegte. Er versuchte, souverän zu wirken. Doch er war sich nicht sicher, ob er sich nicht Ärger einhandeln würde. Entweder weil er das Event verlassen hatte, obwohl er arbeiten sollte, oder weil er jemanden in Bereiche des Insektenhauses führte, in denen Besucher nichts verloren hatten.

Zu seiner Überraschung stellte er fest, dass es ihn nicht großartig kümmerte. Normalerweise ging er seine eigenen Wege im Leben, reagierte eher, als zu agieren. Aber er genoss Unas Gesellschaft. Und außerdem dachte er sowieso ans Weiterziehen.

Als sie nach draußen traten, fiel Lukas ein schwarzer Geländewagen auf. Er parkte am Fuß der kurzen steinernen Treppe – dort, wo einer der Zoowege am Gebäude vorbeiführte. Durch die getönten Scheiben waren schemenhaft die Umrisse des Fahrers zu erkennen.

Unmittelbar vor dem Fahrzeug hockte eine Gestalt in schwarzer Lederkluft auf einem teuren Motorrad. Wegen des Helms konnte Lukas nicht erkennen, ob es ein Mann oder eine Frau war. Vermutlich gehörten sowohl der SUV als auch das Motorrad zu Gästen, die die Premiere von *Timeslice!* besuchten. Aber irgendetwas an den beiden Fahrzeugen machte ihn nervös, obwohl er nicht sagen konnte, warum. Er hatte einfach nur das vage Gefühl, dass da etwas nicht ganz zusammenpasste, dass etwas nicht so war, wie es sein sollte.

Er führte Una weiter Richtung Insektenhaus. Dieses mulmige Gefühl, dass womöglich etwas nicht stimmte, war ein vertrauter Teil seines Lebens. Doch meistens hatte es keine Folgen.

Am Insektenhaus angekommen, ging er Una durch eine Seitentür voran in ein Labyrinth aus schmalen Korridoren, die hinter den Terrarien entlangführten. Rohre und Kabel liefen an den Betonwänden entlang, während Neonröhren an der Decke für Licht sorgten. Draußen hatten für New Orleans normale feuchtwarme Klimaverhältnisse geherrscht. Aber hier drinnen war es drückend heiß. Am Beton tropfte kondensiertes Wasser hinab.

»Ist das heiß«, stöhnte Una. »Und wie es hier stinkt!«

»Wirklich?« Lukas schnüffelte probeweise und spürte, wie seine Nase prickelte. Irgendwie hatte er sich während der letzten Monate, die er hier gearbeitet hatte, daran gewöhnt. Doch nachdem sie jetzt seine Aufmerksamkeit darauf gelenkt hatte, erkannte er, dass sie recht hatte: Es roch furchtbar. Die Klimaanlage im Besucherbereich beseitigte einen Großteil des Geruchs. Aber hier, hinter den Kulissen, war es anders.

»Das ist der Ammoniak aus dem Insektenkot«, erklärte er.

»Bäh!«

Nach einigen Abzweigungen blieb Lukas an der Rückseite eines besonderen Terrariums stehen. Zahlen in weißer Farbe gaben den Zoowärtern Aufschluss darüber, was drin war. Vorn im Besucherbereich gab eine Glasfront den Blick auf eine hübsch beleuchtete Landschaft frei, die einem Dschungel ähneln sollte. Allerdings war sich Lukas nie ganz sicher gewesen, ob das nun zum Nutzen der Tiere gedacht war oder der Leute, die hineinguckten. Vielleicht beides. Hier auf der Rückseite hingegen waren die Schauanlagen mit Metallplatten verkleidet, die oben mit einem Zugangsschlitz versehen waren. Durch diesen konnten die Betreuer hineingreifen, um Futter zu platzieren oder die Insekten zur Untersuchung herauszuholen.

Lukas ließ den Schlitz zurückgleiten und langte hinein. Er spürte, wie die Hitze der starken Lampen auf seiner Haut prickelte. Er tippte sanft gegen einen Zweig. »Charlie? Bist du da?«

Einen Moment lang passierte gar nichts. Dann plötzlich kräuselte sich etwas Schwarzes einen Ast empor. Zögernd krabbelte es noch das letzte Stückchen hoch, bis es auf

Lukas' Hand übersiedelte. Hinter ihm schnappte Una überrascht nach Luft. Es war Charlie. Sein zylindrischer Körper mit dem abgerundeten Vorder- und Hinterende sah aus wie eine lange schwarze Zigarre. Allerdings war er in einzelne Ringe gegliedert, aus denen jeweils zwei Beinchen ragten – und zwar auf jeder Seite. Zudem ragten von Charlies Kopf zwei Fühler nach vorn. Eifrig schwenkten sie hin und her, als er sich voranbewegte und die Luft abtastete. Charlies Körper war so dick, dass Lukas ihn mit Daumen und Zeigefinger kaum hätte umfassen können. Kleine Wellen schienen an seinen Körperseiten entlangzulaufen, während seine Beine ihn fortwährend voranschoben. Sie kribbelten auf Lukas' Haut. Es war, als würde jemand ihn mit einem Pinsel kitzeln.

»Das …«, begann Lukas, während Charlie von seinem Handgelenk auf den Unterarm kroch und dabei zunächst den Ast und anschließend das Terrarium verließ, »… ist Charlie. Charlie gehört der Spezies *Archispirostreptus gigas* an, auch Riesenschnurfüßer genannt. Er ist vier Jahre alt, mehr oder weniger, kratzt nicht, beißt nicht und steht auf verrottetes Laub und anderes Pflanzenmaterial. Und er ist mein Freund.«

Fasziniert rückte Una dicht an seine Seite. »Er ist unglaublich! Kann ich ihn anfassen?«

»Wenn er dich lässt. Lass ihn dich erst abtasten. Streck deinen Arm aus.«

Mit einer leichten Drehung brachte Lukas seinen Arm neben ihren. Charlie machte eine Verrenkung, um seinen

Kopf näher zu bewegen. Seine Fühler streckten sich, um sie zu berühren. Keine Gefahr witternd, krabbelte Charlie zögernd vorwärts, bis er halb auf Lukas', halb auf Unas Arm war.

»Er kitzelt.«

»Stimmt. Das ist eine seiner liebenswerteren Eigenschaften.«

Auf einmal wuselte Charlie los und kroch komplett auf Unas Arm. Lukas' Hand schoss vor, bereit, Charlie zurückzuholen, falls Una plötzlich in Panik geriet. Aber sie war okay. Sogar mehr als das: Sanft kitzelte sie den Tausendfüßer mit ihrer freien Hand unter dem, was man wohl nicht anders als »Kinn« bezeichnen konnte. Charlie ließ die Fühler sinken, um ihre Handfläche zu erkunden.

»Er mag dich«, stellte Lukas fest.

»Und ich ihn.« Lächelnd blickte sie zu Lukas auf. »Danke dafür. Es war einfach nur toll. Ich wünschte, ich könnte bleiben. Aber ich denke, ich sollte besser zurück. Die Leute werden sich fragen, wo ich stecke. Und ich soll ja auch noch etwas über das Game sagen.«

Als sie das Insektenhaus verließen, wurde es langsam dunkel. »Wie bist du eigentlich zu all dem gekommen, wenn du die Frage erlaubst?«, fragte Lukas, während er die Tür hinter sich verschloss.

»Kein Problem.« Sie hielt einen Augenblick inne. »Daniel und ich sind in New Mexico aufgewachsen. Unsere Eltern haben dort beide auf der Air Force Base gearbeitet. Sie sind bei einem Autounfall gestorben, vor fünf Jahren.

Daniel und ich kamen zu einer Tante. Aber die hatte nicht viel Zeit, um sich um uns zu kümmern. Also waren wir auf uns selbst angewiesen. Für mich galt das fast wortwörtlich: Ich wurde besessen von Computerspielen. Den Großteil des Tages verbrachte ich in virtuellen Welten und stellte mir vor, jemand anders zu sein.« Sie seufzte. »Daniel driftete in eine andere Richtung. Er hing mit den falschen Typen ab, blieb bis spät in der Nacht weg und wurde chronisch aufmüpfig. Egal, jedenfalls erwarb ich mir währenddessen durch meinen Stil und meine Ergebnisse nach und nach einen Ruf in der Gamerszene. Ich bekam erste Sponsoren und dann traf ich Ryan auf einer Convention. Er bot mir die Chance, Profi-Gamerin zu werden. Er war der Meinung, dass wir eine Menge Geld machen könnten, mit ihm als Manager und mir als Gamerin auf den großen Wettbewerben. Und das haben wir. Irgendwann und irgendwie auf diesem Weg haben wir uns verlobt. Auch wenn ich heute gar nicht mehr richtig sagen kann, wie das passiert ist.«

»Und gefällt es dir?«, fragte Lukas sanft.

Mit ernstem Ausdruck sah sie ihn an. »Schätze ja«, antwortete sie langsam. »Auch wenn es viel schöner war, als ich es nur aus Spaß gemacht habe. Wenn du weißt, was ich meine.«

Sie kamen nun an dem Bereich vorbei, in dem die Baumsäugetiere lebten. Die Luft war erfüllt vom Zirpen der Zikaden, das aus den Büschen und dem Gelände hinter der Umzäunung des Zoos zu ihnen herüberdrang.

»Was ist mit dir?«, fragte Una. »Wie ist deine Geschichte?«

Er warf einen Blick zum Eventbereich, dem sie sich nun näherten. Dort erstrahlte jetzt alles in hellem Licht. Sie würden in weniger als einer Minute da sein. Er hätte irgendetwas Zwangloses von sich geben, sich vielleicht etwas aus den Fingern saugen können, und sie hätte nicht einmal die Chance gehabt, Fragen zu stellen. Das Problem war, dass er sich nichts aus den Fingern saugen *wollte*. Er wollte die Wahrheit sagen. Mit ziemlicher Sicherheit würde er Una Britcross nie wiedertreffen. Warum sollte er ihr nicht von sich erzählen? Welches Risiko bestand da schon?

»Mein Vater kam aus Großbritannien, meine Mutter aus Deutschland«, begann er leise. »Sie arbeiteten für Tierschutzorganisationen und setzten sich für bedrohte Arten ein. Sie nahmen meinen Bruder und mich mit nach Mosambik in Afrika, wo sie uns zu Hause unterrichteten. In dem Reservat, in dem wir lebten, ließen sie uns außerdem ziemlich frei umherschweifen.«

»Magst du Tiere deswegen so?«, fragte Una einfühlsam.

»Ich glaube schon. Aber ich verkläre sie nicht. Ich habe die Natur in all ihrer Grausamkeit erlebt. Aber ich verstehe sie, vermutlich besser, als ich Menschen verstehe. Auf jeden Fall mag ich Tiere mehr als Menschen.«

»Warum?« Ihre Stimme war sanft, fast nicht zu hören.

»Meine Eltern wurden von Wilderern getötet, die auf der Jagd nach Buschfleisch für afrikanische Märkte waren«, antwortete er. Er hatte mit diesen Worten schon so lange gelebt, dass er sie ohne große Emotionen von sich geben konnte. »Wir wurden von Streitkräften der Regierung gerettet und ich landete in einem Waisenhaus in Maputo. Am Ende verschlug es mich nach Amerika, als ich mich auf einem Flug um ein narkotisiertes Nashorn kümmern sollte. Es wurde in den Zoo von Baltimore gebracht. Seitdem bin ich hier in Amerika.«

Una sagte nichts. Aber zu seiner Überraschung glitt ihre Hand in seine. Sanft drückte sie sie.

»Also, da wär'n wir«, sagte er mit einem Anflug von Bedauern, als sie zum Eventgebäude kamen. Dies war der Moment, wo sie Goodbye sagen würde. Oder er. Vielleicht sollte er die Initiative ergreifen.

Der schwarze SUV und das Motorrad parkten immer noch draußen, mit laufenden Motoren. Wieder überkam Lukas dieses mulmige Gefühl. Wenn der Motorradfahrer zu Gast auf der Premiere war, warum war er dann nicht reingegangen? Warum hockte er immer noch auf seinem Bike? Und wenn der SUV auf jemanden drinnen wartete, warum hatte man ihn dann nicht weggefahren? Zu einer abgelegeneren Parkmöglichkeit, bis er wieder gebraucht wurde? Warum stand er hier so offen vor dem Gebäude?

Viele Fragen, wenige Antworten. Was so ziemlich auch Lukas' Leben beschrieb.

Er verscheuchte die Gedanken an SUV und Motorrad. »Hier trennen sich unsere Wege«, sagte er zu Una. »Ich muss zurück an die Arbeit.«

»Ich auch«, antwortete sie und klang traurig. Sie öffnete

den Mund, um noch etwas zu sagen. Doch dann wurde sie von einem leichten Tumult unterbrochen, der vom Eingang des Gebäudes kam.

Als Lukas einen Blick hinüberwarf, sah er Ryan, Unas Manager und Verlobten. Mit finsterer Gewittermiene schob er sich durch die Leute, die dort standen.

»Wo warst du?«, blaffte er. »Da drin sind Leute, die 'ne Menge Geld abgedrückt haben, um dich kennenzulernen. Und außerdem musst du noch über das dämliche Spiel quatschen. Los, komm!«

Er packte Una am Arm und zog sie – nicht gerade roh, aber entschlossen – auf die Türen zu.

Lukas überkam das fast unwiderstehliche Verlangen, Ryan am Ärmel zu packen, die Treppe runterzuschleifen und ihm die Faust ins Gesicht zu pflanzen. Stattdessen atmete er tief durch und wandte sich ab. Er würde bald weiterziehen und auch Una würde bald weiterziehen, sogar noch vor ihm. Und mit an Sicherheit grenzender Wahrscheinlichkeit würden sie sich nie wiedersehen. Sich jetzt in ihr Leben einzumischen, würde alles grundlos komplizierter machen.

Er entfernte sich einen Schritt, um durch den Nebeneingang zu seiner Arbeit zurückzukehren.

Hinter ihm zerplatzten die Glastüren und ein Splitterregen fegte durch die Luft. Dann vernahm er das unverkennbare Stakkato automatischer Waffen: Im Gebäude wurde geschossen!

# KAPITEL DREI

Eins war Lukas sofort klar: Die Schüsse, die er hörte, stammten nicht aus dem Computerspiel. Er hatte in seinem Leben genug Gewehrfeuer gehört, um zu wissen, dass dieses echt war. Abgesehen davon waren die Glastüren von irgendetwas zertrümmert worden – vermutlich Projektilen.

Ehe er sich dessen bewusst war, befand er sich bereits wieder in vollem Lauf zurück zur Treppe. Die meisten dort – Leute, die teils erst kamen, teils die Party bereits verließen – waren entweder starr vor Schreck oder rannten panisch davon. Noch im Laufen packte Lukas sie und drängte sie die Stufen hinunter, diagonal von den Türen fort, um sie aus der Schusslinie zu bringen.

»Weg hier! Schnell!«, knurrte er, während sein Gehirn sich schon mit dem Gewehrfeuer beschäftigte und die Laute mit ihm bekannten Modellen abglich.

Es war eine automatische Waffe, so viel stand fest. Die Feuerstöße bestanden immer aus drei Schuss hintereinander. Halt, nein … tatsächlich hatte er nur zwei Dreier gehört. Gefolgt von einem Zweier, einem Einer und dann erst wieder einem Dreier. Also keine Heckler & Koch, was seine erste Vermutung gewesen wäre. Der Mitnehmer der Heckler & Koch stellte sich wieder auf eine Dreier-Garbe ein, wenn sich einer der Feuerstöße verkürzte. Aber bei *dieser* Waffe war einem verkürzten Zweierstoß ein Einer gefolgt, bevor sie sich wieder auf einen Dreier einstellte. Und dann der Sound: Die Schüsse klangen schriller und flacher als die einer 9-mm- oder 7,65-mm-Patrone, wie sie Standard waren. Eine Spezialwaffe also, was bedeutete, dass es sich vermutlich um eine FN P90 Personal Defence Weapon handelte. Recht neu, mit futuristischem Design – mehr eine Skulptur als eine Waffe. Überwiegend vom Militär genutzt, so gut wie gar nicht von Kriminellen und Terroristen.

Er hatte einmal mit einer geschossen, vor ein paar Jahren auf einer Schießanlage in Südafrika, und war sehr beeindruckt gewesen von dem geringen Rückstoß und der Zielgenauigkeit.

Er war nun fast bei Una Britcross angelangt, packte die letzte Person, die ihn noch von ihr trennte (es war Ryan), und schob beide die Stufen hinunter.

»Was zum Teufel …?«, begann Ryan, während Lukas an Unas Seite rückte. Unter seinen Sohlen knirschten Glassplitter. »Kommen die Schüsse vom Spiel? Es ist das Spiel, oder?« Sein Blick glitt über die Leute, die davonrannten.

Lukas dachte, er würde jeden Moment etwas rufen wie:

»Alles okay! Sind nur die Soundeffekte!«, obwohl die zertrümmerten Glastüren eine ganz andere Sprache sprachen. Daher presste er seine rechte Hand über Ryans Mund, um ihn zum Schweigen zu bringen.

»Es ist echt«, zischte er. »Guck dir das Glas an!«

Als Ryan auf die Bruchstücke der zerschmetterten Tür starrte, ließ Lukas ihn los und ergriff entschlossen Unas Oberarm.

»Du musst weg«, sagte er mit drängender Stimme. »Hier ist es nicht sicher. Hast du ein Auto? Wie bist du hergekommen?«

»Ryan hat eine Limousine organisiert«, antwortete sie, noch halb im Schock. »Aber wir müssen anrufen, wenn wir fahren wollen!«

»Dann ruf an!«, knurrte Lukas.

Am Fuß der Treppe heulte ein Motor auf. Lukas' Kopf fuhr herum. Der Laut erregte seine Aufmerksamkeit. Einen Moment dachte er, jemand täte das einzig Vernünftige und brachte sich in einem Wagen in Sicherheit. Aber es war der schwarze SUV von eben, der mit den abgedunkelten Scheiben. Und statt nach vorn davonzufahren, setzte er mit quietschenden Reifen *zurück*, während das davor parkende Motorrad sich nicht vom Fleck rührte.

Panisch sprangen die Leute dem Wagen aus dem Weg. Im nächsten Augenblick erreichte er die Ecke des Eventgebäudes, wo der Fahrer das Steuer anscheinend hart herumriss. Denn das Fahrzeug schleuderte in der Rückwärtsdrehung so brutal herum, dass es eine Spur verbrannten

Gummis auf dem Asphalt hinterließ und dichte Abgaswolken aus dem Auspuff jagten. Der Wagen kam abrupt zum Halten – und beschleunigte urplötzlich nach vorn, direkt in die Zufahrt hinein, die an der Gebäudeseite entlangführte.

Da stimmte etwas nicht. Eine eindeutig unvernünftige Aktion, absolut dämlich sogar, es sei denn ... ja, es sei denn, der Fahrer gehörte zur Gang und wollte den oder die Schützen hinter dem Gebäude am Personaleingang einsammeln. Das ergäbe Sinn, dachte Lukas. Sorge vorn mit ein paar Feuerstößen für Verwirrung und Durcheinander und verdufte dann durch die Hintertür, wenn alle durch den Haupteingang zu fliehen versuchen.

Aber warum? Wozu überhaupt das ganze Geballer? Was *wollten* sie?

Nicht sein Problem. Jetzt galt es, so viele Leute wie möglich aus der Gefahrenzone zu schaffen, ohne sich selbst allzu ernste Blessuren einzufangen.

Er sah sich um. Una stand noch neben ihm. Ryan war ebenfalls bei ihr. Hektisch haspelte er etwas in sein Smartphone. Lukas hoffte, dass er die Limousine rief, um zurückzufahren – und zwar pronto.

»Daniel!«, schrie Una. »Mein Bruder ... ich seh ihn nicht.« Verzweifelt blickte sie sich um. »Ich glaube, er ist noch drinnen!«

»In dem Fall ist er bestimmt so vernünftig, unter einem Tisch oder sonst wo in Deckung zu gehen«, versuchte Lukas sie irgendwie zu beruhigen. Sein Blick flog über die fliehenden, panischen Leute. Doch die rote Borstenhaarfrisur von Unas Bruder war nirgends zu entdecken.

Wieder zog er sie am Arm. Aber es war, als würde er eine Statue berühren. »*Los!* Bring dich in Sicherheit!«

Sie starrte ihn an, mit einem wilden Ausdruck in den Augen. »Bitte … kannst du nicht was tun?«

Kann *Ryan* nicht was tun?, dachte Lukas, was vielleicht etwas unfair war. Er warf einen Blick zu ihm. Der Mann war blass und schwitzte. Seine weit aufgerissenen Augen erinnerten Lukas an ein panisches Pferd.

Er seufzte. Also war's an ihm. Wieder mal.

»Okay«, sagte er zögernd. »Ich geh rein und seh, ob ich ihn finde.«

Unas Miene schien zu einem Ausdruck zwischen Entsetzen und Dankbarkeit erstarrt. Mit einem sanften Schubs setzte er sie in Bewegung, bevor er auf das leere Loch zueilte, wo eine Minute zuvor noch die Glastüren gewesen waren.

Rasch durchquerte er das Foyer, in dem die Leute ihre Mäntel und Taschen zurückgelassen hatten. Während er sich weiter zu der Stelle bewegte, wo sich der Eingangsbereich zu einem großen Saal öffnete, rannten die letzten Leute an ihm vorbei. Hastig vergewisserte Lukas sich, ob Daniel dabei war. Fehlanzeige. Lukas ging hinter einer der Säulen in Deckung, die den Saal flankierten. Vorsichtig lugte er um die Ecke und suchte den Raum nach möglichen Opfern und den Schützen ab.

Es lagen keine Körper auf dem Boden. Dafür aber

konnte er die Schützen ausmachen: drei Gestalten, schwarz gekleidet. Was sie in einer Menge von Computerspielern, Gamefans und Gamedesignern nicht direkt zu einer auffälligen Erscheinung gemacht hätte. Im Gegensatz zu den Waffen, die sie trugen: FN P90 PDWs – die Version mit Hinterschaftlader, genau wie Lukas vermutet hatte.

Ihre Gesichter waren von Kopftüchern verhüllt, die Augen hinter Sonnenbrillen versteckt. Ihrer muskelbepackten Statur nach zu schließen, handelte es sich um Männer.

Einer von ihnen starrte plötzlich in Lukas' Richtung. Statt den Kopf einzuziehen, verharrte Lukas wie erstarrt auf der Stelle. Das war eine der Lektionen, die er in der afrikanischen Savanne gelernt hatte: Raubtiere registrierten zuallererst Bewegungen.

Seine Reglosigkeit und der Umstand, dass der Mann wegen der Sonnenbrille seine Umgebung vermutlich nicht ganz deutlich wahrnahm, retteten Lukas. Der Mann wandte sich seinen Kumpanen zu und sagte etwas, das Lukas nicht richtig verstehen konnte.

Die beiden anderen hielten Daniel Britcross zwischen sich gefangen! Offensichtlich hatten sie ihn geschlagen, um ihn gefügig zu machen. Er stand, aber sein Kopf war auf die Brust gesunken. Die Augen waren halb geschlossen und auf der Stirn prangte eine Beule, die anscheinend rasch anschwoll.

Lukas beobachtete, wie sich die drei Männer durch die Servicetür Richtung Küche zurückzogen. Kein Zweifel, sie wollten zum Ausgang an der Gebäuderückseite.

Er zählte bis fünf und sprintete durch die Halle zur Servicetür. Im Laufen registrierte er, dass die beiden Bildschirme immer noch aktiv waren. Lukas erhaschte einen Blick auf bizarr bewaffnete Krieger – verwickelt in einen Nahkampf mit Gorillas, die so etwas wie mechanische Arme zu haben schienen, mit riesigen Hummerscheren statt Händen an den Enden. Ein Kampf in einer Fantasywelt, in den jäh das reale Leben mit seiner realen Gewalt eingebrochen war. Und die war, wie Lukas nur zu gut wusste, sehr viel dreckiger und unberechenbarer. Ganz abgesehen davon, dass es in der richtigen Welt keine Respawns gab. Tot bedeutete tot, ein für alle Mal.

Er kontrollierte den Korridor, der vom Saal in den Küchentrakt führte, rückte weiter vor und schob vorsichtig den Kopf um die Ecke – nichts, sah man von den Tabletts voller Speisen ab, die die Köche und Kellner bei ihrer überstürzten Flucht zurückgelassen hatten.

Schnell sprintete er an den Edelstahlöfen und Kochplatten vorbei zur gegenüberliegenden Tür. Auf halbem Weg vernahm Lukas das Getöse eines aufheulenden Motors. Bizarrerweise erinnerte es ihn an das Gebrüll eines Löwen, der in der Savanne einen Rivalen herausforderte. Als er den Vorratsraum durchquert und die Hintertür nach draußen erreicht hatte, setzte der SUV gerade mit Karacho auf dem Zufahrtsweg zurück. Im nächsten Moment war er schon um die Gebäudeecke verschwunden und wiederholte, dem Reifenquietschen nach zu schließen, seine Schleuderwende.

Trotzdem hatte Lukas durch die getönten Scheiben noch einen Blick auf fünf Schemen im Fahrzeug erhaschen können: den Fahrer, die drei Kidnapper und Daniel Britcross.

Sie hatten Waffen, er nicht. Sie hatten einen Plan, er nicht. Und sei es nun Geld oder etwas anderes: Sie trieb die Aussicht auf eine Belohnung an, ihn nicht.

Aber sie hatten Daniel Britcross.

Etwa eine halbe Sekunde lang versuchte Lukas sich vorzustellen, wie er Una erklären sollte, dass man ihren Bruder gekidnappt hatte. Malte sich seine Worte aus, den Ausdruck ihres Gesichts. Und wie sie schließlich sagen würde: »Warum hast du ihm nicht geholfen?«

Etwas abseits, im Schatten des Gebäudes, abgestellt auf einem Ständer, stand ein Motorrad. Es war eine andere Maschine als die, die ihm vorne aufgefallen war: eine Ducati Diavel, schwarzmatt lackiert mit roten Streben. Vermutlich gehörte sie einem der Partygäste – irgendeinem reichen Gamer. Der Besitzer hatte sie wohl lieber hier hinten als vor dem Gebäude abgestellt, damit sie nicht aus Versehen umgestoßen und beschädigt wurde.

Ein schwarz-roter Helm lag auf dem Heck bereit. Lukas setzte ihn auf, schwang das rechte Bein über die Maschine und nahm rittlings auf dem Sitz Platz. Rasch riss er die Zündkabel raus, zwirbelte zwei Einzeldrähte zusammen und trat den Starter durch. Die Maschine erwachte mit Donnerbrüllen zum Leben.

Einen Moment fragte er sich, was zum Teufel er da

eigentlich machte. Dann packte er entschlossen den Lenker und drehte den Gasgriff bis zum Anschlag. Das Vorderrad hob vom Boden ab, der Hinterreifen fraß sich qualmend in den Asphalt – und schon schoss er die Zufahrt entlang.

Gleich darauf bremste er wieder und legte das Bike in die Kurve, als er um die Gebäudeecke bog. Beinahe schrammte sein linkes Knie dabei über den Boden. Fast gleichzeitig gab er erneut Gas und die vom Motor entfesselten Fliehkräfte zogen ihn wieder in die Senkrechte. Vor sich sah er drei Rücklichter, die wie drohende Dämonenaugen in der zunehmenden Dunkelheit glühten. Ziemlich sicher der fliehende SUV und sein Begleitmotorrad. Nun war klar, dass beide Fahrzeuge am Überfall beteiligt waren.

Er wandte den Kopf kurz zur Seite, als er an der Treppe vor dem Empfangsgebäude vorbeiraste. Die meisten Gäste waren inzwischen hinaus in den Zoo geflüchtet und eilten vermutlich dem Ausgang zu. Aber er sah Una Britcross und Ryan. Sie standen auf der Treppe und starrten zu ihm herüber, während Ryan den Arm um Unas Schultern gelegt hatte.

Lukas gab brutal Gas. Das Bike schoss vorwärts und er spürte, wie die Beschleunigungskräfte versuchten, ihn vom Sitz zu reißen. Fest pressten sich seine Schenkel an die Verkleidung.

Wie von einem Raketenmotor getrieben, raste die Ducati auf den Wagen und das Motorrad zu, das leicht versetzt voranfuhr. Die Fliehenden hielten sich auf dem Hauptweg, der sich wie eine Wirbelsäule durch den Zoo zog. Kleinere

Wege und Pfade führten wie Rippen von ihm fort. Aber ganz offensichtlich hielten die Kidnapper auf den Haupteingang zu. Lukas hatte keine Ahnung, wie er sie aufhalten sollte. Doch irgendetwas würde ihm schon einfallen. Hoffentlich. Und wenn nicht, dann konnte er sie zumindest verfolgen und sehen, wohin sie Daniel Britcross brachten, bevor er die Polizei alarmierte.

Wenigstens hatte er das Überraschungsmoment auf seiner Seite. Sie wussten nicht, dass er ihnen folgte.

Drei Lichtblitze zerrissen jäh die Dunkelheit, sie kamen von der schwarzen Kontur des flüchtenden Motorrads. Gewehrfeuer? Lukas meinte, Schüsse zu hören. Es klang wie Kieselsteine in einer Blechbüchse, die man kurz schüttelte. Der Motorradfahrer hatte sich offensichtlich umgewandt und schoss mit einer Hand auf Lukas.

Vor ihm spritzten plötzlich drei Steinchenfontänen aus dem Asphalt. Er machte einen Schlenker nach links, rechts und wieder links, um den Einschussstellen auszuweichen.

Wieder blitzen drei Schüsse auf, als der Motorradfahrer erneut das Feuer eröffnete. Dieses Mal kamen die Projektile näher. Lukas spürte ein Reißen an der Schulter. Gefolgt von einem *Pong*, das ihm durch den Schädel hallte, als eine zweite Kugel den Rand seines Helms streifte und seinen Kopf für einen Moment zur Seite stieß. Wusste der Teufel, wohin der dritte Schuss gegangen war. Jedenfalls spürte er keine Schmerzen in der Schulter. Die Kugel schien geradewegs durch den dicken Stoff seiner Jacke gegangen zu sein, ohne mehr zu hinterlassen als ein interessantes Loch – das ziemlich schwer zu erklären sein dürfte, sollte in Zukunft jemand danach fragen. Falls er überhaupt noch darauf würde antworten können. Was das Projektil anging, das seinen Helm erwischt hatte, so hatte es nichts weiter als einen kleinen Schreck und etwas Krach verursacht.

Mit einer leichten Lenkerbewegung brachte er die Ducati links hinter das Heck des SUV, der entgegengesetzten Seite des Motorradschützen. Nun war Lukas durch das Fahrzeug verdeckt, sodass der Motorradfahrer ihn nicht mehr sehen konnte. Das sollte erst einmal helfen. Jedenfalls während der nächsten Sekunden.

Vor ihm raste der SUV mit seiner Motorradeskorte auf der asphaltierten Straße dahin, dem Haupteingang entgegen. Eine Schar verspäteter Touristen, die es noch nicht aus dem Zoo geschafft hatte, stob panisch auseinander. Ein paar landeten auf den Grünstreifen, die die Fahrbahn rechts und links säumten. Wie blitzende Schemen nahm Lukas ihre bleichen Gesichter wahr, als er an ihnen vorbeischoss. Gern hätte er angehalten, um zu helfen. Aber er war auf einer Mission. Eine, die er zwar noch nicht ganz begriff, aber das änderte nichts an der Sache.

Plötzlich tauchte das Motorrad neben ihm auf, als dessen Fahrer bremste und sich hinter den SUV zurückfallen ließ. Instinktiv riss Lukas den Lenker nach rechts, während der Schütze sich drehte und wieder schoss, wundersamerweise, ohne die Kontrolle über seine Maschine zu verlieren.

Wieder zuckten drei Blitze auf und tauchten Straße, Wagen und Grasstreifen für einen Wimpernschlag in grelles Licht. Durch die Bewegungen ihrer beiden Motorräder ließ die Treffgenauigkeit des Schützen jedoch zu wünschen übrig und die Kugeln pfiffen vorbei. Lukas drehte sich um, aus Sorge, dass zufällig ein Passant getroffen worden war. Aber wie es schien, waren die Projektile, ohne Schaden anzurichten, von der Dunkelheit verschluckt worden.

Selbst durch den Helm und über das Getöse der Motoren hinweg meinte Lukas wahrzunehmen, wie sich im Zoo zunehmende Unruhe erhob. Das Gewehrfeuer schien die Tiere aufzuschrecken. Lukas bildete sich ein, das Brüllen von Raubkatzen zu hören, das Kreischen von Affen und die Schreie von Vögeln. Eigentlich hatten sie jetzt Nachtruhe und sollten schlafen. Stattdessen bekundeten sie ihr Missfallen angesichts des ungewohnten Lärms. Er konnte es ihnen nicht verübeln: So etwas brauchte nun wirklich niemand!

Weit vor sich erblickte Lukas den Haupteingang des Zoos: die Drehkreuze, durch die die Besucher kamen und gingen, die Ticketschalter und seitlich davon das größere Tor, durch das Pkw und Lastwagen rein- und rausfahren konnten. Das Tor war inzwischen geschlossen und vor den Drehkreuzen drängte sich die aufgebrachte Menge beim Versuch, so schnell wie möglich hinauszukommen. Das Gewehrfeuer sowie die donnernden Motoren hatten sie ebenso in Panik versetzt wie die Tiere. Rücksichtslos stießen sie gegeneinander, während sie versuchten, sich den Weg nach draußen zu bahnen.

Wohl zum zehnten oder elften Mal ging ihm ein Gedanke durch den Kopf wie der Lauftext am unteren Bildschirmrand eines Nachrichtensenders: *Was genau mach ich hier eigentlich?* Er hatte keine Ahnung. Aber irgendetwas würde sich ergeben. Tat es immer. Meistens jedenfalls.

Der SUV schwenkte abrupt nach links und bog in eine kleinere Straße ein, die auf einige Tiergehege zuführte. Das Motorrad verringerte die Geschwindigkeit und bog ebenfalls ab. Überrumpelt riss Lukas die Ducati herum. Halb schleudernd, halb schlitternd lenkte er sie in die neue Richtung. Der Gestank von verbranntem Gummi stieg ihm in die Nase und violetter Qualm umhüllte ihn, während sein Knie für einen Moment über den Asphalt schrammte. Die Quittung kam prompt in Form einer langen, brennenden Schürfwunde. Aber es gelang ihm, die Maschine zu verlangsamen und in die Kehre zu zwingen, dem SUV hinterher. Die Jagd ging weiter. Lukas meinte, Volieren mit Adlern und Eulen vorbeihuschen zu sehen. Ihre Augen schienen schwach zu glühen, als sich das Scheinwerferlicht des SUV und des Motorrads in ihnen reflektierte. Aber ganz sicher war er sich nicht.

Wieder vollführte der SUV einen scharfen Linksschwenk, als er abrupt in einen schmaleren Weg zwischen zwei Zoogebäuden einbog. Sein Motorradbodyguard folgte auf dem Fuß. Lukas schoss über die Abzweigung hinaus, als er zu folgen versuchte, und musste mit seiner Ducati – na ja, nicht *seiner* Ducati – umkehren, bevor er in den Weg einbiegen konnte. Er befand sich nun wahrscheinlich irgendwo in der Nähe des Reptilienhauses. Was den Weg vom Haupteingang zu seinem Arbeitsplatz anging, so war seine mentale Karte des Zoos hervorragend. Darüber hinaus jedoch war alles etwas verschwommen. Er hatte einige Gehege im Bereich der »Tiere Afrikas« besichtigt, einfach der Nostalgie halber. Aber seine Kenntnisse über den Zoo als Ganzes waren ziemlich dürftig. Ein Fehler, wie er nun erkannte. Einer allerdings, an dem nichts mehr zu ändern war.

Als Lukas den Kidnappern die Abzweigung entlang hinterherjagte, nahm er plötzlich einen dunklen Umriss vor sich wahr, mitten auf dem Weg und halb verborgen im Schatten eines nahen Gebäudes. Irgendwo jenseits dieser schwarzen Kontur wurden zwei rote Rücklichter in der Dunkelheit immer kleiner.

Der Motorradbodyguard hatte angehalten. Seine quergestellte Maschine blockierte den Weg und er war dahinter in Deckung gegangen. Lukas sah, wie der Motorradfahrer den Arm hob – und die Waffe auf ihn richtete.

Jäh scherte Lukas zur Seite aus und im nächsten Moment schrammte die Ducati an einer Mauer entlang.

Das Reptilienhaus?, schoss es Lukas durch den Kopf, als er mit der Schulter gegen das Mauerwerk krachte. Schwer zu sagen. Womöglich auch Kleinsäuger. Seine Jeansjacke riss von Kragen bis Ärmel auf und die Haut brannte, als hätte jemand flüssige Lava darübergekippt. Zum Glück schien nichts gebrochen, aber die Schmerzen waren höllisch.

An der Mauer entlangschlingernd, neigte sich das Motorrad plötzlich zur Seite – um schon einen Wimpernschlag später geradewegs durch einen geschlossenen Kiosk zu brettern. Das wackelige Gebilde aus Plastikwänden, Plastikfenstern und Plastikdach krachte samt der rollladenverkleideten Theke wie ein Kartenhaus in sich zusammen, während Chipstüten, Schokoriegel und Limodosen zu allen Seiten flogen. Mit einem Satz brachte Lukas sich in Sicherheit, bevor das Gewicht der kippenden Maschine ihm das Bein zerquetschte. Seine Hände schrammten über den Boden, als er den Sturz mit den Händen abfing. Schotter spickte seine Haut und riss Wunden.

Sein Kopf schmetterte auf den Asphalt und vor seinen Augen explodierte ein Feuerwerk aus Sternen und Kometen. Der Sturzhelm hatte ihn vor ernstem Schaden bewahrt, aber der Aufprall betäubte und verwirrte seine Sinne. Benommen schüttelte er den Kopf, sich unterbewusst darüber im Klaren, dass der Killer inzwischen vermutlich hinter der Deckung seines Motorrads hervorgekommen war und in diesem Moment auf seinen Kopf zielte. Das Problem war nur, dass er unglücklich gefallen war und nicht genau wusste, wo er oder sein Gegner waren. Er gab ein frustriertes Knurren von sich. Wie sollte er kämpfen, wenn er keine Ahnung hatte, gegen wen oder was – ganz zu schweigen, aus welcher Richtung die Gefahr kam?

Er ballte die Finger zur Faust. Die aufgeschürfte Handfläche brannte vor Schmerz. Aber abgesehen davon nahm er auch einige Schottersteinchen darin wahr: Manche hatten sich in die Haut gegraben, andere jedoch waren beim Sturz einfach von der Straße gefegt worden und lagen nun lose in seinem Griff.

In einer plötzlichen Bewegung ließ er seinen gestreckten Arm vorschießen und öffnete die Finger – in der Hoffnung, dass einige Steinchen auf den Killer zuschossen, bevor dieser jeden Moment den Abzug drückte. Und dass er seinen Helm abgenommen hatte, um besser zielen zu können.

Lukas vernahm ein tiefes Knurren, das wie ein Fluch in einer fremden Sprache klang. Er schien richtig gelegen zu haben mit dem Helm. Vielleicht hatten ein paar Steinchen den Killer getroffen und ihn kurz aus dem Konzept gebracht. Er konnte es nur hoffen.

Mit allerletzter Kraft rappelte er sich auf. Schüttelte den Kopf, um Schmerz und Benommenheit zu verscheuchen. Mit Erfolg: Als er den Kopf hob, sah er deutlich die dunkle, in Leder gekleidete Gestalt vor sich. Vornübergebeugt stand sie da, inmitten der Kiosktrümmer, und rieb sich die Steinchen aus den Augen, die Lukas nach ihr geschleudert hatte. Er warf sich auf den Gegner, mit aller Kraft, die seine Beine hergaben, um die Distanz im Nu zu überwinden. Lukas krachte mit der lädierten Schulter in den Magen des Gangsters. Sie stürzten und ein greller Schmerz jagte durch Lukas' geschundene Muskeln.

Der Killer war auf seine Waffe gefallen. Er wand und

drehte sich, um an sie heranzukommen. Doch Lukas drückte den Mann mit seinem ganzen Gewicht auf den Boden. Sein Gegner versuchte, das Knie hochzureißen, um es ihm in den Unterleib zu rammen. Doch damit hatte Lukas gerechnet und blockte den Stoß mit seinem eigenen Knie ab.

Er blickte sich nach etwas um, mit dem er den Killer ausschalten konnte. Während Lukas ihn mit aller Kraft niederdrückte, langte er mit der Rechten nach einer Dose Kirschlimo. Er packte sie, schwang den Arm herum und ließ die Dose auf den Kopf des Gegners krachen. Einmal, zweimal, dreimal. Der Körper des Killers zuckte. Er schrie etwas in einer fremden, kehligen Sprache. Aber dann rührte er sich nicht mehr. Er war ohnmächtig.

Schwer atmend lag Lukas einen Moment da, bevor er von seinem Gegner rollte und sich aufrappelte. Er starrte auf die Ducati. Das Vorderrad war verbogen. Damit würde er nirgends mehr hinfahren. Ein Großteil des Lacks war zerkratzt und ein Teil der Verkleidung abgerissen. Er hoffte, dass der Besitzer versichert war.

Während er noch immer versuchte, Atem zu schöpfen und Ordnung in seine Gedanken zu bringen, blickte er sich um. Es war sinnlos, den SUV weiter zu verfolgen. Selbst wenn es ihm irgendwie gelang, das Vorderrad wieder hinzubiegen, waren die anderen Gangster bestimmt schon meilenweit entfernt.

Oder vielleicht doch nicht? Was war mit ihrem Freund, der hier neben ihm auf dem Boden lag? Würden sie nicht warten, bis er sich wieder zu ihnen gesellte? Das ergab Sinn. Sie würden wissen wollen, dass die Luft rein und Lukas ausgeschaltet war. Nein, vermutlich hatten sie den Wagen in der Nähe geparkt, irgendwo außer Sichtweite.

Sein Blick glitt die Straße hinunter. Er befand sich an der Ecke des Nashorngeheges. Die aus Afrika stammenden Tiere lebten hier in einer riesigen Freianlage, in der sie umherlaufen konnten. Diese war von einem hohen Zaun und einem Betongraben umgeben; auf der anderen Seite des Geheges gab es noch ein Betongebäude, in dem sie sich bei Bedarf unterstellen konnten.

Von Lukas' Position aus verlief der Weg seitlich am Gehege entlang, bevor er nach einer Linksbiegung hinter dem Gebäude vorbeiführte und in einen größeren Zufahrtsweg mündete.

Wäre Lukas der SUV-Fahrer, dann hätte er auf der anderen Seite der Freianlage angehalten, um auf seinen Motorradkomplizen zu warten. Aber hatten die Gangster das auch wirklich?

Sein Blick glitt über die Anlage. Es waren keine Nashörner zu sehen – vielleicht hatten sie sich irgendwo in die dunklen Schatten zurückgezogen oder schliefen womöglich schon. Allerdings meinte er auf der gegenüberliegenden Seite, hinter der Umzäunung, einen schwarzen Umriss auszumachen. Der SUV, mit laufendem Motor? Möglicherweise. In dem Fall hatten sie sich so positioniert, dass sie den Weg in seiner vollen Länge überblicken konnten. Was bedeutete: Sie würden ihn kommen sehen, sobald er um die Ecke bog – und vermutlich ihre Flucht fortsetzen.

Es sei denn, er kam aus einer anderen Richtung.

Die Ecke der annähernd rechteckigen Freianlage, an der er sich befand, lag in diagonaler Linie zu den Kidnappern auf der anderen Seite. Der schnellste Weg dorthin führte also direkt durch das Gehege. Und es war nicht nur der schnellste Weg. Es war auch der einzige, ohne gesehen zu werden.

Irgendwo in der Ferne meinte er Polizeisirenen zu hören. Die Kidnapper würden sich bald aus dem Staub machen. Er hatte nicht ewig Zeit.

Lukas hatte nur ein paar Sekunden gebraucht, um all diese Gedanken zu verarbeiten. Bevor sich der vernünftige Teil seines Gehirns mit der Erkenntnis einschalten konnte, dass es eine wirklich miese Idee war, mit einem Motorrad durch ein Nashorngehege zu fahren, machte er sich ans Werk.

Er klaubte die FN P90 seines ohnmächtigen Gegners vom Boden und verstaute sie im Hosenbund. Rasch zerrte er dann ein paar Trümmerteile aus dem zerstörten Kiosk und lehnte sie gegen den Haufen aus Dach und Rollladen, sodass sich eine provisorische Sprungschanze ergab – die in Richtung des Nashorngeheges wies.

Wenn er den SUV erreichte, ohne dass die beiden Kidnapper ihn kommen sahen, konnte er vielleicht Daniel Britcross retten. Vielleicht. Sehr vielleicht.

Aber es war einen Versuch wert.

Er startete das Motorrad, bugsierte es herum und fuhr ein Stück den Weg zurück. Dann wendete er – und raste mit voller Beschleunigung auf die improvisierte Schanze zu.

Es war ein kleines Ziel und er musste die Hände mit aller Kraft um die Griffe des Lenkers krallen, damit das Vorderrad auf Kurs blieb. Kurz bevor er auf die Schanze raste, fragte er sich, was wohl passieren würde, wenn sie unter ihm zusammenkrachte. Einfache Antwort: Entweder überschlug sich die Maschine oder er landete geradewegs im Graben der Freianlage.

Das Motorrad traf auf die Schanze. Der Aufprall fegte ihn fast von der Maschine, aber er klammerte sich eisern fest. Die Geschwindigkeit trug ihn empor und dann schoss er auch schon durch die Luft. Seine nächste Befürchtung, er würde womöglich geradewegs in die Umzäunung krachen, löste sich nach einem Wimpernschlag in Luft auf – als er knapp zwei Zentimeter darüber hinwegflog. Sekunden später setzte das Motorrad auf. Die Aufhängung protestierte mit lautem Knirschen, hielt die Maschine jedoch in stabiler Lage. Der Aufprall presste ihm die Luft aus der Lunge, aber er drehte den Gasgriff voll auf und klammerte sich an die Maschine, während er auf das gegenüberliegende Ende des Geheges zuhielt.

Er sah sich um. Von einem Nashorn keine Spur. Er hatte eine Schwäche für diese Kreaturen, wusste jedoch auch, wie unberechenbar sie sein konnten. Und wie gefährlich.

Der Boden flog schemenhaft unter ihm vorbei: Durch

die niedrigen Gräser zogen sich etliche Furchen, die die Tiere mit ihren Hufen in die Erde getrampelt hatten. Das Gelände war uneben und voller Senken und kleiner Hügel. Und genau darauf baute er: Schließlich hatte er vor, auf der anderen Seite einen Hügel als zweite Sprungschanze zu benutzen. Er blickte nach rechts und sah, dass er an einer ziemlich tiefen Senke vorbeifuhr, durch die ein kleiner Bach floss.

Und in der Senke – bis eben unsichtbar – kauerte ein Nashorn.

Es war ungefähr so groß wie ein Pferd, hatte allerdings kürzere, stämmigere Beine und einen viel massigeren Körper. Statt den Kopf stolz wie ein Pferd zu heben, hielt es den riesigen Schädel gesenkt, wobei das Kinn auf dem Boden ruhte, als wäre der Kopf viel zu schwer zum Heben. Die graue Haut hing lose von seinem fassförmigen Körper herab und sah aufgrund der typischen Falten eher wie eine Plattenpanzerung aus als etwas, das einem lebenden Tier gehören sollte. Darüber hinaus war die dicke Haut von warzenähnlichen Punkten überzogen, als wäre sie in Wahrheit auf den Körper genietet worden, statt normal zu wachsen.

Der Schädel verlieh dem Nashorn das Aussehen eines gigantischen steinernen Wasserspeierdämons, wie man sie oft an Kirchtürmen sah. Seine dicken Lippen standen offen und die Augen waren klein wie bei einem Schwein. Doch das, wovon Lukas auf einmal nicht mehr den Blick lösen konnte, waren die Hörner auf dem Kopf der Kreatur.

Bösartig spitz und nach hinten gebogen, sahen sie fast wie die Fänge eines Säbelzahntigers aus.

Lukas wusste, wie das Motto dieser Tiere bei einem Angriff üblicherweise lautete: Bring die Hörner unter alles, was sich dir in den Weg stellt. Nutze deine Körpermasse und deine starken Nackenmuskeln und wuchte den Kopf hoch. Spieß so den Gegner auf und schleuder ihn anschließend durch die Luft.

Das Tier schnaubte. Seine Nüstern bebten, als es etwas Neues und Ungewohntes in seinem Zuhause witterte. Lukas wusste, dass Nashörner nichts mochten, was neu und ungewohnt in ihrer Welt war. Und dass sie ihr Territorium vehement verteidigten.

Das Motorrad war nun an dem Tier vorbeigezogen. Aber Lukas musste das Nashorn nicht sehen, um sich vorstellen zu können, wie es sich auf die Beine stemmte und wütend hinter ihm herstampfte. Nashörner konnten eine Geschwindigkeit von 55 km/h erreichen und das aus dem Stand in nur drei Sekunden. Sein Motorrad war natürlich schneller – zumindest auf der Straße. Doch unglücklicherweise befand er sich nicht auf der Straße, sondern fuhr über holpriges Gelände mit zunehmend höherem Graswuchs. Außerdem musste er Schlangenlinien fahren, um Löchern und Sträuchern auszuweichen. So schaffte er kaum 50 km/h. Was bedeutete: Das Nashorn würde ihn vermutlich einholen!

Bebte der Boden etwa bereits unter den trommelnden Hufen der Kreatur, die hinter ihm herjagte? Oder war das nur die Vibration der Reifen, die über kleine Erhebungen und Löcher hinwegfegten? Schwer zu sagen.

Er warf einen kurzen Blick über die rechte Schulter. Aber es war keine Spur von dem Tier zu sehen. Die Freianlage schien einsam und verlassen dazuliegen.

Inzwischen befand er sich in der Mitte des Geheges. Er vergewisserte sich, dass keine Hindernisse vor ihm lagen, und warf rasch einen Blick über die linke Schulter.

Das Nashorn war nur noch ungefähr drei Meter entfernt. Mit atemberaubendem Tempo bewegte es sich voran, während die Hufe auf den Boden einhämmerten und das riesige Horn auf der Spitze seiner Schnauze samt Kopf auf- und abschwang.

Lukas zog nach rechts und verlagerte sein Gewicht zur Seite. Die Maschine neigte sich und änderte die Richtung. Aber er spürte, wie die Reifen über lose Erde schlitterten. Beinahe wäre er gestürzt und musste buchstäblich mit dem Lenker ringen, um das Motorrad auf Spur zu halten.

Ohne es richtig zu sehen, spürte er, wie das riesige Horn die Luft dort durchstieß, wo weniger als eine Sekunde zuvor noch sein Körper gewesen war.

Der beste Rat, wenn einem ein Nashorn im Nacken saß: seitlich ausweichen und rauf auf einen Baum. Keine dieser beiden Optionen stand Lukas im Moment offen.

Er bewegte sich nun zu seinem Ausgangspunkt zurück, fort von seinem eigentlichen Ziel. Er musste wieder auf Kurs kommen, und zwar schnell.

Er riskierte einen erneuten Blick über die linke Schulter.

Das Nashorn hatte den Schwenk mitvollzogen. Seine Nüstern blähten sich weit bei jedem Atemzug und sein Kopf schwenkte wild hin und her. Wenn es ihn rammte, würde es ihm durch sein Gewicht Rückgrat, Hüften und Rippen brechen. Erwischte es ihn mit dem Horn, würde es ihn in die Luft schleudern – mit einer riesigen Wunde im Rücken.

Er machte einen Schwenk zurück und drehte den Gasgriff bis zum Anschlag. Bodenhöcker hin, Schlaglöcher her: Ihm blieb keine andere Wahl, als einen Unfall zu riskieren. Was er jetzt brauchte, war Geschwindigkeit. Die Maschine bäumte sich unter ihm auf und schoss vorwärts.

Dicht hinter sich hörte er den schnaubenden Atem der Kreatur und meinte ihn mit ziemlicher Sicherheit sogar auch zu spüren, in seinem Nacken, heiß und feucht. Er malte sich aus, wie sich das Horn des Tiers jede Sekunde in seinen Rücken bohrte. Ihn hochriss. Über den Kopf fortschleuderte. Ihn blutend und mit zermalmten Gliedern auf der Erde zurückließ. Um dann zurückzukehren und ihn zu Tode zu trampeln.

Die gegenüberliegende Ecke des Geheges kam mit jeder Millisekunde näher. Und ja! Unmittelbar vor dem Zaun erhob sich tatsächlich ein Erdhügel. Er hielt direkt darauf zu.

Etwas zerriss den Rücken seiner Jacke, gerade als das Vorderrad den Hügel hinaufschoss. Mit einem Satz sauste das Motorrad in den Himmel. Der Graben flog unter ihm vorbei. Und vor ihm, an der Kreuzung der beiden Wege, wartete der SUV mit laufendem Motor. Im Umdrehen erhaschte er einen Blick auf das Nashorn. Die Hufe in den Erdhügel gepflanzt stand es aufgerichtet da und starrte ihm wütend und frustriert hinterher.

Im nächsten Moment wurde das Motorrad jäh unter ihm weggerissen, als das Hinterrad am Zaun hängen blieb. Verzweifelt mit den Armen rudernd, segelte er durch die Luft. Ein Sturz auf den Asphalt bei dieser Geschwindigkeit und aus dieser Höhe würde wahrscheinlich mehr als ein paar gebrochene Knochen bedeuten. Der Pfahl einer Straßenlaterne schoss auf ihn zu. Instinktiv griff er danach und schlang die Armbeuge um das Metall. Der Aufprall riss ihm fast den Arm aus der Schulter, bremste jedoch den Fall ein wenig. Obwohl die Fliehkräfte brutal an seinem Arm zerrten, gelang es ihm irgendwie, seinen Sturz zu bremsen. Er prallte mit dem rechten Knie auf dem Boden auf, rollte sich ab und sprang auf die Beine.

Er wurde schon erwartet: Einer der Kidnapper stand neben dem SUV, mit erhobener Waffe.

Lukas warf sich zur Seite, als auch schon ein Kugelhagel die Luft durchsiebte, wo er eben noch gestanden hatte. Lukas ließ sich in einen kleinen Graben am Rand des Wegs rollen, um sich in Deckung zu bringen.

Er hörte eine Tür zuschlagen. Der Motor, der aus dem Stand mehr Power als erwartet liefern musste, brüllte auf und die durchdrehenden Reifen gaben ein infernalisches Quietschen von sich.

Lukas stand auf, ohne sich darum zu scheren, dass die Killer sich womöglich aus den Wagenfenstern lehnten, um das Feuer zu eröffnen. Doch das war nicht der Fall. Der SUV raste davon und hielt auf einen der zahlreichen Seiteneingänge des Zoos zu. Das Tor stand weit offen. Die Kidnapper hatten dort anscheinend für ihre Flucht vorgesorgt.

Lukas zog seine erbeutete Waffe aus dem Hosenbund und zielte auf das flüchtende Fahrzeug. Vielleicht konnte er die Reifen treffen. Womöglich traf er aber auch Daniel Britcross, falls man ihn gefesselt auf den Rücksitz verfrachtet hatte. Er wusste nicht, was er machen sollte.

Der fliehende SUV schien plötzlich sogar noch stärker zu beschleunigen. Er flog nun buchstäblich auf der Straße dahin, schneller, als jeder Wagen es eigentlich können sollte. Nicht einmal eine Sekunde und er war nur noch ein schwarzer Fleck in der Ferne, von dem nichts zurückblieb als dunkle Auspuffgase. Noch nie zuvor hatte Lukas so etwas gesehen. Die Beschleunigung, die der SUV gerade an den Tag gelegt hatte, war schlichtweg unmöglich!

Der Wagen scherte abrupt nach links aus und war im nächsten Moment um eine Biegung verschwunden.

Lukas spürte, wie ihn jeder Mut verließ, während er sich zunehmend der Schmerzen bewusst wurde, die in seinem geschundenen Körper tobten. Er hatte versagt. Die Kidnapper hatten Daniel Britcross und sie waren entkommen.

# KAPITEL VIER

Für den Rückweg zum Eventgebäude brauchte Lukas eine halbe Stunde und jeder einzelne Schritt tat weh. Die Schrammen und Schürfwunden auf Armen, Beinen, Schulter und Knien brannten, als hätte jemand Säure darauf gegossen. Zudem schwoll sein rechtes Knie auch noch an, wahrscheinlich eine Folge seiner Bruchlandung nach dem Sprung über das Nashorngehege. Der Kopf schmerzte und der jähe Rückzug des Adrenalins aus seinem Blutkreislauf bereitete ihm Übelkeit. Zum Glück hatte er sich nichts gebrochen und die Wunden würden mit der Zeit heilen. Aber er war mehr als angezählt. Und hatte zudem das Gefühl, versagt zu haben.

Er wollte einfach nur raus aus dem Zoo, zurück in seinen Winnebago, die Wunden säubern und lange, lange schlafen. Doch ihm war klar, dass das nicht ging. Una würde unbedingt wissen wollen, was mit Daniel war. Lukas wünschte, es ihr nicht sagen zu müssen. Aber er wusste, dass ihm keine Wahl blieb. Er hatte sich offenen Auges in die Situation begeben. Und musste sich nun den Konsequenzen stellen.

Noch bevor er in die Nähe des Eventgebäudes kam, sah er bereits die rotierenden blauen und roten Lichter der Einsatzfahrzeuge. Ihr Schein wurde von den Mauern und Gebäuden des Zoos zurückgeworfen und störte offensichtlich auch die Tiere: Lukas spürte ihre Ungehaltenheit darüber, dass ihre nächtliche Ruhe weiterhin unterbrochen wurde. Sie taten ihm leid, verstanden sie doch nicht, was da vor sich ging. Gewehrfeuer und Sirenen: Das war keine gute Kombination für Tiere.

Dachte er genauer darüber nach, war Lukas sich gar nicht sicher, ob er selbst verstand, was da vor sich gegangen war. Oder ob er es überhaupt wissen wollte.

Als er sich langsam und zögernd dem Eventgebäude näherte, zählte er die Streifenwagen und Polizisten. Er konnte fünf Autos und fünfundzwanzig Cops vor dem Gebäude erkennen. Drinnen würden jedoch noch weitere sein. Zwei Rettungswagen mit Rettungssanitätern waren ebenfalls zu sehen. Ein paar Gäste und Zooangestellte waren immer noch da und beantworteten anscheinend Fragen. Unter ihnen Una. Sie redete mit zwei Cops, die sich Notizen machten, und hatte ihn noch nicht gesehen.

Im Gegensatz zu ihrem Manager und Verlobten. Ryan schob sich durch eine Gruppe von Sanitätern und steuerte auf Lukas zu.

»Was war das denn für ein Stunt?«, herrschte er ihn an. Bevor Lukas antworten konnte, fuhr er schon fort. »Wundert mich, dass du dir überhaupt die Mühe machst, zurückzukommen. Dachte schon, du würdest einfach wegfahren, um dich in Sicherheit zu bringen.«

»Verlockender Gedanke«, erwiderte Lukas knapp.

Ryan blieb vor ihm stehen, ein wenig zu nah für Lukas' Geschmack. Er wollte den Mann von sich wegstoßen. Aber er hatte weder die Energie noch die Willenskraft.

»Was ist mit Daniel?«, fragte Ryan.

»Das hast du gesehen. Er ist entführt worden.«

»Und du bist hinter den Kidnappern her, wolltest den Helden spielen.«

Ryan provozierte ihn bewusst. Nicht zum ersten Mal wollte Lukas ihm einfach nur die Faust ins Gesicht pflanzen. Aber er hielt sich zurück.

»Einer von uns beiden musste es tun«, sagte er stattdessen. »Und du hast ja nicht gerade ›Hier!‹ geschrien.« Ryans Gesicht verfinsterte sich. Doch bevor er antworten konnte, fuhr Lukas fort: »Wenn Una mit der Polizei fertig ist, sag ihr, dass ich versucht habe, ihren Bruder zurückzuholen. Aber die Kidnapper sind entkommen. Einen von ihnen haben sie jedoch bewusstlos samt Motorrad zurückgelassen. Dadurch ergeben sich vielleicht Hinweise, die den Cops helfen, sie aufzuspüren. Oh, und sag ihnen, falls sich jemand das Kennzeichen des SUV oder von dem Motorrad gemerkt hat, können sie das gleich wieder vergessen. Die Kidnapper haben die Originalnummernschilder durch falsche ersetzt. Jede Wette, dass sie inzwischen irgendwo haltgemacht haben, um sie noch einmal auszutauschen.« Er lächelte. »Hat mich riesig gefreut, dich kennenzulernen. Müssen wir unbedingt nie wieder machen.«

Er wandte sich zum Gehen und warf noch einen Blick zu Una hinüber, die ihre Aussage machte. Zwei Sanitäter hatten sich ihm jedoch während seiner Unterhaltung mit Ryan genähert, ein Mann und eine Frau. Er hatte es nicht einmal bemerkt, ein Zeichen, wie erledigt er war.

»Du siehst aus, als wärst du im Krieg gewesen«, sagte der eine, während er Lukas von oben bis unten musterte.

»Nur ein paar Kratzer«, erwiderte er. »Bin vom Motorrad gefallen.«

»Sieht aber schlimmer aus.« Die Frau betrachtete seinen Kopf und blickte dann prüfend in seine Augen. »Möglicherweise eine Gehirnerschütterung. Und du musst auf Stauchungen und Brüche untersucht werden, von denen du womöglich noch gar nichts gemerkt hast. Außerdem möchte ich dir eine Halsmanschette verpassen, nur für den Fall, dass du dir was Ernstes getan hast. Wir bringen dich ins Krankenhaus, für eine ordentliche Untersuchung.« Sie wies auf einen der Rettungswagen. »Steig ein. Wir fahren. Trotz der Schießerei gab es zum Glück kaum Verletzte. Mal abgesehen von ’nem armen Mädel, das auf den Stufen gestolpert ist und sich an den Glasscherben geschnitten hat.«

»Ich brauche wirklich keine …«, hob Lukas an.

»Keine Diskussionen«, schnitt die Sanitäterin ihm das Wort ab. »Schwing deinen Hintern in den Rettungswagen und dann bekommst du eine Halsmanschette.«

Lukas blickte erneut zu Una. Wie es schien, war sie gleich mit ihrer Aussage fertig. Die Polizisten bedankten sich bei ihr. Jede Sekunde würde Una sich umdrehen und ihn sehen. Plötzlich überkam ihn der Drang, nicht mit ihr reden zu müssen, nicht erklären zu müssen, was passiert war. Nicht ihre Reaktion erleben zu müssen. Auch mit der Polizei wollte er nicht sprechen. Doch wenn Una herausfand, dass er die Kidnapper von Nahem gesehen hatte, würde sie sie herbeirufen, damit Lukas eine Aussage machte. Sich auf eine Krankentrage zu legen und ins Krankenhaus kutschiert zu werden, um sich dort die Wunden versorgen zu lassen, in einem gemütlichen Bett mit weißen Laken und selig vor Schmerzmitteln, nun … das klang plötzlich nach einer sehr attraktiven Option. Selbst mit Halsmanschette.

»Okay«, sagte er zur Sanitäterin. »Ich will mich nicht streiten.«

Mit angelegter Halsmanschette lag er wenig später im Rettungswagen, der ihn langsam und sicher zum Krankenhaus fuhr. Immer wieder driftete Lukas in den Schlaf ab, während der begleitende Rettungssanitäter seine Wunden desinfizierte und verband. Schließlich verabreichte er ihm noch eine schmerzstillende Spritze. Im Allgemeinen betrachtete Lukas Schmerzen als Warnung, dass etwas nicht stimmte, nicht als etwas, das einer gesonderten Behandlung bedurfte. Doch jetzt, in diesem Moment, war er heilfroh, dass ihm die Schmerzen genommen wurden – wenn auch nur für eine Weile.

Bei Ankunft im Krankenhaus wurde er auf der Trage gleich in die Notaufnahme gerollt, wodurch er sich ein wenig wie ein Hochstapler vorkam. Alle paar Minuten fragte ihn jemand nach seinem Schmerzlevel, gemessen auf einer Skala von eins bis zehn. Lukas antwortete »Vier«, obwohl er die Frage gar nicht richtig verstand. Was sollte eins sein? Was zehn? Und war seine Zehn vergleichbar mit der eines anderen?

Was auch immer – wenn denn überhaupt – nicht mit ihm stimmte, so glaubte er nicht an einen Notfall. Er nannte seinen Namen – widerstrebend, aber es war nicht zu umgehen – sowie seine Adresse, ohne jedoch Aufschluss darüber zu geben, dass es sich dabei nur um ein Wohnmobil handelte.

Danach musste er sich ausziehen und in ein Krankenhaushemd schlüpfen. Augen, Blutdruck und Herz wurden gecheckt. Anschließend wurde er zum Röntgen und zu Ultraschalluntersuchungen geschoben. Die Ärzte schienen besonders um den Zustand seiner Milz besorgt zu sein, was ihm sonderbar vorkam, hatte er doch weder eine Ahnung, wo sie saß, noch, wofür sie gut war. Aber anscheinend war sie dann doch okay, was schon mal gut war. Die Röntgenbilder bestätigten außerdem, dass keine Knochen gebrochen waren. Er hatte auch keine Schädelfraktur, was Lukas seiner Meinung nach bestimmt auch ohne Röntgenbild gemerkt hätte. Nachdem man sich schließlich vergewissert hatte, dass auch die Halswirbel nichts abbekommen hatten, wurde ihm die Manschette abgenommen.

Dann waren alle Tests abgeschlossen und man ließ ihn in einem kleinen Einzelzimmer allein. Dort lag er in einem bequemen Bett und lauschte dem gedämpften Gewusel, während draußen auf dem Korridor Leute vorbeieilten und in den Nebenräumen Beobachtungsmonitore vor sich hinpiepten. Er fragte sich, was er als Nächstes unternehmen sollte. Sein erster Impuls war, so schnell wie möglich zu verschwinden. Zurück zum Winnebago, um sich zu einem neuen Ort aufzumachen.

Es gefiel ihm nicht, dass sich plötzlich so viele Menschen für ihn interessierten, dass sie wussten, wie er hieß und wo er wohnte. Und er spürte die subtile Bedrohung, die davon ausging. Wie er sich allmählich in diesem Netz verstrickte und mehr und mehr gefesselt wurde. Er musste an *Gullivers Reisen* denken und sah in Gedanken förmlich vor sich, wie er an irgendeinem fernen Strand lag, während winzige Menschen Schnüre über ihn warfen, deren Enden sie mit Pflöcken in den Sand rammten. Offensichtlich waren das die Auswirkungen der Schmerzmittel. Normalerweise neigte er nicht zu poetischen oder literarischen Metaphern.

Das Problem war: Obwohl sich so viele Menschen für ihn interessierten, fühlte er sich irgendwie … wohl. Als käme er zur Ruhe. Plötzlich wollte er nicht mehr weiterziehen.

Und genau das war natürlich die Falle. So fing es immer an: Du gewöhnst dich daran, irgendwo zu sein. Schaffst dir Sachen an, nimmst einen Kredit auf, kaufst dir ein Haus und ehe du dich versiehst, hast du an diesem Ort Wurzeln geschlagen und bist sesshaft geworden. Lukas war nicht sesshaft. *Wollte* nicht sesshaft sein. Er wollte in Bewegung bleiben, anonym und unauffällig. Neue Erfahrungen sammeln, an unterschiedlichen Orten. Er wollte nicht zwanzig Jahre seines Lebens damit verbringen, aus seinem Küchenfenster zu sehen und immer denselben Blick vor sich zu haben.

Die Entscheidung war klar. Er suchte nur nach Ausflüchten, das nicht zu erkennen. Er musste verschwinden. Aber zuerst musste er herauszufinden, was sie mit seinen Sachen gemacht hatten.

»Lukas Crowe?«

Die Stimme kam von der Tür. Einen Moment rang Lukas mit sich, ob er einfach etwas sagen sollte wie: »Nein, mein Name ist Carson. Lukas Crowe ist vor einer Stunde entlassen worden.« Aber er wusste, dass auf dem Klemmbrett am Fußende seines Betts sein richtiger Name stand.

Es brachte nichts zu lügen, wenn keine Not am Mann war. Lügen sparte man sich besser für die Momente auf, in denen man sie wirklich brauchte.

»Ja«, antwortete er, während er die Augen aufschlug und dorthin blickte, woher die Stimme gekommen war.

Die Frau, die dort stand, war seiner Schätzung nach Mitte dreißig. Ihr schwarzes Haar war zu einem Pferdeschwanz zurückgebunden, der unter einer Mütze des New Orleans Police Departments hervorlugte. Darüber hinaus wies sie auch ihre Uniform als Polizeibeamtin aus. Sie trug eine Pistole – eine Glock 22, halb automatischer Rückstoßlader mit Polymergehäuse und verriegeltem Verschluss. Es war die Standardhandfeuerwaffe der Polizei von New Orleans. Eine gute Pistole: akkurat, verlässlich und strapazierfähig. Obwohl sie als »Plastikwaffe« verschrien war, mochte Lukas sie. Nicht seine erste Wahl, aber definitiv unter den Top Five.

»Officer Trabez. Ich müsste mit dir reden. Hättest du kurz Zeit für mich?«

»Natürlich.« Er stemmte sich aus dem Bett hoch, als die Polizistin den Raum betrat. Statt sich zu setzen, blieb sie neben dem Bett stehen. Ein subtiler psychologischer Trick: Sie wollte ihn wissen lassen, dass sie im Dienst war. Und sie wollte die natürliche Autorität nutzen, die ihr die höhere Position verlieh.

»Du warst vorhin im Zoo?«

Er nickte. »Das stimmt.« Statt ihre nächste Frage erst einmal abzuwarten, beschloss er, sich kooperativ zu zeigen. »Ich war da, als der ganze Mist losging.«

»Der ganze Mist? Du meinst den Angriff und die Entführung?«

»Genau. Haben Sie schon den Jungen gefunden, der entführt worden ist?« Lukas wusste, dass sie ihm das nicht beantworten würde. Aber das war in seiner Situation die naheliegendste Frage. Und es lenkte die Aufmerksamkeit von ihm ab.

»Was hast du gesehen?«, überging Officer Trabez die Frage.

Er tat, als müsste er kurz nachdenken, auch wenn seine Erinnerung absolut klar war. »Ich hab Schüsse gehört«, sagte er. Er musste davon ausgehen, dass Una Britcross der Polizei ihre Version der Geschichte erzählt und ihn dabei erwähnt hatte. Somit war es sinnlos, zu lügen oder seine Rolle an den Ereignissen herunterzuspielen. »Ich hab mit der Schwester des Jungen geredet, der entführt wurde. Also bin ich ins Gebäude rein, um zu gucken, was los war. Ich hab gesehen, wie er von drei Männern fortgeschleppt wurde.«

»Dann waren es also nur die drei?«, hakte sie nach. Eine Fangfrage. Sie wollte sehen, ob er sie anlügen würde.

»Nein, erst später erkannte ich, dass da noch zwei waren. Ein Fahrer in einem schwarzen SUV und einer auf einem Motorrad. Sie haben draußen auf ihre Komplizen gewartet. Ich bin den Kidnappern durch den Hinterausgang nach und habe sie dann verfolgt …«

»Verfolgt? Wie?«, fragte die Polizistin.

»Auf einem Motorrad, das am Hinterausgang abgestellt worden war. Angesichts der Umstände schien es mir in Ordnung, es zu nehmen.«

»Und später bist du mit dem Motorrad in einen Kiosk gerast?«

Lukas zuckte zusammen. Hauptsächlich wegen des theatralischen Effekts, auch wenn die Erinnerung tatsächlich ein wenig schmerzte. »Ja, weil auf mich geschossen wurde. Ich wollte den Kugeln ausweichen und hab die Kontrolle über die Maschine verloren.«

»Wissen wir. Wir haben Patronenhülsen gefunden, außerdem Einschusslöcher in der Mauer hinter dem Kiosk und auf der Straße.«

»Haben Sie einen der Kidnapper gefunden, bewusstlos?«

»Nein, aber es gibt Berichte über jemanden in Motorradkluft, der sich humpelnd durch einen der Seiteneingänge verdrückt hat.« Sie schüttelte den Kopf. »Du bist ein großes Risiko eingegangen. Du hättest getötet werden können. Die meisten rennen vor der Gefahr davon. Gehörst du zu denen, die sich lieber reinstürzen?«

Eine berechtigte Frage. Lukas sann eine Weile darüber nach. »Ich denke nicht groß darüber nach«, antwortete er schließlich. »Ich geh einfach dahin, wo ich wahrscheinlich das Beste tun kann.«

Officer Trabez starrte eine Weile auf ihn hinunter. »Wenn ich deinen Background checke«, sagte sie dann, »werde ich da auf Dinge stoßen, die mir nicht gefallen?«

»Wenn Sie das tun«, erwiderte Lukas und hielt ruhig ihrem Blick stand, »werden Sie nichts finden. Versprochen.« Was auch stimmte, schließlich war es sein erklärtes Ziel, auf der Wasseroberfläche der Gesellschaft so wenige Wellen zu erzeugen wie möglich.

»Okay, ich glaube dir. Gibt es sonst noch etwas zu erzählen? Hast du ihre Gesichter gesehen?«

»Nein, sie trugen Kopftücher und Sonnenbrillen.« Er hielt einen Moment inne. »Wissen Sie schon, dass die Nummernschilder am Wagen und am Motorrad gefälscht waren?«

»Dann warst du das also, der uns diesen Hinweis hat zukommen lassen?« Sie nickte. »Also bist du auch noch Experte, was gefälschte Kennzeichen angeht?«

»So würde ich das nicht sagen«, erwiderte er vorsichtig. »Sie wirkten auf mich einfach nur verdächtig.« Sie setzte ihm etwas zu hart zu. Er musste die Aufmerksamkeit wieder von sich und auf die Kidnapper lenken. »Konnten Sie den Kidnappern nachspüren? Gibt es irgendwelche Spuren am zurückgelassenen Motorrad?«

»Ich kann wirklich nichts zu laufenden Ermittlungen sagen«, antwortete sie und schüttelte den Kopf. »Ach, übrigens, bist du Automechaniker?«

»Ich weiß, wie man einen Ölwechsel macht. Aber ich hab nie professionell Autos repariert. Warum?«

Tatsächlich entsprach das nicht ganz der Wahrheit. Lukas' Dad hatte ihm beigebracht, wie man einen Motor auseinandernahm und dann wieder zusammensetzte und zum Laufen brachte – eine wichtige Fähigkeit, wenn man mitten in der afrikanischen Savanne steckte und der Land Rover gerade den Geist aufgegeben hatte. Seitdem hatte Lukas einige Jobs in Motorenschlossereien oder Hinterhofwerkstätten angenommen, wenn sich keine Arbeit in einem Zoo fand. Dabei hatte er alle Arten von Kfz-Motoren repariert und alle Arten von Problemen behoben. Allerdings war es wohl nicht der richtige Zeitpunkt, das zu erwähnen. Besser er täuschte Unwissen über alles vor, was mit Mechanik zu tun hatte.

Statt zu antworten, stellte sie eine Gegenfrage. »Wie

sieht es mit deiner Schulbildung aus? Hast du jemals Physik studiert? Oder Ingenieurtechnik? Weißt du zum Beispiel etwas über Nanopartikel?«

Mit dem Begriff konnte Lukas nicht wirklich etwas anfangen. »Nein«, sagte er aufrichtig. »Ich habe keinerlei echte Qualifikationen. Ich bin in Südafrika aufgewachsen. Meine Eltern haben mich zu Hause unterrichtet. Ich kann ein Kabel an einem Stecker anschließen, aber ich habe keinen Schimmer, wie Elektrizität wirklich funktioniert. Aber ich bin sehr gut, wenn's um Evolutions- und Wirtschaftstheorie geht.«

Officer Trabez lächelte. »Danke, Lukas. Du hast uns sehr geholfen.« Sie wandte sich zum Gehen, drehte sich aber noch einmal um. »Oh, deine Adresse. Du wirst doch noch eine Weile hierbleiben? Keine Pläne, die Stadt zu verlassen?«

In Lukas' Kopf blitzte das Bild seines Wohnmobils auf. »Ich werde meinen Wohnsitz in nächster Zeit nicht verlassen«, antwortete er vorsichtig. Das war zwar keine Lüge, aber auch nicht ganz die Wahrheit.

Nachdem Officer Trabez fort war, hantierte Lukas an der Fernbedienung des Fernsehers herum, der an der gegenüberliegenden Wand hing. Schließlich fand er einen lokalen Nachrichtensender. Sie berichteten immer noch von dem Angriff und der Entführung im Zoo: Ein Kamerateam und eine Reporterin übertrugen live vom Haupteingang des Zoos. Wie es schien, war es mittlerweile Morgen und er hatte die Nacht durchgedöst.

»… dass zumindest eine Person von den Kidnappern entführt wurde. Sie wurde als Daniel Britcross identifiziert, dem Bruder der bekannten professionellen Computergamerin Una Britcross, die ebenfalls bei der Veranstaltung anwesend war.«

Das Bild wechselte ins Nachrichtenstudio, wo der Sprecher fragte: »Also, Suzy, was wissen wir über die Kidnapper?«

»Ziemlich wenig«, erwiderte die Reporterin namens Suzy. »Weder wurden sie erkannt, noch hat jemand die Verantwortung für die Tat übernommen. Was jedoch merkwürdig ist, ist die Tatsache, dass das Auto der Kidnapper laut Zeugenberichten mit außergewöhnlicher Geschwindigkeit entkommen sein soll. Laut Polizeiquellen deutet alles darauf hin, dass der Motor des Fluchtwagens illegal modifiziert wurde und dadurch ein halsbrecherisches Tempo erreichte, dem unsere Streifenwagen selbst bei Höchstgeschwindigkeit nicht gewachsen waren.«

Lukas guckte noch eine Weile weiter. Aber weder kam etwas Neues noch etwas, das ihn interessierte. Ihm war schon früher aufgefallen, dass Nachrichtensender eine faszinierende Art hatten, Wissenslücken mit bedeutungslosen Spekulationen zu füllen.

Ein illegal modifizierter Motor.

Das würde zu dem Moment passen, als der SUV bei der Verfolgung so schockierend schnell davongeschossen war.

Und es mochte auch erklären, was Officer Trabez meinte,

als sie ihn gefragt hatte, ob er was von Physik oder Ingenieurtechnik verstand, insbesondere Nanopartikeln.

Sein Smartphone lag auf dem Nachttisch neben ihm. Er wollte gerade danach greifen, um das Internet nach Infos über modifizierte Motoren und Nanopartikel zu durchforsten, da ertönte ein zaghaftes Husten von der Tür. Er drehte sich um und erwartete einen Arzt zu sehen, der wieder mal wissen wollte, wo genau zwischen eins und zehn sich sein Schmerzlevel gerade befand.

Doch es war Una Britcross.

»Hi«, sagte er.

»Darf ich reinkommen?«

»Natürlich darfst du.«

Sie betrat den Raum. Lukas warf einen Blick hinter sie. Von ihrem Manager/Verlobten keine Spur.

»Wo ist Ryan?«

»Er kümmert sich gerade um die Kosten deiner medizinischen Behandlung«, antwortete Una.

»Hey, ich kann selbst zahlen!«, protestierte Lukas. Konnte er, allerdings nur mit einer Notfallkreditkarte, die auf seine Rücklagen zurückgriff. Und das konnte nachverfolgt werden – was er nur ungern in Kauf nahm. Jemand anders seine Rechnung zahlen zu lassen, war vielleicht peinlich. Doch es machte sein Leben leichter.

»Klar, kannst du«, sagte Una. »Aber du hast versucht, Daniel zu retten, und ich stehe tief in deiner Schuld. Deine Kosten zu tragen ist das Mindeste, was ich tun kann.«

»Kein Problem. Tut mir leid, dass ich ihn am Ende

doch nicht retten konnte. Aber das musst du wirklich nicht tun.«

»Sieh mal«, beharrte Una. »Ich kann's mir leisten. Ist nicht so, dass ich am Hungertuch nage.«

»Ich mag's nun mal nicht, jemandem was zu schulden«, sagte er störrisch.

»Tust du nicht«, antwortete sie ebenso störrisch. »Wie ich sagte: Ich zahle nur zurück, was *ich dir* schulde.« Sie mied seinen Blick und sah zum Fenster. »Ich hab versucht, was über dich herauszufinden«, fuhr sie mit einer Stimme fort, die zu beiläufig klang, um es wirklich zu sein. »Im Internet gibt's fast nichts über dich. Du bist wie ein Geist.«

»Nein«, widersprach er. »Ich bin ein ganz normaler Mensch. Und normale Menschen sollten sich nicht im Internet herumtreiben und überall ihre Spuren hinterlassen. Oder zumindest sollten sie nicht zulassen, dass man ihnen dabei nachspüren kann. Worauf willst du hinaus?«

»Darauf, dass ich nicht weiß, ob du arm bist oder reich, einer von den Guten oder von den Bösen oder was sonst noch. Du bist ein Rätsel.«

»Ich liebe Rätsel. Im Leben sollte es ruhig mehr Rätsel geben. Er sah sie an. »Übrigens haben sie vorhin in den Nachrichten von dir gesprochen. Du bist berühmt.«

»Ich wünschte, ich wär's nicht. Den ganzen Morgen habe ich schon irgendwelche Reporter am Hals, die einen O-Ton, Interviews oder weiß Gott was von mir wollen. Inzwischen nehme ich nur noch Anrufe von Leuten an, die auf meiner Kontaktliste stehen – und vom New Orleans

Police Department natürlich, falls es was Neues von Daniel gibt.«

Er starrte sie an. Sie sah angespannt aus. »Hast du geschlafen?«

Sie schüttelte den Kopf. »Wie denn? Wo Daniel verschwunden ist? Ich habe keine Ahnung, wer ihn entführt hat oder warum. Und das macht mich schier wahnsinnig.«

»Keine Lösegeldforderung?«, fragte Lukas. »Schließlich ist er mit jemandem verwandt, der sehr reich ist.«

»Keine Lösegeldforderung. Jedenfalls bis jetzt nicht.«

»Und was ist mit Daniel? Hat er irgendwelche Probleme?«

Una starrte ihn stirnrunzelnd an. »Deine Fragen sind ziemlich zielgerichtet. Du klingst, als hättest du mit solchen Sachen schon mal zu tun gehabt.«

Lukas zuckte die Achseln. »Ich hab schon mit vielen Dingen zu tun gehabt. Also … Daniel?«

»Er war ein bisschen wild, hat manchmal mit den falschen Typen abgehangen. Doch soweit ich weiß, hatte er keine wirklichen Probleme. Wenn er was brauchte, habe ich ihm Geld gegeben. Und wenn er mehr brauchte, musste er nur fragen.«

»Und hat er Probleme damit, dass du besser bei Computerspielen bist oder dass du damit so viel Geld verdienst?«

»Nein, er steht nicht auf Computerspiele. Er interessiert sich mehr für Autos und Motorräder und so.«

»Und deine Familie?«, fragte Lukas. »Du hast gesagt, deine Eltern sind bei einem Autounfall gestorben. Aber gibt es da noch jemanden? Andere Geschwister? Onkel oder Tanten?«

»Nein, Daniel und ich sind die einzigen, die übrig geblieben sind. Und ich bin diejenige, die sich um ihn kümmert. Er ist jünger als ich. Ich habe die Verantwortung.«

»Und das machst du gut«, sagte Lukas beruhigend.

Sie zuckte die Achseln. »Es ist ... nicht leicht. Heute bin ich hier, aber in drei Tagen soll ich schon in Dubai sein, bei so einem riesigen Computerspielturnier. So sieht mein Leben aus: von einem Viersternehotel zum nächsten, ausgezeichnetes Essen und Schlafen in Luxusbetten. Aber null Chance, mal nach draußen zu kommen oder eine schöne Landschaft zu genießen. Dieser Trip zum Insektenhaus ... das war die erste spontane Sache seit Monaten. Das Erste, was *Spaß* gemacht hat.«

»Dubai? Das liegt im Mittleren Osten, oder?«

Sie nickte. »Das ist die Hauptstadt der Vereinigten Arabischen Emirate und zugleich ein globales Wirtschaftszentrum. Außerdem steht dort das höchste Gebäude der Welt. Wie du siehst, hab ich mich schlaugemacht.« Sie zögerte und schüttelte den Kopf. »Ich bin nicht mal sicher, ob ich überhaupt dorthin kann – nicht nach dem, was mit Daniel passiert ist. Ich wäre nicht in der Lage, mich richtig zu konzentrieren.«

»Was würde dir an Preisgeld entgehen?«, fragte Lukas.

»Ungefähr eine halbe Million Dollar«, sagte sie mit einem Schulterzucken. »Das ist eine Menge, selbst für mich. Aber Daniel ist viel wichtiger.«

Ihr Smartphone piepte. Sie fischte es aus der Tasche und blickte aufs Display.

»Dein Freund?«, fragte Lukas.

»Verlobter«, verbesserte sie abwesend, während sie immer noch las. »Er ist fertig. Er fragt, ob ich auch fertig bin. Offenbar haben wir einen Lunch mit den *Timeslice!*-Leuten. Wir wollen sie als Sponsoren gewinnen.« Sie blickte zu Lukas auf. »Hör mal, ich weiß, dass wir uns noch nicht lang kennen. Aber können wir ... in Kontakt bleiben? Egal, ob ich nach Dubai gehe oder nicht? Ich würde gern weiter mit dir reden. Können wir unsere Nummern austauschen?«

Lukas nickte. »Das wäre schön.«

»Toll.« Lächelnd legte sie ihr Smartphone auf den Nachttisch neben seines. »Oh, wir haben die gleichen Smartphones. Hast du deins freigeschaltet? Damit wir Daten austauschen können, wenn wir sie aneinanderhalten?«

»Nein«, sagte er. Er mochte die Vorstellung nicht, jemand könnte ohne seine Zustimmung Zugang zu seinen Daten erhalten. »Lass mich das Bluetooth einschalten.« Er nahm sein Gerät und tippte einen Moment in den Einstellungen herum. »Okay, wenn du mir deine Kontaktdaten schicken willst, leg los.«

»Danke.« Sie drückte eine Reihe von Tasten auf ihrem Display, während die Geräte noch nebeneinanderlagen. »Ich dachte schon, du gehörst zu diesen Leuten, die nichts anderes mit ihrem Smartphone anfangen können, als damit zu telefonieren.«

»Nein, ich bin ziemlich gut darin, mich in Sachen einzufuchsen. Nur eine meiner Fähigkeiten.«

»Wie viele Kontakte hast du?«, fragte sie und wies auf sein Smartphone.

»Im Moment? Einen.«

Ihre Augenbrauen schossen vor Überraschung in die Höhe. »Im Ernst? Ich bin dein erster Kontakt?«

»Im Ernst. Ich ziehe viel um und schließe nicht viele Freundschaften. Wie viele Kontakte hast *du?«*

Sie verzog das Gesicht. »So etwa an die fünfhundert. Ich lern 'ne Menge Leute bei Spielepremieren, Turnieren und so was kennen. Und alle wollen sie Kontakte tauschen. Aber ich habe eine Favoritenliste für Leute, mit denen ich wirklich reden will. Da kommst du natürlich mit drauf.«

»Super.« Die Stille zwischen ihnen dehnte sich. Lukas fiel nichts ein, was er sagen konnte.

Schließlich war es Una, die das Schweigen brach und sagte: »Oh, das hab ich völlig vergessen zu fragen: Wie fühlst du dich eigentlich?«

»Hab schon Schlimmeres erlebt. Wird alles ohne Narben heilen, ist also schon okay. Und offensichtlich sitzt mein Kopf noch auf den Schultern, das ist doch auch was. Was ist mit d…«

Ein Geräusch an der Tür ließ sie die Köpfe drehen. Es war Ryan.

»Wir müssen los«, sagte er, den Blick auf Una gerichtet. »Die Leute warten.«

»Okay.« Ihre Hand fuhr zum Nachttisch, um das Smartphone aufzunehmen. »Denk an unsere Abmachung. Wir bleiben in Kontakt.«

»Werden wir. Und lass mich wissen, wenn du was von deinem Bruder hörst.«

»Werde ich.« Sie steuerte auf die Tür zu. »Pass auf dich auf.«

»Schöne Zeit in Dubai«, antwortete Lukas, als Ryan aus dem Weg trat, um Una vorbeizulassen. Er sah Lukas nicht einmal an.

Als die beiden über den Korridor davonzogen, hörte Lukas ihn sagen: »Warum willst du in Kontakt mit ihm bleiben? Er hat null Ahnung vom Gaming. Er serviert nur Schnittchen auf Partys!« Una antwortete irgendetwas, aber das bekam Lukas nicht mehr richtig mit.

Er legte den Kopf zurück aufs Kissen und ließ die Gedanken schweifen. Er spürte, wie seine Schürf- und Schnittverletzungen wieder zu schmerzen begannen. War er bis eben auf einer Vier auf der Schmerzskala gewesen, befand er sich jetzt vermutlich schon auf fünf oder sechs. Vielleicht war es Zeit für ein weiteres Schmerzmittel. Oder vielleicht auch einfach nur dafür, den Schmerz zu akzeptieren, darüber hinwegzukommen, die Klamotten zu schnappen und zu verschwinden.

Er musste wieder für eine Weile eingeschlummert sein. Denn plötzlich klingelte irgendwo ein Smartphone und riss ihn aus zusammenhanglosen Träumen von Afrika und irgendwelchen Löwen. Es war nicht sein Klingelton, sondern eine munter summende, sich ständig wiederholende

Melodie, die sich anhörte wie aus einem Videospiel. Er erwartete, dass jemand ranging, doch als er sich allmählich aus den Tiefen seines Schlafs löste, stellte er fest, dass der Ton von seinem Nachttisch kam. Von seinem Smartphone.

Nur dass es nicht *sein* Smartphone war. Sondern Unas. Sie hatte aus Versehen das falsche erwischt, als sie gegangen war.

Lukas beschloss, das Telefon so lang klingeln zu lassen, bis die Mailbox ranging. Dann konnte er seine eigene Nummer anrufen und Una bitten, zurückzukommen und die Geräte wieder auszutauschen. Aber plötzlich kam ihm der Gedanke, dass da womöglich das New Orleans Police Department dran war. Vielleicht gab es Neuigkeiten von Daniel. Vielleicht hatte man ihn gefunden. Oder vielleicht war es Una, die gemerkt hatte, dass *sie sein* Smartphone hatte. Wie dem auch sei, er sollte rangehen.

Er streckte die Hand aus und griff nach dem Telefon. Der Anruf war noch nicht auf die Mailbox weitergeleitet worden, ungeachtet der Tatsache, dass es schon mindestens dreißig Sekunden lang gebimmelt haben musste. Womöglich hatte Una sie deaktiviert, weil zu viele Reporter Nachrichten hinterlassen hatten. Das war etwas, das ihr ähnlich sähe.

Er wischte das grüne Icon auf dem Display zur Seite. »Hallo«, sagte er vorsichtig. »Una Britcross' Telefon.«

»Ist sie da?« Die Stimme klang flach und künstlich, als hätte man sie durch eine Art elektronischen Filter geschickt. Er konnte nicht einmal sagen, ob es ein Mann oder eine Frau war.

»Nein, ist sie nicht.«

»Wir müssen mit ihr reden.«

*Wir*. Merkwürdige Redeweise. Würde jemand vom New Orleans Police Department sich selbst als *wir* bezeichnen? Ohne dass der Sprecher Namen und Dienstgrad nannte?

»Sie hat ihr Telefon liegen lassen«, antwortete Lukas. »Wenn Sie wollen, kann ich ihr eine Nachricht ausrichten. Oder ihr sagen, dass sie Sie zurückrufen soll, wenn sie ihr Telefon abholt.«

Lukas kam es vor, als würde die Stimme am anderen Ende der Leitung einen kurzen verärgerten Ton von sich geben. »Dann sag ihr Folgendes, und zwar Wort für Wort: Wir sind die, die ihren Bruder von der Party entführt haben. Und wir werden ihn umbringen, wenn sie nicht tut, was wir wollen …«

# KAPITEL FÜNF

»Wer spricht da?«, fragte Lukas, plötzlich bis zum Zerreißen angespannt.

»Dieser Anruf kann nicht zurückverfolgt werden«, sagte die Stimme. »*Wir* können nicht zurückverfolgt werden. Una Britcross bekommt ihren Bruder nur in einem Stück zurück, wenn sie in drei Tagen bei den World Games in Dubai teilnimmt. Sie muss das *Timeslice!*-Turnier spielen und jedes Match bis zum Finale gewinnen. Dieses wird sie dann verlieren, und zwar mit über fünftausend Punkten. Darüber hinaus wird sie es aussehen lassen, als hätte sie betrogen. Tut sie das, bekommt sie ihren Bruder wieder. Wenn nicht, bringen wir ihn um. Und zwar sehr langsam. Erwähnt Una Britcross diesen Anruf gegenüber der Polizei oder den Behörden von Dubai auch nur mit einem Sterbenswörtchen, bringen wir ihren Bruder um. Geht sie nicht nach Dubai, bringen wir ihn um. Verrät sie der Öffentlichkeit irgendetwas, bringen wir ihn um. Der einzige Weg, dass ihr Bruder am Leben bleibt, ist …«

»Wenn sie nach Dubai geht, *Timeslice!* spielt und bis zum Finale gewinnt, das sie dann mit mehr als fünftausend Punkten verliert«, sagte Lukas. Trotz aller Anspannung war seine Stimme ruhig. »Wobei sie es wie Betrug aussehen lässt. Ja, ich hab alles verstanden und werde es ihr ausrichten. Aber sie wird wissen wollen, ob Daniel noch am Leben ist. Gut möglich, dass Sie ihn schon getötet haben. Oder vielleicht ist er auch aus Versehen bei der Entführung umgekommen. Was für Beweise können Sie mir geben, dass er noch lebt?«

»Hör zu«, sagte die Stimme. Einige Sekunden herrschte Schweigen. Dann war eine neue Stimme in der Leitung, aber diesmal nicht elektronisch verzerrt. »Hallo? Una?«

»Nein«, antwortete Lukas und nannte absichtlich seinen Namen nicht. »Sie ist nicht da. Bist du Daniel?«

»Ja.«

»Haben sie dich verletzt?«

»Nein.«

»Kannst du mir sagen …«, setzte Lukas an, doch schon war wieder die erste Stimme zu hören.

»Du hast deinen Beweis. Sag Una Britcross, dass ihr Bruder noch lebt. Wie lang noch, liegt ganz bei ihr.«

»Ich glaube, wir sollten …«, begann Lukas, aber im nächsten Moment war die Leitung tot.

Er blickte auf das Display und tippte auf ein paar Tasten, um die Angaben zum letzten Anruf aufzurufen.

*Nummer unterdrückt.*

Super. Er schloss einen Moment die Augen und spürte,

wie sich ein Kopfschmerz zu regen begann. Die gesamte Situation schien immer verzwickter zu werden. Er musste Una anrufen.

Er tippte seine Nummer ein und wartete. Nach ein paar Sekunden hörte er Unas Stimme.

»Lukas?«

»Ja.«

»Ich hab aus Versehen dein Handy erwischt. Tut mir leid.«

»Du musst wieder herkommen.«

»Ja«, sagte sie. »Ich weiß. Du willst dein Handy zurück.«

»Darum geht es nicht ... Ich habe einen Anruf angenommen, der für dich war. Wie schnell kannst du wieder hier sein?«

Sie zögerte, während sie nachdachte. »Fünf Minuten? Wir sind noch nicht mal ganz aus dem Krankenhaus raus. Wer hat angerufen? Die Polizei?«

»Komm her, so schnell du kannst.«

Er legte das Smartphone auf den Nachttisch. Während er auf ihre Rückkehr wartete, schaltete er den Fernseher wieder ein. Der Nachrichtensender berichtete nun über etwas anderes, einen Verkehrsstau, irgendwo im French Quarter. Aber schon bald schalteten sie wieder zur Reporterin vor dem Zoo zurück. Es schien nichts Neues passiert zu sein. Weder hatte sich jemand gefunden, der die Kidnapper gesehen hatte, noch gab es Berichte über Daniel. Dafür erging sich die Reporterin – Suzy – in aller Breite darüber, mit welch unglaublicher Geschwindigkeit der

Wagen der Kidnapper der Polizei entkommen war. Sie hatte sogar einen Autoexperten hinzugeholt, der ihre Spekulationen zu diesem Thema mit ihr diskutieren sollte. Da das Ganze alles andere als interessant war, schaltete Lukas wieder aus.

»Was ist denn los?«

Una kam geradewegs in den Raum hinein und blieb an seinem Bett stehen. Ryan drückte sich hinter ihr in der Tür herum.

Verzweifelt zermarterte sich Lukas das Hirn, um ihr das Ganze irgendwie leichter beizubringen. Aber es wollte ihm einfach nichts einfallen. »Es waren die Leute, die deinen Bruder gekidnappt haben. Er lebt und ich habe mit ihm gesprochen. Aber sie hatten eine Botschaft für dich, die ich dir weitergeben soll.« Er schloss die Augen und rekapitulierte die Worte im Gedächtnis, bevor er sie für Una wiederholte.

Anschließend öffnete er die Augen und hob den Blick. Ihr Gesicht war kreideweiß und die Wangen feucht vor Tränen.

»Sie wollen, dass ich absichtlich das Turnier verliere?«, brachte sie hervor. »Dass ich bescheiße?«

»Sie wollen, dass es so aussieht.«

»Ich wüsste nicht einmal, wie ich das machen sollte!«, rief sie mit erstickter Stimme. »Ich hab noch nie beschissen!«

»Das darfst du nicht«, meldete sich Ryan mit entschlossener Stimme von der Tür zu Wort. »Wenn es aussieht, als würdest du betrügen, bist du erledigt. Du kriegst keine Sponsoren mehr, niemand wird dich unterstützen und du darfst an keinem Turnier mehr teilnehmen. Was das Gaming anbelangt, bist du dann tot und erledigt.«

»Und mein Bruder ist es, wenn ich's *nicht* tue«, hielt sie entgegen und starrte Ryan wütend an. »Was meinst du denn, was ich machen soll?«

»Keine Ahnung. Ich weiß nur, dass deine gesamte Karriere auf dem Spiel steht. Deine gesamte Zukunft.«

»Und was für eine Zukunft soll ich haben, wenn ich meinen Bruder den Wölfen zum Fraß vorwerfe? *Er* hat dann definitiv keine mehr!«

Lukas' Blick glitt zwischen den beiden hin und her, während sie miteinander stritten. Er durfte sich nicht einmischen. Es gab nichts, was er hätte sagen können. Sie hatten beide recht. Sie mussten das unter sich klären.

»Wir sollten mit der Polizei reden«, sagte Ryan und langte in seine Tasche. »Womöglich können sie den Anruf zurückverfolgen.«

»Nein!«, widersprach Una entschlossen.

»Sie hat recht«, hörte sich Lukas zu seiner eigenen Überraschung sagen, trotz seiner Entscheidung, sich rauszuhalten. Aber es gab da ein paar Fakten, die sie kennen sollten. »Diese Leute sind Profis. Das wird schon daraus klar, wie sie die Entführung geplant und durchgezogen haben. Aber selbst wenn sie's nicht wären: Heutzutage weiß jeder, dass man so einen Anruf mit einem anonymen Wegwerfhandy machen sollte. Wie man seine Telefonate zusätzlich über mehrere Stationen umrouten kann, findet man ganz einfach im Internet heraus. Jede Wette also, dass sie das Handy sowieso schon entsorgt und es samt zerbrochener SIM-Karte in den Mississippi geschmissen haben.«

»Ach, sprichst du aus Erfahrung?«, fragte Ryan düster.

»Aus Logik«, konterte Lukas.

Ryan richtete den Blick auf Una. »Findest du es nicht seltsam, dass dein Bruder gekidnappt wurde, kurz nachdem wir diesen Typen kennengelernt haben? Oh, und hat er nicht auch dafür gesorgt, dass du dabei nicht im Weg warst? Hat dich mit auf eine kleine Sightseeingtour durch den Zoo genommen, sodass dein Bruder allein zurückblieb. Und anschließend hat er die Gangster überaus heldenmütig und vor aller Augen verfolgt, um dann völlig zu versagen, als es darum ging, sie aufzuhalten. Komisch auch, dass *er* es war, der den Anruf der vermeintlichen Kidnapper entgegengenommen hat.« Er richtete anklagend den Finger auf Lukas, während er immer noch Una ansah. »Tatsächlich denke ich, dass wir *ihn* der Polizei melden sollten! Ich glaube, er gehört zur Gang und ist Teil der ganzen Entführung!«

»Hör auf!«, sagte Una. »Du benimmst dich dämlich. Er liegt hier im Krankenhaus, verletzt. Sie haben auf ihn geschossen!«

»Ich könnte dir das Einschussloch in meiner Jacke zeigen«, bot Lukas ruhig an. »Nur dass du dann vermutlich behaupten würdest, ich hätte es selbst fabriziert.«

»Und warum würde er die Dinge noch verkomplizieren, indem er seine Komplizen *mein* Smartphone anrufen lässt, das aus Versehen gerade bei ihm ist?«, fuhr Una fort. »Wenn er mit drinsteckt, hätte er sicherlich gewartet, bis ich mein Telefon wiederhabe. Und sie erst *dann* anrufen lassen. Warum sollte er den Verdacht auf diese Weise auf sich selbst lenken?«

»Was ist mit dir?«, sagte Ryan herausfordernd zu Lukas. »Hast du irgendwas zu deiner Verteidigung zu sagen?«

Lukas schüttelte den Kopf. »Nein. Es macht viel zu viel Spaß zuzuhören, wie du dich zum Idioten machst. Das Problem ist nur, dass du nicht hilfreich bist. Una braucht deine Unterstützung.« Sein Blick glitt zu Una hinüber. Sie stand genau zwischen ihnen, sah aber aus, als wollte sie auf Lukas zueilen. »Ryan hat trotzdem recht«, fuhr Lukas fort. »Unter diesen Umständen alarmiert ihr am besten die Polizei, aber diskret und ohne Aufsehen. Sie können dafür sorgen, dass dein Telefon abgehört wird. Und wenn sie wissen, dass du erpresst wirst, um etwas ganz Bestimmtes zu machen, könnte sie das auf die Spur der Hintermänner bringen.«

»Nein«, antwortete Una entschlossen und schüttelte störrisch den Kopf. »Absolut und definitiv nein.«

»Okay«, fuhr Lukas fort und versuchte, sich eine hilfreiche Alternative einfallen zu lassen. »Wie wär's dann, wenn man die Turnierorganisatoren heimlich darüber informiert, was passiert ist? Es gibt sowieso keine Garantie dafür, dass du die Forderungen der Kidnapper wirklich erfüllen kannst. Nämlich bis zum Finale gewinnen, dann mit über fünftausend Punkten verlieren und es wie Betrug aussehen lassen. Wenn die Organisatoren wissen, dass Druck auf dich ausgeübt wird, könnten sie vielleicht das Turnier exakt nach den Vorstellungen der Kidnapper manipulieren – vor allem, wenn sie im Bild sind, was auf dem Spiel steht.«

»Nein«, sagte sie erneut und starrte an die Wand. Lukas nahm wahr, dass ihre Hände zu Fäusten geballt waren.

Schweigen senkte sich einige Sekunden auf den Raum, als niemand etwas zu sagen wusste.

»Ich hab dir nicht die ganze Geschichte erzählt«, fuhr Una schließlich mit leiserer Stimme fort. Sie klang, als würde sie Tränen unterdrücken.

»Worüber?«

»Über meine Eltern.«

»Du hast gesagt, dass sie bei einem Autounfall umgekommen sind.«

»Das stimmt.« Una mied immer noch seinen Blick. Stattdessen ging sie zum Fenster hinüber und sah nach draußen. »Ich habe dir erzählt, dass sie auf der Air Force Base in New Mexico gearbeitet haben. Was ich nicht sagte, war, dass mein Vater an Projekten gearbeitet hat, die topsecret waren. Eines Tages bekam er einen Anruf, dass man meine Mutter umbringen würde, wenn er denjenigen am anderen Ende der Leitung nicht mit Informationen über seine Arbeit versorgen würde. Dad vermutete, dass es sich um russische Spione handelte.« Sie hielt inne. »Sie haben unseren Hund getötet, nur um zu beweisen, dass sie keinen

Spaß machen. Dad meldete den Vorfall den Sicherheitsleuten auf der Basis. Die haben die Schuldigen tatsächlich aufgespürt und verhaftet. Sie sind noch im Gefängnis. Mein Dad war so stolz auf sich. Aber drei Wochen später durchtrennte jemand die Bremsleitungen an seinem Wagen. Er und Mum sind gestorben, als ihr Auto auf dem Highway außer Kontrolle geriet. Die Sicherheitsleute auf der Basis meinten, dass es mit ziemlicher Wahrscheinlichkeit die Russen getan hätten. Aus Rache, weil er nicht gemacht hatte, was sie wollten. Ich habe also Erfahrungen mit solchen Dingen, ich hab das schon selbst durchgemacht. Ich weiß, dass ich Daniel nur zurückkriege, indem ich ganz genau mache, was die Kidnapper wollen.«

»Tut mir leid«, sagte Lukas mit sanfter Stimme.

»Warum hast du mir das nie erzählt?«, fragte Ryan. Lukas warf ihm einen verärgerten Blick zu. Der Kerl schien zu meinen, dass sich die ganze Welt um ihn drehte. Statt sich um Una Sorgen zu machen, bog er es lieber so, als hätte sie es ihm verheimlicht.

»Ich hab's niemandem erzählt«, antwortete Una, während sie immer noch aus dem Fenster starrte. »Es war etwas, das nur Daniel und ich wussten.« Ein Schauder durchfuhr sie. Sie wandte sich zu Lukas um und sah ihn an. »Dinge passieren nun mal. Wir müssen damit klarkommen.«

»Was ich nicht verstehe«, meldete sich Ryan wieder zu Wort, »ist, warum sie so spezifisch sind: Gewinne jedes einzelne Spiel, aber verliere das Finale. Und zwar mit über fünftausend Punkten und lass das Ganze außerdem wie Betrug aussehen ... Wenn sie einen anderen Gewinner wollen, warum befehlen sie Una nicht einfach, gegen diese Person zu verlieren?«

»Sie platzieren Wetten auf das Turnier«, merkte Lukas an. »Sie werden vermutlich eine Menge Geld auf eine bestimmte Anzahl von Ereignissen setzen, die in einer bestimmten Reihenfolge eintreten. Ein sogenannter Akkumulator. Statistisch gesehen wird dadurch das gewünschte Ergebnis sehr viel unwahrscheinlicher, weil alle Elemente sich aneinanderreihen müssen. Aber wenn sie es dann tun, wird der Gewinn riesig. Diese Typen haben genau so etwas am Laufen. Nur dass sie vorher sicherstellen wollen, dass auch alles so eintrifft wie erwartet.«

Seufzend schloss Una die Augen. »Eine Wette? All das für eine Wette? Das ist so albern!«

Lukas beschloss, lieber nicht hervorzuheben, dass es für ihn genauso albern war, mit Computerspielen seinen Lebensunterhalt zu verdienen. Denn das wäre vermutlich nicht gerade gut angekommen. »Dann zieht ihr es also durch?«, fragte er stattdessen behutsam.

Una nickte. »Ich habe keine andere Wahl. Ich muss nach Dubai und dort *Timeslice!* so gut spielen, dass ich gewinne. Und dabei ein glückliches Gesicht machen, obwohl ich innerlich nur schreien möchte.«

»Und jetzt musst du zum Lunch mit den Leuten, die dieses Spiel gemacht haben, und ein glückliches Gesicht machen«, sagte Ryan. »Ich hol den Wagen. Warte vor dem

Gebäude auf mich.« Er zog ab und fischte sein Smartphone aus der Tasche.

»Netter Typ«, merkte Lukas an. »So besorgt.«

»Was würdest du an meiner Stelle tun?«, fragte Una und starrte ihn mit einem flehentlichen Ausdruck an.

Er seufzte. »Du musst deine ganze Energie darauf konzentrieren, das zu tun, was sie sagen. Und ohne dir was anmerken zu lassen«, antwortete er.

»Ich bin nicht sicher, ob ich stark genug dafür bin.«

Lukas zögerte. Aber er hasste es, Una so zu sehen. Er spürte, dass er irgendwie helfen musste, ihr etwas geben, an das sie sich klammern konnte.

»Wenn du willst«, begann er zögernd, »könnte ich ein bisschen herumfragen. Da ist was mit dem SUV der Kidnapper, das ein bisschen merkwürdig ist. Damit könnte es mir vielleicht gelingen, sie aufzuspüren.«

»Und dann?«, fragte sie, während so etwas wie Hoffnung in ihren Augen flackerte.

»Weiß ich noch nicht. Wir müssen sehen, was mir dann einfällt. Aber …« Er hielt inne. »Na ja, es gibt da so Leute. Ehemalige Special-Forces-Kämpfer, die ein Team bilden könnten, um deinen Bruder zu retten. *Wenn* wir denn herausfinden, wo er gefangen gehalten wird. Diese Leute agieren sehr effektiv und sehr unauffällig. Allerdings sind sie auch sehr teuer. Aber sie liefern Ergebnisse.«

»Weißt du, wie ich sie kontaktieren könnte?«

»Ich bin sicher, das kann Ryan irgendwie herausfinden«, antwortete Lukas vorsichtig. »Aber jetzt musst du gehen.

Und ich muss meine Klamotten auftreiben. Danke noch mal, dass ihr die Behandlungskosten übernehmt.« Als Una sich gerade lächelnd zum Gehen wenden wollte, hörte er sich unversehens sagen: »Aber ich habe dir auch nicht die ganze Wahrheit erzählt.«

»Über deine Eltern?«, fragte sie.

Er schüttelte den Kopf. »Über meinen Bruder.«

Sie runzelte die Stirn und rief sich die Unterhaltung im Insektenhaus ins Gedächtnis. »Du meintest, Streitkräfte der Regierung hätten euch gerettet, nachdem Wilderer deine Eltern getötet haben. Und dass ihr in ein Waisenhaus gebracht wurdet.«

»*Ich* wurde«, erwiderte Lukas. »Als wir dort ankamen, war mein Bruder nicht mehr bei mir und niemand schien zu wissen, was mit ihm passiert war. Sobald ich alt genug war, machte ich mich auf. Entschlossen, es allein durchzuziehen und vielleicht herauszufinden, was mit ihm geschehen ist. Doch es gab keinerlei Spuren, nichts, dem man hätte folgen können. Ich denke jeden Tag an ihn. Frage mich, ob er wohl noch lebt, in Schwierigkeiten steckt. Ob er vielleicht ganz in meiner Nähe ist oder irgendwo weit weg. Hin und wieder, wenn ich genug zusammengespart habe, heuere ich jemanden an, der das Internet für mich durchforstet und nach irgendwelchen Namensnennungen sucht. Aber niemand hat auch nur das Geringste gefunden. Du siehst also, dass ich was von Brüdern verstehe – davon, wie wertvoll sie sind. Und wenn ich helfen kann, Daniel zurückzubringen, werde ich das tun.«

»Danke«, brachte Una mit zittrigem Lächeln hervor. »Auch dafür, dass du mir das erzählt hast.« Sie langte in ihre Tasche, holte sein Smartphone hervor und gab es ihm zurück. »Ach übrigens, das ist deins.«

»Und das deins«, erwiderte er und gab ihr ihres.

Kaum war sie fort, lehnte sich Lukas leise fluchend in sein Kissen zurück. Warum hatte er nicht einfach so etwas gesagt wie: »Ihr werdet es schon hinbiegen!« und es dabei belassen? Warum hatte er seine Hilfe angeboten?

Vielleicht, weil er es konnte. Sein Unterbewusstsein hatte sich schon die ganze Zeit mit der Sache beschäftigt, die sie in den Nachrichten erwähnt hatten. Und die er selbst gesehen hatte: der Fluchtwagen der Kidnapper, der mittels einer speziellen Modifizierung so brutal schnell beschleunigen konnte. Die Polizistin – Officer Trabez – hatte darüber hinaus etwas von Nanopartikeln erwähnt. Er fischte nach seinem Smartphone und machte sich augenblicklich daran, das Internet zu durchsuchen. Er brauchte nicht lang, um zu entdecken, dass es tatsächlich Modifizierungen gab, mit deren Hilfe sich Motoren effizienter, kühler und somit schneller machen ließen. Einige davon – wie zum Beispiel die Einspritzung von Lachgas während der Benzinverbrennung – reduzierten die Temperatur signifikant und erhöhten so den Wirkungsgrad der Verbrennung. Andere waren noch ausgeklügelter. Und *tatsächlich* fand er auch Verweise auf Nanopartikel. Dabei handelte es sich offensichtlich – wie er schon geahnt hatte – um extrem winzige, chemische Stoffteilchen. Kleiner als 100 Nanometer im Durchmesser, was immer auch ein Nanometer sein mochte. Aber es klang sehr klein.

Nanopartikel hatten ein relativ großes Verhältnis von Oberflächengröße zu Volumen, wie er erfuhr. Dadurch konnten sie sich ideal im gesamten Treibstoff verteilen, sodass das Gemisch aus Luft und Benzin und die chemische Reaktivität während der Verbrennung optimiert wurden. Was insgesamt zu einer besseren Leistung, Verbrennung und Emissionsqualität führte.

Wie er außerdem feststellte, gab es verschiedene Arten von Nanopartikeln, mit denen sich die Effizienz des Treibstoffs verbessern ließ. Die Struktur des Ceriumoxid-Moleküls zum Beispiel ermöglichte das Andocken von Sauerstoffatomen an Kohlenstoffverbände bei niedrigerer Temperatur und Druck, als es bei normaler Verbrennung möglich wäre. Im Resultat ergab sich eine verringerte Verschmutzung und ein reduzierter Treibstoffverbrauch. Aber es konnte die Verbrennung auch effizienter machen. Gesondert hinzugefügt, konnten Aluminium-Nanopartikel für Mikro-Explosionen während der Verbrennung sorgen. Was zu einem besseren Gemisch von Luft und Treibstoff und demzufolge zu einer saubereren und effizienteren Verbrennung führte.

Ebenso wie Aluminium-Nanopartikel förderte Cobaltoxid die Verbrennung, indem es den Prozess sauberer machte, weil unter anderem die Konzentration von Kohlenmonoxid und unverbrannter Kohlenwasserstoffe in den Abgasen reduziert wurde.

Also, überlegte Lukas, während er so dasaß und auf das Display seines Smartphones starrte, sah alles danach aus, dass der Fluchtwagen der Kidnapper stark modifiziert worden war. Und zwar mittels Nanopartikel, die in den Verbrennungsvorgang injiziert worden waren, um die Geschwindigkeit signifikant zu erhöhen. Wodurch sie erst ihm und dann dem New Orleans Police Department hatten entkommen können. Diese Art von Modifizierung war nichts, was irgendein Schrauber in seiner Heimgarage hätte bewerkstelligen können. Vielmehr erforderte das eine Spitzenwerkstatt und jemanden mit Erfahrung in solchen Sachen. Was bedeutete, dass er einen Ansatz hatte, sie aufzuspüren.

Er warf die Decken zurück und hievte sich aus dem Bett. Seine Muskeln protestierten dabei ebenso wie seine von Schürf- und Schnittwunden geschundene Haut. Aber er ignorierte die Warnungen, die sein Körper ihm sandte. Er hatte einen Job zu erledigen. Er musste diese Werkstatt aufspüren.

Als er seine Jacke überstreifte, hielt er kurz inne und fuhr mit dem Finger durch das Loch, das die Kugel hinterlassen hatte. Seine Schulterknochen hatten sich wohl nur Millimeter außerhalb ihrer Flugbahn befunden. So viel dazu, wie knapp er einer schweren Verletzung entgangen war.

Lukas konnte das Prozedere seiner Entlassung ohne Probleme hinter sich bringen. Die Eingangshalle des Krankenhauses war dicht gedrängt von Menschen – Patienten,

Besucher, Ärzte, Schwestern und Leute, bei denen es sich anscheinend um Obdachlose handelte. Sie waren wohl nur wegen der Wärme gekommen und um ein Fleckchen zum Ausruhen zu finden. Er tauchte in die Menge ein und ließ sich in deren Strom ruhig und ohne Aufsehen durch den Haupteingang nach draußen treiben. Er fürchtete nicht etwa, verfolgt oder beobachtet zu werden. Vielmehr entsprach es einfach seiner Lebenseinstellung: Halt dich so weit wie möglich von deinen Mitmenschen fern, aber wenn es sich nicht vermeiden lässt, dann füge dich in die Menge ein. Genauso wie ein Fisch im Schwarm.

Zum Glück hatte der Rettungswagen ihn ins East New Orleans Hospital gebracht. In der Stadt gab es geschätzt an die zwanzig Krankenhäuser, auch wenn es sich genau genommen bei der Hälfte um Kinderkrankenhäuser handelte. Was bedeutete, dass es ihn mit nicht geringer Wahrscheinlichkeit ganz ans andere Ende der Stadt hätte verschlagen können. Doch von allen lag das East New Orleans Hospital dem Parkplatz am nächsten, wo sein Winnebago auf ihn wartete. Trotzdem war es immer noch ein vierstündiger Fußmarsch und da sein Auto noch am Zoo stand, hatte er kein Transportmittel.

Vermutlich hätte er ein Taxi auftreiben können, aber tatsächlich genoss er es, zu Fuß zu gehen. Abgesehen davon war es vielleicht eine gute Idee, die Muskeln zu dehnen. Obendrein schien die Sonne und es war bestes Wetter.

Der Fußmarsch führte ihn am Lake Forest Boulevard

und weiter die Dryer Road entlang – vorbei an eingeschossigen Gebäuden, die zwar irgendwie alle anders aussahen, doch nach etwa einer Stunde nervtötend gleich erschienen: Handwerkergeschäfte, Banken, kleine Diner, Gemüse- und Elektronikläden. Er ging unter der Betonbrücke hindurch, die die Route 10 über die Gebäude und Menschen der Stadt hinwegführte, bevor sich sein Hunger nicht mehr ignorieren ließ. Er gönnte sich ein paar Quesadillas in einem mexikanischen Diner. Viele Quesadillas, genauer gesagt. Einen Riesenhaufen. Sobald er sich den Bauch vollgeschlagen und seinen Flüssigkeitshaushalt mit zwei Flaschen Mineralwasser ins Lot gebracht hatte, brach er wieder auf. Er wandte sich nach links, in die Downman Road, und anschließend nach rechts auf den Chef Menteur Highway. Was hatte ein Chef – also ein Koch – wohl vollbracht, dass man einen wichtigen Highway nach ihm oder ihr benannte?, fragte Lukas sich, während er dahinschlenderte. Lukas genoss gutes Essen genauso wie jeder andere und er war auch ein guter Koch, wenn es sein musste. Aber ein Koch ließ sich doch nicht mit einem Kriegshelden oder einem berühmten Wohltäter vergleichen, oder?

Einfach der Aussicht halber machte er kurz in der Mitte der Brücke halt, die über den Inner Harbour Canal führte. Er wusste, dass fünfzig Prozent von New Orleans unter dem Meeresspiegel lagen und die Stadt auf ein künstliches Pumpensystem angewiesen war, das das Regenwasser in den Lake Pontchartrain beförderte. Die ganze Stadt war buchstäblich eine Geisel des Schicksals. Das hatte Hurrikan Katrina vor ein paar Jahren bewiesen, noch bevor Lukas hergezogen war.

Es war vergleichbar mit San Francisco, das man buchstäblich auf einer Erdbebenspalte errichtet hatte. Warum taten die Leute so etwas? Er war nie in San Francisco gewesen. Oder Los Angeles. Und er war sich nicht sicher, ob er es wirklich wollte. Wozu das Risiko eingehen?

Wieder erholt, setzte er seinen Marsch fort. Den ganzen Weg über hatte er alles, was mit den Kidnappern und Daniel Britcross zusammenhing, erfolgreich verdrängt. Die Vergangenheit hatte gezeigt, dass es nichts brachte, Probleme anzugehen wie eine Katze, die um den heißen Brei herumschlich. Doch wenn er seinen Geist ablenkte und seinem Unterbewusstsein freien Lauf ließ, fielen ihm manchmal interessante Dinge ein. Und genau das war es, was er jetzt tat – der Stadt und ihren Menschen gestatten, ihn abzulenken.

Der Gentily Boulevard brachte ihn unterhalb der Route 640. Von dort ging es weiter auf der North Broad Street, bis sie die South Broad kreuzte. Schließlich wandte er sich nach rechts und setzte seinen Weg nach Norden fort, durch die friedliche Ruhe von City Park. Von hier war es noch eine Stunde Fußmarsch – am Ufer des Lake Pontchartrain entlang, weiter auf dem Robert E. Lee Boulevard und der West Esplanade Avenue, bevor er die öde Abgeschiedenheit des verwahrlosten Parkplatzes erreichte, wo er zu Hause war.

Und wo die Polizei auf ihn wartete.

# KAPITEL SECHS

Der Streifenwagen stand etwa hundert Meter vom Winnebago entfernt. Offensichtlich kein Zufall, gab es hier doch sonst nichts in der Nähe, das das Interesse der Cops hätte wecken können. Es sei denn, sie genossen den wunderschönen Blick auf den Lake Pontchartrain Causeway – so wie er es oft tat.

Er näherte sich dem Wagen von hinten. Aber er war ziemlich sicher, dass wer immer darin saß ihn bereits in den Rückspiegeln gesehen hatte. Kehrtzumachen oder seitlich auszuweichen, hatte keinen Sinn. Zwar ging es ihm ziemlich gegen den Strich, dass die Cops seinen aktuellen Aufenthaltsort kannten, doch er hatte nicht vor, sie noch argwöhnischer zu machen, als sie es ohnehin schon waren. Er wollte unschuldig erscheinen. Was er eigentlich ja auch war. Wie er allerdings wusste, hatte ein eigenständiger und allein lebender Teenager etwas an sich, das die Alarmglocken sämtlicher Behördenvertreter, denen er jemals begegnet war, zum Schrillen brachte.

Ohne einen Blick hineinzuwerfen, ging er an dem Wagen vorbei. Er hatte schon eine Vermutung, wer darin saß. Auf halbem Weg zum Winnebago hörte er eine Tür aufgehen. Als er sich umdrehte, stand Officer Trabez dort. In schneidiger blauer Uniform und Mütze, den rechten Fuß auf den Wagensturz gepflanzt, die gekreuzten Arme auf die Oberkante der Wagentür gestützt.

»Lukas Crowe«, rief sie. »Schön, dich wiederzusehen.«

»Officer Trabez. Ich schätze mal, das ist kein Zufall.«

»Natürlich nicht.« Sie wies mit einem Nicken auf den Beifahrersitz des Wagens. »Das ist übrigens Officer Hernadez. Er ist etwas schüchtern, daher bleibt er im Wagen.« Mit einem Blick zu seinem Wohnmobil fuhr sie fort. »Merkwürdig, aber irgendwie hatte ich bei unserer Unterhaltung die Vorstellung, dass du in einem richtigen Haus wohnst. Nicht in etwas auf Rädern.«

»Ich glaube nicht, dass ich das gesagt habe«, rief er zurück. »Und es tut mir leid, wenn ich Ihnen einen falschen Eindruck vermittelt habe.« Er ging auf sie zu, aus Höflichkeit und um sich nicht mehr gegenseitig anschreien zu müssen – abgesehen davon, dass sich so die Wahrscheinlichkeit verringerte, dass sie einen Blick ins Wohnmobil werfen wollte.

»Dir ist schon klar, dass man das als unbefugtes Betreten betrachten könnte?«, fragte sie, während er näher kam. »Du parkst auf Privatgelände. Und du bist schon eine Weile hier.«

»Ich bin nicht sicher, ob das tatsächlich der Fall ist«,

erwiderte er. »Könnte ich den Besitzer des Grundstücks ermitteln, würde ich fragen, ob ich bleiben darf. Aber es gibt keine Aufzeichnungen im Stadtarchiv. Ich habe nachgesehen. Und niemand ist jemals vorbeigekommen, um mir zu sagen, dass ich nicht bleiben darf oder Miete zahlen muss. Das einzige Problem ist die Postzustellung. Aber ich habe eine Vereinbarung mit dem Briefträger getroffen. Er hinterlässt meine Post in einem Café, nur einen Katzensprung entfernt. Dort hole ich sie immer ab.«

»Gibt 'ne Menge Plätze wie die hier«, sagte sie mit bedächtigem Nicken. »Vor allem, seit Hurrikan Katrina alles auf den Kopf gestellt hat. Kleine Teile der Stadt, die irgendwie durch die Maschen gefallen zu sein scheinen.«

Er lächelte. »Ich liebe solche Orte.« Eine flüchtige Erinnerung kam ihm plötzlich in den Sinn, und ohne es eigentlich zu wollen, fuhr er fort: »Meine Mum hat mir immer vom Haus *ihrer* Mum erzählt. Anscheinend gab's da eine kleine dreieckige Fläche hinter dem Grundstück, zwischen dem Ende ihres Gartens und dem Garten des dahinter angrenzenden Hauses. Der Bereich war auf allen Seiten komplett von den Zäunen der umliegenden Häuser umschlossen und niemand konnte herausfinden, wem es gehörte. Das Problem jedoch war dieser riesige Baum, der auf dem kleinen dreieckigen Grundstück wuchs. Er überschattete die umliegenden Häuser völlig und seine Wurzeln saugten das Wasser aus sämtlichen Gärten. Alle wollten ihn fällen. Aber niemand wollte die Verantwortung für das Land und den Baum übernehmen, weil es so teuer gewesen wäre. Er wurde einfach größer und größer, blockierte mehr und mehr Sonnenlicht und saugte mehr und mehr Wasser aus dem Boden. Bis eines Tages ein wirklich übler Sturm die Stadt heimsuchte und der Baum einfach umstürzte. Im Nachhinein fand man heraus, dass der Stamm durch und durch verrottet und es nur eine Frage der Zeit gewesen war. Er ist buchstäblich über Jahre gestorben.« Er schüttelte den Kopf, als er sich an die Geschichte seiner Mutter erinnerte und den Ausdruck, der dabei auf ihrem Gesicht gelegen hatte. »Zum Glück für meine Mum ist der Baum in die andere Richtung gefallen. Er stürzte ins Dach eines anderen Hauses. Die waren natürlich nicht so gut dran. Niemand ist gestorben. Aber das Haus war komplett zerstört.«

Officer Trabez starrte ihn einen langen Moment an. »Ich glaube, du hast eben mehr Worte von dir gegeben als während unserer gesamten Unterhaltung im Krankenhaus.«

Er zuckte die Achseln. »Manchmal ist es einfach schön, den Leuten Sachen von früher zu erzählen. Sachen, an die ich mich erinnere. Es können Tage, manchmal Wochen vergehen, ohne dass ich mit jemandem rede. Schätze, Sie waren einfach nur zur falschen Zeit am falschen Ort.«

»Freut mich, wenn ich helfen konnte. Du ziehst viel umher, vermute ich.«

»Während der letzten Jahre.«

»Irgendwelche Umzugspläne für die nahe Zukunft?«

Er starrte sie lang an. »Ich habe mit dem Gedanken gespielt. Aber ich denke, Sie würden es lieber sehen, wenn ich noch 'ne Weile hier herumhänge?«

»Ja, bis wir auf dem einen oder anderen Weg herausgefunden haben, was mit Mr Britcross passiert ist.«

Widerstrebend signalisierte er mit einem Nicken seine Zustimmung. »Okay. Ich bleibe. Eine Weile.«

»Danke. Ach übrigens, die Schwester scheint was für dich übrig zu haben. Sie hat uns sehr eindringlich erzählt, wie du versucht hast zu helfen. Sie war sehr dankbar für deinen Versuch, ihren Bruder zu retten. Ihr Verlobter … eher weniger.«

»Wie ich schon im Krankenhaus sagte, habe ich einfach nur versucht, das zu tun, wozu alle anderen scheinbar nicht bereit waren. Und ihr Verlobter ist ein Vollidiot.« Mit leichtem Lächeln fuhr er fort. »Hätte jemand einfach den ersten Schritt getan und diesen Baum vor dem Sturm gefällt, hätte jemand anders nicht sein Heim verloren. Vielleicht tue ich deswegen, was ich tue.« Er ließ den Blick über den See schweifen, bevor er ihn wieder auf Officer Trabez richtete. »Schätze wohl mal, dies ist kein Privatbesuch?«

»Ich überprüf dich nur. Vergewissere mich, dass wir die richtige Adresse von dir bekommen haben. Und du nicht etwa planst zu türmen.«

Lukas dachte einen Augenblick nach. »Kann ich Sie was fragen?«

»Schieß los. Aber ich kann nicht garantieren, dass ich antworte.«

»Sie haben mich gefragt, ob ich Ingenieur wär oder mich mit Autos auskenne. Hat das damit zu tun, was ich in den Nachrichten über den SUV der Kidnapper gesehen habe? Der den Berichten nach rasend schnell davongeschossen ist?« Er erwähnte nicht die Tatsache, dass er das mit eigenen Augen gesehen hatte. Es brachte nichts, Informationen preiszugeben, wenn man nicht unbedingt musste.

Sie zögerte einen Moment. »Ja. Ich habe mich gefragt, ob du womöglich bei diesem Motortuning involviert warst. Aber dein Alibi ist überprüft. Der Zoo hat bestätigt, dass du mittlerweile seit einigen Monaten dort arbeitest – übrigens schon lang bevor die Spieldesigner beschlossen haben, ihre Premierenparty dort abzuhalten. Und wir wissen genau, wo du dich während der Entführung aufgehalten hast. Du hast dein Leben riskiert, um Daniel zu retten, und dafür gibt es Zeugen. Du bist kein Verdächtiger.«

Unwillkürlich fuhr Lukas' Hand zu seiner Schulter empor, wo die Kugel ein Loch in die Jacke gerissen hatte. »Schön zu wissen. Aber was ist mit dem Wagen? Ist das ein Anhaltspunkt? Haben Sie ihn gefunden?«

Sie schüttelte den Kopf. »Ich an ihrer Stelle hätte ihn irgendwo im Bayou entsorgt, ihn einfach ins Wasser rollen lassen. Ich bezweifle, dass wir ihn jemals finden.«

»Und dieses Motorentuning … Bei unserem Gespräch im Krankenhaus erwähnten Sie was von Nanopartikeln. Ich habe im Internet nachgesehen. Ich weiß, dass sich auf verschiedene Weisen mehrere Metalloxide als Nanopartikel beziehungsweise Katalysatoren in den laufenden Motor einspritzen lassen, um die Treibstoffeffizienz zu erhöhen. Aber mit einer Lachgaseinspritzung erzielt man denselben

Effekt. Warum sprachen Sie dann explizit von Nanopartikeln?«

Sie zuckte die Achseln. »Gerüchte. Ich hab da was von einem Chop-Shop in den Außenbezirken läuten hören. In einer der Gegenden, die durch Katrina von Überflutungen verwüstet wurden.«

»Chop-Shop?«, fragte er, nicht vertraut mit dem Begriff.

»Die Art von Autowerkstatt, in der es an der Tagesordnung ist, das intakte Vorderteil eines wrackreifen Unfallwagens mit dem intakten Hinterteil eines anderen zusammenzuschweißen. Cut-and-Shuts heißen diese Karren. Sehr unsichere Sache und du würdest mit so einem Teil nicht lang durch die Gegend fahren wollen. Aber manche Leute achten nicht darauf, was sie kaufen. Deswegen ist es illegal.«

»Aber Sie kennen eine Werkstatt, wo so was gemacht wird.«

»Ich bekam einen Tipp. Doch ich habe nicht genug Beweise für einen Durchsuchungsbefehl. Jedes Mal, wenn wir da aufkreuzen, wissen sie schon Bescheid und machen den Laden dicht, bis wir wieder weg sind. Gerüchten nach finden die Nanopartikelmodifizierungen dort statt. Wie es aussieht, sind sie die einzigen mit Zugriff auf die dafür nötige Technik. Niemand sonst in der Stadt kann ihnen da auch nur ansatzweise das Wasser reichen. Deswegen glaube ich, dass die Kidnapper sich dort ihren Wagen besorgt haben. Wer was Großes abzieht, will das bestmögliche Auto.«

»Und Sie können keine Razzia machen, um es herauszufinden?«

»Alles, was ich habe, sind Gerüchte. Und das reicht rechtlich nicht.« Traurig schüttelte sie den Kopf und ließ den Blick über den See Richtung Horizont schweifen. »Weißt du, was ich tatsächlich am liebsten täte? Jemanden dort einschleusen. Undercover. Damit der mir dann berichtet, was da drin wirklich abgeht. Aber ich bräuchte jemanden, der womöglich nicht schon als Polizist oder Informant bekannt ist. Und der so viel davon versteht, wie man Motoren auseinandernimmt und wieder zusammensetzt, dass er sich da reinmogeln kann.«

»Wo«, begann Lukas, plötzlich mit einem mulmigen Gefühl im Bauch, »könnten Sie denn so jemanden finden?«

»Und er müsste einen eigenen, starken Grund haben, um undercover reinzugehen. Weil ich kein Budget habe, um ihn zu bezahlen«, fuhr sie fort, während sie immer noch auf den Horizont starrte. »Zum Beispiel weil er selbst an irgendwelche Informationen rankommen will.«

»Und was ist, wenn Sie diesen imaginären, hoch motivierten und erfahrenen Fahrzeugmechaniker mit den Qualitäten eines Undercoveragenten nicht finden können? Nur mal so aus Interesse.«

Sie zuckte die Schultern. »Gut möglich, dass mir langweilig wird, weil ich nichts mehr zu tun hätte. Könnte sein, dass ich dann den Background von jemandem checke, der in der Stadt aufgetaucht ist, um hier so gut wie möglich außerhalb gesellschaftlicher Normen zu leben. Würde mich gar nicht wundern, wenn ich zu der Annahme käme, dass er was zu verbergen hätte.«

Lukas seufzte. So war es immer. Egal wie sehr er auch versuchte, sich aus solchen Sachen rauszuhalten. Fast schien es, als übten sie eine magnetische Anziehung auf ihn aus.

»Und wie kann ich Sie im Bedarfsfall erreichen?«, fragte er. »Ich meine, im unwahrscheinlichen Fall, dass ich mich aus Versehen in einem abgeranzten Viertel dieser Stadt plötzlich als Automechaniker in einer illegalen Werkstatt widerfinden sollte?«

»Keine Sorge. Ich werde jeden Tag auf ein Pläuschchen vorbeischauen.« Sie wandte sich um und musterte ihn lächelnd. »Und wenn du nicht da bist – zum Beispiel weil du beschlossen hast weiterzuziehen –, werde ich nach dir suchen. Oh, und wenn dir mal nach einer schönen Touristenattraktion ist, sieh dich doch mal im Bezirk Bohemia um, bei der Plaquemines-Pfarrei. Wie ich hörte, ist es dort zu dieser Jahreszeit sehr interessant.«

»Danke«, sagte Lukas. Er stand da und sah zu, wie Officer Trabez in ihren Wagen stieg und davonfuhr. Als der Streifenwagen außer Sicht war, ging er in seinen Winnebago und nahm sich eine Limo aus dem Kühlschrank.

Wie es aussah, wurde er von zwei Seiten in die Zange genommen. Una wollte seine Hilfe, um ihren Bruder zu finden und ihr Turnier nicht absichtlich verlieren zu müssen. Dafür müsste er die verantwortlichen Leute aufspüren. Und Officer Trabez wollte, dass er undercover für sie etwas über illegale Automechaniker in New Orleans herausfand. Was ihn geradewegs zu den Kidnappern führen könnte. Wie es aussah, hatte er keine große Wahl.

Nachdem er die Limo getrunken und einen Blick in die TV-Nachrichten geworfen hatte, machte er sich zum Zoo auf, wo noch sein Wagen stand. Heute war einer seiner freien Tage. Daher musste er eigentlich nicht zur Arbeit und jemand anders würde sich um die Insekten und Gliederfüßer kümmern.

Kaum im Wagen, rief er auf seinem Smartphone eine Straßenkarte von New Orleans auf. Wie es aussah, würde die Fahrt nach Bohemia etwa eineinhalb Stunden in Anspruch nehmen und ihn in südöstliche Richtung führen, durch eine zunehmend zersplitterte Landschaft, die diesen Teil Louisianas prägte, in dem es ebenso viele Gewässer wie Land gab.

Er startete den Wagen und fuhr los. Es war fast schon später Nachmittag und er wollte noch vor Sonnenuntergang sein Ziel erreichen. Nicht dass Gangster sich an normale Bürozeiten hielten. Aber er hatte vor, sich dort noch im Hellen umzusehen.

Sobald er den Kernbereich von New Orleans verlassen hatte, fand Lukas sich parallel des Mississippi wieder, der träge und scheinbar zäh wie Öl Richtung Golf floss. Auf der Fahrt wurde er sich des ganzen Ausmaßes der Verwüstung bewusst, die der gewaltige Hurrikan vor beinahe zwanzig Jahren hinterlassen hatte. Viele von Wellen und

Winden zerstörte Gebäude waren nicht wiederaufgebaut worden, etliche entwurzelte Bäume nicht entfernt, geschweige denn neue angepflanzt.

Es war, als würde man durch die Außenbezirke der Hölle fahren. Und erst die Leute, an denen er vorbeikam, diejenigen, die geblieben waren: Sie wirkten wie betäubt, als könnten sie immer noch nicht fassen, was passiert war.

Kleinere Areale hingegen hatten sich tatsächlich erholt und waren wiederaufgebaut worden. Kleine Inseln der Zivilisation, in denen sich die Menschen zusammengetan hatten, im Versuch, etwas Neues aus den Trümmern zu erschaffen. Aber das meiste, was Lukas sah, war eine Welt, die aufgegeben worden war.

Als er sich laut Smartphone der Gegend namens Bohemia näherte, verlangsamte er seine Fahrt, um der näheren Umgebung mehr Aufmerksamkeit zu widmen. Das, wonach er Ausschau hielt, waren Zeichen von Aktivität. Zeichen dafür, dass dort eine Menge Autos herumgefahren waren. Denn die Art Leute, die eine Werkstatt für illegale Autotunings aufsuchen würden, wären auch die Art Leute, die gern schnell fuhren und mit quietschenden und qualmenden Reifen um die Ecken schossen. Die Art Leute, die die vorgenommenen Modifizierungen *testen* wollen würden, sobald sie ihr Fahrzeug abgeholt hatten. Also hielt er nach Reifenspuren an Straßenecken Ausschau. Nach verbogenen und verbeulten Verkehrsschildern, die nicht vom Hurrikan, sondern durch eine Karambolage beschädigt worden waren. Und nach Stellen, an denen jemand Dreck und Trümmer beiseitegeräumt hatte, um einen Weg freizumachen. Außerdem lauschte er. Nicht nur nach dem Klang heulender Motoren, sondern dem typischen Geräusch von Hydraulikhandwerkzeugen und Generatoren.

Es dauerte wohl eine halbe Stunde, aber nachdem er die Gegend eine Weile wie ein Gitterraster durchstreift hatte, näherte er sich nach und nach der Stelle, wo sich die Werkstatt befinden musste. Als er näher kam, nahm er Leute an den Straßenecken wahr, die ihn beobachteten. Wachen, die ein paar Blocks entfernt postiert worden waren und melden würden, dass sie ihn hatten vorbeifahren sehen. Damit hatte er gerechnet. Tatsächlich hatte er darauf gebaut. Sein Auto sah nicht wie ein Copwagen aus und er nicht wie ein Cop. Zudem versuchte er nicht, sich zu verbergen oder sich heimlich an sie ranzumachen. Er bewegte sich frei und offen.

Mitten zwischen Trümmern und Gebäuderuinen stieß er schließlich auf eine Lagerhalle, die noch stand. Er stoppte den Wagen, schaltete den Motor aus und rollte das Fenster herunter. Dann hieß es warten, während die Hitze Louisianas seine Haut zum Prickeln brachte. Das war womöglich jedoch auch dem unbewussten Wissen zu verdanken, dass man ihn beobachtete.

In der Stille konnte Lukas Geräusche aus der Lagerhalle hören: Gehämmer, das Wummern eines Generators und das jähe, hohe Jaulen von Hydraulikwerkzeug. Wie es aussah, war er an der richtigen Stelle.

Schließlich trat eine Gestalt aus einer dunklen Türöffnung und kam auf ihn zu: ein Mädchen, vermutlich ein paar Jahre jünger als er. Sie trug eine verdreckte Jeans und ein ölverschmiertes T-Shirt. Um die Stirn hatte sie ein Kopftuch gebunden. Ein paar Meter vor ihm blieb sie stehen und starrte ihn an.

»Willste was?«, fragte sie schließlich in gelangweiltem Ton.

»Ich such 'nen Job«, erwiderte er. Er löste den Blick von ihr und ließ ihn durch die Gegend schweifen. »Hab gehört, hier gäb's vielleicht Möglichkeiten.«

»Biste 'n Bulle?«, fragte sie.

Er schüttelte den Kopf. »Nope.«

»Was dagegen, wenn wir deine Karre filzen?«

Er hob lässig die Hand. »Bedient euch.«

»Dann musste rauskommen.«

Während er die Tür öffnete und ausstieg, ließ er die Hände sehen – für den Fall, dass jemand nervös wurde und meinte, er würde nach einer Waffe langen. Wie aus dem Nichts tauchten auf einmal weitere Gestalten auf, die sich über den Wagen hermachten. Einer ließ sich auf den Fahrersitz gleiten und löste die Kofferraum- und Motorhaubenverriegelung. Motor und Motorraum wurden sorgfältig untersucht, die Teppiche im Kofferraum hochgehoben und die Unterseite der Sitze gecheckt. Lukas war sich nicht genau sicher, wonach sie suchten. Genauso wenig wie sie wahrscheinlich. Nach irgendwas Verdächtigem. Irgendwelchen Hinweisen, dass er für die Polizei arbeitete. Aufnahmegeräte vielleicht oder verborgene GPS-Peilsender. Womöglich ein verstecktes Fach mit einer vollautomatischen Glock. Nun, da konnten sie lang suchen.

Einer der Typen, die seinen Wagen filzten – ein schlaksiger Zwanzigjähriger mit gelben Zähnen und aschblondem Haar –, schlenderte auf ihn zu. Lukas wusste, was nun kommen würde, und hob die Arme. Der Mann fuhr mit den Händen über Lukas' Kleidung, vermutlich auf der Suche nach Waffen, Aufnahmegeräten oder Abhörwanzen. Er würde nichts finden.

Schließlich war das Team mit seiner Arbeit fertig. Sie zogen sich zurück und bedeuteten dem Mädchen, das die ganze Zeit zugesehen hatte, mit einem Kopfschütteln, dass alles sauber war. Aus welchen Schatten und Löchern auch immer sie vorhin gekommen waren, nun verschwanden sie genauso schnell wieder darin.

»Der Boss will dich sehen«, sagte das Mädchen.

»Das ist gut. Ich bin hier, um ihn zu sehen.«

»Lass dein Phone hier und irgendwelche Tablets, falls du welche hast.«

»Okay«, sagte er ruhig und übergab ihr sein Smartphone. Er vermutete, dass sie es bis zu seiner Rückkehr sorgfältig durchsucht und obendrein eine Art Abhörsoftware installiert haben würde. Es war ihm gleich. Er würde sie später entfernen. Oder das Gerät ganz austauschen.

Er wurde zum Lagerhaus und durch dieselbe dunkle Türöffnung geführt, aus der das Mädchen aufgetaucht war. Es dauerte ein paar Sekunden, bis sich seine Augen an das schummerige Licht angepasst hatten. Doch dann nahm er wahr, dass die vermeintliche Dunkelheit von diagonalen Lichtstrahlen erhellt wurde, die das aus Metall und Glas bestehende Dach durch Oberlichter und Löcher durchdrangen. Staubteilchen schwebten durch die Strahlenbündel und ließen sie beinahe massiv erscheinen.

Die Halle schien voller Autos und Mechaniker zu sein. Doch einem genaueren Blick waren zwei Vans im Weg, die der Tür, durch die er gerade gekommen waren, am nächsten standen. Der Zementboden zeugte von jahrelanger Verschmutzung durch Öllecks und verschüttetes Benzin. Ein Blick nach oben zeigte, dass der Raum unter dem Dach voller metallener Lüftungsrohre war. Wie silberne Riesenwürmer schlängelten sie sich hierhin und dorthin. Vermutlich bestand ihre Aufgabe darin, all den Qualm und den chemischen Gestank zu entfernen, den die Mechaniker unten produzierten.

Das Mädchen führte Lukas weiter durch die Halle, vorbei an Luxuswagen, von denen jeder bestimmt eine halbe Million Dollar wert war. Lukas registrierte, dass bei einem – einer schwarzen Limousine – Panzerplatten in die Türen montiert wurden. Windschutzscheibe und Fenster waren bereits durch kugelsicheres Glas ersetzt worden. Da nahm jemand seine Sicherheit anscheinend sehr ernst.

Sie umrundeten einen pinkfarbenen Humvee, der durch seine grelle Erscheinung irgendwie fehl am Platz wirkte, und gelangten zu einer Metalltreppe. Diese führte zu einer Galerie empor, die sich über die ganze Seite des Lagerhauses zog.

Oben angekommen, betrat Lukas einen offenen Bereich, von dem aus man den gesamten Werkstattbereich einsehen konnte. Ein schneller Rundblick genügte, um festzustellen, dass da unten an etwa fünfzig Fahrzeugen gearbeitet wurde. Bei einigen handelte es sich offensichtlich um Unfallwagen, wie sie Officer Trabez erwähnt hatte: zerknautschte Motorhauben, zertrümmerte Kotflügel, fehlende Räder. Andere waren Highend-Sportwagen, an denen keine offensichtlichen Schäden festzustellen waren: Porsches, BMWs und zumindest ein hellorangener Lamborghini. Wohl an die hundert Mechaniker in ölverschmierten Overalls und mit Stirntüchern arbeiteten an den Autos. Einige beugten sich über Motoren, andere werkelten unter den Fahrzeugen, während wiederum andere Türen montierten oder demontierten und in den Fahrzeugen selbst zugange waren. Hin und wieder durchschnitt das schrille Jaulen eines Hydraulikschlüssels die Luft. Anderswo stob ein Funkenregen von einem Fahrzeug, an dem gerade gearbeitet wurde. Trotz all des Schmutzes, den Öllachen und des Staubs in der Luft wirkte das ganze Treiben seltsam effizient. Jeder hatte einen bestimmten Job und jeder erledigte ihn. Irgendwo im Hintergrund spielte Musik. Lukas kannte sich nicht sehr gut mit Musik aus. Aber es klang wie Hardrock mit Countryeinschlägen.

Als er sich wieder dem Galeriebereich zuwandte, fiel sein Blick auf einen langen Tisch. Darauf standen diverse Kannen mit heißem Wasser, alles was man brauchte, um sich einen Kaffee zu machen, an die fünfzig Dosen hoch konzentrierter Energydrinks sowie acht oder neun Kartons mit Donuts.

»Hunger?«, fragte eine Stimme.

Lukas drehte sich um. Der Mann, der gesprochen hatte, saß etwas von ihm entfernt, neben zwei Türen, die aussahen, als könnte sich dahinter ein Lift befinden. Er saß in einem Rollstuhl. Er selbst sah aus wie die buchstäbliche Verkörperung eines Cut-and-Shuts: Brust, Schultern und Nacken wölbten sich förmlich vor Muskeln und waren überzogen von Sehen und hervorstehenden Venen. Doch seine Beine waren dürr und verkümmert. Die linke Wange war von Narbengewebe überzogen, vermutlich die Folgen einer Verbrennung. Sein dunkles Haar hing bis zu den Schultern hinab und seine Augen waren stechend blau.

Und er hatte eine automatische Pistole in der Hand. Sie lag quer über dem rechten Knie, vage auf Lukas gerichtet. Ohne genauer hinzusehen, identifizierte Lukas sie als Walther PPQ. Der quadratische Abzugsschutz war unverwechselbar. Eine ziemlich moderne Waffe, im Allgemeinen eher von Special Forces als der Polizei benutzt. So eine in den Händen eines Kriminellen zu sehen, war ungewöhnlich.

»Ich hab ’ne ganze Weile nichts gegessen«, bestätigte er.

»Nimm dir einen Donut und ’nen Drink, wenn du magst. Die Kerle hier neigen dazu, mit nichts als Kaffee und Zucker zu laufen. Hält sie auf Zack. Aber von Zeit zu Zeit gehen die Temperamente mit ihnen durch. Ich heiße übrigens Jay. Na ja, nicht wirklich. Aber so kannst du mich nennen.« Er klopfte auf seinen Rollstuhlarm. »Ich bin früher illegale Rennen gefahren. Bis ich in eine Verfolgungsjagd mit den Cops geraten bin. Hab meinen Wagen geschrottet. Deswegen seh ich jetzt so aus. Ich kann keine aufgepimpten Superkarren mehr fahren. Doch ich habe sie gern um mich.« Er neigte den Kopf zur Seite. »Wie heißt du?«

»Luke«, kam seine Antwort.

»Luke wie?«

»Nur Luke.«

Die Waffe zuckte leicht. »Ich würde irgendwie gern wissen, mit wem genau ich es zu tun habe«, sagte Jay.

»Genau wie ich«, antwortete Lukas.

Jay lächelte. »Ja, aber du bist nicht der mit der Knarre.«

Lukas nickte. »Berechtigter Einwand. Luke Crowe.«

»Und was machst du hier, Luke Crowe?«

Lukas blickte sich um. »Einen Kühlschrank kaufen?«

Erneut zuckte die Waffe. Jay verstand es gut, den Eindruck eines ruhigen und beherrschten Manns zu erwecken. Doch Lukas merkte ihm an, dass er unter dieser Oberfläche angespannt und nervös war. Nicht gut bei einem Mann, der eine Waffe in der Hand hielt.

»Ich würde etwas mehr Fakten und etwas weniger Humor zu schätzen wissen.«

»Ich such Arbeit«, sagte Lukas ruhig. »Ich habe gehört, dass Sie gute und erfahrene Mechaniker suchen.«

»Wer hat dir das erzählt?«

»Ich schätze mal«, antwortete Lukas, »dass Diskretion eine der Eigenschaften ist, die Ihre Angestellten brauchen.

Würde ich erzählen, wer Sie erwähnt hat, wäre ich nicht diskret. Und Sie hätten keinen Grund, mir zu vertrauen. Können wir es also einfach dabei belassen, dass man über diesen Ort hier redet. Und falls es Sie beunruhigt, dass der Laden weit und breit bekannt ist: Er ist es nicht. Ich wusste ungefähr, wo Sie sind. Aber ich musste erst ein bisschen herumkurven und Ausschau halten. Und ich bin sicher, dass Ihre Spotter mich schon zwanzig Minuten beobachtet haben, bevor ich hier gehalten habe. Es wäre mir übrigens eine Freude, Ihnen zu verraten, wodurch ich auf die Location gestoßen bin.«

Jay starrte ihn einen langen Moment an. »Wie man mir sagte, ist dein Wagen ziemlich gut in Schuss. Offensichtlich nicht das Ergebnis von Werkstattinspektionen, sondern das Werk von jemandem mit Talent für die Arbeit. Deine Arbeit, Sohn?«

Lukas nickte. »Ich hab den Wagen schon ein, zwei Jahre. Hab ein paar Modifizierungen vorgenommen.«

»Was für welche?«

Lukas zuckte die Achseln. »Ich hab das Motormanagementsystem gehackt, damit ich den Kilometerstand zurücksetzen kann, wenn ich die Karre verkaufen will. Ich hab außerdem die Spannung am O2-Sensor modifiziert, um den Brennstoffzyklus für meine Marke und mein Modell effizienter zu machen.«

Jay nickte nachdenklich. »Was ist der Softwarestandard eines Motormanagementsystems?«, fragte er ganz beiläufig.

»Das variiert«, erwiderte Lukas. »Der Standard-OBD-II-Port kann fünf verschiedene Signalprotokolle auslesen. Das populärste ist CAN.«

»Okay. Schätze mal, das bewerkstelligst du mit einem Windows-Laptop.«

Eine Fangfrage, nebenbei eingestreut. »Das geht nicht mit Windows und auch nicht mit dem macOS. Man braucht ein Linux-Betriebssystem für die Verbindung mit dem CAN-Bus.«

»Okay, sieht aus, als weißt du, was Sache ist, und ich bin immer auf der Suche nach durchgeknallten Mechanikern. Wir werden deinen Background checken, um sicherzugehen, dass du nichts mit den Cops oder dem FBI zu tun hast. Vorausgesetzt, du bestehst – andernfalls bist du tot –, kann ich dir eine Probezeit von zwei Wochen anbieten. Ist das okay für dich?«

Lukas nickte. »Von mir aus gern.« Er hielt inne und versuchte, sich einen zögernden Anschein zu geben. »Ich habe mich gefragt«, fuhr er fort, »ob ich hier wohl bestimmte Sachen lernen könnte. Meine Kenntnisse erweitern. Wenn Sie wissen, was ich meine.«

Jay hob eine Augenbraue. »Ich mag ehrgeizige Kids. Solange sie nicht so ehrgeizig sind, um mir mit einer eigenen Werkstatt Konkurrenz zu machen, nachdem ich ihnen alles beigebracht habe. Was für Kennnisse meinst du? Umlackieren, Schweißen?«

Es hatte keinen Sinn, geradewegs das Thema anzusprechen, das Lukas interessierte. Das hätte bloß Jays Alarmglocken schrillen lassen. Am besten näherte er sich der Sache, indem er sie zunächst umschiffte.

»Ich habe mit dem Gedanken gespielt, ein Kraftstoffeinspritzsystem in meinen Wagen einzubauen«, erwiderte Lukas vorsichtig. »Sie wissen schon, Lachgas. Aber ich will meinen Motor nicht schrotten.«

»So was machen wir haufenweise«, nickte Jay. »Ich kann dich gern einem der Teams zuteilen.« Er lächelte. »Auch wenn Lachgas natürlich nicht das beste Einspritzsystem ist, nicht wahr?«

»Echt?« Lukas versuchte, neugierig und aufgeregt zugleich zu wirken.

»Jep. Wir haben da so 'ne Sache, bei der wir Nanopartikel direkt in die Zylinder einspritzen, um die Verbrennung drastisch zu verbessern. Würdest du gern was darüber erfahren?«

»Ja, bitte!«, kam Lukas' eifrige Antwort.

»Dann werde ich dich mit Cajun Bob zusammentun. Er ist Experte, was diese spezielle Modifizierung angeht. Also, ich denke, wir werden …« Er brach ab, als das Mädchen mit dem ölverschmierten T-Shirt aus den Schatten trat. Sie hatte Lukas' Smartphone in der Hand. »Was hast du gefunden?«, fragte Jay sie.

»Is sauber«, sagte sie.

»Gut.«

»Zu sauber, wenn du mich fragst«, fuhr sie fort und starrte Lukas an.

»Was meinst du?«, fragte Jay.

»Die meisten Leute haben haufenweise Scheiß auf ihren Phones – Sachen, die sie sich runtergeladen und schon wieder vergessen haben. Cookies von Seiten, auf denen sie waren. Dieses Teil hat fast nichts davon.«

»Vielleicht ist es neu«, hielt Jay mit leichtem Stirnrunzeln entgegen.

»Die Gesprächsprotokolle gehen ein Jahr oder so zurück. Er hat das Ding schon eine Weile.«

Jay wandte sich Lukas zu, um ihn erneut zu mustern. Aber dieses Mal bewegte sich die Waffe mit – und wies direkt auf seinen Bauch. »Nun, sieht aus, als hätten wir hier was Verdächtiges«, sagte er. »Möchtest du was sagen, Junge?«

Lukas öffnete den Mund, um zu antworten, nicht ganz sicher, was er sagen würde. Doch plötzlich wurde er von einem grellen Lichtblitz geblendet. Im nächsten Moment riss ihn auch schon eine ohrenbetäubende Explosion von den Beinen.

# KAPITEL SIEBEN

»Eine Razzia!«, brüllte Jay. »Bringt mich hier raus.«

Das Mädchen im ölverschmierten T-Shirt packte die Griffe des Rollstuhls. Ihr winziger Körper stemmte sich gegen Jays massige Gestalt und versuchte, ihn herumzudrehen und wegzuschieben.

Blitzschnell rappelte sich Lukas auf und rannte in die entgegengesetzte Richtung, zum Rand der Galerie. Er starrte auf die Lagerhalle hinab, während sich seine Hände fest um die Brüstung krallten. Sein erster Gedanke war gewesen, dass eines der Fahrzeuge explodiert sein musste. Womöglich infolge eines Funkenregens beim Schweißen, der irgendwie in den Benzintank eines anderen Autos geraten war. Aber er lag falsch. Drüben auf der gegenüberliegenden Seite, an den Rolltoren, durch die Fahrzeuge in die Halle gebracht werden konnten, war alles von einer wallenden Wolke aus schwarzem Rauch umgeben. Das Ventilationssystem unterm Dach arbeitete auf Hochtouren und Augenblicke später lichtete sich der Qualm und gab den Blick auf ein gähnendes Loch im mittleren Rolltor frei. Gezackte Ränder aus zerfetztem Metall bogen sich wie die Blütenblätter einer Blume in die Halle hinein.

Was war das? Eine Polizeirazzia? Dafür schien die Aktion ziemlich grobschlächtig. Müssten die Cops nicht eigentlich zuerst so was wie eine Warnung geben?

Er blickte zu dem Mädchen hinüber. Langsam schob sie Jay auf die Wand mit dem Fahrstuhl zu. Einen Moment fragte er sich, ob er ihr helfen sollte. Aber schon hatte einer der Mechaniker sie weggeschoben und übernommen. Das Mädchen stand einfach da und blickte sich hilflos um.

»Los!«, brüllte Lukas. »Raus hier!«

Sie blickte zu ihm herüber, nickte und rannte auf die Treppen zu.

»Nein, warte!«, rief er ihr hinterher.

Zögernd wandte sie sich um.

»Cajun Bob, kennst du ihn?«

Sie nickte.

»Weißt du, an welchem Wagen er arbeitet?«

»Teure Riesenkarre«, rief sie. »Mit ’ner geflügelten Lady auf der Motorhaube.«

»Danke«, rief Lukas ihr nach, als sie sich umdrehte und losstürmte. Eine nützliche Information. Cajun Bob arbeitete an einem Rolls-Royce. Vielleicht, mit viel Glück, war er noch da und zog den Kopf ein.

Eine weitere Explosion erschütterte das Gebäude. Dieses Mal auf der anderen Seite, dort wo Lukas hereingekommen war. Unten in der Halle erstarrten plötzlich die

Mechaniker, die in diese Richtung geeilt waren, unsicher, wo sie sich jetzt in Sicherheit bringen sollten. Metallsplitter sirrten wie ein stählerner Vogelschwarm über ihre Köpfe hinweg und zwangen sie, sich zu ducken.

Unversehens fand Lukas sich in einer Zwickmühle wieder. Er war in Gefahr und sollte besser sehen, dass er hier rauskam. Aber es war auch die beste Chance, etwas über die Kidnapper herauszufinden. Was also sollte er tun?

Plötzlich hallte Gewehrfeuer in der Lagerhalle wider. Lukas' Kopf fuhr herum, um es zu lokalisieren. Der Krach kam vom Rolltor, an dem die erste Explosion stattgefunden hatte. Er sah vier dunkel gekleidete Gestalten, die mit ruhigen, gemessenen Bewegungen durch das Loch hereinkamen. Ihre Gesichter waren mit Kopftüchern vermummt. Und sie hatten Waffen: FN P90s.

Eine jähe Erregung ergriff von Lukas Besitz. Er war von einer Polizei- oder FBI-Razzia ausgegangen, womöglich auch einem Überfall einer rivalisierenden Gang. Aber diese Angreifer sahen genauso aus wie die Leute, die Daniel Britcross auf der Premierenparty gekidnappt hatten. Darüber hinaus hatten sie die gleichen Waffen. Wie es aussah, waren sie auf denselben Gedanken gekommen wie Lukas: nämlich dass man ihnen durch das Motorentuning auf die Spur kommen konnte. Das Gute daran war, dass Lukas somit recht hatte: Die Information, die er brauchte, war hier. Das Schlechte war, dass die Kidnapper offensichtlich alles beseitigen wollten, was zu ihnen führen konnte. Alles und jeden.

Er beobachtete, wie sich die Killer in verschiedene Richtungen aufteilten und auf die Mechaniker schossen. Einige von ihnen rannten daraufhin um ihr Leben, doch die meisten zogen Waffen aus ihren Overalls und erwiderten das Feuer aus der Deckung der Wagen heraus, an denen sie gearbeitet hatten. Andere langten in ihre Werkzeugkisten und holten abgesägte Schrotflinten hervor. Fast gleichzeitig brachten sie sie in Anschlag und feuerten. Das vereinte Krachen der Schüsse dröhnte beinahe so laut wie die Explosion, die gerade das Rolltor zerfetzt hatte, und ließ Lukas' Ohren schmerzen.

Er traf eine Entscheidung. Er würde versuchen, einen Ausgang zu erreichen. Aber sollte er dabei Cajun Bob über den Weg laufen, würde er sein Glück versuchen. Sprich, den Kerl möglichst in einem Stück rausbringen, um ihn nach der Nanopartikelmodifizierung zu fragen.

Kurz kam ihm in den Sinn, dass es auch eine andere Option gab: einen der Killer gefangen nehmen und nach dem Aufenthaltsort von Daniel Britcross ausquetschen.

Das Dumme war nur, dass die Angreifer im Gegensatz zu ihm schwer bewaffnet waren. Abgesehen davon, dass sie entschlossen waren zu töten. Nein, Cajun Bob aufzutreiben und in Sicherheit zu bringen, war die beste Wahl, die er hatte.

Einige Mechaniker lagen mittlerweile auf dem Betonboden, tot oder verwundet. Von den Angreifern war anscheinend keiner getroffen worden. Der scharfe chemische Geruch von Schießpulver drang Lukas in die Nase. Prompt überkam ihn das Verlangen zu niesen. Er unterdrückte den Drang. Jetzt seine Position zu verraten, war das Letzte, was er gebrauchen konnte.

Lukas hielt auf die Treppe zu, die nach unten in die Halle führte. Das würde ihn zunächst vom allgemeinen Kampfgetümmel wegbringen. Aber er hatte auch gesehen, dass einer der Angreifer ebenfalls dorthin vorrückte. Das hier würde haarig werden.

In der Hoffnung, nicht entdeckt zu werden, eilte er die Treppe hinunter. Seine Stiefel dröhnten auf den Metallstufen, doch in Anbetracht des heftigen Gewehrfeuers, das durch das Gebäude hallte, würde dem niemand Beachtung schenken.

Unten angelangt, blickte er sich um. In der Nähe stand der pinkfarbene Humvee mit seinen fetten Reifen. Und Lukas hatte sich nicht geirrt: Der Angreifer, der sich in Richtung Treppe bewegt hatte, befand sich schon unmittelbar auf der anderen Seite des Fahrzeugs. Lukas hatte keine Ahnung, wie er ihm aus dem Weg gehen sollte.

Da kam plötzlich ein Mechaniker hinter dem nächsten Fahrzeug aus seiner Deckung gerannt – einem Lieferwagen, dessen Seiten gerade mit einem anderen Logo übermalt wurden, womöglich als Teil eines kriminellen Plans. Er hielt eine Schrotflinte in den Händen und sein Overall war bereits blutbefleckt. Mit wildem Blick sah er Lukas geradewegs in die Augen. Einen Moment lang dachte Lukas, dass er die Waffe heben und feuern würde. Doch stattdessen ertönte von der anderen Seite des Humvees aus ein

Feuerstoß. Drei Schüsse, die den Mann in Arm und Schulter trafen und ihn herumwirbeln ließen. Vor Schmerzen schreiend, ließ er seine Waffe fallen und stürzte zu Boden.

Ohne nachzudenken, huschte Lukas zu dem pinken Humvee, öffnete die Beifahrertür und schlüpfte hinein. Der plötzliche Wechsel vom beißend chemischen Gestank des Schießpulvers zum Geruch des Neuwagens, den die Lederpolsterung verströmte, irritierte ihn kurz. Er glitt zur Fahrerseite hinüber und hielt sich so tief wie möglich. Hastig langte er nach unten und zog am Griff, mit dem sich der Sitz zurückbewegen ließ. Wenigstens würde sein Kopf dann nicht gleich durch das Fenster zu sehen sein, falls jemand vorbeikam. Er änderte seine Position, bis er in den Seitenspiegel sehen konnte – und hoffte, das Wageninnere wäre dunkel genug, dass jemand, der von außen in den Spiegel blickte, nichts als Schatten wahrnahm.

Eine Bewegung! Er sah eine dunkle Kontur, verzerrt durch das gebogene Spiegelglas. Sie glitt an der Seite des Humvees entlang. Lukas' Blick fiel auf die Worte, die an der Unterkante des Spiegels eingraviert waren: *Objekte im Rückspiegel sind näher, als sie erscheinen.* Ein kurzes Lächeln huschte über sein Gesicht. Dieses besondere Objekt war exakt so nah, wie er es wollte.

Lukas verdrehte den Körper, bis sich seine Beine gegen die Tür stemmten, er aber noch mit gestreckter Hand an den Türgriff rankam. Tief holte er Luft, als draußen die Gestalt des Killers am Fenster vorbeilief. In einer jähen Energieentladung riss Lukas am Türgriff und rammte die

Füße mit voller Wucht gegen die Tür. Getrieben von der Kraft seiner Beinmuskeln krachte sie direkt in den Killer. Zur Seite taumelnd, fiel er mit einem Poltern auf den Betonboden.

Lukas packte die Seiten des Türrahmens und schnellte aus dem Wagen. In einem einzigen Satz durchmaß er die Entfernung zwischen sich und dem Killer und landete auf ihm. Der Mann wand sich und langte nach der Waffe, die er hatte fallen lassen. Doch durch eine Drehung seines Körpers legte Lukas seinen Unterarm um den Hals des Gegners. Er drückte fest zu und schnitt ihm die Luft ab. Verzweifelt würgte und zappelte der Mann unter ihm, während seine Hände nach Halt suchend in die Luft griffen, um Lukas irgendwie abzuschütteln. Aber Lukas' Beine klemmten sich wie eine Zange um den Körper des Gegners und er hielt so fest, wie er konnte. Die Schüsse, der Schießpulvergestank, die Rufe und Schreie – all das verblasste zur Bedeutungslosigkeit. In diesem Moment existierte nichts anderes mehr als Lukas, sein Gegner und der Kampf.

Nach ein paar Augenblicken wurde die Gegenwehr des Killers schwächer. Lukas starrte in seine Augen – braun und nun blutgesprenkelt – und suchte nach Anzeichen dafür, dass der Mann eine Ohnmacht vortäuschte. Doch dann weiteten sich seine Pupillen. Es war keine Finte.

Lukas löste seinen Unterarm, bevor der Mann an Sauerstoffmangel starb. Er wollte niemanden töten, wenn es sich vermeiden ließ. Er hatte keine moralischen Bedenken, was das Töten anging. Er hatte in Afrika gelebt und den Todestanz zwischen Raubtier und Beute zu viele Male gesehen. Aber ebenso wie die meisten Tiere würde er nur töten, wenn man ihn in die Enge trieb. Und nicht einfach, weil er es konnte.

Er rappelte sich auf und lief geduckt an einer Reihe von Fahrzeugen entlang auf die andere Seite des Gebäudes zu, während er Ausschau nach einem Rolls-Royce hielt. Er wusste, dass hinter dem gesprengten Rolltor weitere Killer warten würden. Und dem Gewehrfeuer nach, das er vernommen hatte, war auf der anderen Seite der Halle – dort, wo er hereingekommen war – noch mit weiteren zu rechnen.

Die Mechaniker waren zwischen ihnen gefangen, ebenso wie er. Durch keinen dieser beiden Ausgänge würde er entkommen können. Also bestand die beste Chance darin, sich weiter durch die Lagerhalle zu bewegen – in der Hoffnung, auf ein Fenster zu stoßen oder irgendeinen Nebeneingang.

Oder er versteckte sich in einem der Wagen, bis die Killer fort waren. Aber er hegte den Verdacht, dass sie vor ihrem Rückzug jedes mögliche Versteck akribisch durchforsten würden. Sie wollten sichergehen, dass keinerlei Beweise zurückblieben, die die Polizei oder sonst jemand auf ihre Spur führen konnten.

Während er sich weiter in geduckter Haltung voranbewegte, führte sein Weg ihn unmittelbar an mehreren Körpern vorbei, die auf dem Boden lagen. Unfreiwillig berührte er einige von ihnen, als sich seine Hände um Gleichgewicht bemühten. Einige atmeten noch. Doch viele schienen tot zu sein.

Genauso wie er, wenn er sich erwischen ließ.

Ein eleganter Wagen versperrte ihm den Weg. Er huschte zur Seite, um ihn zu umrunden. Als er den Kühlergrill passierte, nahm er die Skulptur einer geflügelten Frau wahr, die darauf montiert war – leicht nach vorn geneigt, so als würde sie sich jeden Moment vom Wagen emporschwingen, um loszufliegen. Der Kühlergrill selbst war wuchtig und dennoch flach. Er erkannte, was er vor sich hatte: einen Rolls-Royce Silver Shadow, vermutlich ein Modell von 1972. War dies der Wagen, an dem Cajun Bob gearbeitet hatte? Und falls ja, wo steckte er?

»Cajun Bob«, zischte Lukas.

Er vernahm ein Geräusch unter dem Wagen. Keiner der Killer hätte sich die Mühe gemacht, unter ein Fahrzeug zu kriechen, wozu auch. Also musste es ein Mechaniker sein. Hoffentlich der, den er brauchte. Er ließ sich auf den Boden fallen, um nachzusehen.

Tatsächlich lag dort ein Mechaniker, das Gesicht nur Zentimeter vom Unterboden des Oldtimers entfernt. Seine Augen waren weit aufgerissen und in seinem Gesicht spiegelte sich das Entsetzen über die Ereignisse der letzten Minuten wider. Mit offenem Mund und wildem Ausdruck starrte er Lukas an.

»Ist okay«, flüsterte Lukas. »Ich gehör nicht zu denen. Ich bin Luke. Und du?«

»Bob«, sagte der Mann.

»Nennen sie dich Cajun Bob?«

Der Mechaniker brachte ein leichtes Nicken zustande. Eine Salve von drei Schüssen ließ ihn zusammenzucken.

»Wir müssen raus hier«, drängte Lukas. »Lass mich dir helfen.«

Der Mechaniker schüttelte den Kopf.

»Sobald sie die Halle durchkämmt haben, werden sie in und unter den Fahrzeugen nachsehen«, fuhr Lukas fort. »Hier ist es nicht sicher. Aber zusammen können wir rauskommen.« Als der Mechaniker nicht reagierte, sagte Lukas: »Okay, Bob, nimm meine Hand. Ich zieh dich raus.«

Lukas setzte sich auf die Knie, langte unter den Rolls-Royce und setzte seine ganze Kraft ein, um Cajun Bob herauszuziehen. Der Mechaniker erwies sich als ziemlich jung, kaum älter als Lukas. Seine kupferroten Haare waren straff zurückgekämmt und hinten zu einem Pferdeschwanz zusammengebunden. Er hielt einen Schraubenschlüssel in der Hand, bereit, ihn als Waffe einzusetzen, sollte Lukas Anstalten machen, ihn anzugreifen. Doch stattdessen wies er zur gegenüberliegenden Hallenseite.

»Dahin! Mir nach.«

Tief geduckt pirschten sie sich an der Reihe von Motorhauben und Kofferräumen entlang und lauschten voller Anspannung, ob sich irgendetwas rührte. Lukas blickte immer wieder über die Schulter zurück, um sich zu vergewissern, dass Cajun Bob noch da war. Das war er: Auf seinem Gesicht lag ein ängstlicher, nun jedoch irgendwie auch entschlossener Ausdruck.

Zehn Meter von ihrem Ziel entfernt hörte Lukas plötzlich Stimmen. Er bedeutete Bob, sich still zu verhalten und unten zu bleiben. Er verstand nicht, was gesagt wurde. Aber die Stimmen klangen ruhig und tief. Was bedeutete, dass es sich eher um die Killer als ihre Opfer handelte. Und sie befanden sich genau zwischen ihnen und dem Ausgang, auf den sie zustrebten. Sie hatten ein Problem.

Zentimeter um Zentimeter hob er den Kopf, um über das nächste Auto zu spähen. Er blickte sich um – langsam, fast in Zeitlupe, um keine Aufmerksamkeit zu erregen. Über die gesamte Lagerhalle verteilt, konnte er die Köpfe von vier, nein fünf Killern ausmachen. Von Mechanikern keine Spur. Die Gangster schienen sich auf die Suche nach Überlebenden zu machen. Alle paar Sekunden peitschte ein Schuss durch die Halle, als sie einen Verwundeten nach dem anderen fanden. Sie waren erbarmungslos in ihrer Effektivität.

Zwei von ihnen standen zwischen Lukas und Bob und dem Ausgang, zu dem sie wollten. Die anderen verteilten sich seitlich von ihnen. Wodurch sie einerseits den Weg zur Tür blockierten, durch die Lukas gekommen war, und andererseits den zum zerfetzten Rolltor. Alle Fluchtwege waren versperrt.

Wirklich alle? Vielleicht nicht ganz … Denn die Explosion hatte ja ein Loch ins Rolltor gerissen, groß genug, dass ein Auto hindurchpasste. Und das, wohinter sie sich gerade versteckten, *war* ein Auto.

Lukas riskierte es, den Kopf ein wenig weiter zu heben.

Er musste die Strecke checken, die zwischen Wagen und Rolltor lag. Wie es aussah, waren keine anderen Fahrzeuge im Weg.

»Wir steigen jetzt in diese Karre, ohne einen Mucks«, flüsterte er Bob zu und zeigte auf das Heck des Wagens, hinter dem sie in Deckung gegangen waren. »Und dann raus mit Vollgas. Hast du kapiert?«

»Scheiße, ja«, antwortete Bob. Sein Selbstvertrauen schien zurück zu sein.

Lukas schlüpfte zur Fahrerseite. Mit einem flüchtigen Blick hatte er das Fahrzeug als Porsche Cayenne identifiziert. Leise ließ er die Tür aufgleiten. Mit einer Geste forderte er Cajun Bob auf, sich hineinzuzwängen und auf den Beifahrersitz hinüberzurutschen. Danach folgte er ihm, tief geduckt, um nicht doch noch im letzten Moment entdeckt zu werden.

Verdutzt starrte er auf das Armaturenbrett. So einen Wagen hatte er noch nie kurzschließen müssen. Was, wenn er mit einem Sicherheitssystem ausgerüstet war, das ihm einen Strich durch die Rechnung machte?

»Wo bewahrt ihr die Schlüssel auf?«, fragte er Bob.

»Unter der Sonnenblende«, flüsterte Bob. »Wir müssen die Karren oft in der Halle umsetzen.«

Lukas klappte die Sonnenblende herunter und die Schlüssel purzelten einfach in seine Hand. »Sehr gut«, sagte er.

Er steckte den Schlüssel ins Zündschloss und wartete. Er wollte den optimalen Moment abpassen.

Aus seiner gekauerten Stellung heraus hob er den Kopf ein paar Zentimeter an. Nichts und niemand schien im Weg zu sein.

Er drehte den Schlüssel.

Der Motor des Porsches erwachte mit lautem Röhren zum Leben. Augenblicklich drückte Lukas das Gaspedal durch, während er mit dem anderen Fuß die Kupplung trat. Der Motor heulte auf und als Lukas kurz darauf von der Kupplung ging, drehten die Reifen des Fahrzeugs mit schrillem Kreischen auf dem Betonboden durch. Lila Qualmwolken stiegen auf und der Porsche schoss wie ein wütender Stier aus seiner Parkposition. Schnell schaltete Lukas in den zweiten, dritten und vierten Gang, während das Fahrzeug beschleunigte. Durch die Windschutzscheibe sah er, wie sich die schwarz gekleideten Killer aus dem Weg warfen. Vor ihnen wurde das Loch im Rolltor größer und größer. Eine leichte Bewegung am Lenkrad und der Wagen hielt genau auf die Mitte zu.

Über den dröhnenden Motor hinweg meinte Lukas Schüsse zu hören. Im nächsten Moment zersplitterte das Fenster auf der Beifahrerseite. Bob, der sich bereits tief in den Sitz gekauert hatte, machte sich noch kleiner. Lukas spürte, wie fliegende Glassplitter seine Wange schlitzten.

»Festhalten«, sagte er. Er presste den Fuß mit aller Kraft auf das Gaspedal. Mit einem brutalen Vorwärtsruck beschleunigte das Fahrzeug noch mehr. Ein metallenes Prasseln ließ darauf schließen, dass Projektile ins Heck einschlugen. Doch er achtete nicht groß darauf. Letztendlich war es nicht sein Wagen.

Der Porsche schoss durch das Loch im Rolltor hinaus ins Freie. Für einige Sekunden wurde Lukas von der spätnachmittäglichen Sonne geblendet. Doch er fuhr einfach weiter, während er darauf wartete, dass sich seine Augen anpassten.

Ein Blick in den Rückspiegel zeigte ein paar Killer, die ihnen mit erhobenen Waffen durch das Loch nacheilten. Im nächsten Moment verwandelte sich das Heckfenster in ein wirres Gespinst aus kleinen Rissen, als es von mehreren Kugeln durchsiebt wurde. Lukas raste weiter.

Zu seiner Rechten flog eine Abbiegung heran. In einem wilden Schlittermanöver zwang er den Porsche in die Kurve.

Ein erneuter Blick in den Rückspiegel zeigte ein weiteres Fahrzeug, das gerade aus der Lagerhalle geschossen kam: ein McLaren F1 mit scheußlich orangefarbenem Design. Die Killer hatten einen anderen Wagen gestartet, um sie zu verfolgen. Sie würden sie nicht einfach so entkommen lassen.

Einer der Verfolger lehnte sich auf der Beifahrerseite des McLarens heraus, als dieser dem Porsche schlitternd durch die Biegung folgte. Er hob die Waffe und gab einen Feuerstoß ab. Doch die Bewegung der beiden Wagen machte ihm einen Strich durch die Rechnung und seine Kugeln gingen ins Leere.

Was war eigentlich schneller? Ein McLaren F1 oder ein

Porsche Cayenne? Lukas hatte das schreckliche Gefühl, dass er die Antwort kannte.

Aber jetzt konnte er sich nicht mehr umentscheiden.

Er beschleunigte weiter. In rasender Fahrt schossen sie auf der Straße dahin, die von der Lagerhalle in den Bohemia-Bezirk von New Orleans führte.

»Kann ich dich was fragen?«, rief er über das Röhren des Motors hinweg.

»Und was?«, rief Bob zurück.

»Hast du neulich eine Nanopartikelinjektion in einen schwarzen SUV eingebaut?«

»Echt jetzt?«, schrie Bob, während er versuchte, sich so tief wie möglich in den Sitz zu drücken. »Willste mich verarschen?«

Mehrere Projektile pfiffen an ihnen vorbei. Eines zerschmetterte den Seitenspiegel auf der Beifahrerseite.

»Ist das jetzt wirklich wichtig?«, kreischte Bob.

»Ich denke, es sind dieselben Leute. Und ich glaube, dass sie ihre Spuren verwischen wollen. Was bedeutet, dass du das eigentliche Ziel des Ganzen bist.«

Bob schüttelte wild den Kopf. »Mann, dieser Tag wird immer beschissener.«

Der McLaren kam mit schrillem Heulen näher. Sein Motor war um Längen stärker als ihrer.

Lukas zwang den Porsche in eine enge Kurve. Er hatte eine Idee. Eine noch vage und schemenhafte allerdings. Nicht mehr als den Keim einer Idee. Nein, nicht mal das. Eher ein Atom einer Idee.

Vor ihnen kam rasend schnell das Straßenende auf sie zugeflogen. Es war eine T-Kreuzung – wenn man dort nicht abbog, endete man im Bayou – den versumpften Salzwasserkanälen, die sich von allen Seiten ins Land zogen. Eine niedrige Barriere markierte das Ende der Straße und Verkehrsschilder warnten vor Alligatoren. Doch Lukas baute darauf, dass die Killer im McLaren sich eher auf ihn als auf irgendwelche Schilder konzentrierten. Und vermutlich waren sie außerdem mit der Gegend nicht vertraut.

»Was machste da?«, fragte Bob und hob den Kopf über das Armaturenbrett.

»Improvisieren«, lautete Lukas' Antwort. »Was kannst du über die Leute sagen, die den SUV umbauen ließen?«

Er drückte das Gaspedal so tief wie möglich durch. Er spürte, wie der Motor des Porsches reagierte und sie auf das Straßenende zukatapultierte – und das Bayou. Im letzten Moment nahm er den Fuß vom Gas, riss die Handbremse an und wirbelte das Lenkrad im Uhrzeigersinn herum. Der Porsche brach seitlich aus und beschrieb eine 90°-Drehung. In seinem Seitenfenster sah Lukas das Bayou rasend schnell heranfliegen.

»Ich kenn ihre Namen nicht. Und sie ham bar gezahlt«, kreischte Bob über das Quietschen der Reifen hinweg.

Lukas löste die Handbremse und drückte das Gaspedal durch. Der Porsche befreite sich mit einem Satz aus seinem unkontrollierten Seitwärtskurs und schoss im nächsten Augenblick die Straße entlang, die nun weiter am Rand des Bayou entlangführte.

»Das kann doch nicht alles sein«, rief er. »Denk nach!«

Lukas blickte über die Schulter zurück, während er die Straße entlangschoss. Der Fahrer des McLarens hatte zu spät reagiert. Er stieg voll in die Bremsen. Riss den Sportwagen in die Kurve. Doch er war bereits zu nah am Bayou. Schlitterte zu schnell darauf zu. Im nächsten Moment krachten sein linkes Vorder- und Hinterrad gleichzeitig gegen den Bordstein. Der Wagen hob ab, wirbelte durch die Luft und nietete ein Warnschild um. Sekunden später sah Lukas, wie der Wagen mit einer Riesenfontäne ins Wasser stürzte.

»Was für eine Vergeudung«, jammerte Cajun Bob, der sich in seinem Sitz herumgedreht hatte, um zu sehen, was hinter ihnen passierte. »Weißte eigentlich, wie viel das Teil wert ist?«

»Erzähl mir von den Killern«, beharrte Lukas.

Bob seufzte. »Da gab's eine Frau, die das Sagen hatte. Chinesin. Sehr schick. Hatte Tattoos die ganzen Arme hoch. Aber das Krasseste war, dass wir einen Stromausfall hatten, gerade als sie bei uns war. Ihre Arme leuchteten richtig auf. Ihre Tattoos waren fluoreszierend. Die glühten im Dunklen!«

»Noch was?«

Im Rückspiegel sah Lukas, wie das Heck des McLarens langsam im Bayou versank. Sein Blick glitt suchend über die Straße hinter ihnen. Keine Anzeichen dafür, dass noch jemand von den Kidnappern hinter ihnen her war. Sah ganz so aus, als wären sie noch mal knapp davongekommen.

»Das ist alles!«, antwortete Bob mit Nachdruck. »Chinesische Frau, glühende Tattoos. Oh, und ich glaube, dass einer aus ihrer Gang sie Zhōu genannt hat.«

»Danke«, sagte Lukas. »Sag mir, wo ich dich absetzen soll.«

Er hatte nicht so viele Informationen bekommen wie gehofft, überlegte er, während er weiter dahinfuhr und nach Polizeisirenen lauschte, ohne jedoch etwas zu hören. Aber wenigstens hatte er *etwas*. Genug hoffentlich, um Daniel Britcross zu finden.

# KAPITEL ACHT

Lukas traf sich mit Una Britcross vor Ben's Crab Shack. Er hatte sie nach seiner Rückkehr aus der Autowerkstatt angerufen. Anschließend war er unter die Dusche gegangen und hatte sich umgezogen, während sie sich von welchem Hotel auch immer auf den Weg gemacht hatte. Sie so nah seines Winnebagos zu treffen, widerstrebte seinem instinktiven Verlangen nach Zurückgezogenheit und Anonymität. Aber er war müde und nicht gerade scharf darauf, sich mit einem gestohlenen Porsche durch die Stadt zu kämpfen. Na ja, einem Porsche fairerweise, den er Leuten gestohlen hatte, die ihn vermutlich zuerst gestohlen hatten. Irgendwann würde er zur Lagerhalle zurückmüssen, um seinen eigenen Wagen wiederzuholen, aber nicht jetzt gleich. Er musste warten, bis die Killer fort waren und die Polizei ihre Untersuchungen abgeschlossen hatte.

Oder er besorgte sich einfach ein anderes Auto. Sollten die Cops sein jetziges in unmittelbarer Nähe eines Tatorts finden, konnte er es sowieso erst einmal abschreiben.

Wie er allerdings zugeben musste, fuhr sich der Porsche einfach wunderbar. Sanft wie auf Schienen glitt er durch die Kurven, während die Reifen den Asphalt förmlich liebkosten.

Während Lukas auf einer der Bänke Platz genommen hatte und sich seine geliebten Weichschalenkrabben schmecken ließ, lauschte er den Wellen, die ans Ufer schlugen. Er dachte darüber nach, was er Officer Trabez berichten würde. Sie hatte ihn gebeten, eine illegale Werkstatt unter die Lupe zu nehmen. Doch die war stattdessen förmlich ausradiert worden. Ob sie sich wohl darüber freute oder eher angepisst war?

»Lukas?« Es war Unas Stimme, die hinter ihm erklang. Er wandte sich um und hob grüßend die Hand.

»Hunger?«, fragte er, als sie sich ihm gegenübersetzte. Er blickte sich um. Keine Spur von Ryan.

»Ich hatte gerade Mittag. Was *ist* das?«

»Weichschalenkrabben. Dann was zu trinken?«

»Eistee, wenn sie haben.« Sie blickte zu Ben's Crab Shack hinüber. »Früher, als Kind, hab ich total gern in solchen Buden gegessen. Hab's mir irgendwie abgewöhnt, als ich langsam groß rauskam. Jetzt geht's nur noch darum, sich in Vier-Sterne-Restaurants und angesagten Locations sehen zu lassen.« Sie lächelte traurig, als sie an glücklichere Zeiten zurückdachte. Dann schüttelte sie den Kopf, um die Erinnerungen zu vertreiben.

»Irgendwas Neues von der Polizei?«, fragte Lukas.

»Nein. Sie tun, was sie können. Ihre besten Leute sind

auf den Fall angesetzt. Sämtliche Urlaube sind gestrichen und alle arbeiten rund um die Uhr, um Daniel zurückzubekommen. All die üblichen Phrasen eben, wie man sie die ganze Zeit in Krimiserien hört. Aber nagelt man wirklich mal jemand fest und verlangt nach der Wahrheit – was ich vorhin tatsächlich getan habe –, geben sie zu, dass sie keinerlei Spuren haben. Sie haben eine Pressemitteilung veröffentlicht, die 50.000 Dollar für jede Information verspricht, die zu Daniels Rückkehr führt. Aber das hat nur dazu geführt, dass Hunderte von Spinnern angerufen haben und die Leute an den Hotlines echt genervt sind.«

»Und kein weiterer Kontakt zu den Kidnappern?«

»Nichts.« Ihr Gesicht nahm einen unglücklichen Ausdruck an. »Ist das schlecht? Bedeutet es, dass etwas nicht stimmt?«

Lukas schüttelte den Kopf. »Sie haben ihre Forderungen ja schon gestellt. Was sollten sie sonst noch sagen? Und bei jedem Kontakt gehen sie das Risiko ein, dass die Polizei den Anruf womöglich rückverfolgen kann. Ganz gleich, wie raffiniert ihre Technik auch ist.«

»Ich wünschte nur … dass sie mich mit ihm reden ließen. Nur damit ich weiß, dass er okay ist.« Sie streckte die Hand aus und legte sie auf seine. »Hast *du* irgendetwas rausgefunden?«

»Ich weiß ein wenig über die Kidnapper«, räumte er ein. »Offenbar werden sie von einer Chinesin mit Leuchttattoos angeführt. Ihr Name könnte Zhōu sein. Ich bin nicht sicher, ob uns das sehr viel weiterbringt. Aber wenigstens ist es etwas. Oh, und sie sind gerade mit Hochdruck dabei, alle Spuren zu beseitigen, die sie hinterlassen haben könnten. Wir werden also wahrscheinlich sonst nichts finden.«

»Leuchtende Tattoos?« Una runzelte die Stirn. »Ich glaube nicht, dass ich so was schon mal gesehen habe. Aber ich hab davon gehört. Sind anscheinend schwer zu machen: Man braucht spezielle, sehr seltene Tinte.«

»Klingt, als wüsstest du, wovon du spricht«, sagte Lukas. Er machte Jeremiah mit einer Geste auf sich aufmerksam und formte mit den Lippen das Wort »Eistee«. Jeremiah verdrehte die Augen, langte aber Richtung Kühlschrank.

»Es gibt eine nicht gerade kleine Schnittmenge zwischen Gamern und Fans von Körperkunst«, erklärte Una. »'ne Menge Gamer haben Tattoos oder Piercings. Außerdem kann man bei den meisten Games die Skins der Figuren modifizieren und Tattoos und andere Sachen hinzufügen.«

»Man kann … ihre Skins modifizieren?«, fragte Lukas und hob eine Augenbraue.

»Ein Skin bezeichnet die Weise, wie eine Figur aussieht. Und die kann der Spieler bei vielen Games anpassen und zum Beispiel das Geschlecht seiner Figur ändern, ihre Kleidung, ihr Aussehen und so weiter.«

»Ich lern anscheinend jeden Tag dazu.« Er musterte sie versonnen. »Hast du irgendwelche Tattoos oder Piercings?«

»Verrat ich nicht«, erwiderte sie etwas steif. Sie runzelte die Stirn. »Aber wir müssen nach Berlin.«

Lukas blinzelte verwirrt, als er versuchte, dem plötzlichen Themenwechsel zu folgen.

»Berlin?«, echote er und fragte sich, ob er richtig gehört hatte.

»Berlin, in Deutschland.«

»Ja, ich weiß, wo das liegt ... ich habe mich nur gefragt, *warum* wir da hinmüssen.«

»Weil dort im Moment die World Tattoo & Piercing Convention stattfindet. Hat gestern angefangen und läuft noch zwei Tage. Da werden die neuesten Designs und Technologien präsentiert. Ist ähnlich wie die Games Conventions, auf die ich gehe, nur für ein anderes Publikum. Es ist das größte Tattoo- und Piercing-Event des Jahres.« Sie drückte seine Hand. Lukas hatte ganz vergessen, dass sie immer noch auf seiner lag. »Wenn wir was über ungewöhnliche Tattoos erfahren wollen, dann ist das unser Ziel. Unsere beste Chance, die wir sofort nutzen müssen.«

Lukas kam sich beinahe wie im Porsche vor: wie auf Schienen sanft, aber kraftvoll fortgetragen. Nur dass er sich hier außerstande sah, zu bremsen oder die Richtung zu ändern. Die Ereignisse rissen ihn mit sich fort. »Kannst du nicht einfach ... na ja, jemanden anrufen, der schon da ist? Und ihn bitten, für dich herumzufragen? Du kennst doch bestimmt jemanden, der daran teilnimmt. Oder erzähl es der Polizei hier, damit sie sich mit ihren deutschen Kollegen in Verbindung setzt. Die können die richtigen Fragen stellen.«

Una schüttelte den Kopf. »Wir müssen es selbst machen. Ich und du. Fängt die Polizei erst an, überall herumzutappen und Fragen zu stellen, sind die Kidnapper im Handumdrehen alarmiert und ich bekomme Daniel niemals wieder!«

»Aber was ist mit dem Turnier in Dubai? Du musst dort sein und verlieren, wenn du Daniel retten willst.«

»Bis dahin sind es noch drei Tage«, sagte sie mit wegwerfender Geste. »Auf dem Weg nach Dubai können wir einen Zwischenstopp in Berlin machen, liegt sowieso ziemlich auf demselben Weg.«

»Das hier ist kein Computerspiel«, ließ Lukas nicht locker. »Sondern das echte Leben. Du musst das Problem nicht selbst lösen, um zu gewinnen. Das können andere für dich tun. Du musst nicht möglichst viele Punkte sammeln. Überlass anderen den harten Part.«

Mit störrischer Miene zog sie ihre Hand zurück. »Ich gehe nach Berlin, auf die Convention. Und ich werde so viel über leuchtende Tattoos herausfinden, wie ich kann. Ich brauche jemanden als Bodyguard an meiner Seite, falls es irgendwelchen Ärger gibt. Wenn du nicht willst, lässt sich für den Job bestimmt jemand anders anheuern.«

Lukas schloss kurz die Augen. Warum passierte ausgerechnet ihm so etwas andauernd? Warum konnte er nicht das ruhige, friedliche und anonyme Leben führen, nach dem er sich sehnte?

»Na schön«, hörte er sich sagen. »Ich geh mit. Einer muss dich ja rausboxen, wenn du in Schwierigkeiten gerätst.«

Sie grinste. »Wusst ich's doch.« Sie holte ihr Telefon aus der Tasche und öffnete einen Kontakt in ihrer Favoritenliste. »Ich sag Ryan, dass er alle Vorkehrungen treffen soll. Ich glaube, er hat bereits die Tickets nach Dubai gebucht. Aber bestimmt kann er sie umbuchen lassen und alles Nötige für den Zwischenstopp in Deutschland arrangieren. Er kann auch ein zusätzliches Ticket für dich besorgen.«

»Und wann soll's losgehen?«, fragte Lukas. »Uns bleibt nicht viel Zeit.«

»Wie lang brauchst du zum Packen?«

Er dachte einen Moment nach. Er hatte stets eine gepackte Tasche parat, mit zwei Garnituren Kleidung, etwas Bargeld und den nötigsten Hygieneartikeln. Sie war in einem Fach an der Innenseite der Wohnmobiltür verstaut. In der Vergangenheit hatte es sich als gute Idee erwiesen, für den Fall der Fälle immer für einen schnellen Abgang bereit zu sein. »Gib mir zehn Minuten.«

Er stand auf und legte die paar Hundert Meter zu seinem Wohnmobil zurück. Die Tasche war dort, wo sie sein sollte, in der Innenseite der Tür. Er griff danach und wandte sich schon zum Gehen, als ihm etwas einfiel. Besser, er hinterließ Officer Trabez eine Nachricht. Schließlich sollte sie nicht denken, er hätte ihre Anweisung absichtlich ignoriert und die Stadt einfach so verlassen. Er schnappte sich einen Zettel und kritzelte eine kurze Botschaft: *Musste weg. Melde mich. Falls erforderlich, weiß Una Britcross, wie ich zu erreichen bin. Lukas Crowe.* Er faltete den Zettel in der Mitte, schrieb *Officer Trabez* darauf und klemmte ihn unter den Türgriff.

Er starrte auf den Winnebago. Einen Moment lang hatte er das merkwürdige Gefühl, dass er ihn womöglich nie wiedersehen würde. Dass die Ströme des Lebens sie beide in verschiedene Richtungen treiben würden. Er streckte die Hand aus und tätschelte die metallene Haut des Fahrzeugs. »Auf Wiedersehen«, sagte er leise, bevor er sich umdrehte und ging.

Als er mit seiner Tasche wieder zu Ben's Crab Shack kam, beendete Una gerade ihren Anruf. Vor ihr stand eine Flasche Eistee, was Lukas Jeremiah gegenüber mit einem Daumen-Hoch quittierte. Der nickte nur.

»Ryan ist nicht gerade happy«, verkündete Una. »Aber er kümmert sich um die Tickets. Wir kriegen sie per Mail.«

»Wann ist er jemals happy?«

Sie runzelte die Stirn. »Manchmal schon. Er ist in letzter Zeit nur … irgendwie so abgelenkt. Mürrisch.«

»Und worüber ist er nicht glücklich? Dass er deine Reisepläne im letzten Moment ändern muss oder dass ich mitkomme?«

Ihre Lippen verzogen sich zu einer seltsamen Form, halb Lächeln, halb gequälte Grimasse. »Ein bisschen was von beidem.« Sie wies auf den Highway. »In der Nähe ist ein Parkplatz. Die Limousine kommt und holt uns ab.« Sie beäugte seine Tasche. »Ist das alles, was du mitnimmst?«

»Ich reise mit so wenigen Sachen wie möglich. Nur Handgepäck. Alles, was ich darüber hinaus brauche, lässt sich am Zielort besorgen. Läden gibt es überall, wo immer ich auch hingehe. Wozu die Mühe und einen Haufen Klamotten packen, wenn man alles Nötige einfach kaufen kann.«

»Im Ernst? Ich habe drei Koffer … fünf, wenn man die beiden Hochleistungscomputer dazuzählt, die ich immer dabeihabe.«

»Und wieviel Zeug aus den Koffern brauchst du am Ende wirklich?«

»Es ist nicht so, dass ich alles brauche. Ich habe eben gern die Wahl.«

Ihr Blick glitt von ihm und seiner Tasche in die Richtung, aus der er gekommen war. »Lebst du irgendwo da drüben?«, fragte sie. »Ich sehe gar keine Häuser.«

»Wann geht der Flug?«, antwortete er mit einer Gegenfrage, um von einem Thema abzulenken, auf das er sich nicht einlassen wollte.

»In genau drei Stunden.«

»Und wo kommen wir unter?«

»Im Hotel Adlon Kempinski.«

»Klingt teuer.«

Una zuckte die Schultern. »Keine Ahnung. Ich achte nie auf den Preis.«

»Ach, so verbringst du also dein Leben? Von Luxushotel zu Luxushotel reisen, Delikatessen genießen und in Limos herumgefahren werden?« Es begann als einfache Frage, mit der Absicht, sich mit Una zu unterhalten. Aber auf halben Weg wurde Lukas sich bewusst, dass es eher auf eine Anklage hinauszulief. »Hey, das sollte sich nicht so anhören, wie es klingt«, fügte er rasch hinzu.

Una starrte auf die Reste seiner Weichschalenkrabben, bevor ihr Blick zu Ben's Crab Shack glitt. »Ich sag dir was«, antwortete sie traurig. »Ich wette, dass sie so was im Adlon nicht servieren – aber die wissen einfach nicht, was ihnen entgeht.«

Lukas bezahlte rasch sein Essen bei Jeremiah, bevor er und Una sich zum Parkplatz aufmachten. Die Limousine wartete bereits auf sie. Ryan und Una saßen zusammen mit Unas persönlicher Assistentin Alya hinten im Fond, während Lukas vorn neben dem Fahrer Platz nahm. Ryan sah nicht glücklich aus, sei es nun wegen der Planänderung generell oder Lukas' Anwesenheit im Speziellen. Die ganze Zeit über starrte er missmutig aus dem Fenster. Falls Alya etwas sagte, geschah dies nur im Flüsterton und war ausschließlich an Una gerichtet.

Unas Sachen waren schon gepackt und im Kofferraum verstaut. Lukas kam zu dem Schluss, dass sie, wo immer sie auch hinfuhr, vermutlich Leute für so etwas hatte. Hotelangestellte, die gut betuchten, berühmten Gästen allen denkbaren Service boten. Entweder das oder Ryan selbst war wie ein aufgescheuchtes Hühnchen hin- und hergeflitzt, um alle Sachen in die Koffer zu stopfen. Lukas musste lächeln, als sie sich durch den Verkehr von New Orleans schlängelten und er sich einen immer hektischer werdenden Ryan ausmalte, der eifrig Frauenkleidung in irgendwelche Koffer stopfte.

Oder vielleicht, fiel ihm plötzlich ein, hatte Una nicht einmal ausgepackt. Hatte nur ein, zwei Sachen, die sie wirklich brauchte, aus den Koffern genommen und den Rest unangetastet gelassen, fertig gepackt und bereit für ihre nächste Reiseetappe.

Die Fahrt dauerte weniger als eine halbe Stunde, wobei ihm die meiste Zeit regelrecht die Finger zuckten. Er war gewohnt, selbst zu fahren. Er hasste es, wenn jemand anders am Steuer saß. Nicht unbedingt, weil er anderen nicht vertraute, sondern eher, weil er die Dinge lieber selbst in der Hand hatte, als sich auf andere zu verlassen.

Am Flughafen von New Orleans, dem Louis Armstrong International Airport, marschierten sie im Nullkommanichts durch die Sicherheitskontrollen, ohne nennenswerte Schwierigkeiten oder Verzögerungen. Kurz überkam Una Panik, als ihr einfiel, dass sie Lukas gar nicht nach seinem Pass gefragt hatte. Doch da er diesen stets bei sich trug, gab es kein Problem. Sie bestiegen das Flugzeug, und ganz wie Una am Vortag im Insektenhaus erzählt hatte, ging es gleich nach links in die erste Klasse. Lukas war nie zuvor erster Klasse gereist. Er versuchte, sich zu entspannen und das Ganze zu genießen. Doch irgendetwas an diesem exzessiven Luxus bereitete ihm Unbehagen. Die geräumigen Sitze, die kuscheligen Decken, der vom Steward ausgehändigte Spezialpyjama oder das Willkommensglas mit Champagner, das er ablehnte – er wurde behandelt, als wäre er jemand ganz Besonderes. Dabei wollte er doch nichts lieber, als *nicht* beachtet zu werden.

Nach dem Start war er kurz davor aufzustehen, um in der Economy nach einem freien Platz zu suchen. Doch als er sah, mit welchem Vergnügen Una ihre Drinks und ihr Essen auswählte und mit welchem Behagen sie ihre Rückenlehne exakt in die bequemste Positur brachte, wollte er sie nicht enttäuschen.

Als nach dem Start alle zur Ruhe gekommen waren, holte Una einen Laptop aus ihrem Handgepäck, der Lukas ziemlich groß und teuer vorkam.

»Ich muss trainieren«, erklärte sie mit einem bedauernden Blick. »Auf Zack bleiben und meine Taktik einstudieren.«

Auch Ryan hatte einen Computer aus seinem Koffer geholt. Allerdings schien er an Tabellen und Berichten zu arbeiten. Wohl um die Una-Britcross-AG – wie Lukas sie für sich zu bezeichnen begann – erfolgreich am Laufen zu halten. Ryan hatte Lukas noch keines Blicks gewürdigt, seit er und Una in die Limousine gestiegen waren.

Lukas selbst machte es sich mit einem Thriller bequem, den er in einem der Flughafenläden gekauft hatte. Im Kampf gegen Terroristen, die ein Militärsatellitennetz vernichten wollten, verschlug es darin einen ganz normalen Bürger in immer unwahrscheinlichere Situationen – die ihn an weit voneinander entfernte Orte wie England, die Falklandinseln und Japan führten.

Nach einer halben Stunde in der Luft wurde ihm bewusst, dass er beobachtet wurde. Er blickte von seinem Buch auf. Es war Alya, Unas junge Assistentin aus dem

Mittleren Osten. Er lächelte ihr zu. Errötend wandte sie den Blick ab und sah aus dem Fenster.

Nach drei Stunden Flug stiegen sie in New York um. Als nächste Reiseetappe stand ihnen ein achtstündiger Flug nach Paris bevor. Diesen verbrachte Lukas zwei Stunden lang mit Lesen, bevor er sich für den Rest der Strecke schlafen legte. In Paris stiegen sie wieder um und Lukas kaufte sich ein anderes Buch. Nach zwei weiteren Stunden Flug, die Lukas erneut mit Lesen verbrachte, landeten sie endlich in Berlin Tegel.

Lukas wusste nicht viel über Berlin. Aber er reiste nie gern irgendwohin, ohne zumindest die Umrisse einer Stadt sowie die wichtigsten Straßen zu kennen, die sie durchschnitten. Also hatte er am Flughafen von New Orleans neben dem Thriller auch noch einen Reiseführer über Deutschland gekauft. Berlin war, wie er erfuhr, die Hauptstadt des Landes und Zentrum des kreativen, künstlerischen und wissenschaftlichen Lebens. Die Stadt hatte allerdings eine ziemlich düstere Vergangenheit. Ein riesiger Teil war während des Zweiten Weltkriegs von der britischen und der US-Luftwaffe zerstört worden. Nach dem Krieg teilten die Sieger Deutschland in zwei Teile: Ost- und Westdeutschland. Westdeutschland wurde von Großbritannien, Frankreich und den USA kontrolliert, während Ostdeutschland zur Marionette der Sowjetunion wurde. Mitten in Ostdeutschland gelegen, sah Berlin sich ringsum von sowjetisch kontrolliertem Territorium umgeben. Doch wegen der strategischen und historischen Bedeutung der

Stadt teilten die Sieger sie in vier Sektoren, kontrolliert jeweils von Großbritannien, den USA, Frankreich und der Sowjetunion. Und so bestand Berlin fortan aus Fragmenten, regiert von unterschiedlichen Mächten auf unterschiedliche Weisen. Wie eine Insel in düsterer und trügerischer See war es umgeben von einer zunehmend feindlicheren Sowjetunion.

Eine beunruhigende Pattsituation, die viele Jahre anhielt und bei der sich nicht nur Ost- und Westdeutschland gegenseitig an die Kehle gingen, sondern die Sowjets den Zugang zu den nicht von ihnen kontrollierten Teilen Berlins schwerer und schwerer machten. Erst 1989 gelang es einer ganz Berlin umfassenden Volksbewegung, die Stadt wieder zu vereinen. Kurz darauf wurden Ost- und Westdeutschland dann einfach wieder zu Deutschland; Berlin wurde erneut Hauptstadt und blühte seitdem auf.

Ein weiteres Mal spazierten sie durch die Sicherheitskontrollen, als wäre es nichts. Die normalen Passagiere hingegen standen wie üblich für das Privileg Schlange, ihre Gürtel und Schuhe auszuziehen, um sich von einem Körperscanner auf Waffen oder improvisierte Bomben kontrollieren zu lassen. So also sieht die Macht des Gelds aus, dachte Lukas.

Vor dem Flughafen wartete eine Limousine auf sie. Die Fahrt von dem seltsamen, sechseckigen Flughafenterminal zum Hotel dauerte nur eine halbe Stunde. Lukas betrachtete die vorbeiziehenden Gebäude und versuchte, seine Eindrücke mit den Karten des Reiseführers in Einklang zu bringen, die er sich eingeprägt hatte. Die Stadt bestand aus einem Mix aus alten, ehrwürdigen Gebäuden – erbaut aus massivem Granit wie für die Ewigkeit – und moderneren Vierteln. Das überraschte Lukas nicht weiter, schließlich waren während des Kriegs riesige Areale zerbombt und anschließend wiederaufgebaut worden.

Sie überquerten drei verschiedene Wasserwege und ein riesiges System von Schienensträngen, die zum Berliner Hauptbahnhof führten. Lukas schenkte ihnen besondere Beachtung: Wasserstraßen und Schienen waren hervorragend geeignet, um sich unbemerkt aus dem Staub zu machen. Er wusste eben immer gern, wo sich mögliche Fluchtwege befanden.

»Wie geht's dir?«, rief Una vom Rücksitz.

Eine Frage, über die er einen Moment nachdenken musste. »Bin nicht sicher, ob mein Körper weiß, wie spät es ist. Was sind wir hier … acht Stunden weiter als New Orleans? Ich hab im Flugzeug geschlafen. Aber mein Körper ist wohl immer noch der Meinung, er müsste müde sein.«

»In dieser Reiserichtung ist der Jetlag schlimmer«, antwortete sie. »Ich hab ein paar Melatonintabletten, wenn du welche willst. Rein pflanzlich. Die stellen deine innere Uhr um und wirken Wunder.«

»Danke, aber lieber nicht.«

»Warum nicht?«

Er zuckte unbehaglich die Achseln. »Ich mag es einfach nicht, für alles Pillen zu nehmen. Ich überlasse es möglichst meinem Körper, mit Problemen klarzukommen.«

Lukas meinte, von Ryans Platz neben Una ein Schnauben zu vernehmen.

»Ich schlage vor, wir laden unser Gepäck im Hotel ab, duschen schnell und ziehen uns um und fahren dann direkt zur Tattoo & Piercing Convention«, sagte sie. »Wenn wir was rausfinden wollen, dürfen wir keine Zeit verlieren.«

»Weißt du, dass ich das für eine schlechte Idee halte?«, schaltete sich Ryan ein. »Keine Ahnung, wie dieser Typ dir eingeredet hat, sie wär super. Aber das ist sie ganz und gar nicht. Du solltest dich mental und körperlich für das Turnier bereit machen, statt wie Scooby-Doo durch die Gegend zu flitzen.«

»Es war nicht meine Idee«, sagte Lukas. »Ich hab versucht, es ihr auszureden.«

»Und Scooby-Doo ist der Hund«, meldete sich Alya, Unas Assistentin, leise zu Wort. »Ich glaube, du meinst die Scooby Gang.«

»Wie auch immer«, seufzte Ryan.

Das Hotel erwies sich als genauso luxuriös, wie Lukas erwartet hatte. Er stellte die Dusche so heiß, wie er es eben aushielt. Nicht lang und er spürte, wie Stress und Schmerzen der letzten Tage mit dem Wasser an seinem Körper hinabrannen, um schließlich im Abfluss zu verschwinden. Er bemerkte, dass sich dünne Blutschleier ins Wasser mischten. Sie stammten von den Schnitten und Kratzern, die er sich bei der Motorradverfolgung im Zoo zugezogen hatte. Aber das war okay. Sie heilten gut und hatten sich nicht entzündet.

Nachdem das dampfend heiße Wasser zehn Minuten lang auf ihn eingeprasselt war, schaltete er auf kalt. Der jähe Schock des eisigen Wassers brachte die Muskeln zum Zusammenziehen und jagte ihm einen Schauer durch den Körper. Doch er zwang sich, noch volle drei Minuten weiter auszuhalten, bevor er aus der Dusche stieg. Anschließend schlüpfte er in eine der beiden frischen Kleidungsgarnituren, die er mitgebracht hatte.

Una wartete in der Lobby auf ihn. Auch sie hatte sich umgezogen. Zu einer schwarzen Lederhose und einem weißen T-Shirt, auf dem das Logo eines Computerspiels prangte, trug sie eine scharlachrote Lederjacke. Alya stand hinter ihr, fast als würde sie versuchen, Unas Körper als Schild zu nutzen.

»Das ist eine sehr … bemerkenswerte Kombination«, merkte Lukas an.

»Ist das ein Kompliment oder Kritik?«, konterte Una.

»Was immer mich am besten aus der Nummer rausbringt.«

»Kompliment also. Danke! Die Limousine wartet draußen. Ich habe schon Tickets für die Convention gekauft.«

»Verhalten wir uns besser nicht zu auffällig«, sagte Lukas. »Wir nehmen ein Taxi.«

Die Fahrt führte sie wieder Richtung Flughafen zurück, wenn auch nicht bis dorthin. Nur wenige Meter vom Hotel entfernt kamen sie an einem gewaltigen Steinmonument vorbei, auf dessen Säulen ein mächtiger Zierbalken ruhte. Lukas' Reiseführer nach war es das Brandenburger Tor –

eines der historisch bedeutendsten und symbolträchtigsten Denkmäler Berlins.

Im Gegensatz dazu fand Lukas das Convention Center geradezu brutal modern. Aus jeder Menge Glas und Metall erbaut, wirkte es eher wie eine Art Raumschiff, das unerwartet in der Stadt gelandet war. Auch die Leute, die dort herumstanden, waren anders: Im Hotel und am Brandenburger Tor waren Lukas jede Menge Touristen mittleren Alters ins Auge gefallen, ausstaffiert mit Basecaps und T-Shirts und eifrig dabei, Fotos mit ihren Handys zu schießen. Hier am Convention Center hatte sich das Farbschema der Kleidung massiv ins Schwarze und Lilafarbene verschoben und das Durchschnittsalter bewegte sich anscheinend um die Anfang zwanzig. Darüber hinaus wurde reichlich Schminke zur Schau gestellt, wobei viele Männer ebenso wie die Frauen Eyeliner aufgelegt hatten. Und natürlich waren überall Piercings zu sehen. In Ohren, Lippen, Nasen, auf Stirnen, Kinnpartien ... einfach überall, wo lose Haut dazu einlud, ein Loch hindurchzustechen. Die Piercings selbst variierten von einfachen Metallringen zu Stacheln verschiedener Länge und Formen, die Lukas nicht einmal beschreiben konnte.

Zu dritt stiegen aus dem Taxi und begaben sich die kurze Treppe zur riesigen Plaza hinauf, auf der sich das Convention Center befand. Für den Zugang zur Convention-Halle genügten die Barcode-Tickets auf ihren Smartphones. Oder besser gesagt: zu den *Hallen*. Denn aus dem langen, mehrere Stockwerke hohem Atrium zweigten links und rechts weitere Hallen ab. Wie Lukas sah, nahm die World Tattoo & Piercing Convention mindestens drei Hallen ein.

Innerhalb des Convention Centers waren sich die Besucher ihrer Sache anscheinend noch sicherer. Mäntel waren abgelegt worden, ebenso wie in manchen Fällen T-Shirts. Jeder mit einem Tattoo schien stolz zu sein, es zu präsentieren. Es gab Sleevetattoos, die sich vom Handgelenk bis zur Schulter zogen, einige mit monochromen, geometrischen oder keltischen Designs, andere mit leuchtend bunten Bildern oder einem Mix verschiedener Dinge, die für ihre Träger vermutlich von Bedeutung waren. Darüber hinaus sah man Brusttattoos, Rückentattoos, Beintattoos … Während Lukas mit Una und Alya durch die erste Halle ging, kam es ihm – ähnlich wie bei den Piercings – vor, als ob jede irgendwie geeignete Hautfläche ein Tattoo trug, wenn man nur genau genug hinsah.

In der ersten Halle befanden sich wohl an die hundert Stände und vermutlich einige Tausend Leute. An einigen Ständen wurden fantastische Designs mit Drachen und Schädeln verkauft, an anderen Tinten und professionelles Tätowier-Equipment. Wiederum andere waren als provisorische Tattoostudios eingerichtet, in denen die Künstler live an ihren Kunden arbeiteten, die auf Stühlen saßen oder mit dem Gesicht nach oben oder unten auf Klappbetten lagen. Alle paar Sekunden erhellte der Lichtblitz einer Kamera die hohe Saaldecke mit den quadratischen Lüftungsrohren, die alles gaben, um die Ausdünstungen so vieler Körper, kleiner Elektromotoren und Fast-Food-Stände aus der Luft zu saugen. Seltsamerweise waren es die Geräusche, die Lukas am meisten zu schaffen machten: das permanente Geplapper in zahlreichen Sprachen, das Gesumme des Tattoo-Equipments und die häufigen Durchsagen, die kaum verständlich aus krächzenden Lautsprechern kamen.

»Lass uns die da fragen«, sagte Una. Sie hatte den Blick auf den nächsten Stand gerichtet. Eine große magere Frau, über deren Arme und Beine sich überall Tattoos von windenden Schlangen zogen, ließ sich dort von bewundernden Fans fotografieren. Una hatte ein Lächeln im Gesicht. Vermutlich war das hier für sie so etwas wie ein zweites Zuhause, überlegte Lukas. Er hingegen fand es einfach nur bedrückend. Wie kam man nur auf die Idee, den Körper auf eine Weise zeichnen zu lassen, die nicht mehr rückgängig zu machen war? Wieso wollte man sich freiwillig von jemandem verletzen lassen, um dann die Wunde mithilfe von Metallstücken offen zu halten? Es ergab keinen Sinn für ihn.

»Besser nicht«, erwiderte er. »Lass uns einfach herumschlendern, um ein Gefühl für die Location zu kriegen. Halten wir lieber die Augen danach offen, ob tatsächlich jemand Leuchttinte *verkauft.* Wenn wir jeden fragen, der uns über den Weg läuft, riskieren wir nur, uns in die Karten sehen zu lassen.«

»Was hältst du davon?« Una wandte sich an Alya. »Ist das nicht unglaublich?«

Alya zuckte die Achseln. »Es macht mich nervös«, sagte sie leise. »Zu viele Leute, zu nah.«

Una umarmte sie kurz. »Tut mir leid, ich hätte dran denken sollen. Wie wär's, wenn du draußen im Atrium bleibst, zwischen den Hallen. Ich sag dir Bescheid, wenn wir fertig sind.«

Alya lächelte schüchtern und nickte.

Als Alya davonging, wandte sich Una an Lukas. »Hab ich ja noch gar nicht gefragt: Hast du eigentlich irgendwelche Tattoos oder Piercings?« Ihre Augen funkelten vor Vergnügen.

Lukas schüttelte den Kopf. Statt zu sagen, wie er wirklich dazu stand, sagte er: »Weißt du noch, wie ich dir erzählt habe, dass ich in Afrika aufgewachsen bin?«

Sie nickte.

»Viele Stämme dort haben ihre Tradition, was Tätowierungen oder sonstige Körperkunst angeht. Auch wenn das Tätowieren dort normalerweise oldschool gemacht wird, nicht mit der Elektronadel, sondern mit scharfen Stäben oder Messern.« Er zuckte die Schultern. »Angehörige des Karo-Stamms in Südäthiopien zum Beispiel ritzen sich mit Messern und reiben dann Zeugs wie Baumrinde in die Wunde, sodass geschwollene Narben zurückbleiben. Dahinter steckt die Idee, ihre Haut wie die eines Krokodils aussehen zu lassen – mit dem Ziel, selbst die Eigenschaften eines Krokodils anzunehmen. Die in der Nähe lebenden Mursis schneiden sich die Unterlippe auf und setzen dann immer größere Scheiben in das Loch, um es zu weiten.

Einige Frauen dort haben Scheiben mit dreißig Zentimetern Durchmesser. Die Massai in Kenia piercen sich die Ohrläppchen und hängen Gewichte dran, bis sie so lang sind, dass sie bis auf die Schultern und noch tiefer hinabhängen. All das habe ich gesehen, was vermutlich auch der Grund ist, weshalb ich es nie für etwas Besonderes gehalten habe. Ich hatte nie das Verlangen, mich selbst auf diese Weise hervorzuheben.«

»Kann ich verstehen.«

Sie bewegten sich zwischen den Ständen voran, während sie die Bilder, Geräusche und Gerüche in sich aufnahmen. Ganz besonders behielt Lukas die Menge im Auge, durch die sie sich treiben ließen. Wie es schien, war sie in verschiedene Gruppen unterteilt. Da waren natürlich die Besucher mit Tattoos und Piercings, hauptsächlich in Schwarz gekleidet, ob Leder, Spitze oder Jeansstoff. Sie machten etwa die Hälfte des Publikums aus. Dann gab es noch die Professionellen – diejenigen, die die Stände betrieben und die Tattoos und Piercings machten. Die meisten von ihnen stellten selbst beeindruckende Kunstwerke an sich zur Schau. Es gab jedoch auch noch eine dritte Gruppe: Fans, die ganz normal aussahen, aber offensichtlich ein tiefes Bedürfnis verspürten, sich Tattoos und Piercings anzuschauen. Vielleicht weil sie nicht ganz den Mut aufbrachten, es bei sich selbst machen zu lassen. Oder weil sie in einem Job arbeiteten, bei dem man sich nicht mit so etwas Extremem zeigen lassen konnte.

Lukas vermutete, dass der Unterschied ein bisschen war

wie zwischen einem Kunstsammler und jemandem, der gern in Kunstgalerien ging. Sah man einmal davon ab, dass die ausgestellten Kunstwerke sich hier nicht auf Leinwänden befanden, sondern auf der menschlichen Haut.

Immer wieder blickte Lukas sich um, wie um all die vielen Eindrücke in sich aufzunehmen. Doch in Wirklichkeit wollte er kontrollieren, was sich in ihrem Rücken abspielte. So hielt er Ausschau nach Leuten, die ihnen auf ihrem halb zufälligen Weg an den vielen Ständen vorbei folgten. Nicht weil er damit rechnete, verfolgt zu werden. Sondern weil es in seiner Natur lag. Lang nahm er nichts Besorgniserregendes wahr – weder Gesichter noch Kleidung, die wiederholt in sein Blickfeld rückten. Bis allmählich das Gefühl zur Gewissheit wurde, dass ihnen *doch* jemand folgte …

# KAPITEL NEUN

Wer immer sie auch beschattete, stellte sich ziemlich clever an, fand Lukas. Er oder sie schirmte sich hinter anderen Personen ab, verbarg sich hinter massigen tätowierten Bikern in Lederkluft oder hinter Grüppchen dicht aneinandergedrängter Freunde. Hin und wieder erhaschte er einen Blick auf die Person. Doch mehr als einen Arm oder eine Schulter konnte er nicht ausmachen. Der Verfolger trug dunkle Kleidung und schien auf fast übernatürliche Weise vorhersehen zu können, wann Lukas sich umdrehen würde. Ein Sicherheitsbediensteter womöglich? Oder Ryan, Unas Verlobter, der ihnen nachstellte, weil er ihnen misstraute? Womöglich auch ein Taschendieb, der sie ins Visier genommen hatte, weil sie nach Leuten mit Geld aussahen. Nun ja, Una jedenfalls. Bei sich selbst war er da nicht so sicher.

Je mehr er darüber nachdachte, desto bewusster wurde ihm, dass er sich gar nicht sicher sein konnte, ob da überhaupt jemand war. Vielleicht war er müder vom Flug, als er dachte, und bildete sich alles nur ein. Ein schwarzer Ärmel hier, eine schwarze Schulter dort, dann wieder eine schwarze Hose, die urplötzlich verschwand, wenn er hinsah. Womöglich waren es unterschiedliche Personen und sein Geist setzte sie nur zu einem bedrohlichen Ganzen zusammen.

Er schüttelte den Kopf, um ihn wieder klar zu kriegen. Vielleicht ... vielleicht auch nicht. Er würde weiter auf der Hut sein. Wenn da tatsächlich jemand in der Menge war, würde sich dieser Jemand vielleicht irgendwann verraten.

Er richtete seine Aufmerksamkeit wieder auf die Convention. Das war jetzt das Wichtigste.

Beim Umherschlendern hatte Lukas bisher drei Gruppen von Besuchern ausgemacht: jene, die gern Dinge mit sich machen ließen, jene, die diese Dinge machten, und jene, die gern dabei zuguckten. Als sie sich durch die Menge bewegten – meist von einer plötzlichen Lücke und einem Strudel zum anderen treibend, statt sich durchzuschieben –, kristallisierte sich für Lukas allmählich noch eine vierte Gruppe heraus. Diese war sehr seltsam gekleidet. In langen Leder- oder Leinenmänteln, die mit einer übertriebenen Zahl von Schnallen und Lederriemen ausgestattet waren. Letztere waren von einem Gerippe schmaler Ringschlaufen überzogen, die aussahen, als müssten sie eigentlich Patronen enthalten. Und sie hatten wahrhaft bizarre Kopfbedeckungen: Einige trugen lederne Fliegerkappen, andere Bowler und wiederum andere Zylinder. Doch eine Menge von ihnen – nicht nur die mit Fliegerhauben – hatten Fliegerbrillen aufgesetzt. Viele stolzierten mit Geh- oder Spazierstöcken umher, während andere gefakte Waffen trugen, die schwerst mit allen möglichen Schläuchen, Röhren und unpraktischen Verzierungen versehen waren.

»Was«, fragte Lukas, »stellen die denn bitte dar?«

»Steampunk«, erwiderte Una.

»Steam…punk«, echote er. »Ich verstehe beide Wörter, aber wie sie zusammenpassen, kapier ich nicht.«

»Ist so was wie 'ne Modebewegung«, erklärte sie. »Hat mal mit Büchern und Comics angefangen, glaube ich. Aber dann hat es den Weg in Mode, Filme, Computerspiele und sogar in die Musik gefunden. Der Steampunk blickt auf eine sehr romantische Weise auf die Technik und Mode des Viktorianischen Zeitalters zurück und übertreibt sie in einer Weise, die wie Science-Fiction anmutet. Stell dir eine Welt mit Luftschiffen statt Flugzeugen vor. Oder mit U-Booten, die von riesigen Uhrwerken angetrieben werden, die jeden Abend aufgezogen werden müssen. Oder Roboter, die mit Dampfmaschinen funktionieren. Es ist, als wären Jules Verne und H. G. Wells Propheten einer anderen Art Zukunft, die so nie eingetroffen ist.«

Lukas dachte einen Augenblick darüber nach. »Interessant. Nostalgie für etwas, das nie existiert hat.«

»Eine perfekte Art, es auszudrücken. Ich glaube, sie sind hauptsächlich in der nächsten Halle. Aber ganz offensichtlich gibt es hier einiges an Überlauf.«

»Ist es nicht auch ein Mittel, sich selbst zu anonymisieren?« Er blickte sich in der Menge der Fliegerbrillen, Masken und Kopftücher um. Jeder sah anders aus. Aber ihre Individualität ließ sie irgendwie auch alle gleich erscheinen. Wie Angehörige eines Stamms. Genauso wie Leute mit Tattoos und Piercings vermutlich.

»Wie meinst du das?«

»Von dem wenigen, was ich weiß«, antwortete er, »hatte das Viktorianische Zeitalter auch eine Kehrseite. Sklaverei, Kolonialismus und Armut. Oh, und Unterdrückung der Massen zum Wohl der Elite, natürlich. Wie geht es diesen Steampunks denn wohl damit?«

»Null Ahnung«, sagte Una und runzelte die Stirn. »Darüber habe ich wirklich noch nicht nachgedacht.« Plötzlich zeigte sie auf einen Stand, der durch eine jähe Lücke in der Menge zum Vorschein gekommen war. »Was ist mit denen? Die verkaufen Tinte.«

Er warf einen Blick hinüber. Dort wurde in der Tat Tinte verkauft: in riesigen Reihen und in allen vorstellbaren Farben.

»Okay, überlass mir das Reden«, sagte er und ging voraus.

Der Stand wurde von einem Mädchen betrieben. Auf ihrem Gesicht und dem Hals hatte sie mit blauer Tinte etwas tätowieren lassen, das aussah wie elektronische Schaltkreise. Damit wirkte sie wie ein exotischer Androide. Auch ihre Haare waren blau.

»Guten Tag«, sagte sie fröhlich und schenkte Lukas ein Lächeln.

»Hi!«, sagte er und lächelte zurück. »Sprichst du Englisch?« Sein Deutsch war ganz passabel. Aber er wollte, dass Una mitbekam, was vor sich ging.

»Natürlich«, antwortete sie mit leicht deutschem Akzent. »Ich habe ein paar Jahre in England verbracht. Und Tattooing ist schließlich international. Ich habe Kunden aus aller Welt, von Amerika bis nach Japan. Ich spreche viele Sprachen.«

»Und dein Englisch ist super«, sagte er. Während sie noch lächelte, fuhr er fort. »Ich bin Journalist. Nun ja, Webjournalist und Blogger. Ich hatte gehofft, dich etwas über die Sachen fragen zu dürfen, die du hier hast. Wär das okay?«

Das Mädchen blickte sich um. Es waren keine potenziellen Kunden in der Nähe, daher beschloss sie, dass die Sache in Ordnung ging. »Yeah, schätze schon. Wirst du unseren Namen nennen, Gratiswerbung für uns machen?« Sie holte eine Karte unter dem Standtresen hervor. »Hier steht unsere Webseite. Der Firmenname ist Honeybadger Inks.«

Lukas holte sein Handy aus der Tasche und tat, als würde er eine Taste auf dem Display drücken. »In Ordnung«, sagte er. »Ich nehm das Gespräch auf. Hier ist Luke …« Er zögerte kurz. »… Jones von der World Tattoo & Piercing Convention in Berlin und ich bin hier, um mit Honeybadger Inks zu reden.« Er streckte dem Mädchen das Handy entgegen. »Wie heißt du?«

»Mein Name ist Ilsa.«

»Und du verkaufst also Tattootinte. Wie unterscheidet die sich von anderen Tinten? Sagen wir mal von Druckertinte in Druckerpatronen?«

Ilsa lachte. »Tinten können aus einer ganzen Bandbreite von Stoffen bestehen. Je nachdem, was man damit machen will, auf welches Medium man sie aufbringen möchte und wie lang sie halten sollen. Aber ich würde nicht empfehlen, Druckertinte für Tattoos zu nehmen oder Füllertinte.«

»Wie wird Tattootinte dann gemacht?«, fragte er.

»Die meisten Tätowierer bevorzugen da ihre eigenen Rezepturen, die sie nicht gern verraten. Zuerst einmal braucht man ein Pigment als Farbgeber und dann noch einen Trägerstoff, der macht, was der Name schon sagt: Er agiert als Lösung und ›trägt‹ das Pigment vom Nadelende in die umliegenden Hautschichten. Als Lösungen werden normalerweise Ethylalkohol oder destilliertes Wasser verwendet, auch wenn manche Tätowierer Propylenglykol oder Glyzerin verwenden.«

»Und was ist mit der Farbe?«

Sie nickte. »In der Regel werden die Hauptkonturen des Tattoos in einer Kombination aus Eisenoxid, Metallsalzen, Ruß und anderen Bestandteilen ausgeführt. Für die Farben nehmen wir dann meist Schwermetalle. Mit Quecksilber oder Kadmium zum Beispiel erhält man verschiedene Arten roter, orangener und gelber Tinte. Blei ergibt grün oder weiß, Nickel schwarz, Kupfer blau oder grün und so weiter und so weiter.«

»Faszinierend.« Er grinste ihr aufmunternd zu. »Und wie sah das früher aus? Ich vermute, Tattoos gibt's schon eine lange Zeit?«

»Das ist richtig. Tatsächlich gibt es sogar ein Rezept aus römischer Zeit für Tätowiertinte. Sie bestand aus der Rinde der Ägyptischen Kiefer, rostiger Bronze, Essig und Galle aus der Gallenblase eines Bären.«

»Unglaublich.«

Unas Ellenbogen bohrte sich in seine Rippen. Vermutlich weil er endlich zum Punkt kommen sollte. Aber Lukas wollte das Mädchen nicht misstrauisch machen. Die Frage nach der leuchtenden Farbe würde er einfach unauffällig einfließen lassen, damit sie nicht herausstach.

»Mit wie vielen Tinten sollte ein professioneller Tätowierer beginnen?«, fuhr er also fort.

»Die meisten Grundsets bestehen aus etwa sechzig Farben«, erklärte Ilsa. »Das wäre auch das, was ich für den Anfang empfehlen würde.«

»Und was ist mit ungewöhnlichen Farben?«, fing Lukas allmählich an, den Bogen zur entscheidenden Frage zu schlagen.

»Ich hab mal was von schillernden japanischen Farben gehört, die aus Fisch gewonnen werden«, antwortete Ilsa. »Und in Amerika gibt's eine Frau, die eine rote Farbe aus den Schalen kleiner Käfer entwickelt hat.«

»Und was ist die abgefahrenste Farbe, von der du jemals gehört hast?«

Wieder lachte sie. »Das ist wohl eine schwarze Spezialtinte, die mal als Limited Edition produziert wurde. Mit Kohlenstoff aus dem Auspuff einer Harley Davidson, die einem berühmten Rennfahrer gehörte. Aber das ist mehr ein Gag als sonst was.« Sie hielt inne, in Erwartung einer weiteren Frage.

Doch wartete Lukas einfach nur ab und lächelte freundlich. Die beste Methode, jemanden zum Erzählen zu bringen, bestand manchmal darin, das Gegenüber mit Schweigen zu konfrontieren. Bestrebt die Lücke zu füllen, sagten die Leute dann das Erstbeste, was ihnen in den Sinn kam.

»Aber die ungewöhnlichste Tinte ist im Moment wohl dieses spezielle Zeugs, das im Dunkeln glüht. Besser noch: Setzt man sie einem schwachen Strom aus, verändern sich die Farben.«

Ausgezeichnet! Sie war von selbst auf das Thema gekommen, über das Lukas reden wollte.

»Ist das nicht gefährlich?«, fragte er.

»Der Strom ist zu schwach, um von der Haut wahrgenommen zu werden. Aber stark genug, um die Anordnung der Farbmoleküle in der Haut so zu verändern, dass das Licht auf andere Weise reflektiert wird. Aber sie ist schwer herzustellen. Im Moment hat nur eine Person das Rezept und die wacht sehr aufmerksam darüber.«

»Okay, danke! Das war sehr hilfreich.« Bewusst, dass Una ihn überrascht anstarrte, tat Lukas, als würde er sein Handy ausschalten und wegstecken. Doch dann wandte er den Blick auf das Mädchen zurück und fragte: »Ist diese Person hier auf der Convention? Wäre toll, wenn ich auch mit ihr reden könnte.«

Sie nickte. »Ist er. Sein Name ist Basenger. Später tritt er in einer Podiumsdiskussion in der Haupthalle auf. Aber wahrscheinlich findest du ihn jetzt in Halle 2, wo er Autogramme gibt.«

»Danke. Du warst eine große Hilfe.«

»Kein Problem«, lächelte das Mädchen.

»Wenn der Artikel online geht, sorge ich dafür, dass ein Link zu eurer Firma eingefügt wird«, versprach Lukas.

Als er sich mit Una zum Gehen wandte, murmelte sie: »Einen Moment hatte ich mich schon gefragt, was du da eigentlich machst. Aber das war wirklich clever.«

»Man sollte nie direkt die Frage stellen, die man beantwortet haben möchte. Das bringt die Leute gleich in Abwehrhaltung. Bring sie lieber dazu, freiwillig mit der Information herauszurücken.«

»Ich werd dran denken, für den unwahrscheinlichen Fall, dass ich noch mal jemanden nach Tätowiertinte fragen muss. Also, dann gehen wir jetzt wohl in Halle 2. Oder möchtest du zuerst lieber durch Halle 4 und 3 schlendern, um unauffällig zu bleiben?«

Er sah sie überrascht an. Lächelnd erwiderte sie seinen Blick.

»Jetzt machst du dich über mich lustig«, sagte er.

Halle 2 lag gegenüber von Halle 1, in der Lukas und Una sich im Moment befanden. Langsam fand Lukas sich zurecht. In Halle 1 waren die Stände untergebracht, bei denen es ums Tätowieren ging und an denen verkauft wurde. In Halle 2 fanden Signierveranstaltungen und andere Events statt. Halle 3 war die Steampunk-Halle und in Halle 4 drehte sich alles um Piercings und was damit zu tun hatte.

Als sie das Atrium durchquerten – das »Rückgrat«, das die wie Rippen angeordneten Hallen miteinander verband –, fragte Lukas sich, wie genau er sich nun diesem Basenger nähern sollte. Fragte er gezielt nach Basengers Kunden, würde der Mann vermutlich misstrauisch werden und die Antwort verweigern. Es musste wie eine ganz normale Unterhaltung wirken. Vielleicht konnte Lukas behaupten, dass er diese Frau – Zhōu – getroffen, jedoch ihre Kontaktdaten verloren hatte und nun mit ihr in Verbindung treten wolle. Oder aber er könnte die Rolle des Luke Jones weiterspielen, seines Zeichens Blogger und Webjournalist, und sagen, er würde an einem Feature über Leute mit außergewöhnlichen Tattoos arbeiten. Dann konnte er Basenger fragen, ob dieser solche Leute kannte.

Er beschloss, die Frage offenzulassen, bis er dem Mann begegnete. Er würde ihn zuerst einschätzen müssen, ihn abchecken, um zu sehen, wie man am besten an ihn herankam.

Unmittelbar vor Halle 2 bemerkte Lukas einen offenen Eingang in der Atriummauer, gleich neben einem Pizzastand und einem Geldautomaten. Darüber prangte ein großes grelles Schild. Darauf stand: *Gruft der Zombies!* Und darunter in kleineren Buchstaben: *Tritt ein, wenn du dich traust. 20 Euro.* Auf jeder Seite des Eingangs hingen Plakate von Untoten mit Totenschädelgesichtern, die mit ausgestreckten Armen auf den Betrachter zuschlurften.

»Was ist *das* denn?«, fragte er verblüfft.

»Du kommst wirklich nicht viel raus, was?«, staunte Una. »Das ist eine Art Escape Room!«

»Ein was?«

»Ein Escape Room. Da unten sind Schauspieler in Zombiekostümen, dazu düsteres Flackerlicht für die Atmosphäre, Soundeffekte und all so was. Du musst so tun, als würdest du versuchen, einem Zombieangriff zu entkommen. Die geben dir Fake-Waffen mit Platzpatronen und du musst die Zombies dann umbringen. Ziel ist es, bis ans Ende der Gruft zu kommen, ohne getötet zu werden.«

»Und das macht Spaß?«, fragte er.

»Und wie! Es ist, als würdest du ein Computerspiel zocken. Aber statt alles nur auf dem Bildschirm zu sehen, hast du das Gefühl, es richtig zu erleben. Von dieser Zombiegruft habe ich schon gehört. Der Betreiber hat einige alte Fluchttunnel übernommen, die unter Berlin gegraben wurden, damit Leute von Ost- nach Westdeutschland entkommen konnten. Es gibt Hunderte solcher Tunnel. Die ostdeutsche Geheimpolizei, die Stasi, hat andauernd welche aufgespürt. daher mussten die Leute ständig neue graben. Da unten soll es ziemlich unheimlich sein.«

»Als wäre das wirkliche Leben nicht schon genug«, murmelte Lukas. »Na, komm. Keine Zeit für Sightseeing, wir haben einen Job zu erledigen.«

Als sie in Halle 2 kamen, registrierte Lukas, dass sie in drei Bereiche aufgeteilt war. Zu ihrer Linken waren zwei lange Tischreihen aufgestellt worden, an denen verschiedene Leute – vermutlich berühmte Tätowierer und

Piercer – saßen und Autogramme schrieben, während vor ihnen Besucher Schlange standen und geduldig auf den persönlichen Moment mit ihren Helden warteten. In der Mitte hatte man eine ganze Ladung Stellwände kreuz und quer angeordnet. An jeder Stellwand wurden Nahaufnahmen von Tattoos oder Piercings präsentiert, zusammen mit der originalen Entwurfzeichnung, nach deren Vorlage der Künstler gearbeitet hatte. Auf diese Weise konnten die Besucher sehen, wie der Prozess von der Idee bis zur Umsetzung ablief. Auf der rechten Seite standen Tische und Stühle, hinter denen die bekannten Fast-Food-Verdächtigen kalte Getränke, Burger und Pizza verkauften. Lukas hatte den Eindruck, dass die ganze Halle so etwas wie eine Chill-Zone für die Messebesucher war.

Una und er schlenderten zu den beiden Tischreihen hinüber, an denen die Szene-VIPs ihre Autogramme gaben. Vor einigen standen Hunderte von Leuten. Andere hatten niemand und sahen etwas niedergeschlagen aus. Einige Stars blickten lediglich auf das Papier oder Autogrammbuch hinab, das man ihnen hingeschoben hatte, und kritzelten ohne Augenkontakt etwas drauf. Andere hingegen plauderten gern mit ihren Bewunderern und stellten sich für Selfies zur Verfügung. Als sie die Reihe entlanggingen – ohne den Anschein zu erwecken, sich irgendwo einreihen zu wollen –, kam es Lukas vor, als wären die Stars lebende Beispiele ihrer eigenen Kunst. Ebenso wie Ilsa, das Mädchen vom Tintenstand, hatten sie entweder an sich selbst gearbeitet oder andere an sich arbeiten lassen.

Was die Tattookünstler betraf, so nahm Lukas einen Mann wahr, dessen Gesicht in Schwarz- und Grauschattierungen tätowiert war, sodass es wie ein Totenschädel aussah. Neben ihm saß eine Frau mit flackernden Flammen, die sich von ihrem Ausschnitt bis zu den Augen zogen, als stünde ihr Körper unter der Kleidung in Flammen. Dann ein Mann mit fingernagelgroßen grünen Schuppen auf jedem sichtbaren Hautstück, was ihn wie ein menschengroßes Reptil aussehen ließ. Gefolgt schließlich von einer Person – Lukas konnte nicht sagen, ob Frau oder Mann –, deren Haut von winzig feinen Schriftzeichen überzogen war. Was für eine Fülle surrealer Dinge!

Unter den Piercingkünstlern entdeckte er eine Frau mit Ringen in Nasenlöchern und Ohren, die durch hängende Ketten miteinander verbunden waren. Weiter die Reihe entlang sah Lukas einen Mann mit etwa zwanzig kurzen Metallstacheln, die aus seiner kahl geschorenen Kopfhaut ragten. Es sah aus, als wären sie irgendwie chirurgisch in den Knochen geschraubt worden. Neben ihm saß eine Frau, auf deren Unterarmen jeweils eine Reihe von Metallringen aus dem Fleisch ragte, von den Handgelenken bis zu den Ellenbogen. Vor beiden stand eine lange Schlange von Bewunderern, die darauf warteten, ein Autogramm oder Selfie zu ergattern. Ein Mädchen an den Tischen schien überhaupt keine Piercings zu haben und Lukas fragte sich, was sie wohl so interessant machte. Eine Künstlerin vielleicht, die ungewöhnliche Piercings kreierte? Definitiv hatte sie einen Haufen Fans. Erst als einer von ihnen etwas fragte und sie den Mund aufmachte, um zu antworten, erkannte Lukas erschrocken, dass ihre Zunge in zwei Teile getrennt war – gespalten, wie bei einer Schlange. Das war doch mal eine *richtige* Körpermodifikation. Aber wie konnte man sich so etwas nur antun?

Vor jedem Künstler an den beiden Tischreihen stand ein Namensschild. Während Lukas noch über die Bandbreite bizarrer Körpermodifikationen staunte, hatte Una klugerweise schon die Namen auf den Schildern studiert.

»Da«, sagte sie und wies mit einem Nicken auf einen Mann, der am Ende der Tischreihe mit den Tattookünstlern saß. »Das ist Basenger.«

»Okay, reden wir mit ihm«, sagte Lukas.

Sie steuerten auf den Mann zu, der, soweit Lukas erkennen konnte, keine Körpermodifikationen aufwies. Dennoch stach seine Erscheinung hervor. Er war groß, schrecklich dürr und hatte weißes Haar, das in Cornrows von der Stirn bis nach hinten in den Nacken geflochten war. Vor ihm stand nur eine einzige Person, die sich mit ihm unterhielt: ein japanisches Mädchen, das ihn fasziniert ansah. Als Lukas und Una näher kamen, nahm Basenger vor sich etwas vom Tisch auf – eine Fackel? – und richtete es auf seinen entblößten Unterarm. Er drückte einen Knopf. Das Gerät sendete kein sichtbares Licht aus. Aber plötzlich war sein Arm bedeckt von glühenden Linien, die einander umkurvten und umschmiegten wie Höhenlinien auf einer Landkarte. Das japanische Mädchen kicherte und klatschte anerkennend. Eine Ultraviolettlampe? Das erschien Lukas nicht unwahrscheinlich und würde gewissermaßen beweisen, dass das der gesuchte Mann war.

Mit einer Kopfneigung bedankte sich das Mädchen bei Basenger und entfernte sich. Lukas trat an den Tisch, immer noch unschlüssig, wie er seine Fragen vorbringen sollte. Besser, er führte zunächst ein, zwei Minuten lang eine lockere Unterhaltung mit dem Mann, um dahinterzukommen, wie er tickte.

Basenger blickte neugierig auf. Lukas registrierte unwillkürlich, dass er verschiedenfarbige Augen hatte: blau und violett. Der Effekt war irritierend.

»Zehntausend Dollar«, sagte Una, bevor Lukas ein Wort rausbrachte.

»Wie bitte?« Basenger hatte einen ausgeprägten deutschen Akzent.

»Zehntausend Dollar, sofort, wenn Sie uns zwei Fragen beantworten«, sagte Una.

Lukas schielte kurz zur Seite. Ihrem grimmigen Ausdruck nach zu schließen, meinte sie es ernst.

»Zehntausend Dollar *pro Frage*«, konterte Basenger. »Und ich behalte mir das Recht vor, auf keine von beiden zu antworten, wenn sie mir nicht gefallen.« Er lächelte. Er schien die überraschende Abwechslung in seiner Routine zu genießen.

Una nickte. »Okay, zehntausend Dollar pro Frage. Aber Sie antworten entweder auf beide oder auf gar keine.«

Er nickte bedächtig. »Akzeptabel. Sie werden mir beide

Fragen im Vorfeld stellen müssen, damit ich mich entscheiden kann.«

Una hob den Blick zu Lukas, bevor sie wieder Basenger ansah. »Frage eins: Haben Sie Glow-in-the-dark-Tinte bei einer chinesischen Frau namens Zhōu benutzt? Frage zwei: Wie finden wir diese Frau?« Herausfordernd starrte sie Basenger an, während sie auf seine Antwort wartete.

Auch Lukas starrte den Mann an. Er wirkte neugierig, ohne eindeutige Zeichen von Unbehagen erkennen zu lassen. Er schien nichts verbergen zu wollen.

»Also gut«, sagte Basenger. »Dürfte ich zuerst das Geld sehen?«

Una ließ eine Hand in ihre Jacke gleiten und zog ein Portemonnaie hervor, dem sie ein Geldbündel entnahm. Lukas starrte darauf und traute seinen Augen nicht. Das waren 1.000-Dollar-Scheine!

»Echt jetzt?«, murmelte er. »Du läufst mit so viel Geld durch die Gegend?«

»Für Notfälle«, erwiderte sie, ohne den Blick von Basenger zu wenden.

»Hast du keine Angst, dass man dich ausraubt?«

»Ich hab Pfefferspray in der anderen Tasche.«

Basenger starrte auf das Geld, ohne dass sich etwas in seiner Miene regte. Lukas nahm jedoch wahr, dass seine Zunge schnell über die Unterlippe fuhr. »Bist du dir bewusst«, sagte er, »dass das US-Schatzamt keine 1.000-Dollar-Scheine mehr drucken lässt?«

»Bin ich. Aber du weißt genauso gut wie ich«, hielt Una

entgegen, »dass sie trotzdem ein legales Zahlungsmittel sind. Wirst du meine Fragen nun beantworten oder nicht?«

Er nickte. »Werde ich. Ja, ich habe ziemlich viel Zeit damit verbracht, Madame Zhōu mit Leuchttinte zu tätowieren. Sie ist eine hervorragende Versuchsperson. Und sie hat, ebenso wie du, eine Menge Geld, mit dem sie sich gern was gönnt.«

Er streckte die Hand aus. Una zählte zehntausend Dollar ab und gab sie Basenger.

»Und wie finden wir sie?«, wiederholte Una.

Basenger machte den Mund auf, um zu antworten. Ein leuchtender roter Punkt erschien auf seinem T-Shirt. Unmittelbar über seinem Herzen. Instinktiv warf sich Lukas gegen den Tisch, um ihn mit beiden Händen hochzureißen und Basenger entgegenzuschleudern. Mit schockiertem Ausdruck wandte Una sich ihm zu. Vom eigenem Körperschwung getrieben, krachte Lukas gegen den Tisch und schob Basenger nach hinten. »In Deckung!«, schrie er ihr zu. Der rote Punkt leuchtete nun auf der Tischplatte. Und verwandelte sich urplötzlich in ein von Holzsplittern umkränztes Loch. Lukas spürte, wie ein harter Ruck durch den Tisch fuhr, als hätte jemand mit brutaler Wucht dagegengeschlagen.

Seine Wange stach, dort wo sich ihm anscheinend Splitter ins Fleisch gebohrt hatten. Der Punkt tauchte wieder auf. Unmittelbar neben der Stelle, wo er eben noch gewesen war, doch flatterte er nun unsicher umher. Halb fiel, halb bewegte sich Lukas vorwärts, den Tisch zwischen sich und Basenger. Er hoffte, er würde den Mann nicht zerquetschen. Schließlich brauchten sie ihn noch. Seine erste instinktive Reaktion jedoch war richtig gewesen: Der rote Leuchtpunkt gehörte zur Zieleinrichtung eines Scharfschützengewehrs. Und das Loch im Tisch hatte ein Projektil gerissen, das andernfalls geradewegs durch Basengers Herz gegangen wäre.

Zwei weitere Löcher tauchten auf, dem Weg des umherirrenden Punkts folgend.

Auf der anderen Tischseite war Basenger auf den Boden gefallen. Als Lukas ebenfalls stürzte, riss er mit aller Kraft den Tisch hoch, sodass sein Körper nicht mehr darauffallen und Basenger zerquetschen konnte. Der Tisch kippte über Basengers Kopf weg und landete polternd auf dem Boden. Im letzten Moment konnte Lukas mit einer Körperdrehung verhindern, dass er selbst auf Basenger landete.

Hektisch blickte er sich um, um die Position des Scharfschützen auszumachen. Drüben auf der anderen Hallenseite, über den Fast-Food-Ständen und -Tischen, entdeckte er eine Reihe von Fenstern. Vermutlich die Verwaltungsbüros des Convention Centers. Sein Blick flog suchend die Fenster entlang. In eines war ein kreisförmiges Loch geschnitten … aus dem ein Gewehrlauf ragte. Und dahinter: die dunkle Gestalt des Scharfschützen!

»Was zum Teufel …?«, schrie Basenger.

»Scharfschütze!«, rief Lukas nur. Keine Zeit für Erklärungen.

Er hievte sich auf Hände und Knie und spähte nach dem roten Leuchtpunkt. Da, auf dem Boden! Rasend schnell bewegte er sich über den Teppich auf Basenger zu. Bevor Lukas reagieren konnte, huschte er wie ein unglaublich schnelles Insekt Basengers Bein und Brust hoch. Um dann auf seiner Stirn zu verharren.

Lukas packte Basenger am Kragen und zog. Der Körper des Manns glitt ruckartig auf ihn zu. Teppichfasern und Betonbröckchen spritzten explosionsartig aus dem Boden, wo Basengers Kopf soeben noch gewesen war.

Der umgestürzte Tisch hatte einige andere Tattookünstler mit umgerissen und alle riefen und schrien. Die Reihen der Autogrammjäger schienen wie erstarrt, während sie herauszufinden versuchten, was gerade passierte.

Keine Schussgeräusche, dachte Lukas. Entweder hatte die Waffe einen Schalldämpfer oder die Schüsse waren in der allgemeinen Geräuschkulisse der Convention untergegangen.

Immer noch Basenger am Kragen haltend, rappelte sich Lukas auf und zog den Tätowierer mit hoch. Una hatte erkannt, was los war: Sie rückte an Basengers andere Seite, packte ihn an der Jacke und half Lukas, den geschockten Mann fortzulotsen. Den Zielpunkt senkrecht zu korrigieren, ist leichter für einen Scharfschützen, schoss es Lukas durch den Kopf. Dazu bedurfte es nur einer einfachen Armbewegung. Ganz im Gegensatz zu einer seitlichen Korrektur, denn dabei waren auch Schulter- und Rückenmuskeln im Spiel. Am besten bewegten er und Una sich also zur

Seite fort, damit der Scharfschütze sie schwerer ins Fadenkreuz bekam.

Er warf einen Blick nach rechts. Da war nur eine Mauer, gesäumt von Notausgängen. Der Vorteil: Dort waren weniger Leute und somit war die Wahrscheinlichkeit geringer, dass aus Versehen Unschuldige über den Haufen geschossen wurden. Der Nachteil: Sie würden womöglich einige Sekunden brauchen, die Notausgänge zu öffnen – Sekunden, die der Killer zweifellos zu seinem Vorteil nutzen würde.

Etwas summte wie eine wütende Hornisse an seinem rechten Ohr vorbei. Reflexartig riss er den Kopf zur Seite.

Zu ihrer Linken befand sich der Ausgang zum Atrium. »Da lang!«, entschied Lukas und begann, Basenger in die Richtung zu zerren. Una begriff, was er vorhatte, und half ihm.

Eine Frau in Security-Uniform, die im Autogrammbereich aufgepasst hatte, kam auf sie zugerannt. »Was machen Sie?«, blaffte sie.

Bevor Lukas antworten oder sie einfach beiseiteschieben konnte – er war sich nicht sicher, was besser wäre –, tanzte auch schon ein leuchtender roter Punkt über ihre Bluse. Das entschied die Frage. Lukas rammte die Frau mit der Schulter. Statt den linken Lungenflügel der Frau zu durchbohren, riss das Projektil nur ein Loch in die Schulter seiner Jacke.

*Noch* eins, dachte Lukas nur. Doch der Gedanke wurde jäh von einem brennenden Schmerz in seinem Arm abgelöst. Die Kugel musste die Haut gestreift haben, als sie durch den Stoff gegangen war. Jedenfalls hoffte er, dass es nichts Ernsteres war.

Una und er hatten es mit Basenger nun fast zum Ausgang geschafft. Una stützte Basenger mit einer Hand, während sie mit der anderen hektisch etwas in ihr Smartphone tippte. Vielleicht berichtete sie Ryan oder Alya, was los war. Vielleicht wollte sie aber auch einfach nur Hilfe rufen.

Während sie rannten, wich die Menge der Besucher vor ihnen zur Seite. Basenger selbst schien langsam begriffen zu haben, dass sein Leben in Gefahr war. Er ließ sich nun nicht mehr mitzerren, sondern rannte mit ihnen zusammen. Lukas achtete jedoch darauf, eine Hand um den Arm des Tätowierers zu lassen, damit er ihm nicht entkam. Schließlich hatten sie immer noch eine Frage übrig.

Sie gelangten ins Atrium zwischen den Hallen. Zaghaft machte sich Erleichterung in Lukas breit, da sie sich jetzt nicht mehr im Schussfeld des Scharfschützen befanden. Aber er hatte nicht mit der Entschlossenheit ihres Gegners gerechnet. Ein weiterer Schuss fetzte ein Loch in eine Plakatwand, die sich in der Mitte des Atriums befand. Lukas' Kopf fuhr herum, um nach dem Ursprung des Schusses zu suchen. Hatten sie es vielleicht mit mehr als einem Scharfschützen zu tun? Ah, dort oben zog sich eine ähnliche Fensterreihe an der Spitze der Atriummauer entlang. Eins von ihnen stand offen. Und das, was daraus hervorragte, war … ein Gewehrlauf, genau auf sie gerichtet!

Verzweifelt blickte er sich um. Die meisten Leute hier hatten noch überhaupt nicht mitbekommen, dass etwas nicht stimmte – auch wenn einige wenige verwirrt auf die Plakatwand starrten und sich fragten, was damit passiert war. Doch weiter drüben, an der Hallenseite, nahm Lukas drei schwarz gekleidete Gestalten wahr, die sich mit Kopftüchern vorm Gesicht durch die Menge schoben. Entschlossen drängten sie die Leute beiseite, die Hände in den Jackentaschen – vermutlich an den Griffen ihrer Waffen.

Lukas hatte bereits vermutet, dass es sich um dieselben Leute handelte, die Daniel gekidnappt hatten. Sie hatten alle Spuren in der illegalen Autowerkstatt beseitigt und sämtliche Zeugen aus dem Weg geräumt, die sie wiedererkennen konnten. Und nun versuchten sie denjenigen umzubringen, der die Chinesin, ihre Anführerin, identifizieren konnte. Im Bestreben, jedes Risiko auszuschalten, arbeiteten sie sich erbarmungslos die Beweiskette hoch.

Seine Gedanken rasten, während er fieberhaft nach einem Weg suchte, um Una, sich und hoffentlich auch Basenger zu retten.

»Da drüben!«, rief Una. Sie zeigte zur anderen Seite des Atriums hinüber. Zur Tür, die Lukas vorhin schon aufgefallen war. Über der die einladenden Worte prangten: *Die Gruft der Zombies! Tritt ein, wenn du dich traust*. Der Escape Room in den Tunneln unter Berlin.

Lukas' Blick huschte zu den schwarz gekleideten Killern zurück und flog weiter zum Scharfschützen und dessen Waffe empor. Wie es aussah, gab es keinen anderen Ausweg.

Dann also die Zombies!

# KAPITEL ZEHN

Dunkelheit umhüllte sie, kaum waren sie durch die Tür getreten, die in die *Gruft der Zombies* führte. Lukas' Augen brauchten ein, zwei Sekunden, um sich anzupassen. Vor ihnen nahm er einen Ticketschalter wahr, an dem ein gelangweilt aussehender Teenager saß. Daneben befand sich eine Wendeltreppe mit Geländer an der Außenseite. Vermutlich ging es dort in die Tunnel hinab.

»Sechzig Euro, bitte«, sagte der Teenager, nachdem er kurz von seinem Comic aufgeblickt hatte, der vor ihm auf der Schalterfläche lag.

Una schob einen Geldschein unter der Glasblende durch, die sie vom Teenager trennte. Er schob drei Tickets zurück.

»Waren das etwa …?«, begann Lukas, als Una ihn und Basenger auch schon zur Wendeltreppe weiterschob. Der Tätowierer war inzwischen selbst in einen zombieähnlichen Zustand verfallen, schockiert und überrollt vom Tempo der Ereignisse.

»Ja«, sagte Una. »Ich hatte nichts Passendes parat.«

»Du hast da gerade tausend Dollar für ein Rollenspiel hingeblättert, das eigentlich nur zwanzig Euro kostet.«

»Zwanzig pro Person«, hob Una hervor. »Und ja: Einmal hab ich für ein Paar Turnschuhe sogar fünftausend Euro bezahlt. Sag mir bloß nicht, was ich tun oder lassen soll.«

»Hey!«, rief der Teenager ihnen hinterher, als sie sich an den Treppenabstieg machten. »Du hast dein Wechselgeld vergessen!«

»Kannst du behalten!«, rief Una zurück.

Polternd hasteten sie die Stufen hinab, tiefer hinein in die Finsternis. Lukas registrierte, wie ihnen feuchte Luft und der Geruch von altem Mauerwerk entgegenwehte. Und er vernahm ferne Laute: Stöhnen und hin und wieder einen Schrei.

»Was machen wir?«, murmelte Basenger.

»Überleben«, antwortete Lukas. »Einfach mitspielen.«

Der Raum am Treppenende war von grünen und roten Glühbirnen erhellt. Schwarz gestrichene Ziegel säumten die Wände, an denen blutrünstige Horrorplakate prangten. Ein weiterer gelangweilter Teenager saß vor einem Regal mit Waffen, die für andere vermutlich real aussahen, für Lukas jedoch förmlich nach Attrappe schrien. Damit konnten sie sich vielleicht gegen ein paar Fake-Zombies verteidigen, auf keinen Fall jedoch gegen ihre Verfolger.

Die zombieinfizierten Tiefen dieses Escape Rooms betrat man vermutlich durch einen etwas abseits gelegenen Torbogen, der in die Mauer eingelassen war.

»Tickets?«, fragte der zweite Teenager. Una gab sie ihm. Er musterte sie. »Amerikaner?«, riet er.

»Ja«, sagte Una.

»Jeder eine Waffe bitte«, fuhr er fort, als würde er einen auswendig gelernten Text herunterleiern. »Ihr habt zwanzig Schuss. Achtet darauf, dass jeder sitzt und zählt. Jedes Mal, wenn euch ein Zombie berührt, wird ein Sensor aktiviert und eure Waffe registriert den Kontakt. Nach zehn Berührungen blinkt ein rotes Licht auf dem Gewehrschaft. Was heißt: Ihr seid tot und die Zombies haben euch umgebracht. Passiert das, bleibt ihr, wo ihr seid. Jemand kommt dann, um euch einzusammeln und aus dem Spiel zu bringen. Habt ihr medizinische Beschwerden wie Bluthochdruck, holt vor dem Spiel bitte ärztlichen Rat ein. Wir übernehmen keinerlei Verantwortung für Unfälle und körperliche Leiden, die euch während des Spiels widerfahren. Viel Glück. Und nicht vergessen: nicht berühren lassen.«

»Danke«, sagte Basenger mit benommener Stimme.

*Holt vor dem Spiel bitte ärztlichen Rat ein?* Lukas juckte es, darauf hinzuweisen, dass hier keine Ärzte herumliefen, die man fragen konnte. Aber er beschloss, den Mund zu halten. Er wollte geradewegs auf den Tunnel zusteuern, aber Una hielt ihn zurück.

»Nimm eine Waffe«, sagte sie.

»Aber das sind Fakes«, wandte er ein. »Plastik. Nutzlos. Und die Zombies sind auch Fake. Ist dir schon klar, oder?«

»Ja«, antwortete sie in geduldigem Ton. »Aber wir wollen an den Zombies vorbei, ohne dass sie uns packen und aufhalten. Die Waffen werden sie uns vom Leib halten.«

»Da ist was dran«, musste Lukas einräumen.

Sie schnappten sich die Waffen und traten durch den Torbogen in die Finsternis. Dicht an Lukas' Ohr hallte ein jäher Schrei aus einem Lautsprecher. Erschrocken zuckten Una und Basenger zusammen, während Lukas keine Reaktion zeigte.

»Ähm, hätten wir sie vielleicht warnen sollen?«, fragte Una. »Wegen der Killer hinter uns, meine ich?«

»Wenn die uns überhaupt hier haben reingehen sehen, werden sie einfach an den Ticketschaltern vorbeistürmen. Falls eins der Kids protestiert, halten sie ihm höchstens eine Waffe unter die Nase. Ich denke, sie haben es nur auf Basenger hier abgesehen. Schließlich hat er die Information, die sie geheim halten wollen. Weitere Opfer würden nur Aufmerksamkeit erregen, lästige Aufmerksamkeit.«

»Oh, Gott«, nuschelte Basenger. Er schien in einen wachtraumartigen Zustand verfallen zu sein. Was gut war – so würde er zumindest das machen, was man ihm sagte.

Der Tunnel, durch den sie gingen, war mit bröckeligen Ziegeln ausgekleidet. Sie wirkten feucht und glänzten im Licht der flackernden grünen und roten Glühlampen, die vereinzelt von der Decke hingen. Hin und wieder verunstaltete ein Streifen schwarzen Pilzgeflechts das Mauerwerk. Der Boden war mit menschlichen Knochenfragmenten aus Kunstharz oder Plastik übersät: Oberschenkelknochen,

Kieferknochen und etwas, das wie Finger- und Zehenknochen aussah. Lukas konnte keinen Schritt machen, ohne gegen einen zu treten.

Nur die Glühbirnen direkt über, vor und hinter ihnen leuchteten. Während sie sich weiter voranbewegten, erloschen hinter ihnen die Lichter wieder; gleichzeitig leuchteten vor ihnen neue auf.

»Jede Wette, dass es hier unten Ratten gibt«, murmelte Una. »Ich hasse Ratten.«

»Man sagt«, erwiderte Lukas, »dass man in den meisten Städten nie weiter als drei Meter von einer Ratte entfernt ist.«

»Tröstlicher Gedanke. Ich werd aufs Land ziehen.«

»Ah«, konterte Lukas. »Und was ist mit Fledermäusen?«

Plötzlich stießen sie zu ihrer Linken auf einen Seitentunnel. Das Licht aus ihrem Gang ließ nicht mehr als ein etwa zwei Meter langes Stück feuchtes Mauerwerk mit Spinnweben erkennen. Jenseits davon herrschte Finsternis.

»Was meinst du?« Una schwang ihre Waffe in Richtung der Dunkelheit. »Da entlang?«

»Besser wir halten uns an den Haupttunnel«, empfahl Lukas.

Una legte ihren Kopf schräg. »Hörst du auch was, hinter uns?«, fragte sie nervös. »Ich glaube, sie sind uns gefolgt.«

»Ich kann nichts h…«

Eine verrenkte Gestalt kam plötzlich aus der Finsternis

des Seitentunnels auf sie zugestürzt: eine Frau, dürr, blass, mit zerfetzter Kleidung. Das Furchterregendste an ihr war jedoch einer ihrer Augäpfel. Er war komplett weiß und nicht etwa von normaler Haut umrahmt, sondern von gelblich weißem Knochen. Ihre Fingernägel, die nach Lukas' Hals krallten, waren schwarz vor Schmutz und etwas, das wie getrocknetes Blut aussah. Sie riss den Mund zu einem Schrei auf. Doch alles, was herauskam, war ein furchterregendes, trockenes Krächzen.

Basenger stieß einen schrillen Schrei aus.

Una und Lukas rissen ihre Waffen hoch und feuerten gleichzeitig. Laut hallten ihre Schüsse im Tunnel wider und ließen die Spinnweben erzittern, während die Enden ihrer Waffen aufblitzten. Doch Lukas war klar, dass keine Projektile aus den Mündungen gekommen waren, denn er spürte keinerlei Rückstoß in Arm und Schulter.

Mit rollenden Augen und rudernden Armen taumelte die Zombiefrau zurück. An ihrem Gürtel blinkte eine rote LED.

»Ist es das, was Schauspieler tun, wenn sie gerade nicht filmen oder auf der Bühne stehen?«, fragte Una mit einer Stimme, die zu gefasst klang, um echt zu sein. »Sich als Monster verkleiden und in Läden wie dem hier arbeiten?«

»He, kein Grund, die Nase zu rümpfen«, erwiderte Lukas. »Ist halt ein Job. Nächstes Mal lass lieber nur mich schießen. Wir sollten unsere Munition sparen, du erinnerst dich?«

Schnell bewegten sie sich durch den Haupttunnel voran. Der Klang von fernem Ächzen und Stöhnen, der aus versteckten Lautsprechern drang, verebbte und wurde durch Kettengeklirr und einen heulenden Wind ersetzt.

Alle paar Sekunden warf Lukas einen prüfenden Blick über die Schulter zurück, um zu sehen, ob die Killer ihnen gefolgt waren. Doch fürs Erste schienen sie sicher.

Zu seiner Linken nahm er eine krakelige Schrift auf den Mauerziegeln wahr. Einen Moment hielt er die Worte für Teil des Spiels. Aber dann erkannte er, dass sie viel zu alt und zu verblasst waren. Geschrieben von jemandem, der auf der Flucht vor dem ostdeutschen Regime unterhalb der Berliner Mauer den sicheren Westen erreichen wollte? Das lag nah. Plötzlich wurde ihm die historische und emotionale Bedeutung dieser Tunnel bewusst. Sie waren von realen Menschen gegraben worden, die sich nach Freiheit sehnten. Einige waren durch sie entkommen, entschlossen, ihr altes Leben gegen ein neues zu tauschen. Und andere waren vermutlich dabei gestorben. Und jetzt wurden sie hier von Fake-Zombies gejagt. So, dachte Lukas, spielt also das Leben.

Wieder warf er einen Blick über die Schulter. Immer noch nichts.

Mit schrillem Schrei ließ sich etwas von der Ziegeldecke fallen.

Lukas feuerte nach oben, als das Ding aus einem gezackten Loch auf ihn zusauste. Einen Augenblick glaubte er, es mit einem weiteren geschminkten und kostümierten Schauspieler zu tun zu haben. Aber das Gesicht war zu verwest: nichts als Zähne und leere Augenhöhlen. Dazu ein Kranz aus dünnen Haarsträhnen und Halswirbel, die aus der zerfetzten Haut hervorstachen. Eine Puppe. Allerdings eine ziemlich überzeugende. Ein rotes Licht pulsierte in einer ihrer Augenhöhlen, als sie sich mit einem knurrenden Laut wieder in ihr Versteck zurückzog.

»Ein Albtraum«, murmelte Basenger. »Alles nur ein Albtraum. Ich muss nur wieder aufwachen.«

Ein paar Meter hinter dem Deckenzombie gelangten Una und Lukas an eine T-Kreuzung, an der rechts und links ein Tunnel abzweigte. Lukas konnte keine Hinweise entdecken, in welche Richtung sie gehen sollten.

»Vielleicht führen sie beide zum Ausgang?«, wagte Una eine Vermutung.

Lukas schloss die Augen und hielt den Atem an. Seine rechte Wange fühlte sich kühler an als die linke. Aus dieser Richtung schien eine leichte Brise zu kommen.

»Wir gehen nach rechts«, sagte er.

Sie betraten die Kreuzung und wandten sich nach rechts … als ein plötzliches Knurren aus dem linken Tunnel sie herumwirbeln ließ. Dort, etwa zwei Meter entfernt, stand ein riesiger Zombiehund. Er füllte fast den ganzen Tunnel aus. Seine Krallen gruben sich in den Ziegelsteinboden, während schwarzer Sabber aus dem knurrenden Maul tropfte. Das zerzauste Fell war verfilzt und seine rot glühenden Augen starrten sie mit irrem Verlangen an. Lukas brauchte einige Sekunden, ehe er den Metallstab entdeckte, der aus dem Rücken der Bestie ragte und in der

Finsternis verschwand. Der Stab hielt den Hund aufrecht und bewegte ihn nach vorn.

»Nettes Hündchen«, ließ sich Basenger mit tranceartiger Stimme vernehmen. »Braves Hündchen.«

»Willst du den übernehmen?«, fragte Lukas.

»Danke«, sagte Una. Sie hob die Waffe und feuerte. Angetrieben von der Metallstange und einem unsichtbaren Hydrauliksystem, zog sich der untote Hund unter schmerzerfülltem Gejaule in die Finsternis zurück. Ein rotes Licht blinkte an seinem Halsband.

»Das war erstaunlich leicht«, wunderte sich Lukas, als sie den rechten Tunnel entlangeilten.

»Das ist nur das erste Level. Es wird bestimmt schwieriger, mit noch mehr Zombies, die noch schneller angreifen und in Horden kommen. Und vielleicht noch ein paar Überraschungsmonstern inklusive. So würde ich es jedenfalls machen, müsste ich mir so ein Spiel ausdenken. Haben die Leute sich ans Spiel gewöhnt, konfrontier sie mit etwas Neuem und Unerwartetem. Das hält sie auf Trab.«

Von irgendwo hinter ihnen vernahm Lukas das Geräusch von Schüssen. Drei zunächst, gefolgt von zwei weiteren. Sie stammten nicht von den Spielzeugwaffen, denn sie hallten so laut von den Ziegelsteinwänden wider, dass Staub von der Decke rieselte.

»Sie sind uns gefolgt«, sagte Una nervös.

»Und anscheinend der Zombiefrau begegnet«, stellte Lukas fest. »Hoffentlich wollten sie sie mit den Schüssen nur erschrecken und nicht töten. Das hätte sie nicht verdient. Komm, wir müssen weiter.«

Sie schoben Basenger vor sich her, damit er einen Zahn zulegte. Doch schon nach wenigen Metern brachen plötzlich zwei Zombies durch die bröcklige Ziegelwand des Tunnels. In Wirklichkeit handelte es sich natürlich nur um eine clever konstruierte Tür. Aber es *sah aus,* als wären sie gerade durch die Ziegelsteine gebrochen. Im violetten Flackerlicht, das von der anderen Seite der falschen Wand in den Gang fiel, wirkten sie wie geradewegs der Hölle entsprungen. Einem von ihnen schien ein Arm zu fehlen. Allerdings meinte Lukas, einen Buckel auf dessen Rücken zu erkennen – dort, wo der Arm des Schauspielers festgeschnallt war, um nicht im Weg zu sein. Dem anderen war anscheinend der Unterkiefer abgerissen worden. Doch es war nur die dunkle Schminke auf dem Kinn des Schauspielers, die es in der schummerigen Dunkelheit des Tunnels so aussehen ließ.

Die Zombies wandten sich ihnen zu. Una und Lukas feuerten gleichzeitig. Die Untoten taumelten zurück und schlugen auf dem Boden auf. So hart, dass Lukas sich der Verdacht aufdrängte, die Schauspieler in den Kostümen würden die eine oder andere Rückenbehandlung benötigen, wenn sie diesen Job längere Zeit machten.

»Los, komm«, zischte er.

Er stieg über die Zombies hinweg und ging weiter, während er Basenger mit sich zerrte. Una folgte und schob den Tätowierer vor sich her. Doch im nächsten Moment spürte

Lukas einen Widerstand, als Una jäh auf der Stelle verharrte. Er blickte sich um. Einer der Zombies – der mit dem fehlenden Unterkiefer – hatte sie am Bein gepackt. Sein Oberkörper schnellte in die Höhe, als wollte er sie beißen – ungeachtet dessen, dass er nur noch die Hälfte seiner Zähne hatte. Una drückte ihm die Waffe auf die Stirn und feuerte. Mit ersticktem Röcheln fiel der Zombie nach hinten auf den Boden.

»Das war Betrug«, stieß Una keuchend hervor. »Um den auszuschalten, brauchte ich zwei Schuss!«

»Hey«, entgegnete Lukas grinsend. »Das hier soll schließlich ein aufregendes und unvorhersehbares Erlebnis sein. Wenn es nur darum ginge, wie bei einer Kirmesschießbude Porzellantassen abzuknallen, würde es nicht annähernd so viel Spaß machen.«

Una starrte in das Mauerloch, aus dem die beiden Zombies aufgetaucht waren. »Wir könnten uns darin verstecken«, schlug sie vor. »Wir warten, bis die Killer vorbei sind, kommen raus und gehen auf dem Weg zurück, den wir gekommen sind.«

Lukas schüttelte den Kopf. »Da sind immer noch die beiden hier draußen«, wandte er ein. »Für die nächsten Spieler wollen sie bestimmt wieder ins Loch zurück. Für uns fünf ist da nicht genug Platz drin und wenn wir sie draußen lassen, werden sie unser Versteck preisgeben.«

»Tut mir leid. Schien 'ne gute Idee zu sein.«

»Kein Problem.«

Lukas wandte sich zum Gehen. Auch Una setzte sich in

Bewegung und trat aus Versehen einem der Zombies gegen den Kopf.

»He, pass doch auf!«, schrie er und vergaß völlig seine Rolle.

»Ich an deiner Stelle«, sagte Lukas, »würde jetzt gleich mal ’ne Kaffeepause machen. Warte lieber nicht auf die nächsten Leute.«

Wie aufs Stichwort ertönte ein ohrenbetäubender Hagel von Schüssen, deren Zahl durch die verwirrenden Echos schwer zu bestimmen war.

»Was zum Teufel war das?«, fragte der andere Zombie.

»Euer Höllenhund, der gerade eine Abreibung kriegt«, antwortete Lukas. »Ich würde jetzt wirklich eine Kaffeepause machen.«

Ein Stück weiter den Tunnel entlang stießen sie hinter einer Biegung auf eine weitere Kreuzung. Einer der Tunnel war von Spinnweben blockiert. Sie sahen sehr realistisch aus, waren aber künstlich. Als sie herantraten, leuchteten etliche rote Augen in den dunklen Schatten dahinter auf. Einen winzigen Moment lang dachte Lukas, sie würden von einer Schar Scharfschützen ins Visier genommen. Doch dann vernahm er ein klackerndes Geräusch aus dieser Richtung, das immer lauter wurde.

»Ratten?«, fragte Una nervös. »Da werd ich aber viele Schüsse brauchen, um alle zu erwischen.«

»Oder eine Spinne mit vielen glühenden Augen«, entgegnete Lukas. Rasch sah er den Gang zurück, durch den sie gekommen waren, bevor sein Blick das freie Tunnelstück hinunterflog, das sich vor ihnen erstreckte. »Alles viel zu offen«, sagte er hastig. »Sobald sie in diesen Bereich kommen, entdecken sie uns. Und wir kommen nie rechtzeitig ans andere Tunnelende.«

»Hier lang!«, sagte Una. Sie fuhr mit ihrem Arm durch die falschen Spinnweben und fegte sie beiseite. Nun, da der Blick freier war, konnte Lukas ein massiges schwarzes Ding ausmachen, das den Weg blockierte. »Wir können uns dran vorbeiquetschen.«

»Dann sitzen wir in der Falle«, gab Lukas zu bedenken.

»Du hattest recht. Dieses Ding *ist* eine Spinne, und zwar eine riesige. Sie füllt so ziemlich den ganzen Tunnel aus. Aber wenn die Leute vom Escape Room sie warten und reparieren, müssen sie auch an den Teil *dahinter* kommen. Es muss dort noch einen weiteren Tunnel geben!«

»Gute Überlegung.«

Während Una sich am Spinnenkörper vorbeiquetschte und Basenger mit sich zerrte, drehte Lukas sich um und versuchte, wieder so viele Spinnweben zu richten wie möglich. Aus was auch immer sie gemacht waren, sie waren zum Glück klebrig, und so gelang es ihm ziemlich gut, den Eingang wieder zu verdecken.

Er folgte Una und Basenger an der Spinne vorbei. Der Körper war etwa so groß wie ein Minivan und von einem plüschartigen Material überzogen, das sich jedoch beunruhigend echt nach rauen Härchen anfühlte. Und es gab einen Motor im Inneren, der die Spinne zum Vibrieren brachte. Während die eine Seite seines Körpers sich dicht gegen das Viech drückte und die andere an der Ziegelmauer entlangschrammte, kam es Lukas vor, als würde das Ding atmen. Ganz schön nervenaufreibend!

Kaum hatte er sich an dem wuchtigen Körper vorbeigequetscht, sah Lukas Leitungen und Kabel, die in den Rücken der Kreatur führten. Und es gab *tatsächlich* einen Tunnel auf der anderen Seite. Una hatte recht gehabt.

»Keinen Mucks jetzt«, flüsterte er. »Sie sollen nicht wissen, wo wir abgeblieben sind.« Er überlegte einen Moment und versuchte, sich darüber klar zu werden, wo sie waren und in welche Richtung sie steuerten. »Ich glaube, hier geht's zurück zum Ticketschalter ganz am Anfang«, flüsterte er. »Hoffen wir mal, dass unsere Verfolger einfach weitergehen und sich von uns entfernen.«

»Ich schicke Alya eine Nachricht«, sagte Una und hielt ihr Smartphone in die Höhe. »Damit sie uns dort trifft und dafür sorgt, dass draußen ein Taxi wartet.«

Ohne Schauspieler oder Puppen, die sie attackierten, kamen sie nun schneller voran. Schließlich bogen sie um eine weitere Ecke und fanden sich in einem Tunnel wieder, in dem weiß leuchtende Glühbirnen das grün-rote Flackerlicht ablösten. Der Weg schien sie tatsächlich zurück zum Ticketschalter zu führen. Sie kamen an ausrangierten Zombiemodellen vorbei, die wie stark verweste Leichen aussahen, sowie an einem ganzen Haufen Fake-Ratten, die auf einer schwarzen Matte befestigt waren. Vermutlich sollte sie über den Boden gezogen werden und so den Anschein erwecken, als würden Hunderte dieser Kreaturen auf die unglückseligen Besucher zuwuseln. Lukas konnte sich vorstellen, dass das so richtig schön unecht aussah, weswegen man die Apparatur vermutlich auch ausrangiert hatte.

Plötzlich hörte Lukas Stimmen vor sich.

»Stopp«, flüsterte er.

Er ließ Basengers Kragen los. Dankbar ließ sich der Tätowierer gegen die Tunnelwand sinken. Vorsichtig rückte Lukas vor. Aus einer Maueröffnung etwas weiter vorn ergoss sich Licht in den Gang.

Falls die Killer dort waren, verhielten sie sich unprofessionell laut. Aber das schloss nicht die Möglichkeit aus, dass sie sich *doch* dort aufhielten. Vielleicht waren sie auch einfach nur sehr selbstsicher.

Er erreichte den Rand der Öffnung, ein Rahmen ohne Tür, und lugte um die Ecke. Er blickte in einen großen Raum, der mit ein paar Tischen und alten Stühlen bestückt war. Leuchtstofflampen hingen an Ketten von der Decke. An der einen Wand waren ein Mikrowellenherd sowie ein Kühlschrank nebst einem Wasserkocher untergebracht. Fünf Zombies saßen oder standen im Raum verteilt herum, unterhielten sich oder lasen Zeitung. Nun ja, jedenfalls bezeichnete Lukas sie in Gedanken so. Aber im kalten weißen Licht der Leuchtstofflampen war ihr Make-up klar erkennbar. Das, was er da sah, war ein Pausenraum. Ein Pausenraum für Schauspieler, die taten, als ob sie Zombies wären.

Er begab sich zu Una zurück.

»Nur ein Café für die Walking Dead«, murmelte er. »Bewegt euch schnell am Eingang vorbei.«

»Okay.« Bevor er gehen konnte, zog sie ihn am Ärmel zurück. »Ich hab eben mit Basenger geredet. Er hat mir die Information gegeben, die wir brauchen. Ich weiß jetzt, wo wir Madame Zhōu finden!«

»Super. Erzähl's mir später. Hast du ihn bezahlt?«

»Natürlich«, erwiderte sie pikiert. »Schulden muss man immer begleichen.«

Unbemerkt hasteten sie an der Zombie-Cafeteria vorbei und bewegten sich weiter durch den Tunnel. An dessen Ende erblickte Lukas eine Tür. Sie öffnete sich nach außen. Er drückte sie auf und kam …

… in denselben Vorraum, in dem sie ihre Tickets erhalten hatten. Die Tür war hinter einem blutrünstigen Plakat verborgen gewesen.

Der Teenager, der ihnen die Tickets verkauft hatte – zu einem immens überhöhten Preis –, schien kein Auge mehr für seinen Comic zu haben. Stattdessen stand er hinter dem Tresen und fuhr mit zuckenden Fingern nervös über die Ablagefläche. Und neben ihm stand … Alya! Sie wirkte verängstigt. Ihre Augen huschten von Lukas zu einem Punkt unmittelbar hinter der soeben geöffneten Tür, bevor sie wieder zu Lukas glitten.

Bevor Lukas zurückweichen konnte, sagte eine ruhige Stimme auf der anderen Seite der Tür: »Komm bitte herein. Ich zähle bis drei. Gehorchst du nicht, schieße ich durch die Tür. Und das Mädel und den Ticketverkäufer hier knall ich auch ab. Selbst wenn ich dich verfehle, denke ich doch nicht, dass du ihren Tod auf dem Gewissen haben willst.«

Lukas verzog das Gesicht und schloss einen Moment die Augen. Er war in die Falle getappt. War einfach davon ausgegangen, dass ihnen alle Killer die Treppe hinunter gefolgt waren.

»Eins«, sagte die Stimme. »Zwei …«

Lukas machte zwei Schritte in den Raum hinein und drehte sich um. Der Mann hatte kurze schwarze Haare. Seine schwarze Kleidung saß lose am Körper. Seine sonnengebräunte Haut ließ darauf schließen, dass er viel Zeit im Freien verbrachte. Und er hielt eine Waffe: eine FN P90, die auf Lukas' Magen gerichtet war. Lukas nahm Knitterfalten an der Hose des Manns wahr – exakt an den Stellen, wo die Beine eines Motorradfahrers gegen das Metall des Rahmens drücken würden. Gut möglich, dass dies der Motorradfahrer war, den er im Zoo verfolgt und k. o. geschlagen hatte. Falls ja, schien es ihm ganz offensichtlich wieder gut zu gehen.

»Deine Freunde müssten dann auch reinkommen«, fuhr der Killer fort. »Falls nicht, bring ich dich um. Und natürlich auch diese beiden da.«

»He, wenn Sie ihn doch jetzt haben«, beschwerte sich der Teenager hinter dem Tresen und wies auf Lukas, »wozu brauchen Sie mich da noch?«

»Kann man nie wissen«, erwiderte der Killer mit kalter Vernunft. »Sie könnten sich da unten in den Tunneln gestritten haben. Gut möglich, dass Miss Britcross höchst glücklich darüber wäre, wenn ich ihn abknalle. Ich jedenfalls wäre es: Hab ihm 'ne Menge Schmerzen zu verdanken. Somit, mein Freund, bist du mein Notfallplan.« Ohne Lukas aus den Augen zu lassen, wandte er seine Aufmerksamkeit der Tür zu. »Bitte, Miss Britcross, kommen Sie herein. Und bitte bringen Sie den Tätowierer mit.«

In Begleitung von Basenger betrat Una widerstrebend den Raum. Der Tätowierer sah aus, als wäre er am Ende seiner Kräfte. Er schien wirklich keine Ahnung zu haben, was hier vor sich ging.

Una warf einen Blick zu ihrer Assistentin hinüber. »Tut mit schrecklich leid, Alya«, sagte sie leise. »Ich wollte dich wirklich nicht mit in die Sache hineinziehen.«

Alya zuckte die Achseln und versuchte zu lächeln. Es war ein zartes, ängstliches Lächeln. Aber zumindest versuchte sie es. Prompt stieg sie in Lukas' Achtung. Denn eigentlich hätte er damit gerechnet, dass sie schon längst zusammengebrochen wäre.

»Also, was nun?«, fragte er den Killer mit einer Stimme, die hoffentlich ruhiger klang, als er sich fühlte.

»Nun warten wir ein Weilchen.« Der Ausdruck des Killers blieb unverändert, während er sprach.

Er würde einen guten Pokerspieler abgeben, fand Lukas. Fieberhaft ging er im Kopf die möglichen Optionen durch: Konnte er die Distanz zum Gegner überwinden, bevor der den Abzug drückte? Bestand die Chance, dass sich der Killer durch andere Besucher ablenken ließ, die hereinkamen? Ließ sich irgendetwas in der Nähe als Waffe verwenden?

Waffe? Moment mal! Una und er hielten beide eine in der Hand. Sicher, es waren Fake-Waffen, Teil des Zombie-Escape-Rooms. Aber wenn er den Abzug drückte, würden das *Bäng* und der Mündungsblitz den Gegner womöglich verwirren. Es war ihre einzige Chance.

Dem Killer war anscheinend der gleiche Gedanke gekommen. »Und jetzt legt eure Spielzeugknarren auf den Boden, bitte«, sagte er. »Wir wollen doch niemanden auf den Gedanken bringen, dass ein plötzlicher Knall mich ablenken könnte. Beim kleinsten Versuch drück ich so oder so den Abzug – womit euch bis zum Verrecken noch ein paar Sekunden bleiben, um eure Entscheidung zu bedauern.«

Lukas und Una beugten sich nieder und legten vorsichtig ihre Waffen auf den Boden.

»Kann ich jetzt gehen?«, fragte der Teenager hinter dem Tresen nervös. Er wies mit einem Nicken auf Alya. »Ich könnte sie mitnehmen. Sie wollen doch nur die beiden.«

»Wenn ich …«, hob der Killer an, brach dann aber ab und lauschte. Er legte den Kopf leicht zur Seite und Lukas nahm einen kleinen Knopf in seinem linken Ohr wahr. Vermutlich hatte das Gerät auch ein Mikrofon. Er stand in Kontakt mit seinen Komplizen.

»Nein«, sagte er zu jemandem, den sie nicht sehen konnten. Lukas beobachtete seine Augen, suchte nach irgendwelchen Anzeichen, dass er abgelenkt war. Doch obwohl er mit jemandem redete, der sich woanders befand, schien seine ganze Aufmerksamkeit noch immer hier im Raum zu sein – und zwar bei ihnen. »Sie sind alle wieder am Ticketschalter aufgetaucht. Kommt zurück.« Er sah Lukas und Una direkt an. »Und jetzt warten wir.«

Nach nur wenigen Minuten tauchten zwei andere Gangster auf. Statt aus dem Servicetunnel kamen sie ganz normal aus dem Eingang zum Escape Room zurück. Bei dem einen handelte es sich um einen Mann mit grauen Haarsträhnen. Er war älter als sein Komplize, der im Ticketraum die Stellung gehalten hatte. Die andere war eine Frau. Sie hatte ihre Haare streng zu einem Pferdeschwanz zurückgebunden, was aussah, als wären ihre Gesichtszüge straff nach hinten gezogen. Beide trugen sportliche schwarze Kleidung und waren bewaffnet.

»Wie zum Teufel sind die wieder hierhergekommen?«, raunzte der grausträhnige Mann. »Ich schwöre, sie sind nicht an uns vorbeigekommen!«

Die Frau wies auf die offene Tür, auf dem das Plakat prangte. »Ein Servicetunnel vermutlich«, sagte sie. »Daran hätten wir denken müssen.«

»Ihr seid beide Idioten«, kommentierte der Schwarzhaarige abfällig. »Dafür kriegt ihr nur noch die Hälfte von eurer Kohle.«

Der Mann mit den grauen Haarsträhnen trat protestierend vor. »Aber Gunther!«

Der Schwarzhaarige schlug ihm die Rückseite seiner Hand ins Gesicht. Schockiert taumelte der andere zurück.

»Keine Namen«, sagte der Schwarzhaarige. »Dafür gibt's jetzt von der Hälfte nur noch die Hälfte.« Sein Blick glitt zu Basenger, dann weiter zu Una, Lukas und dem Teenager. »Hm, was nun?«, sinnierte er. »Theoretisch sollte ich Miss Britcross laufen lassen und den Rest von euch umbringen. Wär die einfachste Option und ich liebe einfache Optionen. Zu eurem Glück möchten unsere Auftraggeber jedoch nicht allzu viele Leichen hinterlassen. Zu eurem Pech komme ich allerdings womöglich zum Schluss, dass ihr eine zu große Gefahr für unsere Sicherheit darstellt.« Er richtete seine Waffe auf den wimmernden Basenger. »Unser eigentliches Ziel waren *Sie*. Damit Sie niemandem verraten, wo unser Auftraggeber zu finden ist. Hätte ich nur eine Sekunde früher abgedrückt, wäre dieser ganze unangenehme Rummel vermieden worden.«

Interessant, dachte Lukas. Also ist Madame Zhōu der Boss. Sie hat sie angeheuert.

»Nun könnte ich annehmen, dass Sie die Information bereits weitergegeben haben«, fuhr er fort, »und ich Sie daher nicht mehr töten muss.«

»Oh, bitte!«, flüsterte Basenger.

»Lassen Sie mich darüber nachdenken. Ich komm gleich auf Sie zurück. *Sie* wiederum«, fuhr er fort und richtete die Waffe auf Una, »sind wichtig für uns. Sie müssen an diesem Turnier in Dubai teilnehmen. Und Sie müssen verlieren. Ich könnte Sie einfach gehen lassen, damit Sie sich selbst dorthin begeben. Aber ganz offensichtlich sind Sie dickköpfig, zu allem entschlossen und werden uns in dieser Angelegenheit zweifellos noch mehr Ärger machen. Ich denke, wir werden Sie einfach mit nach Dubai nehmen. Nur um zu vermeiden, dass Sie weitere Dummheiten anstellen. Kurz vor Turnierstart lassen wir Sie frei.«

»Kann ich dann meinen Bruder sehen?«, fragte sie mit leiser Stimme.

»Wenn Sie uns keinen Ärger mehr machen.« Er schwenkte die Waffe nun ganz herum, bis sie auf den Teenager hinter dem Tresen wies. »Und was haben wir da?«, fragte er mitfühlend. »Einen Studentenjob, um über die Runden zu kommen? Etwas Einfaches, bei dem du ein bisschen Geld verdienen und nebenher ein wenig lernen kannst, wenn keine Kunden kommen? Womöglich dein erster bezahlter Job, vom Zeitungsaustragen einmal abgesehen?«

Der Junge nickte. Er sah aus, als würde er jeden Moment in Tränen ausbrechen.

»Hab ich mir gedacht.« Sein Blick wanderte weiter zu Alya. »Und Sie … ich glaube, Sie sind die Assistentin dieser Frau. Lieg ich da richtig?«

Alya hob trotzig ihr Kinn. »Bin ich«, antwortete sie. Lukas konnte ein nervöses Beben in ihrer Stimme hören. Aber sie tat ihr Bestes, um es zu überdecken.

Der Mann dachte einen Augenblick nach. »Ich fürchte, ich muss euch beide umbringen. Ihr habt mein Gesicht gesehen und meine Stimme gehört. Schlimmer noch, ihr kennt meinen Namen. Das kann ich nicht zulassen.«

»Bitte nicht!«, wimmerte der Junge. Alya schloss nur die Augen.

Der Killer richtete die Waffe wieder auf Lukas. »Und dich werde ich dann offensichtlich auch umbringen müssen.«

Obwohl Lukas gewusst hatte, dass der Killer so etwas sagen würde, jagten ihm die Worte einen kalten Schauder über den Rücken.

# KAPITEL ELF

»Du hast uns zu viel Ärger gemacht«, fuhr der Schwarzhaarige fort. »Und mich außerdem k. o. geschlagen und lächerlich gemacht. Was ich sagen will: Ich mag dich nicht.«

Also war es tatsächlich derselbe Mann, ganz wie Lukas vermutet hatte.

»Geht mir ganz genauso«, konterte Lukas. Er versuchte, ruhig zu bleiben, obwohl er spürte, wie ihm der Schweiß den Rücken runterrann. »Auch wenn ich das kaum als Grund durchgehen lassen könnte, um *Sie* umzubringen. Aber ich bin geneigt, da mal Fünfe gerade sein zu lassen.«

Der Killer lächelte. Er sah aus, als wollte er etwas zu seinen Komplizen sagen. Aber dann richtete er den Blick wieder auf Basenger. »Also ehrlich gesagt, bring ich Sie doch um«, sagte er ruhig. »Um auf Nummer sicher zu gehen.«

»Das stand doch schon von vornherein für Sie fest, oder?«, schaltete sich Lukas ein. »Ihnen ging es nur um den Effekt, um den Ausdruck auf unseren Gesichtern. Sie haben es genossen. Sich förmlich darin gebadet.«

Der Schwarzhaarige nickte mit leichtem Lächeln. »Arbeit kann manchmal ja so langweilig sein. Ich steh auf Abwechslung, darauf, mich hin und wieder ein wenig zu amüsieren. Auch wenn du mir nicht allzu viel Vergnügen bereitest. Du scheinst dich nicht sehr vor dem Tod zu fürchten.« Er runzelte die Stirn. »Warum eigentlich?«

Lukas zuckte die Achseln. »Ich hab mal ein Rudel Hyänen niedergestarrt und meinen Daumen in ein Krokodilauge gedrückt, damit es das Maul aufmacht und mein Bein loslässt. Ich bin nicht gerade scharf aufs Sterben. Aber an die Vorstellung bin ich gewöhnt. Es macht mir keine Angst.«

Der Mann nickte. »In dem Fall schieß ich dir in Hüfte und Schulter, bevor ich dich töte. Nur um den Schmerz in deinem Gesicht zu sehen.« Er sah zu der blonden Frau hinüber. »Bring das Mädel in unseren Unterschlupf«, verfiel er dann wieder in einen geschäftsmäßigeren Ton. »Bereite alles für ihren Transport nach Dubai vor.« Sein Blick wanderte weiter zum Grausträhnigen. »Wir beide bleiben hier und räumen auf, bevor ich unserem Auftraggeber Bericht erstatte.«

Interessant, dachte Lukas. Er will uns umbringen und trotzdem nennt er Madame Zhōu nicht beim Namen. Obwohl ihm klar ist, dass wir von ihr wissen. Sehr professionell.

Una hob den Blick zu ihm. Sie sah erschüttert aus, entsetzt. »Ich wollte nicht …«

»Ist schon okay«, unterbrach er sie sanft. »Ich kannte das Risiko.«

Una wandte sich wieder dem schwarzhaarigen Killer zu und trat einen Schritt vor. Seine Waffe bewegte sich leicht mit, um sie in Schach zu halten. »Wenn Sie ihn umbringen«, sagte sie, »wenn Sie *irgendjemanden* umbringen, tue ich nicht, was Sie wollen. Sie können mich nach Dubai bringen, wenn Sie wollen. Aber dann spiele ich nicht, um zu verlieren, sondern um zu gewinnen. Und genau das werde ich auch!«

»Provozier ihn nicht«, murmelte Lukas.

Der Killer starrte sie einen Moment lang an, während er offensichtlich ihre Worte abwog und herauszufinden versuchte, wie ernst sie es meinte.

»Glaub ich nicht«, sagte er schließlich. »Wir haben immer noch Ihren Bruder als Geisel. Selbst wenn wir die drei umbringen, werden Sie kooperieren, um ihn wiederzukriegen.«

»Wenn Sie Lukas, Alya und die anderen töten«, fuhr Una aufsässig fort, »muss ich davon ausgehen, dass Sie das auch mit meinem Bruder tun, sobald er nicht mehr von Nutzen ist. Genauso wie vermutlich mich.«

»Ich denke nicht, dass Sie's drauf ankommen lassen werden. Sobald Sie das Turnier gespielt und verloren haben, sind Sie nicht mehr von Interesse für uns. Dann lassen wir Sie und Ihren Bruder gehen. Ich geh das Risiko ein, dass Sie mir nicht glauben.«

Lukas glaubte ihm ebenfalls nicht. Er hatte den starken

Verdacht, dass der Killer alle Spuren beseitigen würde, die zu ihm führen konnten.

»Und jetzt nimm sie«, befahl der Schwarzhaarige, den Blick auf die Blonde geheftet. »Wir erledigen die anderen.«

Die Blonde packte Una am Arm und zerrte sie zum Ausgang, der ins Atrium führte. Una versuchte, sich zu sträuben. Doch Lukas fing ihren Blick auf und schüttelte den Kopf. Sie hatte Tränen in den Augen und ein verzweifelter Ausdruck lag auf ihrem Gesicht. Lautlos formte ihr Mund ein Wort, doch Lippenlesen gehörte nicht zu Lukas' Stärken und er hatte keine Ahnung, was sie sagen wollte.

»Ach«, ließ sich der Killer plötzlich vernehmen und leckte sich über die Lippen. »Lass sie doch noch einen Moment da. Sie kann zusehen. Dann weiß sie, wie ernst wir's meinen. Und dass wir hier nicht mit Sand spielen.«

Die Blonde machte halt und wandte sich um, sodass sie und Una den Hinrichtungen zusehen konnten.

Lukas versuchte, Una aus seinen Gedanken zu verbannen. Ihr würde nichts passieren. Hoffte er zumindest. Jetzt musste er sich den Kopf über sich selbst zerbrechen.

Der Schwarzhaarige grinste, während sein Blick zwischen seinen vier Gefangenen hin- und herglitt. »Also«, sagte er, »wer will den Anfang machen?«

Sein Kumpan, der Grausträhnige, behielt alle wachsam im Auge. Sorgsam darauf bedacht, jeden mit einem winzigen Schwenk seiner Waffe ins Visier nehmen zu können, falls sich einer auf ihn stürzte. Nicht dass jemand (mit Ausnahme von Lukas) dazu in der Lage gewesen wäre:

Der Teenager hatte sich vor Entsetzen ganz offensichtlich eingenässt, Alya war wie gelähmt vor Angst und Basenger sah aus, als würde er jeden Moment ohnmächtig werden.

Nur auf die Kugeln zu warten, brachte nichts. Lukas spannte den Körper und bereitete sich darauf vor, mit einem Satz die Distanz zwischen sich und den Gegnern zu überwinden. Vielleicht konnte er jemandem eine Waffe entreißen, sie herumschwenken und …

Etwas wurde mit einem metallischen *Klong* in den Raum geworfen. Prallte an einer Wand ab. *Klong.* Und hüpfte auf die Gruppe zu. *Klong. Klong. Klong.*

Alle drehten sich um und starrten auf das zylindrische Ding. Olivgrün, mit einem dickeren Ober- und Unterteil.

Lukas nahm das Ganze wie in Zeitlupe wahr. *Granate!,* kreischte es in seinem Kopf. Aber warum sollte jemand eine Granate in den Raum werfen? Wozu?

Es sei denn … *Eine Blendgranate!*

Er kniff die Augen zu und presste sich die Hände auf die Ohren.

Selbst durch die geschlossenen Augen registrierte er den blendend grellen Blitz, mit dem die Granate explodierte. Die Hände boten nur einen notdürftigen Schutz gegen den ohrenbetäubenden Knall, der den Raum erschütterte. Zumindest gab es weder eine Stichflamme noch eine Druckwelle. Dafür nahm Lukas Rauch wahr und musste husten.

Er warf sich in Deckung und rollte sich über den Boden ab, um nicht von einer verirrten Kugel getroffen zu werden, falls die Killer in blindem Reflex das Feuer eröffneten. Er schlug die Augen auf und nahm die Hände von den Ohren, um die Situation zu erfassen. Alle lagen auf dem Boden, die Hände gegen die Ohren gepresst, gelähmt vom Blitz und Donnerschlag. Mehrere Alarme heulten los. Die Eindrücke, die seine Sinne lieferten, wirkten wie zerrissen, eine Reihe von Einzelbildern ohne Zusammenhang. Stiefel polterten in den Raum. Lukas stemmte sich auf die Beine, bereit, Una zu packen und zu fliehen. Wegen des dichten Rauchs war nicht zu erkennen, wer in den Raum gestürmt war. Er streckte die Hand dorthin aus, wo Una eben noch gestanden hatte. Doch sie war fort. Als er den Blick hob, sah er Licht durch den Eingang scheinen. Doch es war halb verdeckt von zwei Gestalten, die Alya mit sich zerrten. Man hatte sie gekidnappt!

»Alya!«, hörte er Unas verzweifelten Schrei. Gefolgt von einem weiteren, der ihm galt: »Bitte, hilf ihr!«

Angetrieben von dem Gedanken, Alya zu retten, schleppte Lukas sich vorwärts. Doch der beißende Rauch der Blendgranate kratzte so in seinem Rachen, dass ein Hustenanfall ihn sich zusammenkrümmen ließ. Unter größter Willensanstrengung richtete er sich rasch wieder auf und taumelte weiter. Doch als er Rauchschwaden hinter sich herziehend ins Atrium trat, waren Alya und ihre Entführer nirgends zu entdecken. Zu viele Menschen versperrten den Weg. Die Schüsse in Halle 2 und die gerade erfolgte Explosion schienen sie in Verwirrung und Panik versetzt zu haben. Die meisten wussten vermutlich nicht, was genau da vor sich ging, sondern nur, dass *irgendetwas* nicht stimmte. Sie standen kurz vor der Panik und der Donnerschlag der explodierenden Blendgranate hatte bestimmt auch nicht gerade zu ihrer Beruhigung beigetragen.

Verzweifelt flog Lukas' Blick hin und her, um das Atrium in seiner gesamten Länge abzusuchen. Aber es war weder eine Spur von Alya zu entdecken noch von den Leuten, die sie entführt und die Granate geworfen hatten. Wer konnte dahinterstecken? Nicht die Polizei. Die würde hier im Atrium offen Präsenz zeigen, um die aufkeimende Panik in den Griff zu kriegen. Aber auch nicht die Entführer von Daniel Britcross. Una, Alya und er hatten bereits in die Mündung ihrer Waffen gestarrt. Warum dann die Situation noch verkomplizieren, indem man eine Blendgranate schmiss und ihnen die Möglichkeit zur Flucht verschaffte? Das ergab keinen Sinn.

Nein, dachte er, während er in beiden Richtungen die Menge absuchte und nach etwas, *irgendetwas,* Ausschau hielt, das ihn auf Alyas Spur bringen könnte. Dies musste das Werk einer dritten Partei sein. Einer neuen. Einer, die bisher im Verborgenen agiert hatte.

Die Menge im Atrium blickte sich hektisch um, um herauszufinden, woher die Alarme kamen und ob Gefahr bestand. Einige hatten den Rauch entdeckt, der aus dem Eingang der Zombiegruft quoll, und drängten nun zurück. Eine Stimme ertönte über die Lautsprecheranlage des Convention Centers. Aber die Worte waren nicht richtig zu verstehen.

Verzweifelt schwang Lukas gerade den Kopf herum, um noch einmal das Atrium zu sondieren, als er aus dem Augenwinkel eine Bewegung wahrnahm … an der Atriummauer, nah des Eingangs zur Zombiegruft. Unmittelbar neben dem Geldautomaten, der ihm vorhin ins Auge gefallen war. Eine Tür, deren Soft-Close-Mechanismus gerade dafür sorgte, dass sie nur sehr langsam ins Schloss fiel. Das war das Einzige, das Lukas in irgendeiner Form überraschend oder ungewöhnlich erschien – so ungewöhnlich jedenfalls, wie etwas auf einer Tattoo- und Piercing-Convention sein konnte, um seine Aufmerksamkeit zu erregen.

Er rannte hinüber. Ein Schild auf der Tür warnte: *Kein Zutritt für Unbefugte.*

Er stieß sie auf. Der Korridor auf der anderen Seite war offensichtlich nicht für die Öffentlichkeit bestimmt. Die Wände bestanden aus nacktem, ungestrichenem Porenbeton. Wasserleitungen und Kabel zogen sich die Wände entlang, fixiert von hässlichen Metallklammern. Offensichtlich ein Bereich, in dem Hausmeister und Reinigungskräfte ihre Utensilien aufbewahrten und durch den sie sich zu ihren Einsatzorten bewegen konnten, ohne von der Allgemeinheit gesehen zu werden. Niemand bekam schließlich gern einen Hausmeister oder eine Putzkraft zu Gesicht, wenn er sich gerade auf einer Convention amüsierte. Das zerstörte nur die Illusion.

Am entfernten Ende des Korridors erblickte er mehrere Leute, die Alya fortschleppten. Lukas beobachtete, wie Alya stolperte und sich loszureißen versuchte. Wie beiläufig versetzte ihr einer der Kidnapper mit dem Handrücken einen Schlag ins Gesicht, der ihr das Bewusstsein raubte. Dann schnauzte er einen Befehl auf Deutsch, stieß eine weitere Tür auf und ging hindurch. Lukas erhaschte Sonnenlicht auf der anderen Seite, bevor die Tür wieder zuschwang.

So schnell er konnte, stürmte Lukas den Korridor hinunter. Aus winzigen Deckenlautsprechern hallte das Schrillen des Alarms sowie die unverständliche Stimme der Durchsage. Seine Lunge fühlte sich an, als stünde sie in Flammen – eine Folge des Rauchs, den er eingeatmet hatte. Aber er ignorierte die Schmerzen. Seine Muskeln versuchten ihm klarzumachen, dass sie endgültig genug hatten und endlich Ruhe brauchten. Doch auch das ignorierte er. Auf halber Strecke den Korridor hinab spürte er im Gleichklang seiner über den Betonboden hämmernden Schritte ein Pochen in seinem Kopf. Er meinte, sich jeden Moment übergeben zu müssen. Bildete er sich nun schon Dinge ein oder wurde es tatsächlich dunkler im Korridor? Keines von beidem, wie er erkannte. Wegen der Kopfschmerzen und der Übelkeit verschwamm sein Sichtfeld und begann, sich von den Rändern her zusammenzuziehen. Tunnelblick nannte man das wohl. Was eine gewisse Ironie barg, dachte er in einem Anflug von hysterischem Humor, schließlich war er gerade aus etlichen Tunneln geflohen. Er spürte, wie ein Lachen in ihm aufstieg, und unterdrückte es. Jetzt war nicht der Augenblick, um den Bezug zur Realität zu verlieren.

Er musste Alya retten. Unbedingt. Koste es, was es wolle.

Drei Viertel des Korridors waren geschafft. Doch jedes Mal, wenn seine Füße auf den Beton trafen, fuhr ihm ein stechender Schmerz durch Brust und Nacken. Sein Atem ging in abgerissen Stößen. Er spürte, wie er hin- und hertaumelte, unfähig, die Balance zu halten.

Dann war er an der Tür. Mit voller Wucht hämmerte er auf den Freigaberiegel und stürzte hinaus ins Freie.

Grelles Sonnenlicht blendete ihn für ein paar Sekunden. Aber die Brise fühlte sich wunderbar kühl auf den Wangen an. Blinzelnd blickte er sich um, um nach Alyas Entführern Ausschau zu halten.

Er befand sich am Rand eines Parkplatzes. Einem größeren und saubereren als dem, auf dem sein Winnebago stand. Der Platz war halb belegt von Fahrzeugen, die die Besucher der Convention dort abgestellt hatten. Vorwiegend normale Pkw, aber auch Vans mit auflackierten Logos und Bildern. Vermutlich gehörten Letztere den Tätowierern und Piercern, die auf der Convention ausstellten.

Ein Van allerdings stach heraus. Er war schwarz und wies keinerlei Logos, Slogans oder Bilder von Drachen oder Schädeln auf. Die Seitentür stand offen und Lukas wurde Zeuge, wie Alyas Entführer sie grob hineinwarfen.

Blaue Abgase quollen aus dem Auspuff – der Motor lief, die Kidnapper waren bereit abzuhauen. Lukas versuchte, sich auf das Nummernschild zu konzentrieren. Aber alles, was er erkannte, war ein »S« – und etwas, das aussah wie ein Kreis, in dessen Mitte sich ein gelbes Schildchen mit drei schwarzen Löwen befand. Der Rest des Nummernschilds war für Lukas nicht zu erkennen.

Der Van war nur etwa dreißig Meter entfernt. Doch Lukas hatte das Gefühl, ohnmächtig zu werden, sollte er sich auch nur zwei Meter weiterbewegen. Aber er musste es versuchen. Nein, mehr noch: Er musste Erfolg haben. Wegen Una.

Wankend setzte er sich in Bewegung und hielt auf den schwarzen Van zu. Plötzlich hörte er, wie die Tür, die hinter ihm zugeschlagen war, wieder aufgestoßen wurde. Er blickte sich nicht um. Wichtig war, was vor ihm geschah. Doch dann rief eine Stimme: »Polizei! Stehen bleiben und auf den Boden!«

Die Cops. Sollte er gehorchen oder weiter auf den Van zurennen? Die deutsche Polizei würde ihn nicht einfach so über den Haufen schießen, nur weil er weglief, oder?

Andererseits wäre es genau das, was die Cops in Amerika tun würden.

Vor ihm schwangen sich Alyas Entführer rasch in den schwarzen Van. Wer immer auch am Steuer saß, hatte bereits den Gang eingelegt und trat aufs Gaspedal, noch bevor die Seitentür zuglitt. Das Fahrzeug setzte sich in Bewegung, allerdings ohne Hast, sodass es die Aufmerksamkeit der Polizei nicht erregen würde – wie normale Leute, nicht wie Kidnapper auf der Flucht.

Lukas würde trotzdem nicht schnell genug sein, um sie noch einzuholen. Der Van beschleunigte und entfernte sich Richtung Schnellstraße.

Lukas blieb stehen und blickte über die Schulter zurück.

Zwei Polizisten standen hinter ihm, ein Mann und eine Frau. Sie hatten die Waffen nicht gezogen. Aber ihre Hände schwebten über ihren Holstern, deren Sicherungsmechanismus bereits gelöst war.

Sie starrten ihn eindringlich an, fast als würden sie ihn herausfordern, etwas zu unternehmen. Er spreizte die Arme zur Seite ab.

»Gibt's ein Problem?«, fragte er.

»Du bist Amerikaner?«, fragte die Polizistin.

»Ja.« Er hielt die Hände deutlich sichtbar.

»Uns wurden Schüsse und eine Explosion gemeldet, womöglich ein terroristischer Anschlag. Hast du davon etwas mitbekommen?«

Lügen und alles leugnen? Oder zugeben, dass er wusste, was vorgefallen war? Einerseits wollte – nein, *musste* – er eigentlich hinter Alya her. Andererseits waren da unten in der Zombiegruft zwei bewaffnete Männer und eine bewaffnete Frau, die nicht ewig brauchen würden, um sich vom Schock der Explosion zu erholen. Er sollte die Beamten warnen, schon um mögliche Opfer zu vermeiden, wenn die Kidnapper versuchten, dort herauszukommen.

»In der Zombiegruft sind sechs Leute«, sagte er und wies auf die Tür zur Convention-Halle. »Dort drin, im Atrium. Drei sind bewaffnet und werden in Amerika wegen Kidnappings in New Orleans gesucht. Sie waren auch für die Schüsse vorhin in Halle 2 verantwortlich. Bei den anderen dreien handelt es sich um unschuldige Beteiligte.« Er wies mit einem Nicken auf den schwarzen Van, der gerade die Ausfahrt zur Schnellstraße erreichte. »Darüber hinaus befindet sich ein Mädchen in diesem Van, das gerade gekidnappt wurde. Ich wäre Ihnen dankbar, wenn Sie das Nummernschild durchgeben und dafür sorgen könnten, dass er gestoppt wird.«

Die Polizisten sahen ziemlich verwirrt aus und ihre Hände schwebten noch dichter über ihren Waffen als zuvor. Der Mann sprach in sein Funkgerät. Vermutlich, um seinen Vorgesetzten zu alarmieren, dass ein Spezialeinsatzkommando erforderlich war.

Die Frau hingegen blickte Lukas stirnrunzelnd an. »Wer, sagtest du, ist in dem Van?«

»Ein Mädchen. Ihr Name ist Alya. Ihren Nachnamen kenn ich nicht.«

»Bist du ein Freund von ihr?«

»Ja.« Das war einfacher als die Wahrheit, denn er war sich gar nicht sicher, was er nun eigentlich war. Ein Freund ihrer Arbeitgeberin? Ein Bekannter?

»Und was ist da drinnen passiert?«, fragte die Polizistin und wies mit einem Nicken auf das Convention Center.

Wo sollte man da anfangen?

»Zunächst«, begann Lukas, während er die Ereignisse rekapitulierte, »glaube ich, dass jemand versucht hat, einen der Aussteller zu töten – einen Tätowierer namens Basenger.«

»Ist das sein Vor- oder Nachname?«

»Keine Ahnung. Anschließend verfolgten dieselben Leute jedenfalls Una Britcross und mich, als wir Basenger vor ihnen in Sicherheit brachten. Im Zuge dessen ging schließlich eine Blendgranate hoch. Die schaltete sowohl unsere drei bewaffneten Verfolger aus, von denen ich Ihnen erzählt habe, als auch die drei Unbeteiligten – von denen einer der Tätowierer Basenger ist.«

Er registrierte die Verwirrung im Gesicht der Polizistin und spürte, wie die Frustration ihn niederdrückte. Sie folgte seinen Erklärungen nicht. Wenn er sich so darüber reden hörte, war er sich ja nicht mal selbst sicher, ob er sie verstand.

»Und woher weißt du das alles?«, fragte die Polizistin.

»Weil ich dort unten war, als die Granate hochging.«

»Du wirkst nicht gerade benommen«, schaltete sich nun ihr Partner ein, der sein Funkgespräch beendet hatte.

»Ich …« Lukas ahnte, wie sich das jetzt anhören würde. »Ich habe meine Augen geschlossen und mir die Ohren zugehalten.«

Sein Gegenüber hob eine Augenbraue und sah aus, als würde er Lukas die Geschichte von vornherein nicht abkaufen. »Dann hast du also damit gerechnet?«

»Nein, einfach nur schnell reagiert.«

»Und könntest du die Rolle erklären, die die Zombies bei dem Ganzen gespielt haben?«

»Die Zombies sind nicht echt«, sagte Lukas langsam. »Sondern Teil eines Escape Rooms im Convention Center.«

»Klar.«

Die Frau blickte ihren Kollegen an und murmelte etwas. Nickend zog der die Waffe aus dem Holster, während die Polizistin auf Lukas zutrat.

»Ich verhafte dich wegen des Verdachts auf terroristische Aktivität«, verkündete sie. »Solltest du einen Rechtsbeistand benötigen, so wird dir einer gestellt.« Sie zog ein Paar Handschellen aus dem Gürtel. »Bitte umdrehen und die Hände auf den Rücken.«

»Ich habe nichts Falsches getan«, protestierte Lukas, obwohl er wusste, dass es nichts brachte. Die Polizei würde – zu Recht – zunächst alle verhaften, die in die Ereignisse verwickelt zu sein schienen, um dann alles auf dem Polizeirevier zu klären.

»Ist schon komisch«, sagte die Polizistin, während sie seine Handgelenke zusammendrückte. »Nie sagt mal jemand ›Ja, ich steck mit drin, bitte verhaften Sie mich!‹ Immer tun alle unschuldig, bis wir ihnen das Gegenteil beweisen.«

»Ich werd Ihnen keine Schwierigkeiten machen. Aber könnten Sie bitte eine Fahndung nach dem Van ausgeben? Und seien Sie vorsichtig, wenn Sie die Zombiegruft betreten. Falls unsere Verfolger das Bewusstsein wiedererlangt haben, müssen Sie mit mindestens drei Bewaffneten rechnen.«

»Danke für die Warnung. Wie heißt du?«

»Lukas. Lukas Crowe.«

Sie führten ihn um das Convention Center herum zu ihrem Wagen, der zusammen mit einigen anderen Streifenwagen in der Nähe des Haupteingangs abgestellt worden war. Beide sprachen die meiste Zeit etwas in ihre Funkgeräte, wobei sie hoffentlich wenigstens einige der Dinge übermittelten, die Lukas ihnen erzählt hatte. Er wollte nicht, dass sie von den Killern überrumpelt wurden. Andererseits hatte er sich dadurch verdächtig gemacht, dass er so viel wusste. Was immer er auch tat: Er steckte in Schwierigkeiten.

Die Polizisten befestigten hinten im Wagen seine Handschellen an einer Stange. Dann betrat eine von ihnen wieder das Convention Center, während der andere draußen blieb. Eine halbe Stunde später stiegen die beiden ein und fuhren mit ihm davon. In dieser Zeit hatte man das Convention Center komplett evakuiert. Mehrere Teams von Spezialeinsatzkräften waren hineingegangen, um das Gebäude zu durchkämmen. Lukas sah nicht, ob die anderen herausgebracht wurden – weder Una noch Basenger noch den Teenager vom Ticketstand oder die Killer. Doch das Convention Center hatte weitere Ein- und Ausgänge. Während er wartete und beobachtete, verspürte er die ganze Zeit ein mulmiges Gefühl im Magen – als wüsste er, dass man Una von Minute zu Minute weiter von ihm fortbrachte.

Auf dem Polizeirevier bugsierte man ihn aus dem Streifenwagen und in den erkennungsdienstlichen Bereich. Dort befragte man ihn nach seinem Namen, den er voll und wahrheitsgemäß nannte. Ausflüchte zu machen, war nun sinnlos. Als man nach seiner Adresse verlangte, gab er das

Adlon Kempinski an, was einige Augenbrauen in die Höhe schnellen ließ. Auf seine Nationalität angesprochen, sagte er, dass er Amerikaner sei. Woraufhin prompt die Frage kam, ob der Beamte vom Dienst die amerikanische Botschaft informieren sollte, was Lukas verneinte. Er hatte Jahre unter dem Radar gelebt und wollte nicht, dass sich nun auf einmal eine Horde Botschafter und Diplomaten um ihn kümmerte. Als man ihn fragte, ob er einen Anwalt hatte, den er kontaktieren wollte, oder einen Pflichtverteidiger wünschte, lehnte Lukas ab. Einen Anwalt hinzuzuziehen, brachte nichts. Zum einen kannte er keinen und zum anderen war ihm nicht danach, sein Vertrauen in irgendeinen unerfahrenen Frischling zu setzen, der gerade zufällig Dienst hatte. Man nahm seine Fingerabdrücke und – per Abstrich mit einem Wattestab an der Wangeninnenseite – die DNA. Dann wurde ihm der Gürtel abgenommen, ebenso wie die Stiefelschnürbänder, Smartphone und Reisepass, bevor man ihn in eine Zelle steckte. Während der ganzen Prozedur ging man nicht grob, sondern effizient und korrekt mit ihm um.

Die weißen Zellenwände waren offensichtlich mehrmals überstrichen worden, um die dort einst hingekritzelten oder eingeritzten Graffitis zu übertünchen – wenn auch ohne allzu großen Erfolg. Eine nackte Glühbirne hing an einem Kabel von der Decke. Dann gab es noch eine Toilette ohne Brille. Und ein Bett – nein, Korrektur: eine an die Wand montierte Bank, gerade breit genug, dass man sich flach darauf ausstrecken konnte.

Er hatte schon schlimmer gehaust. Der Hauptunterschied bestand jedoch darin, dass hier die Tür nur außen ein Schloss hatte und nicht innen. Das Geräusch, mit dem sich der Schlüssel im Schloss drehte, schien viel lauter zu sein, als man hätte meinen sollen. Was vielleicht daran lag, wie die Echos in der engen Zelle hin- und hergeworfen wurden.

Lukas streckte sich auf der Bank aus und schloss die Augen. Das grelle Licht der nackten Glühbirne erzeugte hellorangene Konturen auf der Innenseite seiner Augenlider. Aber er scherte sich nicht darum. Herumzukrakeelen und Radau zu machen, brachte nichts. Die Polizeibeamten erlebten so etwas vermutlich jeden Tag. Nach Essen oder Trinken zu verlangen war genauso sinnlos. Das würde man den Häftlingen geben, wenn es eben so weit war. Somit blieb ihm nur, einfach dazuliegen und sich, so gut es ging, auszuruhen. Die Wunden heilen und die Kopfschmerzen verklingen zu lassen, ebenso wie das Klingeln in den Ohren.

Dann kam das Essen schließlich doch: Nudeln in Tomaten-Käse-Soße, dazu eine Flasche Wasser. Er nahm es entgegen und aß dankbar. Vor langer Zeit hatte Lukas gelernt zu essen, wann immer sich die Gelegenheit dazu bot. Denn manchmal wusste man nicht, wann sich die nächste Chance bieten würde, und man musste sein Energielevel aufrechterhalten. Und dafür waren Nudeln genau richtig: solide Kohlenhydrate.

Plötzlich überkam ihn das überwältigende Verlangen

nach Weichschalenkrabben. Beim reinen Gedanken daran lief ihm das Wasser im Mund zusammen.

Doch er musste die Dinge eben nehmen, wie sie waren. Allein mit Wünschen erreichte man gar nichts. Nur mit Taten.

Nach dem Essen ruhte er sich wieder aus. Permanent kreisten seine Gedanken um das, was im Convention Center vorgefallen war. Aber es war fruchtlos. Er hatte sich schon viele Male den Kopf darüber zerbrochen, ohne dass ihm auch nur das Geringste dazu eingefallen wäre. Seine einzige Gewissheit bestand darin, dass eine dritte Partei mit im Spiel war.

Una, Ryan, Alya und er standen auf der einen Seite. Die ursprünglichen Kidnapper, die Una zwingen wollten, das Turnier zu verlieren, auf der anderen. Und jetzt gab's da diese dritte Partei. Doch was wollte sie?

Nachdem etwa drei Stunden vergangen sein mussten, holte ihn ein Polizist aus der Zelle und führte ihn in einen Verhörraum. Er war in einem blauen Farbton gestrichen, der vermutlich beruhigend wirken sollte. Auf Lukas jedoch wirkte er einfach nur deprimierend. Die Wände waren von Klebebandresten übersät, wo man Plakate oder Papierblätter befestigt und dann grob wieder abgerissen hatte.

Er nahm auf der einen Seite eines klapprigen Tischs Platz, während sich die beiden Polizisten, die ihn verhaftet hatten, ihm gegenüber niederließen. Abgesehen von einer Plastikkaraffe mit Wasser und zwei Plastikbechern befand sich auf dem Tisch nur ein antiquiertes Aufnahmegerät.

Die Polizistin schaltete es ein, bevor sie laut ihre beiden Namen und Dienstgrade nannte. Dann, mit Blick auf Lukas, sagte sie: »Du hast zuvor das Angebot zur Bereitstellung eines Rechtsbeistands abgelehnt. Ist das immer noch der Fall?«

»Ja«, antwortete Lukas.

»Ich muss dich darüber informieren, dass es in deinem eigenen Interesse ist, einen Rechtsbeistand zu konsultieren. Lehnst du immer noch ab?«

»Das tue ich.«

Lukas hatte bereits beschlossen, so viel wie möglich von der Wahrheit preiszugeben und, statt zu lügen, gewisse Dinge lieber auszulassen. Er erklärte ihnen, dass er und Una wegen jemandem nach Berlin gekommen waren, der womöglich dazu beitragen konnte, Unas Bruder zu finden. Die beiden Polizisten hatten bereits im Internet recherchiert und waren auf Berichte über Daniels Entführung gestoßen, was schon mal hilfreich war, denn dadurch waren sie eher geneigt, ihm zu glauben.

Er führte außerdem aus, wie sie die Schießerei als absoluten Schock erlebt hatten und dass er den Tätowierer, Basenger, instinktiv aus der Schusslinie befördert hatte. Er und Una hatten dann versucht, dem Schützen zu entkommen, und Basenger war mit ihnen gekommen. Bis es sie schließlich in die Zombiegruft verschlagen hatte, wohin die Killer ihnen jedoch gefolgt waren.

»Du glaubst, dass die Schützen versucht haben, diesen Tätowierer zu töten?«, fragte die Polizistin.

»So sah es für mich aus, ja«, erwiderte Lukas.

»Und aus welchem Grund, meinst du?«

»Ich weiß nicht«, antwortete Lukas. In Wirklichkeit hatte er da eine ziemlich gute Vorstellung. Aber dies gehörte zu jenen Gefilden des Verhörs, in denen das dezente Frisieren der Wahrheit womöglich seine Chancen verbesserte, hier herauszukommen. »Vielleicht hatte er eine Verbindung zu einer kriminellen Gang. Kriminelle lieben doch Tattoos, nicht wahr?« Er zuckte die Schultern und versuchte, möglichst unbefangen auszusehen. »Hab ich jedenfalls im Fernsehen gesehen.«

Als sie ihn nach Alya und möglichen Gründen fragten, warum jemand sie hatte kidnappen wollen, erklärte er, dass er keine Ahnung habe. Was der Wahrheit entsprach.

»Haben Sie sie gefunden?«, fragte er, begierig auf die Antwort.

»Wie stellen hier die Fragen«, stellte die Polizistin klar, bevor sie ihn nicht ohne eine gewisse Sympathie musterte. »Nein«, fuhr sie mit leiserer Stimme fort. »Haben wir nicht. Wir suchen noch nach ihr.«

Die beiden stellten ihm einige Male die gleichen Fragen, nur unterschiedlich formuliert – um ihn aus dem Konzept zu bringen oder bei einer Lüge zu erwischen. Aber sich grundsätzlich an die Wahrheit zu halten, wirkte sich nun zu seinem Vorteil aus.

Schließlich brachten sie ihn in seine Zelle zurück.

Eine weitere Stunde verstrich. Lukas konnte nicht mehr einfach so daliegen und sich ausruhen. Also vertrieb er sich die Zeit mit dem Versuch, die Graffitis an den Zellenwänden zu rekonstruieren, die – stümperhaft – mit weißer Farbe übermalt worden waren. Sie entpuppten sich als haufenweises Gefluche, ein paar Gebete, ein Tic-Tac-Toe-Spiel sowie eine lange und zunehmend abdrehte Schimpftirade. Diese stammte von irgendeinem Häftling, der davon überzeugt war, dass sich hinter der gesamten deutschen Polizei dreieinhalb Meter große Reptilienaliens verbargen, die zudem die Herrschaft über den ganzen Planeten übernommen hatten. Eine faszinierende Geschichte, die Lukas dem Autor dennoch nicht abkaufte. Scheiterte sie doch schon an der ersten, offensichtlichen Hürde: Wie sollten dreieinhalb Meter große Reptilienaliens in nicht einmal zwei Meter Menschenhaut passen?

Schließlich öffnete sich die Zellentür wieder. Lukas blickte auf, um zu sehen, wer gekommen war. Ein anderer Polizeibeamter, den er noch nicht kannte, befahl: »Mitkommen!«

»Wohin gehen wir?«, fragte Lukas.

»Ist nicht mein Job, Fragen zu beantworten«, antwortete der Polizist. Er hielt die Tür auf und wies mit einer Geste in den Korridor. »Los.«

Lukas schwang die Beine von der Bank, stand auf und folgte. Jetzt Widerstand zu leisten war sinnlos. Seine beste Chance bestand darin, sich vom Schicksal der Ereignisse treiben zu lassen, bis sich ein Ausweg bot.

Der Beamte führte Lukas in denselben Raum, in dem er zuvor bereits verhört worden war.

Dieselbe Polizistin saß wieder am Tisch, allerdings ohne ihren Kollegen.

Sie wies auf den Stuhl, ohne ihn anzusehen. Stattdessen war ihr Blick auf ein Blatt Papier geheftet, das vor ihr lag.

»Lukas Crowe«, begann sie. »Unsere Untersuchungen sind abgeschlossen und wir werden keine rechtlichen Schritte gegen dich einleiten. Ich bedaure, dich trotzdem darüber informieren zu müssen, dass wir beschlossen haben, dich nach Amerika abzuschieben.« Sie klang, als würde sie die Worte von einem Manuskript ablesen. Was vermutlich auch der Fall war. Ihr Blick war immer noch eher auf das Papier als auf Lukas gerichtet.

Ein kalter Schauder durchfuhr ihn. »Wie meinen Sie das?«, fragte er. Tatsächlich wusste er sehr wohl, wie es gemeint war. Aber er brauchte mehr Zeit, um die Information zu verarbeiten und die nächsten Schritte auszutüfteln.

»Die gute Nachricht ist, dass sich deine Fingerabdrücke auf keiner der in den Vorfall involvierten Waffen fanden. Jedenfalls nicht auf denen, die man sichergestellt hat. Und die vom Tätowierer und den Angestellten des Zombie-Escape-Rooms aufgenommenen Aussagen stimmen mit dem überein, was du gegenüber der Polizei ausgesagt hast.« Sie sprach die Worte »Zombie-Escape-Room« mit offensichtlicher Abneigung aus. »Du scheinst uns nicht belogen zu haben, also bleibt uns keine Wahl, als dich gehen zu lassen.«

»Da gibt's noch ein Aber, oder?«

Sie nickte. »Wir haben Ermittlungen über dich angestellt. Deine Papiere und die Gründe für deinen Aufenthalt in Deutschland unter die Lupe genommen. Darüber hinaus haben wir uns mit Officer Trabez vom New Orleans Police Department in Verbindung gesetzt, um festzustellen, ob du denen bekannt bist. Es wurde entschieden, dass deine Präsenz dem Wohl des deutschen Staates und seiner Bürger zuwiderläuft. Demzufolge wirst du in den nächsten Flieger zurück nach Amerika verfrachtet.«

# KAPITEL ZWÖLF

»Habe ich in der Sache vielleicht noch ein Mitspracherecht?«, fragte Lukas ruhig. Wütend zu werden, half nicht weiter. Das würde die Situation nur schlimmer machen.

»Wenn du kein Rückflugticket hast«, fuhr die Polizistin fort, als hätte er nichts gesagt, »suchen wir die günstigste Airline heraus und buchen einen Platz. Bitte sei dir darüber bewusst, dass das ein paar Tage dauern kann. Während dieser Zeit kommst du auf dem Berliner Flughafen in Abschiebehaft. Dein Gepäck wird aus deinem Hotel abgeholt und dir in die Haft gebracht. Jedwede offenen Hotelrechnungen gehen zu deinen Lasten. Natürlich werden wir die Einwanderungsbehörden deines Heimatlands über deinen Status und deine Rückkehr informieren. Verstehst du, was ich gesagt habe?«

»Das tue ich«, sagte Lukas langsam. »Aber es gefällt mir nicht. Ich habe nichts Falsches getan. Sie haben keinen Grund, mich abzuschieben.«

»Du warst in eine Schießerei verwickelt, in deren Verlauf eine Person entführt und diverse andere verletzt wurden. Das kommt mir wie ein guter Grund vor.«

»Ich war nicht *verwickelt* in eine Schießerei«, hielt Lukas entgegen. »Ich bin hineingeraten. Ich hatte keine Waffe dabei und hab auf niemanden geschossen. Ich bin hier das Opfer.«

»Nein, die Leute, auf die geschossen wurden, sind die Opfer. Genauso wie Miss Britcross' persönliche Assistentin, die entführt wurde. Du magst behaupten, ein unschuldiger Zuschauer zu sein. Aber die Story kaufen wir dir einfach nicht ab. Bestenfalls weißt du mehr über die Schießerei und die Entführung, als du uns verrätst. Schlimmstenfalls stehst du tatsächlich mit der Bande in Verbindung, die hinter diesen Verbrechen steckt.« Sie schüttelte den Kopf. »Wie ich schon sagte, haben wir mit dem New Orleans Police Department gesprochen und die haben von deiner Angewohnheit berichtet, dich an Orten gewaltsamer Ereignisse antreffen zu lassen. Entweder hast du verdammtes Pech oder du führst ein Doppelleben, von dem du uns nichts erzählst. Wie dem auch sei, für dich geht's nach Hause. Gewöhn dich an den Gedanken.«

»Ich muss hierbleiben«, beharrte Lukas störrisch. »Damit ich Una Britcross helfen kann.«

»Wir haben mit Miss Britcross' Verlobtem und Manager gesprochen«, entgegnete die Polizistin und schüttelte traurig den Kopf. »Und der sagt uns, dass du Miss Britcross erst kürzlich kennengelernt und irgendwie überredet hast, dich mit nach Berlin zu nehmen. Er hält dich nur für eine Art Schmarotzer, der sich in das Leben eines jungen reichen Mädchens drängt und versucht, sie auszunutzen. Und ich muss gestehen, da stimme ich ihm zu. Es ist nicht unsere Aufgabe, dir dabei zu helfen.«

»Was ist mit meinen Beschwerderechten?«, fragte Lukas.

»Du kannst natürlich Beschwerde gegen unsere Entscheidung einlegen.«

»Dann würde ich das gern tun.«

Die Polizistin schien ein, zwei Sekunden nachzudenken. »Beschwerde abgelehnt«, verkündete sie dann. »Man wird dich von hier in den Haftbereich des Flughafens bringen.«

»Ich würde Una Britcross gern eine Nachricht zukommen lassen«, ließ Lukas nicht locker. Er wusste, dass er in dieser Situation kaum Druckmittel hatte. Aber er musste wenigstens *etwas* unternehmen.

»Du hast Glück«, sagte die Polizistin und blickte endlich von ihrem Blatt auf, um ihn anzusehen. »Anscheinend ist sie draußen und will dich sprechen. Keine Ahnung, was du ihr gesagt hast, aber wie ich zugeben muss, scheint sie dich immer noch zu mögen, trotz der Ereignisse. Doch offen gestanden, kann ich diesen Appeal nicht nachvollziehen.«

»Krieg ich zumindest meinen Gürtel, den Reisepass und mein Handy wieder?«

Sie schob einen kleinen Plastikbeutel über den Tisch. Darin waren Gürtel und Schnürbänder. »Den Rest kriegst du am Flughafen wieder, unmittelbar vor dem Boarding«, antwortete sie und stand auf. »Nicht vorher.«

Sie führte Lukas aus dem Verhörraum und geleitete ihn in den Bereich zurück, in dem man ihn bei seiner Ankunft erkennungsdienstlich erfasst hatte. Zwei uniformierte Beamte standen dort am Tresen und erwarteten ihn. Doch Lukas hatte weniger Augen für sie als für Una und Ryan, die etwas abseits an der Wand standen. Ryan schien in die Lektüre eines Plakats vertieft, das dort mit Reiszwecken befestigt worden war.

»Bist du okay?«, sagte Una, während sie vortrat und eine Hand nach ihm aussteckte. Ryan drehte sich herum, packte sie an der Schulter und zog sie zurück.

»Mir geht's gut«, sagte Lukas. »Was ist mit Alya? Gibt's irgendwelche Neuigkeiten?«

Ein Ausdruck von Kummer flackerte kurz über Unas Gesicht und ihre Augen schimmerten vor Tränen. Ihr Blick huschte zu den beiden Polizisten am Tresen, bevor sie wieder Lukas ansah. »Nichts«, antwortete sie. Aber er hatte den starken Verdacht, dass sie log.

»In dem Moment, als ich dich sah, wusste ich, dass du nur Ärger machen würdest«, sagte Ryan und trat auf ihn zu. »Ich hab's Una gesagt. Aber sie wollte mir ja nicht glauben.«

»Was meinst du, was *ich* dachte, als ich *dich* das erste Mal gesehen habe?«, konterte Lukas. Normalerweise war er diplomatischer. Aber er war müde und gereizt. Er wandte den Blick wieder zu Una. »Es ist schön, dich zu sehen. Aber was machst du hier?«

»Ich wollte sehen, ob wir dich rauskriegen. Aber sie

haben uns gesagt, dass du nach Amerika abgeschoben wirst.«

Lukas zuckte die Achseln. »Genau das haben sie mir auch erzählt.« Er wies mit einem Nicken auf die beiden wartenden Polizisten. »Ich hab sogar eine Ehrengarde.«

»Hätte ich was in der Sache zu sagen, hätte ich sie gebeten, das Licht in deiner Zelle auszumachen und den Schlüssel wegzuschmeißen«, ließ Ryan sich vernehmen. Plötzlich trat er auf Lukas zu, packte ihn an der Jacke und schleuderte ihn gegen die Wand. »Was zum Teufel glaubst du, hast du da getan?«, rief er mit wutverzerrtem Gesicht.

Die beiden Polizisten am Tresen traten lediglich einen Schritt vor, bereit einzugreifen, falls nötig. Aber sie schienen sich mehr über die Aktion zu amüsieren, als dass sie sie beunruhigte. Una langte nach Ryans Ärmel, womöglich, um ihn zu beschwichtigen. Aber sie sagte nichts. Unwillkürlich beschlich Lukas das Gefühl, dass sie Angst vor Ryan hatte.

Aus seiner Position heraus hätte Lukas dem Kerl mit Leichtigkeit das Knie in den Unterleib rammen können – mit solcher Wucht, dass er sich vor Schmerzen auf dem Boden gekrümmt hätte. Um ihm dann womöglich noch mit beiden Handflächen einen harten Schlag gegen die Ohren zu verpassen, der seine Schmerzen nicht nur verdoppelt, sondern wohl auch die Trommelfälle zum Platzen gebracht hätte. Stattdessen langte Lukas gelassen nach oben und löste Ryans Finger von seiner Jacke – einen nach dem anderen –, während er ihm in die Augen starrte. Schließlich ließ Ryan mit einem enttäuschten Laut los. Sein Atem ging schnell, offensichtlich war er frustriert und innerlich hin- und hergerissen, was er tun sollte.

Lukas konnte es ihm nicht verübeln. In seinem Inneren empfand er so ziemlich das Gleiche. Der Unterschied bestand nur darin, dass er nichts davon rausließ. »Du weißt, warum wir hier sind«, sagte er mit beherrschter Stimme. »Was mit Alya passiert ist, kam völlig unerwartet.«

»Und du hast es einfach geschehen lassen?«

»Klar«, sagte Lukas und spürte, wie angesichts von Ryans Dämlichkeit ein jäher Schwall von Wut in ihm aufwallte. »Bin einfach dagestanden und hab alles geschehen lassen. Konnte mir sogar noch 'ne Portion Pommes besorgen und die beim Zusehen verputzen. War ein Mordsspaß!«

Einer der Polizisten am Tresen räusperte sich. »Okay, Zeit zu gehen«, sagte er.

Una hob die Hand. »Bitte, nur noch ein paar Minuten.«

»Dann machen Sie schnell«, sagte der Polizist, offensichtlich gebannt von Unas jugendlicher Schönheit.

Una wandte sich wieder zu Lukas. Impulsiv trat sie auf ihn zu und umarmte ihn, bevor Ryan sich beschweren konnte.

»Hey!«, sagte der zweite Polizist. »Keine Berührungen!«

»Tut mir leid!« Una trat zurück, offenbar verlegen. Aber im Moment ihrer engen Berührung hatte sie etwas Schweres in seine Tasche gleiten lassen. Lukas vermutete, dass es ein Handy war, was ziemlich nützlich wäre angesichts der

Tatsache, dass die Berliner Polizei seines immer noch unter Verschluss hielt.

Er lächelte sie an und versuchte, ihr per Gedankenübertragung eine Dankesbotschaft zu übermitteln.

»Wir müssen jetzt nach Dubai fliegen«, sagte Una, die das Lächeln zaghaft erwiderte. »Ich muss zu diesem Turnier. Du weißt, warum.«

Er nickte. »Gute Reise.«

»Ich bezweifle mal, dass wir uns wiedersehen«, verkündete Ryan. Er ergriff Unas Arm und bugsierte sie zur Tür. Während sie den Raum durchquerten, starrte sie unverwandt auf Lukas. Einen winzigen Moment huschte ihr Blick dabei zur Tasche hinab, in die sie das Handy hatte gleiten lassen, bevor sie ihn wieder ansah. Was versuchte sie ihm mitzuteilen? War da eine Nachricht für ihn drauf? Sobald er allein wäre, würde er das überprüfen. Wenn er denn überhaupt noch einmal allein wäre, bis man ihn in den Flieger nach Amerika setzte.

Sobald Una und Ryan gegangen waren, traten die beiden Polizisten vor. »Wir müssen dir Handschellen anlegen«, sagte der, der ihm und Una die kostbaren Extraminuten eingeräumt hatte. »Nur um sicherzugehen, dass es keinen Ärger gibt.«

»Was immer Sie auch tun müssen«, antwortete Lukas und streckte die Hände aus.

Bei den Handschellen handelte es sich um Plastikkabelbinder. Kalt und fest pressten sie sich gegen die Haut. Er ließ sich von den Polizisten aus dem Revier führen und zu einem Van, der draußen parkte. Sie mussten demonstrieren, dass nicht er, sondern sie das Sagen hatten, für den Fall, dass er auf den Gedanken kam querzuschießen. Lukas hatte die Alphamännchen der Schimpansen im Zoo von New Orleans dabei beobachtet, wie sie ihre Dominanz über die anderen ausübten. Er nahm die Sache nicht persönlich. Vor langer Zeit hatte er beschlossen, an solchen Machtspielchen nicht teilzunehmen. Statt als Alpha- oder Betamännchen würde er eher als Omega durchs Leben gehen. Nicht als Teil des Systems, sondern am Rande stehend und die anderen beobachtend.

Der hintere Teil des Vans war an den Längsseiten mit zwei gepolsterten Sitzbänken ausgestattet. Einer der beiden Polizisten nahm ihm die Handfesseln wieder ab und schob Lukas hinein. Er setzte sich. Die Türen wurden zugeschlagen und wenige Augenblicke später setzte sich der Van in Bewegung. Da es keine Fenster gab, konnte Lukas nicht sehen, wohin sie fuhren, doch das musste er auch nicht. Der Haftbereich befand sich wahrscheinlich in unmittelbarer Nähe des Flughafens. Weder die Polizei noch die Zollbeamten würden gern eine Gruppe von Abschiebehäftlingen allzu weit bis zu ihrem Flugzeug treiben müssen.

Lukas hatte nicht die Absicht, bei Abflug an Bord des für ihn bestimmten Fliegers zu sein. Aber er musste seinen Moment sorgfältig wählen.

Nun, da er allein war, langte er in seine Tasche. Seine Finger schlossen sich um einen glatten Plastikgegenstand.

Definitiv ein Handy. Er zog es heraus und drückte den Power-Knopf. Die vertraute Android-Animation erwachte auf dem Display zum Leben. Während das System hochfuhr, regelte er die Lautstärke herunter. Er wollte nicht, dass die Polizisten vorn im Van mitbekamen, dass er ein Smartphone hatte.

Sobald das Betriebssystem hochgefahren war, starrte er auf den Homescreen. Una hatte ihm mitteilen wollen, dass da etwas Wichtiges drauf war. Hatte sie eine Nachricht für ihn aufgenommen? Sein Blick glitt suchend über die Icons … und tatsächlich! Bei einem schien es sich um eine Aufnahme-App zu handeln. Normalerweise benutzte man sie wahrscheinlich, um persönliche Notizen draufzusprechen oder vielleicht wichtige Telefonate aufzuzeichnen. Aber Lukas hatte den starken Verdacht, dass Una dort etwas für ihn hinterlassen hatte. Bei der Überprüfung stieß er tatsächlich auf eine abspielbare Datei. Er öffnete sie und hielt sich das Smartphone ans Ohr.

»Ich hoffe, das hier funktioniert«, hörte er Unas Stimme in seinem Ohr. »Das war das Einzige, was mir eingefallen ist, um dir mitzuteilen, was passiert ist. Aus naheliegenden Gründen will ich nicht, dass die Polizei etwas erfährt.« Sie hielt inne, um tief Luft zu holen und vermutlich ihre Gedanken zu sortieren. »Ich habe etwas von den Leuten gehört, die Alya entführt haben. Sie haben mir eine Nachricht hinterlassen, in meinem Hotelzimmer. Es handelt sich nicht um dieselben Leute, die Daniel in New Orleans entführt haben. Aber sie sagen, dass sie dasselbe wollen. Na ja, nicht genau dasselbe. Daniels Entführer wollen ja, dass ich das Turnier *verliere*. Aber für diese neuen Typen soll ich *gewinnen*.«

Lukas drückte auf Pause. Er brauchte einen Moment, um zu verarbeiten, was das alles bedeutete. Daniel war von einer Bande Krimineller entführt worden, die verlangte, dass Una das Turnier bis zum Finale durchspielte, um dann mit einer bestimmten Punktzahl zu verlieren. Alya hingegen war von einer anderen Bande gekidnappt worden, die wollte, dass Una gewann – wahrscheinlich ebenfalls mit einer bestimmten Punktzahl. Es drehte sich alles ums Wetten. Das Problem nur war, dass Una nicht gleichzeitig gewinnen *und* verlieren konnte. Sie musste sich für eines entscheiden. Und obendrein gab es keine absolute Garantie, dass sie genau die richtige Punktzahl schaffen würde.

Er drückte wieder auf Play.

»Ich weiß einfach nicht, was ich tun soll«, sagte Una und er konnte die Tränen und die Verzweiflung in ihrer Stimme hören. »Ich liebe meinen Bruder und ich will ihn zurück. Aber ich kenne Alya schon so lang, wie ich denken kann, und sie ist wie eine Schwester für mich. Ich weiß einfach nicht, wie ich mich entscheiden soll!«

Lukas fragte sich, wie *er* sich in Unas Situation entscheiden würde. So oder so, am Ende würde jemand sterben.

»Ich fliege nach Dubai«, sagte sie, »und nehme am Turnier teil. Ich schätze, ich werde dann entscheiden müssen, wen ich rette.« Wieder hielt sie inne, bevor sie fortfuhr. »Da wartet ein Flugtickt nach Dubai für dich am Airport.

Falls es dir irgendwie gelingt freizukommen. Und ich habe ein Zimmer für dich im Atlantis-Hotel gebucht, wo das Turnier stattfindet. Wenn du nicht mehr freikommst und man dich zurück nach Amerika bringt ... dann danke noch einmal für alles. Es tut mir leid, dass es nicht so gut gelaufen ist. Aber vielleicht sehen wir uns irgendwann einmal wieder.«

Die Nachricht endete wenige Sekunden später, mit einem unterdrückten Schluchzer von Una.

Lukas ließ das Smartphone in seine Tasche zurückgleiten. Es mochte später noch von Nutzen sein. Während er so darüber nachdachte, entschied er, es doch wieder aus der Tasche zu holen und stattdessen hinten in den Hosenbund zu schieben – für den Fall, dass er noch einmal durchsucht oder abgetastet wurde.

Der Van war mehrere Male links und rechts abgebogen, während er sich Unas Nachricht angehört hatte. Sein Unterbewusstsein hatte sich automatisch jede Richtungsänderung eingeprägt, einschließlich einer groben Schätzung der dazwischen verstrichenen Sekunden. Schließlich konnte man nicht wissen, ob es sich später womöglich als nützlich erweisen würde, die Fahrt zurückverfolgen zu können. Irgendwann meinte er dann, den leicht süßlichen und beißenden Geruch von Kerosin wahrzunehmen. Sie waren in der Nähe des Flughafens.

Plötzlich bremste der Van und hielt. Lukas hörte, wie ein metallenes Schiebetor scheppernd zur Seite glitt. Einige Augenblicke später setzte der Van sich wieder in Bewegung und hinter ihnen glitt das Tor ratternd wieder zu. Nach wenigen Sekunden stoppte der Van erneut und der Motor erstarb.

Lukas wartete. Er hörte, wie sich die Fahrer- und Beifahrertür öffneten, untermalt vom fernen Dröhnen eines Flugzeugtriebwerks.

Die Flügel der Hecktür schwangen auf und derselbe Polizist, der ihn hineinbugsiert hatte, forderte ihn auf, herauszukommen. Einen Moment lang war Lukas vom grellen Tageslicht geblendet.

»Umdrehen«, befahl der Mann. »Handschellen.«

Lukas gehorchte und die Plastikfesseln legten sich wieder um seine Handgelenke. Vorsichtig stieg er aus dem Van und blickte sich um. Er befand sich vor einem langgezogenen eingeschossigen Gebäude, das sich inmitten einer weiten Betonfläche erhob. Es war von zwei hohen Drahtzaunreihen eingefriedet, deren Kronen mit rasiermesserscharfen Stacheldrahtschlingen bestückt waren. Links und rechts des Gebäudes waren auf die gleiche Weise Zonen für die Hofgänge der Häftlinge abgegrenzt, wobei die jeweils vierte Seite nicht vom Stacheldrahtzaun gebildet wurde, sondern von der Gebäudemauer.

In der rechten Zone standen einige Männer am Zaun und starrten zu Lukas, den Polizisten und dem Van herüber. Lukas vermutete, dass sie ebenfalls abgeschoben werden sollten. Als er einen kurzen Blick nach links warf, nahm er dort ein paar traurig aussehende Frauen wahr. Offensichtlich wurden hier nach Geschlechtern getrennt.

Er versuchte unauffällig, möglichst viele Informationen zu sammeln. Die Gebäudemauer stellte offensichtlich einen Schwachpunkt dar. Es würde viel leichter sein, vom Hof des Außenbereichs aufs Dach zu kommen, als über den Zaun zu klettern. Die Frage war nur: Was dann? Anschließend müsste er schließlich immer noch zwei Reihen Stacheldrahtzaun überwinden, um hinauszukommen.

Die Polizisten hielten ihn zwischen sich jeweils am Oberarm gepackt und schoben ihn auf eine doppelflügelige Tür zu.

Kaum waren sie im Gebäude, wurde er von einer gelangweilt aussehenden Frau in Uniform registriert, die hinter einem hüfthohen Tresen stand. Die beiden Polizisten übergaben ihn ihrer Verantwortung, indem sie ein Formular quittierten, und zogen wieder davon. Zum Glück wurde Lukas nicht noch einmal durchsucht. Vermutlich ging man davon aus, dass das bereits auf dem Polizeirevier erfolgt und somit unnötig war. Offensichtlich dachten sie gar nicht an die Möglichkeit, dass man ihm ein neues Smartphone zugesteckt haben könnte. Das zumindest verschaffte ihm einen Vorteil.

»Dir einen Raum oder ein Bett zuzuteilen, ist überflüssig«, verkündete die Frau. »Schon nachher wirst du mit allen anderen zum Flughafen gebracht. Eine unserer Wachen bringt dich runter in den Hof. Halte dich während der nächsten Stunden einfach von Ärger fern, wenn du dazu in der Lage bist.«

Die uniformierte Frau drückte auf einen verborgenen

Knopf unter dem Tresen, woraufhin ein Wachmann erschien. Mit einem Kopfnicken wies er auf eine Tür, die zum Außenbereich führte.

Als sie den Korridor halb durchquert hatten, sagte Lukas: »'tschuldigung, kann ich mal aufs Klo?«

Der Wachmann gab ein genervtes Schnauben von sich, wies jedoch auf eine Tür, die sich ein paar Meter vor ihnen befand. »Beeil dich«, sagte er. »Es sind Gitter vor den Fenstern. Nur falls du auf dumme Gedanken kommst.«

Lukas betrat den Raum und schloss die Tür hinter sich. Er musste nicht auf die Toilette, sondern wollte nur sehen, ob es hier drinnen irgendetwas Nützliches gab. Statt richtiger Seifenstücke standen auf den Waschbecken Plastikflaschen mit Flüssigseife parat. Was jammerschade war, denn ein Stück Seife in einer Socke gab eine hervorragende Schlagwaffe ab.

Dafür wurde er neben der Tür fündig. Dort war eine Flasche Desinfektionsspray an der Wand montiert. Sie steckte kopfüber in einer Metallhalterung, sodass jeder, der die Toilette verließ, sich die Hände zur Desinfektion einsprühen konnte. Sehr durchdacht. Sehr hygienisch.

Lukas brauchte zehn Sekunden, um die Flasche aus der Halterung zu lösen und in die Tasche zu stecken.

Vom Wachmann eskortiert, verließ er gleich darauf das Gebäude und betrat den Außenbereich, den er zuvor gesehen hatte. Er blieb stehen, sich des hinter ihm stehenden Wachmanns bewusst, und blickte sich um. Ungefähr zwanzig Männer und Teenager hielten sich in dem umzäunten Bereich auf, dazu noch einige verängstigt aussehende Jungen. Einige von ihnen hielten Flaschen in den Händen, aus denen sie tranken. Die Wachen hatten vermutlich nichts dagegen einzuwenden, solange es die Männer ruhig hielt. Lukas vermied bewusst jedweden Augenkontakt, denn in Umgebungen wie diesen wurde das oft als Provokation gedeutet und er wollte keinen Ärger. Er interessierte sich mehr dafür, wie er hier herauskam. Auf der Fahrt vom Polizeirevier hierher hatte er einen Entschluss gefasst: Er würde sich nicht mit dieser Inhaftierung abfinden. Una steckte in mehr Schwierigkeiten als je zuvor und sowohl Daniel als auch Alya brauchten dringend Hilfe. Und wenn er es nicht machte, wer dann? Ryan etwa?

Verstohlen ließ er den Blick links und rechts über die Gebäudemauer wandern. Zum Großteil bestand sie aus flachen Betonplatten ohne jegliche Aussparungen. Aber da waren auch ein paar Fenstersimse, über die man schon halb zum Dach kommen würde. Ferner Ventilationsleitungen, die sich als Stufen eigneten. Und schließlich Elektrokabel, die in Bögen unterhalb des vorstehenden Dachs herabhingen. Ideal, um sich daran hochzuziehen.

Alles in allem war es möglich – wenn er denn unbeobachtet blieb. Was genau das Problem sein würde.

Plötzlich wurde er sich bewusst, dass ein Mann den Hof überquerte und auf ihn zukam. Zuschlenderte, besser gesagt. Zwei kleinere Männer folgten ihm. Ein Alphamännchen im Gefolge seiner zwei Betahelfer.

Jeder Schul- und Gefängnishof hatte seinen Schläger vom Dienst. Das hatte Lukas vor langer Zeit gelernt. Manchmal konnte man seiner Aufmerksamkeit entgehen, indem man ihn einfach ignorierte. Doch manchmal machte ihn das nur wütender. Dieser gehörte zur zweiten Sorte, schätzte Lukas. Ihm blieb nur eine Option: den Mann zu besiegen und auszuschalten, so schnell er konnte. *Wenn* er denn konnte.

Er wandte den Kopf zum Wachmann zurück. »Gibt's Hilfe oder muss man hier allein klarkommen?«

»Unsere Devise lautet, uns nicht in interne Streitigkeiten einzumischen«, erwiderte der Angesprochene.

»Gut zu wissen.«

Lukas musterte den sich nähernden Mann, während er sich um einen neutralen Gesichtsausdruck bemühte. Er sah osteuropäisch aus, war unrasiert und hatte blaue Augen und scharfe Wangenknochen. Auf seinem Gesicht und den Armen prangten grobe Tattoos, die aussahen, als wären sie mit Kugelschreibern in die Haut gestanzt. Rot entzündete Stellen sprenkelten wie Pockennarben sein Gesicht. Er trug eine Jeanshose und ein Jeansshirt, dessen Ärmel abgerissen worden waren. Vermutlich, damit jemand wie Lukas ihn nicht daran packen und herumschleudern konnte. Das Gleiche hatte man mit den Gürtelschlaufen seiner Jeans getan. Lukas' Blick glitt zu den Füßen des Manns hinab. Stiefel, wahrscheinlich mit Stahlkappen. Das sah nicht gut aus.

Er nickte. »Hi.«

Der Mann lächelte. Er hatte mehrere Silberkronen im Mund, nebst einigen Lücken.

»Ich heiße Otto«, sagte er. Sein Akzent hörte sich russisch an. »Das ist mein Hof. Du musst bezahlen, um ihn zu benutzen.«

Lukas wies mit dem Daumen auf die Tür hinter sich. »Dann werd ich wieder reingehen«, sagte er. Während er sprach, ließ er die Hand in die Tasche gleiten, in der sich die Flasche mit dem Desinfektionsspray befand. Seine Finger schlossen sich um die Kappe. Langsam drehte er sie auf.

»Du musst bezahlen, um zurückzugehen.« Das Lächeln des Manns wurde breiter. Die beiden hinter ihm lächelten ebenfalls.

»Ich hab nichts zum Bezahlen.«

»Dann müssen wir dich bestrafen.« Otto blickte nach rechts und links, um sich zu vergewissern, dass seine beiden Sidekicks die Show gebührend würdigten. »So sind die Regeln.«

»Du solltest wissen«, antwortete Lukas, »dass ich nicht nach Regeln spiele.« Die Kappe war nun komplett abgeschraubt. Er trennte sie ganz vom Rest der Flasche und schob sie tiefer in die Tasche.

Ottos Lächeln wurde noch breiter. Das Spiel gefiel ihm. »Ist okay, wir spielen ja auch nicht.«

Somit war für Lukas klar: Entweder er nutzte das Überraschungsmoment und schlug zuerst zu. Oder er wartete, bis sein Gegner das machte – in der Hoffnung, dem Hieb ausweichen zu können. Aber so viel war sicher: Es würde zum Kampf kommen.

Der jeansbekleidete Mann langte nach hinten an den Rücken und zog ein Messer aus dem Hosenbund. Marke Eigenbau: ein angespitzter Hühnerknochen anscheinend, den man in einen Holzstiel geklemmt hatte. Dennoch tödlich. Lukas nahm Schlieren getrockneten Bluts wahr, wo die Klinge auf den Griff traf. Er vermutete, dass es sich nicht um Hühnerblut handelte.

Blitzschnell schoss Lukas' Hand mit dem Spray aus der Tasche und beschrieb einen weiten Bogen durch die Luft. Desinfektionsflüssigkeit spritzte aus der Flasche, genau in Ottos Augen. Laut auf Russisch fluchend, griff Otto sich mit einer Hand ins Gesicht, um sich die ätzende Flüssigkeit aus den Augen zu reiben. Noch geblendet vom Desinfektionsmittel, ließ er mit der anderen Hand die Klinge blitzschnell vorschnellen. Die Spitze schlitzte Lukas' Hemd auf. Er sprang zurück – gerade noch rechtzeitig, bevor die Klinge durch seine Haut schneiden konnte.

Dann hatte Otto sich genügend Desinfektionsmittel aus dem Gesicht gerieben, um wieder etwas zu erkennen. Er knurrte und starrte Lukas unheilvoll aus blutunterlaufenen Augen an. Während er sein Messer zwischen den Händen hin- und herschnellen ließ, ging er auf Lukas los. Hinter ihm scherten seine beiden Freunde zu den Seiten aus, um ihn zu flankieren und dafür zu sorgen, dass Lukas nirgendwohin wegrennen konnte. Nicht dass das überhaupt möglich gewesen wäre.

Lukas wich zurück, während er sich nach irgendetwas umsah, das sich als Waffe nutzen ließ.

Knurrend stürzte sich Otto auf ihn. Da hörte Lukas eine Stimme: »Hey, Junge, hier!« Sein Blick flog zur Seite. Einer der anderen Hofgänger – ein kleiner, wieselhafter Kerl mit langem schwarzem Haar – hatte sich genähert. In seiner Hand: eine Glasflasche! Lukas meinte, den Mann eben daraus trinken gesehen zu haben. Während Lukas noch starrte, warf der schon die Flasche. Eine blitzartige Bewegung verhinderte einen Treffer am Kopf, bei dem bei Lukas wahrscheinlich die Lichter ausgegangen wären. Stattdessen schoss seine Hand empor und fing die Flasche auf.

Die Flasche war halb gefüllt mit einer klaren Flüssigkeit. Wodka vielleicht? Das Gewicht zog Lukas' Hand nach unten, gerade in dem Moment, als Otto sich mit gestrecktem Messer vorstürzte. Die Klinge zuckte dicht vor seinen Augen. Blitzschnell riss Lukas die Flasche hoch und erwischte Otto damit unterm Kinn. Der Kopf seines Gegners schoss empor. Mit himmelwärts gerichtetem Blick fiel Otto nach hinten, das Messer noch in der Hand.

Das Gewicht der gefüllten Flasche zerrte Lukas Arm wieder nach unten. Er musste das Ding irgendwie leichter machen, es in eine brauchbare Waffe verwandeln. Zum Glück warf sich in diesem Augenblick einer von Ottos Kumpanen auf Lukas, um ihn zu packen. Reflexartig schwang Lukas die Flasche herum und ließ sie an seine Schläfe krachen. Glas splitterte, Wodka spritzte über das

Gesicht des Manns und plötzlich hielt Lukas nur noch den Flaschenhals in der Hand, aus dem scharf gezackte Splitter ragten.

Inzwischen hatte Otto sich wieder gesammelt. Erneut drang er auf Lukas ein, der den Flaschenhals hochriss, um das Messer des Gegners zu blocken. Als sich die Klinge dabei zwischen zwei Glaszacken verklemmte, drehte Lukas seine improvisierte Waffe entschlossen herum. Das Messer wurde Otto aus den Händen gerissen und wirbelte über den Betonboden davon.

Ottos Gesicht verzerrte sich vor Wut. Seine Faust schoss vor und erwischte Lukas an der Wange. Ein greller Schmerz jagte durch seinen Kopf. Er wich zurück, doch Otto setzte erbarmungslos nach. Ein weiterer Fausthieb traf Lukas direkt über dem Herzen, das vor Schmerz und Schock fast stockte. Es folgte ein Tritt ans Knie, der ihn der Länge nach zu Boden schickte. Lukas versuchte, die zerbrochene Flasche hochzubringen, um sich zu schützen. Aber im nächsten Moment hatte Otto sich mit den Knien schon auf seinen Brustkorb fallen lassen. Die Wucht des Aufpralls trieb Lukas die Luft aus dem Körper. Röchelnd versuchte er einzuatmen, die vor jähem Schmerz brennende Lunge wieder mit Luft zu füllen, während Otto nach der Flasche langte.

Wie ein Tier knurrend und schnaubend drückte er sie immer näher an Lukas' Kinn. Sein Gesicht war so nah, dass Lukas seinen Atem spürte. Und die Bläschen wahrnahm, die sich um seine Augen gebildet hatten. Lukas hielt erbittert dagegen und versuchte, Ottos Hände wegzudrücken. Aber er spürte, wie die Spitze der längsten Zacke die Haut unter seinem Kinn durchdrang. Warmes Blut tropfte den Hals hinab und rann in seinen Kragen. Er überlegte, die Flasche loslassen, um den Mann an der Kehle zu packen. Doch dann hätte Otto nichts davon abgehalten, ihm die zerbrochene Flasche durch Unterkiefer und Zunge zu rammen, und alles wäre vorbei gewesen.

Ein unerträglicher Schmerz breitete sich in seiner Brust aus, als er vergeblich versuchte, einen verzweifelten Atemzug zu machen. Roter Nebel schien sich über seine Augen zu legen. Schwarze Ränder kreisten seine Sicht ein. Eine weitere Glaszacke presste sich gegen die weiche Haut seines Kinns. Verzweifelt bäumte er sich auf, um seinen Gegner abzuwerfen. Aber der Mann rührte sich nicht von der Stelle. Wie Schraubstöcke pressten seine Beine gegen Lukas' Rippen.

Das war's. Das Ende. Er würde Una nicht mehr helfen können, sie niemals wiedersehen.

# KAPITEL DREIZEHN

Der Druck auf Lukas' Brust verschwand, als Otto urplötzlich zur Seite kippte. Gierig saugte Lukas die Luft ein, während er sich herumrollte. Zitternd stemmte er sich dann auf Knie und Hände. Er wusste, dass vermutlich jeden Moment der nächste Angriff kam, und war doch unfähig, irgendetwas dagegen zu unternehmen. Er schüttelte den Kopf, um den roten Nebel zu verscheuchen, der alles um ihn herum zu erfüllen schien.

Nichts geschah. Otto griff nicht an. Lukas meinte zu hören, wie der Mann irgendwo auf dem Boden wild um sich schlug. Als Lukas sich aufrappelte und umdrehte, sah er, wie sein jeansbekleideter Gegner schlaff auf die Seite rollte. In der Nähe lag ein großer Stein auf dem Beton, blutverschmiert.

Der wieselhafte Kerl mit dem langen schwarzen Haar, der Lukas die Flasche zugeworfen hatte, stand über Otto gebeugt – immer noch die Hand erhoben, mit der er den Stein auf den Russen geschleudert hatte. Ottos zwei Sidekicks traten schleunigst den Rückzug an, während sie jeden Augenkontakt mieden. Seltsam, wie schnell sich das Blatt gewendet hatte.

»Danke«, sagte Lukas.

»Kein Problem«, antwortete der Mann. Lukas glaubte, einen britischem Akzent herauszuhören. »Schön zu sehen, dass jemand dem Schwein mal einen Dämpfer verpasst. Hat viel zu lang einen auf dicke Hose gemacht. Da musste mal jemand etwas unternehmen. Außerdem war's unterhaltsam, was immer nett ist. In puncto Entertainment sind wir hier nämlich nicht gerade verwöhnt.«

Lukas warf einen Blick zum Wachmann hinüber. Wie es aussah, hatte er das Geschehen mit Interesse verfolgt. Ein zweiter Wachmann hatte sich zu ihm gesellt. Mit anerkennendem Grinsen reckte er Lukas den gestreckten Daumen entgegen. Lukas erwiderte die Geste mit einem Nicken.

»Ihr hättet euch alle zusammentun und schon vorher was unternehmen können«, hob Lukas hervor.

Der Wieselmann zuckte die Achseln. »Niemand wollte den ersten Schritt tun. Kaum hast du das getan, haben wir uns gern hinter dich gestellt.«

Lukas sah sich in dem eingezäunten Bereich um. »Wir?«

»Na ja, die anderen haben dich zumindest angefeuert. Ich heiße übrigens Stu. Kurz für Stuart.«

»Und ich bin Lukas.« Seine Brust brannte immer noch. Aber der Schmerz verebbte langsam und der rote Nebel vor den Augen lichtete sich von Moment zu Moment mehr. »Hör mal, ich muss hier raus.«

Stu blickte sich um. »Raus? Etwa raus wie in ›Gefängnisausbruch‹?«

»Vermutlich nicht ganz so dramatisch. Aber ich lass mich nicht zurück nach Amerika abschieben.«

»Die meisten Typen hier haben nichts gegen ihre Abschiebung«, erklärte Stu. »Ihnen sind hier in Deutschland die Optionen ausgegangen. Ich bin froh, zurück nach England zu kommen, wenn jemand anders dafür zahlt.«

»Was hast du denn hier in Deutschland angestellt, dass man dich loswerden will?«

»Willste das wirklich wissen?«

»Warum nicht? Worüber können wir uns sonst unterhalten?«

Stu zuckte die Schultern. »Bin vor etwa fünfzehn Jahren hergekommen. Ich hatte ... nun ja, sagen wir mal einen Draht zu Schleusern in Großbritannien. Sie wollten mit Flüchtlingen in Kontakt kommen, die genug Geld hatten, um sich nach England schmuggeln zu lassen. Die Schleuser konnten die Grenzsachen auf britischer Seite abwickeln. Aber sie brauchten jemanden, der diese potenziellen Kunden in ihren Heimatländern kontaktierte oder wo auch immer sie sonst gestrandet waren. Also zog ich los, um Kontakte zu knüpfen. Und während ich hier war, entdeckte ich, dass ich ein Talent als ehrlicher Vermittler zwischen verschiedenen Gangs und kriminellen Organisationen habe. Braucht Gang A etwas, das Gang B liefern kann, bringe ich sie zusammen und agiere als Garant. Sie vertrauen mir alle – insofern sie überhaupt jemandem vertrauen.«

»Interessant.«

Stus Blick wanderte zur gegenüberliegenden Seite des eingezäunten Hofs, wo Ottos Schoßhündchen mit einer Gruppe anderer Leute sprachen.

»Wo wir gerade davon reden«, sagte er. »Ich sollte mal checken, was da drüben abgeht. Gut möglich, dass mal wieder meine diplomatischen Fähigkeiten gefragt sind.«

Lukas nickte. »Danke für die Hilfe.«

Während Stu davonschlenderte, dachte Lukas über seine Situation nach. Die Zeit war knapp und er musste sich einen Plan überlegen. Was nicht gerade leicht für ihn war. Sein Talent – wenn er denn eines hatte (außer zu überleben, ohne Aufmerksamkeit auf sich zu ziehen) – bestand darin, Situationen sofort einzuschätzen und entsprechend zu reagieren. Tage oder sogar Wochen im Voraus zu planen, lag ihm nicht im Blut. Aber er musste es versuchen.

Lukas entfernte sich vom Ort des Kampfs und steuerte auf den Zaun zu. Dort angekommen, ließ er sich auf einem kümmerlichen Streifen Gras nieder und lehnte sich mit dem Rücken gegen den Draht. Zuallerst einmal: Wo auf dem Spielfeld standen die Akteure?

Er beugte sich vor und malte mit dem Finger drei Kreise nebeneinander in den Schmutz. Über den ersten schrieb er, wieder mit dem Finger: »NO«. Das war New Orleans. Über den zweiten setzte er ein »B« für Berlin, wo er sich jetzt befand, und über den dritten ein »D« für Dubai.

Okay, am besten fing er erst mal mit sich an. Er blickte auf die Steine, die um ihn herum auf dem Boden lagen, und hielt nach einem Ausschau, der ihn an sich erinnerte. Ein glatter schwarzer Stein zu seiner Rechten schien für den Job geeignet: mysteriös und ohne auffallende Merkmale. Er nahm ihn und setzte ihn in die Mitte des B-Kreises.

Jetzt zu Una. Auf der Suche nach dem schönsten Stein fand er einen mit Quarzeinschlüssen, die im Sonnenlicht funkelten. Der kam in den D-Kreis. Una war zwar noch nicht in Dubai, aber mit an Sicherheit grenzender Wahrscheinlichkeit schon auf dem Weg dorthin.

Es folgte Ryan. Welchen Stein mochte er am wenigsten? Eine leichte Wahl. Er hatte bereits ein raues, unscheinbares braunes Exemplar entdeckt, bei dem es sich vermutlich um Kalkstein handelte. Den platzierte er in den D-Kreis, neben Unas glitzernden Kieselstein, was einen bemerkenswerten Kontrast ergab.

Schließlich musste er noch zwei Geiseln finden. Für Daniel wählte er einen ausgeblichenen Stein, der ein wenig wie der Una-Stein aussah, und für Alya einen glatten braunen Kiesel. »Daniel« kam in den New-Orleans-Kreis. Wer immer seine Entführer auch waren – Lukas bezeichnete sie für sich als Gang A –, sie hätten keinen Grund, ihn durch die Gegend zu kutschieren. Eine Geisel herumzutransportieren, war riskant. Zu riskant. Aus demselben Grund setzte er »Alya« in den Berlin-Kreis. Ihre Entführer hatten Deutsch gesprochen. Sie waren also ziemlich sicher Einheimische.

Er ließ den Blick über die Steine gleiten. Als Erstes fiel ihm natürlich auf, dass die wichtigen Personen überall verstreut waren. Lukas konnte zum Beispiel Daniel nicht retten, wenn der in New Orleans und er selbst in Berlin war. Okay, also musste man die Leute an einem Ort zusammenbringen. Und der wäre am besten in Dubai. Dorthin war Una gerade unterwegs und dort würde auch das Turnier stattfinden. Am Ende deutete alles auf Dubai als Ort des Endgames hin.

Spontan nahm er den Daniel-Stein auf und legte ihn in den D-Kreis, ein paar Zentimeter von »Una« und »Ryan« entfernt. Das würde die Dinge beträchtlich erleichtern. Danach klaubte er auch noch die Alya- und Lukas-Steine aus dem B-Kreis auf und legte sie ebenfalls in »Dubai« ab. Dort sah es nun ziemlich überfüllt aus. Aber in Lukas' Augen wäre alles bei Weitem einfacher, wenn sich alle am selben Ort befanden.

Aber wie kriegte man das hin? Wie bekam man Daniel und Alya nach Dubai?

Was stand ihm denn eigentlich an Hilfsmitteln zur Verfügung? Ein Smartphone und ein Flugticket nach Dubai, das auf dem Airport auf ihn wartete. Das war's.

Oder?

Nein, er kannte außerdem den Namen derjenigen, die vermutlich hinter Daniels Entführung steckte: Madame Zhōu. Der Tätowierer, Basenger, hatte ihnen das verraten. Wie also konnte er Madame Zhōu dazu bewegen, Daniel von New Orleans nach Dubai zu bringen, wo er selbst hier in Berlin im Knast saß? Auf den ersten Blick schien das unmöglich.

Er musste anders an die Sache herangehen. Was stand ihm noch zur Verfügung?

Er blickte auf und sah zu dem Häftling hinüber, der ihm geholfen hatte, Otto zu besiegen: dem langhaarigen Stu. Er stand etwas entfernt und starrte interessiert auf das, was Lukas gerade machte. Lukas bedeutete ihm, herüberzukommen.

»Was machst du da?«, fragte Stu, während er näher kam.

»Planen. Und ich brauche deine Hilfe.«

»Und was springt dabei für mich raus?«

»'ne gute Show?«

Er zuckte die Achseln. »Ich brauch schon was Handfesteres.«

Lukas dachte einen Moment nach. »Ein Smartphone. Wie wär's damit?«

»Was, du hast eins *hier?* In 'nem Plastikbeutel mit deinen Besitztümern, der am Flughafen auf dich wartet, bringt's mir nämlich nicht viel.«

»Ich hab's hier. In meiner Tasche. Ich werd's noch eine halbe Stunde oder so brauchen. Danach kannst du's haben.«

»Hat es Guthaben?«

»Jede Menge«, erwiderte Lukas, ziemlich sicher, dass Una dafür gesorgt hatte.

»Was also soll ich für dich tun?«

Lukas dachte einen Augenblick nach. »Du hast mir eben erzählt, dass du zwischen kriminellen Gangs vermittelst.

Ich brauche Kontakt zu einer Frau, die auf der ganzen Welt herumreist und in High-End-Kriminalität involviert ist. Sie ist wahrscheinlich Chinesin. Hat leuchtende Tattoos und heißt Madame Zhōu.«

Stu nickte. »Ich kenn sie nicht. Aber ich kenn einen Mann, der jemanden kennt, der es vermutlich tut. Aber ich werd dieses Handy sofort brauchen, um ein paar Anrufe zu erledigen.«

»Okay, aber du rührst dich nicht von hier fort. Setz dich.«

Stu ließ sich im Schneidersitz neben ihm nieder. Rasch händigte Lukas ihm das Telefon aus, nachdem er sich vergewissert hatte, dass es vor den Blicken der Wächter abgeschirmt war. Stu überlegte einen Moment, bevor er eine Nummer eintippte. Binnen Sekunden redete er mit jemandem auf Deutsch. Er sprach so leise, dass Lukas ihn nicht genau verstand, und drehte den Kopf so, dass die Wachen nicht sehen konnten, was er tat. Lukas war es egal. Alles, was er wollte, war die Information.

Insgesamt machte Stu fünf Anrufe – drei auf Deutsch und zwei auf Englisch – und erhielt einen Rückruf. Schließlich wandte er sich wieder zu Lukas um und sagte: »In Ordnung, ich hab, was du brauchst. Jemand schickt mir 'ne SMS mit Madame Zhōus Kontaktdaten.« Er musterte Lukas mit seltsamem Blick. »Eine *sehr* mächtige Kriminelle, muss ich sagen. Arbeitet für die chinesischen Triaden. Hätte nicht gedacht, dass du dich in solchen Kreisen bewegst.«

»Tu ich auch nicht«, antwortete Lukas und streckte die Hand aus, gerade als ein *Biep* den Eingang einer Nachricht ankündigte. »Deswegen brauch ich ja ihre Kontaktdaten.«

Stu gab das Smartphone zurück, wenn auch widerstrebend. Lukas öffnete die Textnachricht. Sie stammte von einem anonymen Absender, der nicht mehr hinterlassen hatte als eine Telefonnummer mit einem Ländercode, der Lukas nichts sagte. Die Nummer war hervorgehoben und unterstrichen, sodass Lukas nur draufdrücken musste, um zu wählen. Trotzdem prägte er sie sich ein – nur für den Fall, dass er sie noch einmal brauchte.

Während er darauf wartete, dass jemand den Anruf annahm, warf er einen Blick auf Stu. Der Brite wirkte nervös, als würde es ihn schon in Gefahr bringen, bei einem Telefongespräch mit einem chinesischen Gangsterboss in der Nähe zu sein.

In der Leitung klickte es ein paarmal. Lukas vermutete, dass der Anruf über mehrere Orte und andere Nummern umgeleitet wurde, um die Person am anderen Ende zu anonymisieren.

Plötzlich sagte eine Stimme etwas auf Chinesisch, nur ein Wort.

»Ich muss mit Madame Zhōu sprechen«, begann Lukas. Er wählte jedes Wort mit Bedacht. »Bitte sagen Sie ihr, dass hier der Junge auf dem Motorrad ist. Der, der ihren Männern beim Job in New Orleans Ärger gemacht hat.«

Schweigen. Wenige Sekunden später ließ sich jemand anders vernehmen. Lukas erkannte dieselbe elektronisch verzerrte Stimme, mit der er an Unas Handy gesprochen hatte, als er in New Orleans im Krankenhaus gelegen hatte. »Wir haben schon einmal miteinander gesprochen, nicht wahr? Ich hoffe, du hast Una Britcross meine Botschaft übermittelt.«

»Habe ich und sie ist jetzt auf dem Weg nach Dubai.«

»Was willst du dann?«

»Es gibt zwei Dinge, die ich Ihnen erzählen muss«, sagte Lukas. »Was Sie mit der Information machen, ist Ihre Sache. Das Erste ist, dass Una Britcross' persönliche Assistentin, Alya Begum, von einer anderen Organisation gekidnappt wurde.« Beinahe hätte er »Gang« gesagt, hielt sich jedoch gerade noch rechtzeitig zurück. Beleidigungen waren jetzt unnötig. »Diese Organisation wettet darauf, dass Miss Britcross das Turnier nicht, wie von Ihnen gewünscht, verliert, sondern *gewinnt*. Miss Britcross und Miss Begum stehen sich sehr nah. Wenn Miss Britcross zwischen ihrem Bruder und jemandem wählen muss, der wie eine Schwester für sie ist, kann ich nicht garantieren, wie sie sich entscheidet.«

Schweigen am anderen Ende der Leitung. Dann: »Das ist unglücklich. Wir werden Daniel töten, wenn Una Britcross nicht kooperiert.«

»Ich verstehe. Aber nun besteht nun mal das Risiko, dass sie nicht kooperieren könnte. Und wenn das passiert, verlieren Sie eine Menge Geld.«

»Und was genau erwartest du von uns?«

»Zwei Dinge.« Lukas schloss die Augen, um sich zu

konzentrieren. Das würde heikel werden. Er musste seine Worte sorgfältig wählen. »Als Erstes brauche ich Ihre Hilfe, um herauszufinden, wo diese Organisation Alya Begum gefangen halten könnte. Ich will versuchen, sie zu befreien. Mit Gewalt, falls erforderlich.«

»Und wie sollen wir das deiner Meinung nach bewerkstelligen?«

»Ich bin sicher, dass Sie die nötigen Informanten und Mittel haben, um sie zu finden.«

»Trotzdem brauchen wir einen Anhaltspunkt.«

Lukas dachte nach. »Alyas Entführer fuhren einen schwarzen Van. Ich habe Teile vom Nummernschild erkannt. Es fing mit dem Buchstaben ›S‹ an. Danach kam ein Kreis mit gelbem Schild in der Mitte. Darauf waren drei schwarze Löwen abgebildet.«

»Das hilft. Ein Stuttgarter Nummernschild. Und das Zweite?«

»Wenn ich Alya nicht retten kann, müssen Sie ihren Bruder nach Dubai bringen. Muss Una sich zwischen Daniel und Alya entscheiden, könnte sie eher zu ihrem Bruder neigen, wenn er dort ist und sie ihn sehen und vielleicht auch sprechen kann.«

Wieder Schweigen, dann: »Das ist gelinde gesagt unkonventionell. Und unbequem. Wir könnten einfach Alya Begum selbst lokalisieren und sie zusammen mit Miss Britcross' Bruder als Geisel halten.«

»Das wäre riskant für Sie«, hob Lukas so überzeugend wie möglich hervor. »Ich habe keine Ahnung, über welche

Mittel Sie verfügen. Aber wenn Sie ein ganzes Team losschicken, könnte Alya getötet oder die Polizei involviert werden. Sie wissen bereits, dass ich sehr gut bin in dem, was ich tue. Vertrauen Sie mir und Ihnen bleibt immer noch Unas Bruder als Back-up, um sie in Dubai zur Zusammenarbeit zu zwingen.«

»Gutes Argument. Lass mich darüber nachdenken. Ich melde mich bald wieder bei dir.« Erneute Pause. Dann: »Du warst in dieser Werkstatt in New Orleans, oder? Du bist den Porsche gefahren.«

»Ja, das war ich.«

»Dann *bist* du gut. Und könntest tatsächlich schaffen, was du da vorhast. Warte auf meine Nachricht.«

Damit war die Leitung tot. Madame Zhōu – wenn sie es denn gewesen war – hatte aufgelegt.

Lukas holte tief Luft. Jetzt musste er warten. Und er hasste Warten.

Schließlich dauerte es nur zehn Minuten, bis eine zweite SMS einging, wieder von einer unterdrückten Nummer. Alles, was sie enthielt, waren ein Name – Thorsten Schnauss – und neun Worte: »Er hat sie entführt. Wissen nicht, wo sie ist.«

Okay. Phase eins war erledigt. Jetzt konnte Lukas nur hoffen, dass Madame Zhōus Organisation seinem Vorschlag folgte und Daniel Britcross mit nach Dubai nahm. Auf jeden Fall hatte er ihnen dafür starke Argumente geliefert.

Lukas hob den Blick zu einem nervösen Stu empor, der

immer noch mit gekreuzten Beinen neben ihm saß. »In Ordnung, jetzt musst du jemand anders für mich aufspüren. Ich glaube, er ist Deutscher und vermutlich hier in Berlin. Sein Name ist Thorsten Schnauss.«

Stu runzelte die Stirn. »Der Name sagt mir was. Bin sicher, dass ich mal einen Job für ihn erledigt habe. Musste für ihn mal bei ein paar Leuten anklopfen.« Er streckte die Hand nach dem Handy aus.

Stu brauchte nur fünf Minuten, um die Kontaktdaten von Thorsten Schnauss zu besorgen. Als er Lukas das Handy zurückgab, sagte er: »Nimm dich in Acht vor ihm. Ist ein echter Psychopath, mit engem Draht zur russischen Mafia. *Dem* willst du nicht in die Quere kommen. Der lässt dir den Kopf abreißen und hängt ihn sich als Trophäe an die Wand, um dann mit Dartpfeilen drauf zu werfen.«

»Kapiert.«

Stu hatte diesmal die Nummer selbst eingetippt, aber noch nicht gewählt. Lukas prägte sich auch diese Nummer ein, tippte dann auf das grüne Icon und wappnete sich mental. Ungeachtet dessen, was er zu Madame Zhōu gesagt hatte, hegte er nicht die Absicht, Alya selbst aufzuspüren und zu befreien. Jedenfalls nicht, wenn es sich vermeiden ließ. Wenn es nicht anders ging – wenn er Schnauss nicht überzeugen konnte, sie auf die Reise zu schicken –, würde ihm natürlich nichts anderes übrig bleiben. Doch wozu einen riskanten Job erledigen, wenn man jemand anders dazu bringen konnte, das für einen zu tun?

»Ja?«, sagte eine Stimme auf Deutsch.

»Hier ist der Junge aus der Zombiegruft. Ich würde gern reden. Ich hab nichts mit der Polizei zu tun und nehme dieses Gespräch nicht auf.«

Schweigen auf der anderen Seite, untermalt von gedämpften Geräuschen im Hintergrund. Dann: »Na schön. Wie ich mitbekommen habe, hast du diese Nummer von einem Engländer bekommen, mit dem ich gelegentlich geschäftlich zu tun habe. Gib ihm bitte das Telefon.«

Mit bedauerndem Achselzucken gab Lukas Stu das Handy zurück. Stu nahm es entgegen, als wäre es eine scharfe Handgranate, deren Stift gerade gezogen worden war.

»Ja«, sagte er dann. »Nein.« Er lauschte einen Moment in den Hörer. »Ja, natürlich.« Pause. »Ja, tu ich.« Deutlich blasser als wenige Augenblicke zuvor reichte er Lukas das Handy zurück.

»Der Engländer hat für dich gebürgt. Er weiß, was ihm blüht, solltest du doch was mit den Bullen zu tun haben. Oder diese Unterhaltung aufgenommen werden. Wird nicht angenehm für ihn. Also, was kann ich für dich tun? Du warst nur schwer abzuschütteln. Einen Moment dachte ich, dass du uns einholst. Hast du aber dann doch nicht.«

»Ich würd Alya gern wiederhaben.«

»Ihr Boss hat bereits unsere Forderungen bekommen und wie ich hörte, steigt sie gerade in einen Flieger nach Dubai. Ich glaube nicht, dass wir irgendetwas zu bereden haben.«

»Ist 'ne vertrackte Situation«, ließ Lukas nicht locker, in

der Hoffnung, dass Schnauss nicht einfach auflegen würde. »Sie sind sich darüber vielleicht nicht im Klaren. Aber eine der chinesischen Triaden hat bereits Una Britcross' Bruder entführt. Das Ganze wird im Moment noch geheim gehalten. Doch ich bin sicher, Sie haben Ihre Quellen, die das nötigenfalls bestätigen.«

»Und was wollen die Chinesen mit ihm?«

»Dasselbe wie Sie. Mit dem Unterschied, dass sie hohe Wetten darauf abschließen, dass Una Britcross *verliert*, und zwar mit einer bestimmten Punktzahl.«

»Aber sie muss *gewinnen*.« Schnauss klang, als würde er wütend werden.

»Exakt. Sie können nicht beide bekommen, was Sie wollen.«

»Dann wird Una Britcross sich entscheiden müssen, wer am Leben bleiben soll: ihr Bruder oder ihre Freundin.«

Lukas lächelte. Die Dinge entwickelten sich genauso, wie gewollt. Zeit, die Schrauben fester anzuziehen. »Ich denke, Sie wissen, für wen sie sich wahrscheinlich entscheidet, falls sie vor die Wahl gestellt wird. Ihr Bruder gehört zur Familie. Und wenn sie sich für ihn entscheidet und das Turnier verliert, wird Ihr Auftraggeber – wer auch immer das ist – eine Menge Geld verlieren. Und nicht sehr glücklich darüber sein. Könnte unangenehm werden. Unangenehm für *Sie*.«

»Droh mir nicht«, antwortete Schnauss schroff.

»Das ist keine Drohung. Sondern eher eine Prophezeiung. Aber ich habe einen Vorschlag, wie diese ganze unangenehme Situation vermieden werden kann.

»Schieß los.«

»Am besten bringen Sie Alya nach Dubai. Sieht Una, wie Sie ihr zum Beispiel eine Waffe an den Kopf oder ein Messer an die Kehle halten, übernehmen ihre Emotionen die Kontrolle. Dann wird sie alles machen, was Sie wollen, damit Alya freikommt.«

»Wir könnten einfach ein Foto machen, wie wir ihr ein Messer an die Kehle halten, und schicken das dann an Una Britcross. Oder noch besser: Wir schneiden unserer Geisel einen Finger ab und legen ihn Miss Britcross in Dubai aufs Kopfkissen.«

»Das würde nicht funktionieren«, entgegnete Lukas rasch. »Una könnte annehmen, dass Alya bereits tot ist. Sie muss Alya persönlich sehen, von Angesicht zu Angesicht.«

Plötzlich war die Leitung tot. Lukas starrte einige Augenblicke in die Ferne, während er alles noch einmal rekapitulierte. Hatte Schnauss ihm die Sache nun abgekauft oder nicht? Würde er Alya nach Dubai schaffen, um sie Una zu präsentieren? Oder ihr wie angedroht nur einen Finger abschneiden? Er hatte keine Ahnung. Er musste einfach hoffen.

Er sah auf die drei Kreise hinab und auf die fünf Steine. Das weitere Vorgehen war klar: raus aus dem Knast und auf nach Dubai. Alles andere würde sich ergeben.

Lukas lehnte sich gegen den Zaun zurück und ließ den

Blick an der Gebäudefront entlanggleiten, an der sich die Haupttore der Haftanlage befanden. Ein riesiger Bus parkte dort, mit laufendem Motor und offenen Türen.

»Ich glaube, sie holen uns«, sagte Lukas grimmig. »Wenn ich was unternehme, dann jetzt. Und ich brauche deine Hilfe.«

»Und dann krieg ich das Handy?«, fragte Stu.

»Versprochen.«

»Und was brauchst du jetzt? Soll ich Präsident Putin für dich anrufen? Oder Tom Cruise?«

»Nee, nur für etwas Ablenkung sorgen.«

Stu nickte. »Lass mich mal machen«, sagte er entschlossen. Er schlenderte durch den eingezäunten Außenbereich auf Otto zu, der gerade wackelig wieder auf die Beine kam und sich mit mattem Blick umsah. Vermutlich, um herauszufinden, wohin seine Autorität plötzlich verschwunden war. Von seinem Kahlkopf tropfte Blut aus der Wunde, die der Stein verursacht hatte.

»Hey, Otto!«, rief Stu. »Hier bin ich, Kumpel!«

Otto schwenkte seinen Stierkopf herum, um zu sehen, woher die Stimme gekommen war.

»Otto, mein Freund!« Stu schlang dem Russen den Arm um die Schultern. Subtil bugsierte er sie beide so herum, dass sie in Richtung Gebäude und Wachmänner blickten. Letztere waren mittlerweile zu dritt, offensichtlich in Vorbereitung auf den Abtransport der Gefangenen. »Siehst du die, Kumpel? Die haben bei deinem Fight gewettet. Und zwar gegen dich. Sie haben kein Vertrauen in dich, mein

Freund. Nicht das geringste. Und das, wo du doch immer der Boss hier warst.«

»Stimmt!«, knurrte Otto. Er starrte die Wachen an. »Die haben gegen *mich* gewettet? Die dachten, dass ich *verlier?* Ich hätte gewonnen, hätte mir nicht jemand von hinten eins verpasst.«

Vor Unbehagen zuckte Stu kaum merklich zusammen, schob Otto aber auf die Wachmänner zu. »Du musst deine Autorität wiederherstellen«, sagte er nachdrücklich. »Ihnen eine Lektion erteilen. Zeig's denen!«

Unter unverständlichen russischen Beleidigungen ging Otto wie ein wütendes Nashorn auf die Wachmänner los.

Lukas griff in seine Tasche und holte das Smartphone heraus. Darauf zu verzichten, war eigentlich eine Schande. Aber versprochen war versprochen. Er warf es Stu zu und sprintete auf kürzestem Weg zur Gebäudemauer.

Mit erhobenen Schlagstöcken traten die Wachleute Otto entgegen. Der fuhr in sie hinein wie eine monströse Bowlingkugel in die Pins. Die Wachmänner waren abgelenkt.

Rasch kletterte Lukas das Gebäude empor, während er mit Füßen und Fingern nach Fenstersimsen, Mauerfugen, Lüftungsschlitzen und schließlich den Kabelschlaufen tastete. Binnen weniger Augenblicke befand er sich unmittelbar unter dem Dachüberstand. Er wusste, dass er schnell handeln musste, bevor einer der Wachmänner womöglich hochsah. Durch die Kletterei waren Betonbröckchen aus dem Mauerwerk gebröselt und zu Boden gefallen.

Er stemmte sich mit den Füßen gegen die Mauer und

krallte sich mit einer Hand an der Regenrinne fest, die sich den Dachüberstand entlangzog. Mit der anderen langte er hinüber. Seine Finger scharrten über die Dachfläche, auf der Suche nach Halt. Während sein Gewicht die Regenrinne langsam aus den Halterungen zerrte, stießen sie ein paar verzweifelte Sekunden lang auf nichts anderes als schlüpfriges Moos und scharfkantigen Schotter, der in die Dachpappe eingebettet war. Dann endlich ertasteten sie einen Spalt zwischen zwei Dachpappensegmenten. Er krallte die Finger hinein und zog sich über den Überstand hinauf.

Das Dach der Haftanstalt war flach, nur hier und da unterbrochen von einem Oberlicht und zwei wuchtigen Klimaanlagen. Unkraut wuchs auf der verwitterten Dachpappe, mit der es gedeckt war, nebst einigen Flecken Moos. Eine Weile lag er einfach da und starrte in den bewölkten Himmel, während er darauf wartete, dass er wieder zu Atem kam und die kreischenden Muskeln wieder Ruhe gaben.

Dann rappelte er sich auf. Den diversen Hindernissen ausweichend, sprintete er über das Dach. Mit leichten, federnden Schritten, die hoffentlich unten im Gebäude nicht zu hören sein würden, hielt er auf die Stelle oberhalb der Haupttore zu.

Dort angekommen, kniete er sich nieder und lugte über den Rand. Unter ihm befand sich ein kleinerer Flachdachabschnitt, etwa zwei mal drei Meter groß, der das Tor vor seinem Blick verbarg. Eine Überdachung, damit die Leute sich bei Regen vor dem Tor aufhalten konnten, ohne nass zu werden. Unmittelbar jenseits davon konnte Lukas das Dach des Busses erkennen.

In geduckter Haltung ließ er sich über den Rand aufs Vordach hinabgleiten und presste den Körper dicht gegen die raue Teerpappe. Er hörte den Busmotor wummern. Als er etwas weiter auf den Rand zukroch, nahm er wahr, dass das Fahrzeug nur wenige Meter vom ihm entfernt war.

Er suchte die unmittelbare Umgebung ab, ohne jedoch jemanden zu entdecken. Vermutlich saß der Fahrer im Bus. Aber das sollte kein Problem sein, wenn er vorsichtig vorging. Sämtliche Wachen hielten sich wahrscheinlich im Gebäude auf oder waren draußen im Außenbereich, um die Gefangenen zusammenzutreiben.

Lukas richtete sich halb auf, machte den letzten Schritt auf den Rand zu und sprang.

Doch sein Fuß glitt auf einem Stück Moos ab. Beinahe wäre er an der Seite des Busses hinabgestürzt und zwischen dem Fahrzeug und dem Haupttor gelandet. Doch zum Glück prallte er mit der Brust gegen die abgerundete Ecke des Busdachs und konnte sich gerade noch an einer emporragenden Ventilationsvorrichtung festhalten. Mit der letzten Kraft, die ihm nach all der Kletterei geblieben war, und vor Schmerz schreienden Muskeln zog er sich hoch, bis er endlich ein Knie über den Rand bekam. Kaum war das geschafft, war es beinahe ein Klacks, den Rest des Körpers hinterherzuziehen.

Schwer atmend lauschte er nach irgendwelchen Geräuschen, die womöglich darauf schließen ließen, dass man ihn gesehen oder gehört hatte. Doch kein Ruf und kein Alarm ertönten.

So leise wie möglich kroch er auf Händen und Knien Richtung Dachmitte und weiter bis zum vorderen Ende des Busses. Dort fand sich eine Stelle, wo er – flach auf dem Bauch liegend – die Füße gegen den Rand einer Plastikverkleidung stemmen konnte, während die ausgestreckten Hände an einer Abdeckung Halt fanden, die vermutlich irgendeiner Vorrichtung darunter als Schutz diente. Es würde kein Zuckerschlecken werden. Aber das war das Einzige, was ihm einfiel, um unentdeckt zum nahen Flughafen zu kommen.

Zehn Minuten lag er da, die Wange gegen das kalte Metall des Dachs geschmiegt. Schließlich drangen Geräusche von unten empor, als die Häftlinge von den Wachmännern in den Bus getrieben wurden. Er vernahm Schimpfworte, Flüche und Rufe, aber nichts ließ auf offene Gewalt schließen. Er meinte, Stus britischen Akzent herauszuhören, gefolgt wenig später von Otto, der etwas auf Russisch sagte. Auch Frauenstimmen waren darunter, die Insassen aus dem anderen Außenbereich.

Sobald alle Häftlinge an Bord waren, lauschte Lukas aufmerksam nach den Wachen. Er musste wissen, ob sie ihn vermissten. Womöglich zählten sie die Häftlinge durch oder strichen sie von einer Liste ab. In dem Fall würden sie den Bus wahrscheinlich nicht abfahren lassen, bis sie ihn – Lukas – gefunden hatten. Und wenn das der Fall war, würden sie früher oder später auch oben auf dem Bus nachsehen.

Soweit er jedoch hören konnte, schienen sie ganz entspannt zu sein und die Gefangenen auch nicht durchzuzählen. Vermutlich gingen sie angesichts der leeren Außenbereiche, Zellen und Toiletten einfach davon aus, dass sie alle dabei hatten.

Zischend schloss sich die Bustür und der Motor dröhnte plötzlich auf. Auspuffgase waberten über das Dach, begleitet vom Geruch verbrannten Diesels. Mit einem Ruck setzte das Fahrzeug sich in Bewegung und steuerte auf die Tore zu, die in die beiden Stacheldrahtzäune um die Haftanlage eingelassen waren. Während das erste Tor zur Seite rollte, bremste der Bus und hielt wieder an. Dann fuhr er weiter zum zweiten Tor, wo er erneut kurz wartete, bis sich das erste wieder geschlossen und das zweite geöffnet hatte. Es war eine simple Sicherheitsmaßnahme: Bei zwei gleichzeitig geöffneten Toren mochte es jemandem gelingen, hinaus ins Freie zu rennen. Doch wenn sich das zweite erst öffnete, nachdem das erste geschlossen war, saß der Flüchtling in der Falle.

Es sei denn natürlich, er befand sich auf dem Dach des Busses.

Die Fahrt zum Flughafen dauerte nur fünf Minuten. Doch dabei wäre es einige Male fast um Lukas geschehen gewesen. Sein Griff an der Abdeckung bot weniger Halt, als gehofft. Dauernd rutschten seine Finger oder Füße ab und jedes Mal, wenn der Bus in die Kurve ging, rollte oder glitt Lukas auf den Dachrand zu. Um nicht auf die Straße zu stürzen, musste er sich unentwegt an alles krallen, was aus der Dachfläche ragte, so klein es auch sein mochte. Zudem übertrugen sich die Vibrationen des Motors über die Buskarosserie bis in seinen Magen, sodass ihm übel wurde – wozu der Gestank nach verbranntem Diesel noch sein Übriges tat. Wenn der Bus vor einer roten Ampel bremste, schlidderte Lukas jedes Mal nach vorn.

Dass er dabei nicht unmittelbar vor dem Fahrer auf der Straße aufschlug, war nur dem Umstand zu verdanken, dass er es irgendwie immer wieder mit einer Fußspitze schaffte, irgendwo Halt zu finden.

Als sie an einem großen Gebäude vorbeifuhren und Lukas den Kopf zur Seite wandte, starrte er unversehens in das Gesicht einer Frau, die aus dem Fenster schaute. Für einen Moment schien die Zeit stillzustehen. Deutlich sah Lukas den Kaffeebecher in ihrer Hand. Und das Logo einer internationalen Spedition, das darauf prangte. Er nahm den jähen fassungslosen Ausdruck in ihrem Gesicht wahr, als sie ihn entdeckte. Er lächelte ihr zu. Und hätte wohl auch gewinkt, hätte er denn eine Hand freigehabt. Schließlich musste doch alles in Ordnung sein, wenn einer, der sich auf dem Dach eines fahrenden Busses festklammerte, einem zulächelte und zuwinkte. Kein Grund, die Polizei zu rufen.

Als der Bus schon fast vorüber war, erwiderte sie plötzlich das Lächeln. Lukas gab einen erleichterten Seufzer von sich.

Schließlich wurde die Fahrt langsamer. Lukas entdeckte einen Tower in der Ferne sowie, hinter weiteren Drahtzäunen, mehrere Flugzeuge, die auf einer weiten Betonfläche parkten. Als er den Blick hob, nahm er in noch größerer Entfernung einige Flugzeuge in der Luft wahr, die jeweils zur Landung auf eine der Runways ansetzten.

Sobald sich der Bus in Parkposition befand und Lukas das Zischen der aufgleitenden Tür vernahm, wartete er ein paar Minuten, bis alle ausgestiegen waren. Allerdings durfte er sich auch nicht zu viel Zeit lassen. Denn sollte der Bus erst wieder Fahrt aufgenommen haben, würde er sich etwas Schlaues ausdenken müssen, wie er vom Dach kam. Etwas Schlaueres jedenfalls, als sich einfach fallen zu lassen.

Als seiner Schätzung nach genug Zeit verstrichen war, glitt er so nah an den Rand, wie er sich traute. Der Sprung hinab zum Boden erstreckte sich wahrscheinlich über drei bis vier Meter.

Er schaffte es dennoch, ohne sich die Beine zu brechen, die Hüfte auszukugeln oder irgendwelche Aufmerksamkeit zu erregen. Mit einer Körperrolle fing er bei der Landung geschickt die Wucht des Aufpralls ab. Was allerdings nichts daran änderte, dass seine Knie noch eine Weile höllisch schmerzen würden.

So weit, so gut. Das Vorspiel war geschafft. Nun kam der harte Teil.

# KAPITEL VIERZEHN

Der Bus hatte außerhalb des Zoll- und Sicherheitsbereichs des Flughafens gehalten, neben einem etwas abseits stehenden Gebäude. Vermutlich, damit die Häftlinge das Prozedere der Abschiebung durchlaufen konnten, ohnc jemanden zu stören. Für Lukas machte es die Sache einfacher. Denn wäre der Bus durch die Sicherheitskontrollen direkt aufs Flugfeld durchgewinkt worden, hätte er dieses irgendwie wieder verlassen müssen, um sein Ticket abzuholen. So aber konnte er einfach zur nächsten Abflughalle spazieren.

In dem Gebäude wimmelte es vor Menschen, die für ihre internationalen Flüge einchecken wollten. Wohin man auch blickte: nichts als gestresste Eltern, quengelnde Kinder, gelangweilte Teenager und ungehaltene Geschäftsreisende, die sich allesamt in dicht gewundenen Schlangen durch Labyrinthe aus Absperrbändern drängten. Schnell entdeckte Lukas eine Toilette, um sich sauber zu machen. Das Moos auf dem Dach sowie der verdreckte Bus hatten deutliche Spuren auf Kleidung und Haut hinterlassen. Er wusch sich Gesicht und Hände mit heißem Wasser und Flüssigseife. Aber nach einem kritischen Blick in den Spiegel kam er zum Schluss, dass auch ein Klamottenwechsel fällig war. Die Flughafen-Security reagierte ziemlich sensibel auf Leute, die aus dem Rahmen fielen. Und ein Reisender, der für einen Flug nach Dubai eincheckte und wie ein Obdachloser aussah, würde sämtliche Alarmglocken schrillen lassen.

Vor einer Weile hatte Lukas sich einen Gürtel mit diversen Geheimfächern gekauft. In einigen ließen sich zusammengefaltete Geldscheine verstecken; so konnte man sie weder verlieren, noch konnten sie einem aus der Tasche geklaut werden. Die Gürtelschnalle war riesig und sah ziemlich protzig aus – was jedoch den Grund hatte, dass darin ein Fach untergebracht war, das genug Platz für Kreditkarte und Pass bot. Darin verwahrte Lukas neben seiner Notfallkreditkarte auch ein Duplikat seines Reisepasses.

Nachdem er die Toilette verlassen hatte, kaufte er in einem Laden neben neuen Klamotten auch einen Rucksack. Reisende ohne Gepäck neigten schließlich ebenfalls dazu, den Verdacht der Security zu erregen. In einer Drogerie besorgte er sich anschließend Reisetücher, Zahnpasta, Zahnbürste und ein Päckchen Ohrenstöpsel. Nachdem er alles beisammen hatte, ging er erneut auf die Toilette und zog sich um. Die alten Klamotten stopfte er anschließend in den Rucksack. Nicht weil er besonders an ihnen hing, sondern um sie in Dubai reinigen zu lassen und wiederzuverwenden.

An einem der Check-in-Automaten konnte er schließlich das elektronische Ticket aufstöbern, das Una für ihn hinterlegt hatte. Zum Glück hatte sie es als offenes Ticket ausstellen lassen, mit dem er innerhalb eines Monats jeden Flug nach Dubai nehmen konnte – vorausgesetzt natürlich, es waren Sitze frei. Ein Blick auf die Abflugtafel des Terminals zeigte, dass in wenigen Stunden ein Flug nach Dubai gehen würde. Er löste sein Ticket für diesen Flug ein, reservierte sich einen anständigen Platz und druckte dann seine Bordkarte aus. Danach passierte er die Sicherheitskontrollen und begab sich in die Abflug-Lounge. Niemand schien ihm übermäßig Aufmerksamkeit zu schenken.

Der Flug von Berlin nach Dubai würde etwa zwanzig Stunden dauern, mit kurzem Zwischenstopp in Stockholm. Vermutlich war Unas Flug schon gestartet oder stand unmittelbar bevor. Allerdings war es durchaus möglich, dass sie und Ryan sich verspätet hatten und sie somit alle auf demselben Flug wären. Lukas war sich nicht sicher, was er von dieser Möglichkeit halten sollte. Selbstverständlich hätte er Una gern wiedergesehen und ihre Unterstützung beim weiteren Vorgehen wäre sicher nützlich (von Ryan wäre natürlich mit keinerlei Hilfe zu rechnen). Aber Lukas wusste, dass er am besten allein arbeitete. Müsste er auch noch die ganze Zeit auf Una achtgeben, wäre er womöglich nicht in der Lage, sich so zu konzentrieren, wie der Job es erforderte.

Da es noch ein paar Stunden bis zum Start waren, kaufte Lukas in einem Buchladen einen Reiseführer über Dubai und ließ sich anschließend eine Weile in einem Restaurant nieder. Irgendwann im Lauf der Ereignisse war ihm das Zeitgefühl abhandengekommen. Daher war er sich jetzt gar nicht sicher, ob er frühstücken, zu Mittag oder Abend essen sollte. Er löste das Problem, indem er sich für eine Mahlzeit entschied, die den Körper mit der meisten Energie versorgen würde: Rührei mit geräuchertem Lachs, gefolgt von einem Bananensplit. Vom Zuckerschub einmal abgesehen, würde die Eiscreme nicht viel hergeben, doch das Kalium und die Vitamine der Banane würden helfen. Zudem wurde das Ganze mit Nüssen gesprenkelt serviert, die Vitamine enthielten sowie Omega-3- und Omega-6-Fettsäuren und Antioxidantien. Und als großes Plus nicht zu vergessen: Es schmeckte einfach super!

Als sein Flug ausgerufen wurde, waren Hauptspeise und Nachtisch gegessen und das Buch gelesen. Darüber hinaus hatte er eine Menge Wasser getrunken. Dehydration war etwas, das es unbedingt zu vermeiden galt, und das Fliegen würde die Gefahr noch schlimmer machen.

Der erste Flug, von Berlin nach Stockholm, dauerte nur neunzig Minuten. Während dieser Zeit rekapitulierte Lukas mit geschlossenen Augen noch einmal die letzten Tage, um auf wichtige Informationen zu stoßen, die ihm im Lauf der turbulenten Ereignisse womöglich entgangen waren. Doch es fiel ihm einfach nichts auf. Er würde in Dubai beklagenswert unvorbereitet sein.

Der Umstieg in Stockholm verlief ohne besondere Komplikationen und an einem Stand konnte Lukas sich neben Obst auch noch ein paar Goji-Beeren und Grünen Eistee besorgen. All das würde helfen, Energielevel, Ausdauer und Konzentration aufrechtzuerhalten. Was auch dringend nötig war, denn die kommenden Tage würden vermutlich ziemlich hart werden. Während des Aufenthalts in Stockholm machte er schließlich auch noch ein Internet-Terminal ausfindig. Er stellte Recherchen über Unas Turnier an, das im selben Hotel stattfand, in dem Una ihm auch ein Zimmer reserviert hatte: dem Atlantis-Hotel. Dieses lag offenbar an einem Ort, der sich »The Palm, Jumeirah« nannte. Den Fotos nach zu schließen, wirkte der Bau wie geradewegs einem Märchen aus Tausendundeiner Nacht entsprungen: eine fantastische Konstruktion aus rosafarbenen Steinen, gekrönt von Türmchen und Minaretten. In der Mitte befand sich eine gigantische Lücke in der geschwungenen Form einer Moscheekuppel, die sich mindestens über fünfzehn Stockwerke in die Höhe erstreckte.

Lukas hätte es vorgezogen, etwas weniger auffällig abzusteigen. Aber er musste bei Una sein – schon wegen ihres Bruders sowie ihrer persönlichen Assistentin und besten Freundin, die hoffentlich beide irgendwann vor Ende des Turniers ebenfalls ins Atlantis gebracht werden würden, damit Una sie sah. (Lukas hatte damit begonnen, die beiden kriminellen Banden, die Daniel und Alya verschleppt hatten, für sich als »Gang A« und »Gang B« zu bezeichnen.) Vielleicht ließ sich ja eine kleine Besenkammer im Keller für ihn finden. Das wäre ihm am liebsten.

Die zweite Flugetappe war beträchtlich länger als die erste. Überraschenderweise war das Flugzeug nur zur Hälfte besetzt. Mit dem von Una hinterlegten Ticket hatte er einen Premium-Economy-Sitzplatz buchen können, was eine größere Beinfreiheit gegenüber der normalen Economy mit sich brachte. Zudem landete er in einer ansonsten unbesetzten Dreiersitzreihe. In eine Decke gehüllt, konnte er sich so schließlich langmachen, um etwas von dem dringend benötigten Schlaf zu bekommen.

Die Ohrenstöpsel, die er in Berlin gekauft hatte, unterdrückten einen Großteil der Turbinen- und Kabinengeräusche, sodass er tief und ungestört schlafen konnte – sah man einmal von den Stewards und Stewardessen ab, die sich erkundigten, ob er etwas zu essen, Saft oder Kaffee haben wollte. Das nächste Mal, so beschloss Lukas, würde er sich ein *Bitte nicht stören!*-Schild auf den Schoß legen, während er schlief. Oder es sich auf die Stirn malen.

Eine halbe Stunde vor der Landung in Dubai glitt Lukas zum Fenstersitz hinüber und blickte hinaus. Der Karte nach, die auf dem in die Kopfstütze des Vordersitzes eingelassenen LCD-Bildschirm zu sehen war, befanden sie sich über Saudi Arabien. Sie flogen in großer Höhe über einem Wüstengebiet. Doch zu seiner Überraschung nahm er große Felder mit Solarkollektoren wahr, die im grellen Sonnenlicht glitzerten. Was vermutlich Sinn ergab, wenn er so darüber nachdachte. Denn konnte man sich einen besseren Standort für Solarkollektoren vorstellen als ein relativ äquatornahes Land, das bekannt für seinen wolkenlosen Himmel war?

Als sie sich Dubai näherten, führte die Flugroute zunächst über eine Küstenlinie und anschließend über die türkisfarbenen Gewässer des Persischen Golfs. Das Flugzeug sank tiefer und tiefer, während es sich auf die Landung vorbereitete. Als sie – dieses Mal direkt über Dubai – erneut die Küstenlinie kreuzten, wurde Lukas plötzlich klar, was es mit »The Palm, Jumeirah« tatsächlich auf sich hatte. Unter sich nahm er eine Kontur wahr, die wie die Umrisse einer riesigen Palme aussah, jedoch komplett aus *Sand* bestand! Es hatte den Anschein, als hätte jemand sie regelrecht aus der Küstenlinie herausgeformt. Der Stamm dieser Palme, ihre hängenden Blätter sowie das halbrunde Riff, das die Inselgruppe umgab, waren künstlichen Ursprungs. Und als sie noch tiefer kamen, konnte er kleinere und größere Gebäude auf den schmalen, gekrümmten Landstreifen erkennen, die sich in das funkelnde Blau des Meers erstreckten. Lukas schätzte, dass es sich ausschließlich um exklusive Ferienhäuser und Hotels handelte. Das Emirat von Dubai war schließlich ein sehr wohlhabendes Land und Dubai selbst war die größte und bevölkerungsreichste Stadt der Vereinigten Arabischen Emirate.

Die Landung verlief ohne besondere Vorkommnisse. Mit nichts als dem neuen Rucksack als Gepäck dauerte es nur zwanzig Minuten, bis er durch die Pass- und Zollkontrollen war und den Hauptbereich des Airports betrat, eine hohe Halle, deren Dach von lupenrein weißen Säulen getragen wurde und in der indirekte Beleuchtung die Dinge wirken ließ, als würden sie aus sich selbst heraus erstrahlen. Sehr sauber. Fast schon steril.

Obwohl auch westliche Passagiere auf dem Airport zu sehen waren, dominierten eher arabische Männer das Bild. Während einige Anzüge trugen, waren andere in lange weiße Gewänder gekleidet und trugen weiße Tücher als Kopfbedeckung, die mithilfe von schwarzen, um die Stirn geschlungenen Kordeln befestigt waren. Dem Reiseführer nach, den er in Berlin gekauft hatte, wurden die Gewänder Thawbs oder auch Kandura genannt, die Kopfbedeckungen je nach Region Kufiya oder Ghutra. Die Frauen trugen ebenfalls bodenlange Obergewänder, darüber eine Art Überkleider – Abayas – und dazu Kopftücher oder Gesichtsschleier: Niqabs. Überrascht stellte Lukas fest, dass die Frauengewänder nicht durchgängig schwarz daherkamen, wie die Nachrichtensendungen im Fernsehen ihn hatten vermuten lassen. Vielmehr gab es sie in verschiedenen Farben und einer ganzen Palette von Mustern.

Als er aus der Ankunftshalle ins Freie trat, versetzten ihm Hitze und Luftfeuchtigkeit auf der Stelle einen Schlag. Es war, als hätte ihm jemand eine nasse heiße Decke über den Kopf geschmissen. Selbst das Atmen war anstrengend. New Orleans im Sommer konnte schon übel sein, ebenso wie Afrika, wo er aufgewachsen war. Aber das hier war schlimmer. Und verglichen mit New Orleans' häufig bewölktem Himmel, war hier das Firmament von einem fast schon leuchtenden Blau.

Er fand den Taxistand und reihte sich in die Schlange der Wartenden ein. Wie weit das Hotel entfernt war, kümmerte ihn nicht großartig, er würde ja nicht bis dorthin laufen müssen.

Als er die Spitze der Schlange erreicht hatte, ließ er dem Mann hinter ihm den Vortritt. Nicht etwa weil ihm das Taxi, das gerade am Bordstein hielt, verdächtig vorkam. Sondern weil er stets aus Prinzip alle möglichen Vorsichtsmaßnahmen traf und ein rein zufällig gewähltes Taxi in der Hinsicht am sichersten war.

Die Fahrt zum Atlantis-Hotel ging über eine Schnellstraße, die parallel zur Küste verlief und von riesigen Wolkenkratzern und gewaltigen prächtigen Hotels gesäumt wurde. Dabei kamen sie auch am derzeit höchsten Gebäude der Welt vorbei: dem Burj Khalifa. Es war fast zweimal so hoch wie das Empire State Building in New York und dreimal so hoch wie der Pariser Eiffelturm: ein schlanker Stachel mit drei Flügeln, der sich auf seinem Weg in den Himmel immer weiter verjüngte, bis er in weiter Ferne zu einer fast unmöglich dünnen Spitze auslief.

Lukas registrierte, dass es sich bei den anderen Fahrzeugen auf der Straße um einen seltsamen Mix aus teuren schwarzen Limousinen und zerbeulten Rostlauben handelte. Letztere bewegten sich vermutlich mehr durch Glück und Gebete vorwärts als durch Technik und Mechanik.

Schließlich fuhr das Taxi von der Schnellstraße herunter und hielt auf die Küste zu. Als sie den weitflächigen Strandbereich erreichten, musste Lukas unwillkürlich lächeln beim Anblick der Kamele, die dort durch den Sand spazieren geführt wurden. Einen Augenblick musste er an den Zoo in New Orleans denken. Während er zusah, düste ein Strandbuggy – ein dachloses Auto mit abgespeckter Karosserie und breiten Riesenreifen – an einem der Kamele vorbei und jagte dabei eine Sandfontäne hoch. Das Tier drehte nur langsam den Kopf und blickte dem Buggy verächtlich hinterher.

Schließlich hielt das Taxi vor einem Gebäude, das wie ein futuristischer Bahnhof aussah.

»Weiter kann ich Sie nicht fahren, Sir«, sagte der bärtige Fahrer. »Um in Ihr Hotel zu kommen, müssen Sie die Monorail nehmen.«

»Die was?«, fragte Lukas.

»Die Monorail. Eine Einschienenbahn, die Sie von hier zum Hotel hinausbringt, ans hintere Ende der Palmeninsel.«

Wenige Minuten später hatte Lukas das Terminalgebäude durchquert und den strahlend weißen Waggon der Monorail bestiegen. Binnen einer Minute fuhr der Zug auf einer einzelnen Metallschiene in den Persischen Golf hinaus. Monorails und Kamele: In was für eine widersprüchliche Welt hatte es ihn hier verschlagen!

Auf beiden Seiten boten die Waggonscheiben einen Blick auf die geschwungenen Kurven der künstlich angelegten »Palmblätter«, die allesamt von verschiedenartigen, jedoch ausnahmslos teuer aussehenden Gebäuden bedeckt waren. Hier gab es keine Wohnwagen- oder Wohnmobilparks, wie Lukas auffiel.

Auf der einen Seite meinte er in der Ferne ein Erlebnisbad zu sehen. Mit diversen Swimmingpools, Wasserrutschen und Hunderten Menschen, die mit aufblasbaren Bällen herumwarfen und sich amüsierten. Ein Erlebnisbad nur ein paar Hundert Meter vom Meer entfernt? Nun, warum nicht?

Die Endstation der Monorail befand sich unmittelbar vor dem wuchtigen Bau des Atlantis-Hotels. Livrierte Pagen eilten herbei, um ihm den Rucksack abzunehmen. Doch er winkte sie fort, war er doch absolut selbst in der Lage, ihn zu tragen.

Beim Betreten der gigantischen Lobby verschlug es ihm angesichts der Dimensionen und des allgemeinen Prunks die Sprache. Der Boden bestand aus poliertem Marmor und riesige Säulen stützten eine Decke, die aussah wie die Bögen und Falten eines riesigen Zelts. Die Rezeption allein war dreimal so lang wie sein Winnebago in New Orleans. Die Lobby war klimatisiert, was eine große Wohltat war. Er spürte, wie sich der Schweiß auf Stirn und Rücken augenblicklich zu verflüchtigen begann.

Vom prahlerischen Luxus einmal abgesehen, verlief der Check-in schmerzlos. Halb hatte er erwartet, dass der Angestellte an der Rezeption mit hochgezogener Braue andeuten würde, dass er womöglich im falschen Hotel gelandet war. Aber außer einer leichten Überraschung angesichts dessen, dass Lukas kein Gepäck dabei hatte, wies er ihm in perfekter Effizienz und peinlicher Ehrerbietung sein Zimmer zu.

Als Lukas sich umblickte, meinte er zu wissen, warum der Mann seine Ankunft so gelassen aufgenommen hatte. Einige Leute in der Lobby waren ziemlich offensichtlich wegen des Turniers hier. Deutlich waren sie an der blassen Haut, den überdimensionalen Sonnenbrillen sowie den Shorts und T-Shirts zu erkennen. Letztere warben für etliche, Lukas völlig unbekannte Rockbands – wie zum Beispiel *Fatal Insomnia* – sowie Computerspiele. Darunter, wenig überraschend: *Timeslice!*

»Gibt's hier in der Nähe eine Shoppingmall?«, fragte Lukas den Mann hinterm Tresen. »Ich bräuchte noch was zum Anziehen.«

Der Mann warf sich stolz in die Brust. »Wir haben hier die Mall of the Emirates«, verkündete er, als hätte ihm noch nie zuvor jemand diese Frage gestellt und er schon Jahre gewartet, sie endlich zu beantworten. »Gleich am anderen Ende der Monorail. Darin finden Sie über sechshundertdreißig Läden und über einhundert Restaurants und Cafés. Was immer Sie auch kaufen möchten, dort werden Sie es finden. Ich garantiere, Sie werden zufrieden sein. Oder falls Sie nicht so weit fahren möchten, gibt es überall um das Hotelgelände herum ebenfalls Boutiquen, in denen man Kleidung kaufen kann.«

Lukas nickte. »Danke.«

Der Mann wies zur Seite. »Und bitte besuchen Sie auch unser Aquarium während Ihres Aufenthalts. Hier im Hotelgebäude gibt es alle Arten von exotischen Fischen zu bewundern und in den Außenanlagen Delfine und Haie in eigenen Becken. Nirgendwo auf der Welt erwartet Sie ein beeindruckenderes Erlebnis, das garantiere ich.«

»Mal sehen«, erwiderte Lukas diplomatisch. »Haben Sie auch Piranhas?«

Vor Enttäuschung verzog sich das Gesicht des Manns zu einem übertriebenen Ausdruck des Bedauerns. »Leider, Sir, fürchte ich, dass wir keine haben. Dafür aber Zitteraale.«

Das Hotel besaß zweiundzwanzig Stockwerke, die in zwei Flügeln angeordnet waren: Ost und West. Eine spezielle Luxussuite verband die beiden Flügel im zweiundzwanzigsten Stock. Erfreut stellte Lukas fest, dass sich sein Zimmer ziemlich weit unten befand, in der zweiten Etage. Nicht dass er die Höhe scheute. Aber er zog es vor, anonym zu bleiben, im Verborgenen. Und darüber hinaus stets nah am Ausgang, um rasch wieder draußen zu sein, sollte etwas schieflaufen.

Er warf den Rucksack auf das riesige Bett – dessen Laken so weiß waren, dass es in den Augen schmerzte – und ging zum Fenster, um sich anschließend auf den Balkon hinauszubegeben. Von dort konnte er auf die glitzernd blaue Fläche des Persischen Golfs blicken, der sich, von Schaumkronen geschmückt, vor ihm ausbreitete. In Ufernähe nahm er einige Jetskis wahr, die im flachen Wasser dahinbrausten und bogenförmige Spritzfontänen hinter sich herzogen, ähnlich wie zuvor der Strandbuggy den Sand. Weiter draußen kreuzten Windsurfer langsam gegen den Wind, während in noch viel weiterer Ferne ein riesiger Öltanker in eintöniger, träger Fahrt seine Bahn am Horizont zog.

Eine Bewegung unter ihm erregte Lukas' Aufmerksamkeit. Er blickte hinab. Beinahe direkt unter ihm hatte man am Strand eine Zone abgesperrt. Eine Menschenmenge hatte sich darum versammelt und betrachtete irgendetwas interessiert. Dem Aussehen nach handelte es sich hauptsächlich um Turnierbesucher: blasshäutige junge Männer in T-Shirts und Jeans sowie Mädchen mit blau-, grün- oder pinkgefärbten Haaren. In der Mitte fummelten zwei Männer an so etwas wie einem Rucksack herum, der von einem dritten Mann getragen wurde. Plötzlich traten beide Männer zurück und riefen der Menge etwas zu.

Während Lukas erstaunt zusah, begann sich der Dritte langsam in die Luft zu erheben. Lukas blickte genauer hin. Außer dem Rucksack trug der Mann einen Sturzhelm. Aber es waren die Arme, die Lukas' Aufmerksamkeit fesselten. Abgesehen davon, dass er sie dicht an den Körper gepresst hielt, war da etwas an ihnen festgeschnallt: jeweils drei Objekte, die wie schwarze, abwärts gerichtete Metallflaschen aussahen. Dünne Leitungen führten von den sechs flaschenförmigen Objekten zum Rucksack. Lukas konnte deutlich sehen, wie sich unter dem Mann heiße Luft kräuselte, als er in die Höhe stieg. Anscheinend handelte es sich um eine Art Jetpack-Demo, die der Menge als Neben-Event zum Turnier präsentiert wurde.

Vielleicht konnten die Zuschauer auch einmal einen Versuch riskieren – gegen Bezahlung natürlich. Lukas schüttelte den Kopf. Manchmal konnte er sich nur wundern, was für bizarre und überflüssige Dinge die Menschen so probierten und erfanden.

Der Mann mit dem Jetpack war jetzt fast auf Höhe von Lukas' Zimmer. Nach einer leichten Justierung seiner Armpositionen bewegte er sich plötzlich auf das Hotel zu. Daraufhin drehte er die Arme nach vorn und bewegte sich wieder rückwärts – um dann die Arme gerade so weit vom Körper zu spreizen, dass sie nicht mehr parallel zueinander waren, woraufhin er den abgesperrten Bereich in einer Spirale überflog. Wie gebannt sah Lukas zu.

Er gab sich einen Ruck. Er konnte sich keine Ablenkungen erlauben. Es war Zeit, sich zum Turnier hinunterzubegeben und zu sehen, ob sich Una, Daniel oder Alya finden ließen.

Er nahm den Lift in die Lobby und folgte anschließend der endlosen Schlange bleichhäutiger Gamer am Restaurant- und Barbereich vorbei zu einer weitflächigen Flucht aneinandergereihter Konferenzräume. Vor einer zugezogenen Faltwand hatte man einen Tisch zur Registrierung aufgestellt. Dort standen schon jede Menge Gamer Schlange, um im Austausch gegen ihre persönlichen Daten Gummiarmbänder zu erhalten, mit denen sie sich identifizieren konnten. Lukas überlegte, ob er warten sollte, bis die

Schlange kürzer wurde – wenn das denn jemals der Fall sein würde. Doch dann fiel sein Blick auf die andere, leere Seite des Tischs, auf der ein Schild mit der Aufschrift »VIP-Zugang« platziert war. So wie er Una kannte, würde sie ein VIP-Ticket für ihn besorgt haben.

Lächelnd näherte er sich dem Mädchen am Tisch. »Lukas Crowe, ich glaube, mein Name steht auf der Liste.«

Sie erwiderte das Lächeln und überprüfte die vor ihr liegende Liste. »Ah, ja, Mr Crowe. Willkommen im Atlantis-Hotel Dubai und dem *World Computer Games*-Turnier.« Sie händigte ihm ein Armband aus – nicht dieselbe Farbe, wie sie die Wartenden in der Schlange bekamen, stellte er fest – sowie ein kleines Tablet. »Alle Infos zum Turnier, den Spielern, Events und allem, was sonst noch so los ist, finden Sie auf dem Tablet«, fügte sie mit einem weiteren umwerfenden Lächeln hinzu. »Und darüber hinaus können Sie darauf einen Tisch in den Restaurants buchen und beim Zimmerservice bestellen.«

»Danke.«

Lukas lenkte seine Schritte an der Schlange der Besucher vorbei – nicht ohne Unbehagen angesichts deren neugieriger Blicke – und marschierte durch eine Tür in der Faltwand, die von zwei aufmerksamen Security-Männern flankiert wurde.

Wie es aussah, waren in der ersten Halle die Startrunden des Turniers bereits im Gang.

Stuhlreihen um Stuhlreihen waren hier halbkreisförmig mit Blick auf eine Bühne aufgestellt worden, auf der einige

Tische mit makellos weißen Tischtüchern standen. Darauf thronten an die zwanzig Hochleistungs-Gaming-PCs mit riesigen gekrümmten LCD-Bildschirmen, die vom Publikum abgewandt waren. Hinter jedem Computer hockte ein Gamer. Alle waren völlig auf den Bildschirm vor sich konzentriert, während sie wie wild ihre Tastatur bearbeiteten und an ihrer Maus herumruckelten.

Über den Tischen, den Spielern und ihren Bildschirmen hingen Riesenscreens, auf denen anscheinend das Spiel übertragen wurde, das gerade darunter ablief. Auf jedem Screen war in der Mitte ein Großbild zu sehen, das von vielen kleineren umrahmt wurde. Das Mittelbild wechselte etwa alle zehn Sekunden, um jeweils einen anderen Aspekt des laufenden Spiels zu zeigen. Lukas vermutete, dass jemand hinter den Kulissen alles verfolgte und die spannendsten – oder vielleicht auch wichtigsten – Momente auswählte, um sie in der Mitte zu zeigen.

Die Stuhlreihen vor den Screens waren etwa zu einem Viertel mit Zuschauern besetzt. Einige sahen begeistert zu, während andere sich mit Freunden unterhielten oder etwas mit ihren Smartphones machten. Lukas hatte den Eindruck, dass es sich um Qualifizierungsrunden oder irgendwelche niedrigklassigen Ligamatches handelte, mit denen Interesse für die späteren, großen Games geweckt werden sollten.

Bei dem Spiel, das im Gang war, handelte es sich nicht um *Timeslice!* Vielmehr sah es wie ein in der Gegenwart spielender, einfacher Action-Shooter aus, in dem Soldaten durch Gebäuderuinen pirschten und versuchten, sich gegenseitig den Rücken freizuhalten.

Eins der kleineren Bilder am Rand der Screens war komplett schwarz. Einen Moment lang dachte Lukas an ein technisches Problem. Aber niemand schien deswegen großartig beunruhigt zu sein. Plötzlich, wie aus dem Nichts, begann sich die Schwärze zu lichten. Wer immer auch hinter den Kulissen für die Bildregie sorgte, wusste etwas, das niemand sonst wusste, und projizierte das Bild nun in die Mitte der Screens. Dann schwand die Schwärze auf einmal ganz. Nun erkannte Lukas, dass der Spieler sich in einem Schrank versteckt und gerade die Tür geöffnet hatte. Ein anderer Spieler – oder besser gesagt dessen Avatar – stand mit halb erhobener Waffe vor ihm. Lukas' Blick flog über die kleineren Bilder und fand die Gegenperspektive: die des zweiten Spielers, der auf den anderen Spieler im Schrank starrte und nun vor Lukas' Augen eine Reihe von Feuerstößen von diesem abkriegte.

»Man down!«, verkündete eine Stimme über Lautsprecher. »Respawning!«

Lukas ging weiter. Diese Plänkeleien waren unter Unas Niveau. Hier würde er sie nicht finden.

Die erste Halle führte in eine zweite, wo an gegenüberliegenden Enden zwei weitere Spiele stattfanden. Bei dem einen schien es sich um eine mittelalterliche Schlacht zu handeln. Ritter auf Schlachtrössern preschten mit erhobenen Lanzen ein grasbewachsenes Feld rauf und runter, während sie versuchten, sich gegenseitig aus dem Sattel zu stoßen. Das zweite Spiel war viel einfacher. Hier bauten die Spieler in einer klötzchenförmigen Landschaft klötzchenförmige Rohstoffe ab, um daraus klötzchenförmige Gebäude zu errichten. Diese Gamer waren jünger. Einige hatten Erwachsene dabei, offensichtlich ihre Eltern, die vor den Tischen standen und ihnen ganz zappelig vor Nervosität zusahen.

Lukas schüttelte den Kopf. Angesichts dessen, was Una über die enormen Preisgelder bei solchen Turnieren erzählt hatte, fragte er sich unwillkürlich, wie viel Druck diese Eltern wohl auf ihre Kinder ausübten.

Er blickte in die erste Halle zurück, dann nach vorn in die nächste, die in relativer Dunkelheit lag. Hier war es nicht so wie auf der Tattoo-Convention in Berlin. Dies hier war kleiner, konzentrierter. In Berlin hatte ein großes, zentrales Atrium die Hallen miteinander verbunden. Hier gab es drei aneinandergereihte Hallen und darüber hinaus einen Seitenkorridor, der sich – statt zwischen den Hallen zu verlaufen – an deren Rand entlangzog. Er steuerte auf eine Tür zu, die in den Seitenkorridor hinausführte. Nicht unbedingt, weil er Una dort zu finden hoffte, sondern eher, um die örtlichen Gegebenheiten zu erkunden und zu verinnerlichen. Tatsächlich erwies sich der breite, gut ausgeleuchtete Korridor – der sich von der ersten bis zum Ende der dritten Halle zog – als Rückzugsort für Fans und Spieler, die dem grellen Licht und Krach der Hallen entfliehen wollten. Mit dem Rücken gegen die Wand gelehnt, saßen sie auf den Marmorfliesen, während sie sich miteinander unterhielten, Sachen aus Pappkartons aßen, aus Wasserflaschen tranken oder einfach nur ins Leere starrten.

Lukas schlenderte die mit Teppich ausgelegte Mitte des Korridors entlang und überprüfte die Lage der Notausgänge. Das mochte sich durchaus noch als nützlich erweisen. Dasselbe galt auch für die Lage der Toiletten, die er ebenfalls checkte – allerdings aus anderen Gründen.

Er gelangte zu einer Tür, die in die dritte Halle führte. Sie stand offen, aber auch hier war es drinnen in der Halle dunkler als draußen auf dem Korridor und er konnte nicht viel weiter als drei Meter in den Raum hineinblicken. Er ging hinein und trat augenblicklich zur Seite, damit sich seine Silhouette nicht in der Tür abzeichnete. Wiederum nicht aus einer bösen Vorahnung heraus, sondern weil es eine Gewohnheit war, die er irgendwann angenommen hatte.

Das Erste, was er sah, war eine Reihe provisorischer Essensstände, mit denen für das leibliche Wohl der hungrigen Turnierbesucher gesorgt wurde. Da Dubai ein muslimisches Land, das Turnier jedoch eine bedeutende internationale Veranstaltung war, trugen die Speisen verschiedenen Kulturen Rechnung: kein Schweinefleisch, dafür jede Menge Hummus und Wraps. Aber es war nährstoffreich und sah lecker aus und Lukas merkte plötzlich, wie hungrig er war. Er spielte einen Moment mit dem Gedanken, einen Kamelfleischburger zu nehmen, bevor er sich dann doch für einen gewürzten Lammfleischwrap und dazu eine Flasche Eistee entschied. Jetzt eine Magenverstimmung zu riskieren, war unnötig. Die Kamelburger waren bestimmt lecker und gut zubereitet. Aber er war sich nicht sicher, ob sein Verdauungssystem damit klarkommen würde.

Der Gamingbereich in dieser dritten Halle war deutlich größer als die in den ersten beiden Hallen. Hier würde später vermutlich die richtige Action abgehen. Im Moment war jedoch kein Spiel im Gang. Vielmehr war die Bühne leer, sah man von einigen Stühlen, einem Tisch und den obligatorischen Screens ab, die über allem hingen.

Doch als Lukas weiterging und sich zwischen die anderen Zuschauer setzte, betrat ein junger, mittelöstlich aussehender Mann mit einem Mikrofon die Bühne. Sein Blick glitt über das Publikum, das etwa die Hälfte der Stühle besetzt hatte. Bei seinem Erscheinen leuchtete auf den Screens über der Bühne ein Emblem auf, das Lukas von der Spielepremiere in New Orleans als *Timeslice!*-Logo erkannte. Eigentlich war das erst vor Kurzem gewesen und doch schien es schon eine Ewigkeit her zu sein.

»Hi, zusammen«, begrüßte der Mann mit dem Mikrofon sie auf Englisch. »Willkommen zum *World Computer Games*-Turnier und willkommen auf der *Timeslice!*-Bühne. Mein Name ist Aziz und ich werde heute Nachmittag euer Gastgeber sein, während wir einige große Persönlichkeiten und die Gesichter kennenlernen, die hinter den Gaming-Tags und Avataren stecken. Wie ich weiß, habt ihr in den letzten Monaten die Qualifikationsrunden per Stream im Internet verfolgt. Und wie ich außerdem weiß, habt ihr euch die ersten Runden angesehen, die hier im Atlantis-Hotel stattgefunden haben. Tja, und jetzt nähern wir uns den Finalrunden, zu denen wir alle Beteiligten interviewen werden. Aber zunächst einmal möchte ich Una Britcross willkommen heißen, besser bekannt unter ihrem Tag Britgirl. Ferner Bradley Marshall, den ihr vielleicht besser als Thundergod kennt. Und Tekko Saito, der euch sicherlich als KillerOwlOne bekannt ist. Also dann: Britgirl, Thundergod und KillerOwlOne.«

Unter dem Applaus des Publikums traten drei Personen aus der Dunkelheit hinter den Vorhängen auf die Bühne. Zwei von ihnen waren Lukas gleichgültig. Die dritte war Una.

Winkend lächelte sie ins Publikum. Doch Lukas wusste, wie sehr sie unter Spannung stand, denn ihr Lächeln erreichte nicht ihre von Sorgenfältchen geränderten Augen.

Die drei Gamer winkten noch einmal ins Publikum, bevor sie sich setzten. Bradley Marshall – der nicht älter als sechzehn sein konnte – war ein pummeliger amerikanischer Junge mit schwarzer Stachelhaarfrisur, während es sich bei Tekko Saito um einen klapperdürren Japaner handelte.

Aziz nahm seitlich von ihnen Platz. Er drehte den Körper in Richtung der Gamer, ohne jedoch das Publikum aus dem Blick zu lassen. »Bestimmt haben einige von euch schon *Timeslice!* gespielt«, sagte er. »Entweder in der Beta-Testversion oder … unter weniger legalen Umständen …« Das Publikum lachte angesichts dieser Bemerkung. »Diese drei hier jedoch sind vermutlich die Weltexperten, was das Spiel anbelangt. Und ich werde sie jetzt nach ihren Erfahrungen befragen und natürlich ihren Erwartungen, wie gut sie sich in diesem Turnier schlagen werden …«

Lukas verlor das Interesse an Aziz' Worten. Seine Aufmerksamkeit konzentrierte sich auf Una. Darauf, wie unglücklich sie unter der Maske ihres Make-ups und der gespielten Begeisterung aussah.

Dann riss er den Blick von ihr los und sah sich im Publikum um. Irgendwo unter den Zuschauern saßen vielleicht Angehörige von Gang A oder B, die herauszufinden versuchten, wie Una sich entschied. Würde sie spielen, um zu gewinnen oder um zu verlieren? Es war allerdings niemand zu entdecken, der fehl am Platz wirkte. Weder irgendwelche vierschrötigen Mitglieder der chinesischen Triaden, die sie aus dem Hintergrund mit unheilvollen Blicken musterten, noch irgendwelche Amerikaner oder Deutsche, die aus der überwiegend aus Teenagern bestehenden Gamer-Menge hervorstachen.

Dann fiel ihm auf, dass auch von Ryan, Unas Verlobtem und Manager, keine Spur zu sehen war. Vermutlich hielt er sich irgendwo hinter den Kulissen auf, um das Ganze aus den Schatten zu verfolgen.

Lukas wandte den Blick wieder zur Bühne.

Una starrte ihn an.

Er wusste nicht, wie viel sie im grellen Licht, das auf die Bühne gerichtet war, erkennen konnte. Aber sie sah genau ihn an, ein leichtes Lächeln auf dem Gesicht. Sein Herz machte einen Hüpfer. Sie wusste, dass er da war. Dass er aus Berlin entkommen und ihr gefolgt war. Dass er ihr helfen würde.

Irgendwie.

Aziz stellte immer noch Fragen, die die drei Star-Gamer beantworteten. Lukas bewegte sich an der rechten Seite des Publikums entlang, wobei er sich, so gut es ging, in den Schatten hielt, während er die Zuschauer genauer in Augenschein nahm. Er hatte natürlich keine Ahnung, wie die Gangmitglieder aussahen. Aber er würde Daniel und Alya erkennen, sobald er sie erblickte. Doch nichts sprang ihm in die Augen.

Er begab sich wieder zurück ans Ende des Zuschauerbereichs, wechselte zur linken Seite und schritt auch diese langsam ab. Erneut ließ er den Blick über die eifrigen Gesichter der Besucher gleiten, auf der Suche nach irgendetwas Auffälligem.

Und wurde fündig.

Ungefähr zehn Reihen weiter hinten, dort am Ende der Reihe, nur einen Platz vom Mittelgang entfernt saß … Daniel Britcross.

# KAPITEL FÜNFZEHN

Unas Bruder trug immer noch dieselbe Kleidung, in der Lukas ihn auf der Party in New Orleans gesehen hatte. Die Entführer hatten ihm nicht einmal erlaubt, sich umzuziehen. Er sah verängstigt, fast traumatisiert aus. Starr hatte er den Blick auf seine Schwester geheftet: das erste vertraute Gesicht, das er seit seiner Entführung zu sehen bekam. Rechts und links von ihm saß jeweils ein chinesischer Teenager – oder vielleicht Männer, die als Teenager durchgehen konnten. Wie die meisten Gamer hier trugen sie T-Shirt und Jeans. Aber Lukas meinte etwas Ungewöhnliches an ihnen wahrzunehmen. Vielleicht war es der Umstand, dass ihre T-Shirts und Jeans frisch gewaschen und gebügelt aussahen. Vielleicht jedoch war es auch die Art, wie sie viel mehr auf Una achteten als auf die drei Männer auf der Bühne. Sie durchbohrten sie fast mit ihren Blicken.

»In Ordnung«, verkündete Aziz. »Es wird langsam Zeit, euch den Ball zu überlassen. Also, hat irgendjemand im Publikum Fragen?«

Die Hände schossen in die Höhe und ein weiterer Turniermitarbeiter, ein Mädchen, tauchte mit einem drahtlosen Mikrofon auf. Aziz zeigte auf jemanden und das Mädchen ließ das Mikrofon die Reihe entlang zu einem nervösen Jungen durchgeben, der die Hand erhoben hatte. Stotternd brachte er eine Frage zustande, die Lukas nicht im Geringsten verstand, irgendetwas über Bildwiederholungsraten und Ghosting oder so etwas in der Art. Der japanische Gamer – KillerOwlOne – antwortete nach besten Kräften.

»Noch jemand?«, fragte Aziz.

Einer der chinesischen Teenager, die Daniel flankierten, reckte die Hand in die Höhe. Aziz zeigte auf ihn und das Mädchen mit dem Mikrofon kam herumgerannt, um es ihm zu überreichen.

»Ich habe eine Frage an Una Britcross«, sagte der Teenager, während er sich erhob und das Mikro nahm. Von Lukas' Position aus war es schwer zu beurteilen. Aber so, wie es aussah, lag ein verschlagenes Lächeln auf seinem Gesicht. »Glaubst du, dass du hier auf dem Turnier gewinnst?«

Aziz überreichte Una sein Mikrofon. Zögernd nahm sie es entgegen und sah in das Publikum. Zunächst blieb ihr Blick auf dem Fragenden haften. Doch als der demonstrativ zur Seite hinabsah, entdeckte sie plötzlich ihren Bruder. Lukas nahm wahr, wie Daniel unruhig auf seinem Platz herumrutschte, fast als wollte er auf seine Schwester zustürzen. Aber der andere Aufpasser legte ihm warnend die Hand auf die Schulter. Lukas blickte wieder zu Una.

Auf ihrem Gesicht lag ein Ausdruck von … Verblüffung. Überraschung. Glück. So viele Emotionen, die darum rangen, die Oberhand zu gewinnen. Aber sie wusste, dass sie sich auf der Bühne befand. Vor einem großen Publikum, das nichts davon ahnte, was da vor sich ging. Also unterdrückte sie ihre Gefühle und antwortete mit breitem Lächeln: »Ja, natürlich.« Das Mikrofon und die Lautsprecher trugen ihre Worte in jeden Winkel der Halle. »Ich bin völlig auf den Sieg fokussiert. Ich kenn das Spiel in- und auswendig und bin zuversichtlich, dass ich auf dem ersten Platz lande. Mehr als zuversichtlich: Ich bin sicher.«

Die Frage war natürlich eine Drohung gewesen, adressiert an Una. Eine Drohung und eine Warnung zugleich. Die beiden Chinesen von Gang A waren mit Daniel hier in die Halle gekommen, um Una zweifelsfrei zu demonstrieren, dass sie ihn noch gefangen hielten. Und jederzeit töten konnten, sollte Una nicht mit der geforderten Punktzahl gewinnen. Natürlich hatte Lukas ihre Anwesenheit durch sein Telefonat mit Madame Zhōu noch von Berlin aus arrangiert. Aber trotzdem fragte er sich, ob er das Richtige getan hatte, als er den Schmerz in Unas Gesicht wahrnahm.

Doch, hatte er. Er wusste jetzt, dass Daniel in Dubai war. Was seine Rettung um vieles einfacher machte. Wobei »einfach« selbstverständlich ein relativer Begriff war. Es würde dennoch hart werden, aber immerhin leichter als unmöglich. Was bedeutete, dass Lukas Boden gutgemacht hatte.

Unas Blick huschte unsicher durch den Raum, als sie Aziz das Mikrofon zurückgab. Sie hielt natürlich nach Alya Ausschau. Doch Lukas war sich nicht sicher, ob sie in der Halle war. Geschweige denn, ob Gang B sie überhaupt nach Dubai gebracht hatte. Doch um das Problem würde er sich später kümmern.

Es gab weitere Fragen. Einige richteten sich an Una, einige an die beiden anderen Gamer. Ganz offenkundig war Una nicht recht bei der Sache, denn permanent wanderte ihr Blick zu Daniel. Aber sie war Profi genug, um alles nach besten Kräften zu beantworten. Einige Fragen betrafen technische Aspekte des Spiels, bei anderen – auf die keiner der Gamer einging – ging es um Taktik. Und wiederum andere hatten eigentlich mit Fragen überhaupt nichts zu tun, sondern drückten auf verschiedene Weise nichts anderes aus als: »Ich bin dein größter Fan!« Doch alle drei brachten das Ganze professionell über die Bühne.

»Okay«, sagte Aziz schließlich, als klar wurde, dass dem Publikum die Fragen ausgegangen waren. »Kommen wir zum Ende. Sorgt dafür, dass ihr in zwei Stunden wieder zurück seid, wenn wir mit dem *Timeslice!*-Turnier beginnen. Jenen von euch, die lieber hier warten, zeigen wir in zehn Minuten einen Behind-the-Scenes-Einblick in die Entstehung des Spiels.«

Das Publikum applaudierte und Aziz begleitete die Gamer nach hinten von der Bühne, wo sie hinter schwarzen Vorhängen verschwanden.

Lukas' Gedanken rasten. Ihm widerstrebte es, irgendwelche Schritte zu Daniels Rettung zu unternehmen, bevor er nicht wusste, ob Alya ebenfalls hier war. Doch andererseits wollte er auch nicht, dass man Daniel wegbrachte und wieder an einem Ort versteckte, wo er für sie womöglich für immer verloren sein würde.

Einen Moment war er durch die ungewohnte Unentschlossenheit wie gelähmt. Ihm boten sich zwei gleichwertige Handlungsoptionen und er wusste nicht, für welche er sich entscheiden sollte.

Brich das Problem herunter, ermahnte er sich. Einfache Schritte. Folgte er Daniel und seinen Aufpassern von Gang A, würde er womöglich den Augenblick verpassen, wenn – beziehungsweise *falls* – Gang B auf den Plan trat, um Alya Una zu präsentieren. Folgte er Una und wartete darauf, dass Alya sich zeigte, würde er Daniels Spur verlieren. Ergo musste er Daniel schnell in Sicherheit bringen und dann Una folgen.

Also, nur die Ruhe.

Es musste schnell gehen. Zwei Aufpasser. Hieß: einen ablenken, den anderen ausschalten, Daniel retten. Dann: den zweiten ausschalten, falls erforderlich.

Eine Ablenkung also. Nur wie?

Plötzlich kam Lukas in den Sinn, was er auf der Premierenparty des Spiels in New Orleans gehört hatte: Da gab es doch diesen Gamer, der bei seinen Livestreams stets eine Maske trug!

Das könnte klappen.

Zügig steuerte Lukas von hinten auf Daniel und seine beiden Aufpasser zu. Eine Gruppe von drei Gamern kam ihm gerade entgegen. Lukas packte einen von ihnen am Arm. Als der Mann sich ihm verdutzt zuwandte, zeigte Lukas auf den rechten der beiden Aufpasser. »Ist das nicht GamRFlamR?«, fragte er ganz aufgeregt. »Wusste ja gar nicht, dass er überhaupt hier ist!«

»GamRFlamR?«, fragte der Gamer und starrte verwirrt auf den Hinterkopf des Aufpassers. »Warum glaubst du, dass er das ist?«

»In New Orleans hat er bei der *Timeslice!*-Premiere seine Maske abgenommen«, sagte Lukas. »Ein Freund von mir war da … und hat Fotos gemacht.«

»Die hab ich ja gar nicht gesehen!« Der Gamer machte ein paar Schritte auf die Aufpasser und Daniel zu. »Entschuldigung«, sagte er und fasste einen der Aufpasser am Ärmel. »Bist du GamRFlamR?«

Der Chinese drehte sich zu ihm um. »Loslassen«, knurrte er. »Lass mich in Ruhe.«

»Hey«, rief der Gamer laut und blickte sich um. »Das ist GamRFlamR! Er ist tatsächlich hier! Und er hat seine Maske abgenommen!«

Eine Welle der Überraschung durchlief die umstehende Menge. Binnen weniger Augenblicke drangen zwanzig, dreißig Gamer auf Daniel und seine beiden Wächter ein. Lukas vernahm aufgeregtes Gemurmel: »Ist er es?« – »Er ist es!« – »Gibt er Autogramme?«

Ein Mädchen hielt dem Aufpasser ein Blatt Papier unter die Nase und sagte: »Würdest du mir da ein Autogramm draufschreiben? Mein Name ist Amy! Mit Ypsilon.«

»Kann ich ein Selfie mit dir machen?«, rief jemand anders.

Während sich die Menge weiter zusammenbraute, umrundete Lukas die Ansammlung und näherte sich dem zweiten Aufpasser von der anderen Seite. Der versuchte gerade, Daniel aus der Meute hinauszubugsieren, während sein Kumpan die fehlgeleiteten Fans abwehrte. Lukas hatte gehofft, sich seinem Gegner unbemerkt nähern und ihn durch einen harten Schlag von hinten in die Nieren ausschalten zu können. Aber der nahm ihn aus dem Augenwinkel wahr und wandte den Kopf.

Er riss die Augen auf. Er hatte Lukas erkannt.

Blitzschnell flog Lukas' Rechte hoch. Bevor der Aufpasser reagieren konnte, hatte Lukas ihm bereits zweimal die Faust ins Gesicht gepflanzt. Leichte Schläge. Ohne richtige Wucht dahinter. Aber genug, dass der Aufpasser Daniel desorientiert losließ. Er ballte die Rechte zur Faust und hob sie drohend, während seine linke Hand nach hinten an den Rücken griff. Lukas hatte keine Ahnung, ob er nach einer Pistole oder einem Messer langte, und hatte auch nicht vor, es herauszufinden. Nun, da Daniel abseits stand, hatte Lukas freie Bahn. Er verpasste seinem Gegner einen harten Schlag in die Brustmitte. Überrumpelt trat der Aufpasser zurück und ließ die Faust sinken, um seine Brust vor einem weiteren Hieb zu schützen. Doch damit war sein Kopf ungeschützt! Die Rechte schwingend, sprang Lukas auf den Chinesen zu und hämmerte ihm die Faust gegen die Kopfseite, genau in die Vertiefung zwischen Schläfe und Kieferknochen.

Lukas ließ die Hand sinken. Sie schmerzte, aber die Finger waren nicht gebrochen. Der Aufpasser starrte Lukas sekundenlang nur wütend knurrend an. Lukas stand einfach da, bereit weiterzukämpfen, falls nötig. Doch der Hieb hatte seinen Zweck erfüllt. Langsam sank der Aufpasser auf die Knie und kippte nach vorn.

Lukas' Blick flog dorthin, wo der andere Aufpasser inmitten eines wachsenden Wirbels von Autogramm- und Selfiejägern feststeckte. Geblendet starrte er mit blinzelnden Augen in das Blitzlichtgewitter der Handykameras, während er mit wild fuchtelnden Armen versuchte, die Menge abzuwehren.

Lukas packte Daniels Arm. Der Junge stand nur da und wusste nicht, was los war.

»Ich bin mit deiner Schwester da«, sagte Lukas mit drängender Stimme. »Komm mit.«

Geduckt bewegte sich Lukas durch die Menge und zog Daniel hinter sich her. Der Junge war klein und seine Kleidung unterschied sich kaum von der der anderen Besucher. Der verbliebene Aufpasser würde ihn nicht so schnell entdecken.

Sie eilten auf den hinteren Bereich der Halle zu, wo die Leute sich immer noch etwas zu essen besorgten. Zwischen zwei Imbissständen gingen sie in Deckung.

»Bist du wirklich mit meiner Schwester hier?«, fragte Daniel keuchend.

»Bin ich. Bist du okay? Haben sie dir wehgetan?«

Der Junge schüttelte den Kopf. »Nein. Sie haben sich einigermaßen um mich gekümmert. Ich hatte Angst, aber sonst bin ich okay.« Er blickte sich um. »Wir waren lang im Flugzeug. Wo sind wir?«

»In Dubai.«

Daniels besorgtes Gesicht nahm plötzlich einen glücklichen Ausdruck an. »Auf dem Turnier!«

»Ja.« Lukas fasste den Jungen an der Schulter, um ihm Mut zu machen. »Hör mal, du kennst doch die Assistentin deiner Schwester.«

»Alya? Die ist super! Ich mag sie!«

»Tja, die ist von jemand anders entführt worden und ich muss sie genauso retten wie dich. Wenn ich dich bitte, hierzubleiben, kriegst du das hin?« Er blickte sich um. Zwischen dem Imbissstand und der Hallenwand war eine Lücke von etwa dreißig Zentimetern. »Du kannst dich da drin verkriechen. Und komm erst raus, wenn du weißt, dass ich es bin.«

»Und wie weiß ich das?«

»Wir vereinbaren ein Codewort.« Lukas dachte einen Moment nach. »Tausendfüßer. Kannst du dir das merken?«

Daniel nickte.

»Hörst du mich ›Tausendfüßer‹ sagen, weißt du, dass die Luft rein ist und du rauskommen kannst. Wie lautet das Codewort?«

»Tausendfüßer.«

»Gut. Und jetzt versteck dich.«

Der Junge zwängte sich in die Lücke hinter dem Imbissstand und legte sich auf die Seite. Lukas hoffte, dass er okay sein würde. Aber so, wie er es sah, hatte er kaum eine andere Möglichkeit, als ihn hier zurückzulassen.

Schnell schlüpfte er zwischen den beiden Ständen hinaus in die Halle, bevor jemand mitbekommen konnte, woher er kam.

Er hielt auf die Bühne zu, wo er Una zuletzt gesehen hatte. Dort waren gerade Helfer dabei, die Stühle vom Interview gegen das gleiche, mehrteilige Ensemble aus Tischen und Gaming-PCs auszutauschen, das Lukas in den anderen Hallen gesehen hatte. Allerdings war dieses Equipment prunkvoller. So waren die Tischtücher, die man auf den Tischen ausbreitete, mit goldenen Quasten umrändert und zudem mit dem Logo der Convention bestickt. Dies war *definitiv* die wichtige Halle.

Er war bereits auf halbem Weg zur Bühne, als ihn plötzlich jemand von hinten packte. Muskulöse Arme hielten ihn wie ein Schraubstock umklammert.

»Was hast du mit dem Jungen gemacht?«, knurrte ihm eine Stimme ins Ohr. Lukas konnte den Atem des Manns auf seiner Wange spüren. Es war der Aufpasser, den er der Menge als GamRFlamR verkauft hatte. Und er war sauer.

Instinktiv riss Lukas die Arme hoch, fort vom Körper. Überrumpelt sah der Gegner seine Umklammerung jäh durchbrochen. Lukas rammte ihm mit voller Wucht den

Ellenbogen in den Magen – so hart, als wollte er ein Ziel irgendwo *hinter* dem Gegner treffen. Es war, als würde sein Ellenbogen sich fast bis in dessen Rückgrat graben. Grunzend krümmte der Chinese sich zusammen.

In einer halben Drehung langte Lukas mit der Linken nach unten und packte die Linke des anderen, als dieser sie gerade schützend wieder hochbrachte. Lukas' Finger krallten sich um Ringfinger und kleinen Finger des Gegners. Eine abrupte Drehung und beide waren gebrochen.

Vor jähem Schmerz und Schock kreischte der Aufpasser auf.

Lukas drehte sich ganz herum, die Hand des Manns immer noch im Griff. Mit einem Ruck brachte er sie auf Kopfhöhe und zwang damit den Gegner nieder. Lukas packte ihn an den Haaren, zerrte und drückte gleichzeitig, sodass sein Gegner endgültig in die Knie ging. Mit einem entschlossenen Ruck schickte Lukas den Chinesen mit dem Gesicht voran auf die Marmorfliesen. Ein letzter Druck noch auf die gebrochenen Finger und ein weiteres gequältes Protestgeheul ertönte.

Der ganze Vorfall hatte nicht länger als fünf Sekunden gedauert. Die ersten Leute hatten sich bereits umgedreht, um zu sehen, was der Aufruhr sollte. Also entfernte sich Lukas mit einigen schnellen Schritten und tauchte in die Menge ein. Ohne medizinische Behandlung würde der Aufpasser nicht mehr allzu viel auf die Reihe kriegen. Und definitiv nicht in der Lage sein, Lukas zu folgen, während er auf sein ursprüngliches Ziel zusteuerte.

Zur Bühne hinauf bedurfte es nur eines kleinen Sprungs. An Tischen und Computern vorbei, die gerade aufgebaut wurden, hielt er auf die schwarzen Vorhänge im Bühnenhintergrund zu. Irgendwo dahinter musste Una sein. Er hoffte nur, dass er nicht zu spät kam.

Ein Helfer stellte sich ihm in den Weg. »Sorry, aber da hinten hat niemand Zutritt!«

Lukas hob das Handgelenk, um sein VIP-Band zu präsentieren. »Ich bin mit Una Britcross hier«, sagte er mit einer Stimme, die keinen Widerspruch zuließ.

»Oh.« Der Helfer winkte ihn vorbei. »Ja, dann nur zu. Sie ist im Green Room, glaube ich.«

»Green Room?«

»Dort halten sich die ganzen Promis auf, wenn sie nicht auf der Bühne sind.«

»Okay, danke.« Er schob die Vorhänge beiseite und schlüpfte hindurch.

Es stellte sich heraus, dass ein Teil des hinteren Hallenbereichs über die volle Raumbreite durch den schwarzen Vorhang abgetrennt war. Mit Ausnahme der Stelle, an der Lukas gerade herausgekommen war, verhinderten Barrieren, dass irgendwelche Besucher hindurchkamen.

Auf einem an die Hallenrückwand geklebten Schild stand *Green Room*, dazu wies ein Pfeil nach links.

Rasch durchquerte Lukas die Halle. Eine Brandschutztür führte in ein Treppenhaus hinaus. Ein weiteres Pfeilschild, dem er folgte, wies die Treppe hinauf.

Oben angekommen, dirigierte ihn ein drittes Schild

über einen Korridor zu einer Tür, vor der ein Helfer Wache stand. Mit einem Blick auf sein Armband winkte er ihn hinein.

Lukas betrat einen riesigen Raum mit hellbraunen Marmorwänden, dessen Boden mit einem hochflorigen Teppich ausgelegt war. An einer Seite standen auf einem langen Tisch verschiedene Tabletts mit Speisen sowie Getränkedosen bereit, während vor ihm ein raumbreites Panoramafenster einen Blick auf die Halle hinab bot, aus der Lukas gerade gekommen war. Nichts davon nahm jedoch seine Aufmerksamkeit gefangen, denn die war auf ein paar Leute gerichtet, die drüben am Fenster beisammenstanden und sich mit einem Teller Speisen in der Hand unterhielten. Eine von ihnen war Una.

Sie sah ihn und ein Lächeln erhellte ihr Gesicht. Er durchquerte den Raum und blieb etwas abseits neben dem Fenster stehen, wo sie sich zu ihm gesellte.

»Ich hätte nicht gedacht, dass du …«

»Keine Zeit«, schnitt er ihr das Wort ab. »Ich hab Daniel …«

»Oh, Gott sei Dank!« Sie blickte sich erwartungsvoll um. »Wo ist er?«

»Ich habe ihn versteckt. Aber ich muss immer noch Alya finden. Hast du sie gesehen?«

Verwirrt runzelte Una die Stirn. »Was? Ist sie etwa auch hier?«

»Keine Ahnung. Ich hoffe. Aber zumindest weißt du, dass du dir keinen Kopf mehr machen musst, ob du das

Turnier nun gewinnst oder verlierst. Jetzt müssen wir uns nur noch um eine Geisel Gedanken machen.«

»Danke. Du hast Daniel gerettet. Also ist es jetzt an mir, Alya zu retten.«

»Es ist noch nicht vorbei. Wenn ich herausfinden kann, wo Alya steckt, könnte ich sie trotzdem noch aus den Klauen der …«

Unas Smartphone klingelte. Mit entschuldigender Miene hob sie es ans Ohr, um den Anruf entgegenzunehmen.

»Hallo?«

Lukas beobachtete ihr Gesicht. War es Ryan? Hatte es etwas mit dem Turnier zu tun?

Keins von beidem. Unas Züge schienen zu erstarren. Sie schloss die Augen, als würde sie Schmerzen leiden.

»Ja«, sagte sie schließlich und beendete das Gespräch. Sie blickte zu Lukas auf. »Ich weiß nicht, wer das war. Aber sie haben gesagt, dass ich in Raum 2201 kommen soll, wenn ich meine Freundin wiedersehen will.«

Lukas nickte. »Das sind Alyas Entführer«, sagte er mit eindringlicher Stimme. »Sie haben sie also hergebracht. Genau so, wie ich es ihnen nahegelegt habe. Sie wollen, dass du Alya siehst, um so deine Gefühle zu beeinflussen. Sie werden dir noch einmal sagen, dass du das Turnier gewinnen musst, mit einer bestimmten Punktzahl, oder sie werden sie umbringen. Und sie werden dir sagen, dass du deinen Bruder vergessen sollst, um Alya zu schützen.«

»Aber ich *will* gewinnen«, protestierte Una. »Kann ich ihnen nicht einfach erzählen, dass du Daniel gerettet hast und sie Alya nicht mehr bedrohen müssen?«

Lukas schüttelte energisch den Kopf. »Erinnerst du dich an die Tunnel in Berlin, die Zombiegruft? Diese Typen wollten mich und Alya umbringen, weil wir ihre Gesichter gesehen haben. Das war zwar 'ne andere Gang, aber die hier werden nicht anders sein. Sie bringen Alya in dem Moment um, in dem sie sie nicht mehr brauchen. Inzwischen weiß sie schon zu viel von ihnen. Sie wird ihre Gesichter gesehen und ihre Namen gehört haben. Sie lassen sie niemals frei. Nein, wenn du verrätst, dass Daniel in Sicherheit ist, wissen sie, dass du sowieso voll auf Sieg spielst. Dann spricht nichts mehr dafür, Alya am Leben zu lassen – aber alles, sie zu töten.«

Una schloss die Augen, holte tief Luft und nickte. »Du hast recht«, sagte sie. Sie schlug die Augen wieder auf und richtete sie zu Lukas empor. »Sie sagten, dass ich allein kommen muss. Dass sie mich beobachten. Und dass sie andernfalls Alya umbringen und jeden in meiner Begleitung.«

»Natürlich. Sie werden mich nicht sehen, versprochen.«

Una drückte Lukas' Hand. Dann verließ sie ihn.

Er wartete dreißig Sekunden, bevor er ihr folgte.

Wie sich zeigte, hatte Una bereits das andere Ende des Korridors erreicht und durchschritt gerade eine Brandschutztür. Lukas folgte ihr in sicherem Abstand.

Sie begab sich in den zentralen Bereich des Hotels zurück, in die überfüllte Lobby. Lukas beobachtete, wie sie in einen Fahrstuhl stieg. Zimmer 2201 würde sich im zweiundzwanzigsten Stock befinden. Lukas blickte sich um, um sicherzugehen, dass niemand ihn beobachtete. Dann nahm er einen anderen Fahrstuhl in den Zwanzigsten. Die Fahrt dauerte nur etwa dreißig Sekunden. Aber die Anspannung, einfach tatenlos dazustehen, abzuwarten und der gedämpften Hintergrundmusik zu lauschen, machte ihn fast wahnsinnig.

Er stieg im Zwanzigsten aus und sah sich nach der Brandschutztür um, durch die man ins Treppenhaus gelangte. Sie befand sich gleich neben den Fahrstühlen. Er schlüpfte hindurch und stieg zwei Treppenläufe empor. Sorgfältig vergewisserte er sich, dass niemand von Gang B auf dem Treppenabsatz des zweiundzwanzigsten Stockwerks Schmiere stand – was jedoch nicht der Fall war. Er zog die Brandschutztür in den Zweiundzwanzigsten einen spaltbreit auf und spähte hindurch.

Unas Fahrstuhl war gerade erst angekommen. Vermutlich hatte jemand anders ihn unterwegs angehalten und war zugestiegen, sodass sie sich verspätet hatte. Merkwürdigerweise war sonst keine Menschseele in der Nähe zu sehen. Dabei hatte Lukas mit Wachen, Beobachtungsposten oder so etwas in der Art gerechnet, entweder an den Fahrstühlen oder auf dem Flur. Genau deswegen war er bereits zwei Stockwerke tiefer ausgestiegen.

Durch den Türspalt beobachtete er, wie Una den Flur entlangging und schließlich vor einer Tür stehen blieb. Sie klopfte. Niemand antwortete. Ein paar Augenblicke später stieß sie gegen die Tür. Sie schwang auf und sie ging hinein.

Lukas meinte zu wissen, was jetzt gleich passieren würde. Und er hatte recht: Zehn Sekunden später kam Una wieder heraus. Sie wirkte angespannt und hielt einen Zettel in der Hand. Mit an Sicherheit grenzender Wahrscheinlichkeit eine Nachricht, mit der sie zu einem anderen Zimmer in einem anderen Stock weitergeschickt wurde. Wer immer dies hier organisiert hatte, *sah zu*. Und hätte Una die Polizei informiert oder ihr eigenes Security-Team mitgebracht, hätten die bösen Jungs hundertprozentig ihre Komplizen alarmiert, um Alya zu evakuieren. So jedenfalls hätte Lukas es gemacht.

Una steuerte wieder zu den Fahrstühlen zurück. Lukas konnte ihr förmlich den Druck ansehen, unter dem sie stand. Als sie an der Brandschutztür vorbeikam, zog Lukas sie noch ein kleines Stückchen weiter auf. Unas überraschter Blick glitt flatternd über den Türspalt. Lukas legte den Finger an die Lippen, um sie zu beruhigen. Mit einer raschen Handdrehung bot sie ihm einen kurzen Blick auf die Nachricht: 1015 stand da drauf. Also zehnter Stock, Zimmer 15.

Als Una sich abwandte und den Fahrstuhlknopf drückte, ließ Lukas die Brandschutztür leise zuschnappen und stürmte schnellstens zehn Treppenfluchten in den zwölften Stock hinab. Ab da glitt er leise weiter hinab in den elften, ein Stockwerk über dem, zu dem Una unterwegs war.

Er lauschte. Aber nichts deutete darauf hin, dass auf dem Treppenabsatz des zehnten eine Wache stand. Leise bewegte er sich den letzten Treppenlauf hinab und drückte unten die Brandschutztür auf, so wie er es zwei Minuten zuvor zwölf Stockwerke höher getan hatte.

Zwei Männer in dunklen Anzügen standen an den Fahrstuhltüren. Sie trugen keine Waffen, jedenfalls nicht offen. Aber Lukas konnte sehen, wie sich bei einem von ihnen auf der rechten Brustseite das Jackett ausbeulte. Die gleiche verräterische Beule war auch bei dem anderen unter der Kleidung zu erkennen, allerdings hinten an seinem Kreuz. Sie waren definitiv bewaffnet.

Als sich eine der Aufzugstüren öffnete und Una heraustrat, bedachten sie sie mit einem Nicken und wiesen den Korridor hinunter.

Während Una sich in Bewegung setzte, brachte Lukas sein Auge noch näher an den Spalt und verrenkte den Hals, um sie im Blick zu behalten.

Zwei Männer und zwei Frauen, allesamt in dunklen Anzügen, standen vor Nummer 1015, wo Una stehen blieb. Auf die Entfernung war es schwer zu sagen, doch auch sie schienen bewaffnet. Una wurde durchsucht, nicht grob, sondern mit gelassener Effizienz, bevor man ihr erlaubte hineinzugehen.

Lukas ließ die Tür langsam und leise wieder zuschnappen. Fünf Wachen im zehnten Stock und garantiert weitere in dem Zimmer, in dem sie Alya gefangen hielten. Die Chancen standen gegen ihn. Dies waren professionelle, auf

Kampf trainierte Gangster. Er glaubte nicht, dass er eine reale Chance hatte, an ihnen vorbeizukommen und Alya zu retten. Und falls wie durch ein Wunder doch, hätten sie wahrscheinlich schon Verstärkung gerufen, bevor er mit ihr wieder zur Tür raus wäre. Er musste sich etwas anderes einfallen lassen. Einen Weg, Alya aus dem Zimmer herauszuholen, ohne an den Wachen vorbeizumüssen.

Den Feueralarm auslösen, vielleicht? Das würde für Verwirrung sorgen. Und die Korridore wären voller Leute, die versuchten, nach draußen zu kommen. Aber die bösen Jungs könnten annehmen, es wäre eine Übung oder ein Fehlalarm, und sich einfach ins Zimmer zurückziehen. Oder, falls sie doch beschlossen zu evakuieren, würden sie Alya mit Aufpassern einkesseln und sich als geschlossener Block bewegen. Auch dann hätte Lukas keine Chance.

Irgendwo hatte er einmal gelesen, dass ein guter Befehlshaber niemals dem Feind die Wahl des Schlachtfelds überließ. Gang B hatte den Korridor und den Bereich vor den Fahrstühlen als ihr Schlachtfeld gewählt – mit der Absicht, jedwede Angriffe dort zu stoppen. Wollte Lukas Erfolg haben, musste er das Schlachtfeld wechseln.

Er hatte eine Idee. Aber es würde nicht leicht werden. Und es hing davon ab, ob ein ganz bestimmtes Hilfsmittel noch immer zur Verfügung stand.

# KAPITEL SECHZEHN

Lukas begab sich zwei Treppenläufe nach unten. Im achten Stock ging er zu den Fahrstühlen und rief einen Aufzug. Die Fahrt ins Erdgeschoss dauerte nur wenige Sekunden, auch wenn es ihm durch das verhasst-vertraute Musikgedudel wie Ewigkeiten vorkam.

Endlich im Erdgeschoss sprintete er, Gästen und Gepäck im Zickzack ausweichend, durch die Lobby. Er rannte ins nachmittägliche grelle Sonnenlicht Dubais hinaus. Die Hitze ließ ihn nach Luft schnappen und er musste die Augen zusammenkneifen, um etwas zu erkennen. Aber er setzte seinen Weg fort. Er wusste, wohin er wollte.

Zu seiner Rechten – hinter dem Betonstreifen, der das Hotel vom gold-braunen Sandstrand trennte – entdeckte er den abgesperrten Bereich, den er zuvor von seinem Zimmer aus wahrgenommen hatte. Der Mann, der den bizarrfuturistischen Jetpack vorgeführt hatte, hatte Helm, Jetpack und die Armschubdüsen im Sand abgelegt und stürzte gerade eine Flasche Wasser hinunter, die er sich aus einer

Kühlbox genommen hatte. Er unterhielt sich mit einigen Zuschauern, die sich um ihn versammelt hatten. Seine beiden Kollegen waren ebenfalls da. Nun da Lukas auf gleicher Höhe war, konnte er ihre an einem Ständer befestigte Fahne mit dem Firmenlogo genauer sehen. Ja, es war eine Vorführdemo – und gleichzeitig auch eine Verkaufsveranstaltung. Auf der Convention würden jede Menge reiche junge Gamer sein, die die ideale Zielgruppe für das Ding abgaben. Schließlich flogen sie vermutlich auch in einigen ihrer geliebten Computerspiele durch die Gegend. Warum dann nicht auch im realen Leben?

Lukas bremste seinen Lauf und fiel in einen schnellen Schritt zurück, um nicht zu viel Aufmerksamkeit zu erregen. Zügig näherte er sich der Absperrung. Ein Sprung hinab und die kurze Distanz von der Betonpromenade auf den Strand hinunter war überwunden. Selbst durch die Sohlen seiner Schuhe spürte er jäh die Hitze, die der Sand ausstrahlte. Erstaunlich, wie jemand barfuß auf etwas so Heißem stehen konnte.

Jetzt war perfektes Timing gefragt.

Er schob sich durch die Menge und hob kurzerhand das hüfthohe Absperrband, das man zwischen den in den Sand gerammten Metallpfählen gespannt hatte. Ein Paar hinter ihm protestierte. Das Jetpack, der Helm und die Armdüsen waren sorgsam nebeneinander platziert worden. Lukas steuerte geradewegs darauf zu.

»Hey, Kumpel!« Eine australisch klingende Stimme. »Du musst hinter das Band. Außer uns darf hier niemand rein!«

Lukas wandte nicht den Kopf. Doch aus dem Augenwinkel sah er, dass der Mann, der das Jetpack vorgeführt hatte, sich ihm näherte. Er schien nicht beunruhigt zu sein. Vermutlich hatte er reichlich Erfahrung mit übereifrigen Fans.

»Einhunderttausend Dollar«, rief Lukas.

»Was?«

»Einhunderttausend Dollar. Für das Jetpack. Sofort.« Er hatte nicht vor zu zahlen. Ungeachtet der Tatsache, dass Una es sich vermutlich hätte leisten können. Aber er wollte, dass der Mann, der auf ihn zukam, sich entspannte. Dass er Lukas für einen potenziellen begeisterten Käufer und nicht für einen Dieb hielt. »Können Sie es für mich einwickeln?«

Lukas hielt den Blick auf die Apparatur gerichtet, während der andere herankam. Er musste dahintersteigen, wie das Ganze funktionierte, bevor er die Sachen anlegte. Die mit dem Jetpack über Schläuche verbundenen Schubdüsen waren auf klobigen Plastikarmbändern montiert. Die wiederum ließen sich passgenau um die Unterarme schnallen, indem man an simplen Gummiriemen zog. Das machte Mut. Er hatte schon befürchtet, dass er beim Anlegen womöglich Hilfe bräuchte. Doch wie es aussah, ließ es sich allein bewerkstelligen. Alles schien sich mithilfe zweier einfacher Handgriffeinheiten steuern zu lassen: In die eine waren mehrere Knöpfe integriert, die andere war mit einem Joystick versehen. Die Knöpfe waren vielleicht für »an« und »aus«, der Joystick bestimmt für die Schubregelung.

Er hatte schon Motorräder mit komplizierteren Steuerungseinheiten gefahren.

Er beschloss, den Helm zurückzulassen. Ihn aufzusetzen, würde ihn nur aufhalten.

»Hey, Kumpel, nun mal langsam!« Der australische Flieger hatte ihn fast erreicht. Er griff nach Lukas, um ihn zurückzuziehen.

Lukas wandte sich um – und drückte dem Mann in perfekter Präzision die streif gestreckte Hand knapp unter dem Rippenbogen in die Magengegend.

Die Augen des anderen traten aus den Höhlen. Er versuchte, nach Atem zu ringen. Aber weder gelang ihm das, noch brachte er einen Laut hervor. Er hob die Hände und presste sie gegen den Bauch. Doch abgesehen davon war er vor Schmerz und Schock gelähmt. Die Wirkung würde nur wenige Minuten anhalten. Aber mehr brauchte Lukas nicht.

Sein Blick flog zu den anderen beiden Männern hinüber. Offensichtlich hatten sie noch nicht mitbekommen, dass etwas nicht stimmte.

Lukas schnappte sich die Rucksackeinheit, warf sie sich auf den Rücken und zog die Brustriemen straff. Rasch bückte er sich und ließ die Arme durch die Armbänder mit den Schubdüsen gleiten. Unwillkürlich musste er lächeln, als ihm die Ähnlichkeit der Unterarmschienen mit Teilen mittelalterlicher Ritterrüstungen bewusst wurde. Die Verbindungsleitungen zur Rucksackeinheit legten sich in perfekten Spiralen über seine Schultern. Schnell zog er die

Gummiriemen straff, erst links, dann rechts. Die Schubdüsen waren klobiger als gedacht. Fast hatte er das Gefühl, als wären drei Literflaschen Limonade an jedem Arm befestigt.

Mit sicher fixierten Armbändern richtete er sich wieder auf. Die beiden Steuerungseinheiten, die er kurz zuvor in Augenschein genommen hatte, schmiegten sich passgenau in seine Hände. Er überzeugte sich noch einmal, ob sie auch wirklich so einfach und intuitiv konstruiert waren wie gedacht – was zum Glück der Fall war.

Der australische Flieger hielt sich immer noch den Bauch. Er hatte inzwischen einen Atemzug zustande gebracht, einen quälend stockenden jedoch, und er japste und röchelte noch wie eine alte Dampfmaschine.

Lukas blickte zu seinen beiden Kollegen hinüber. Einer hatte inzwischen mitbekommen, dass etwas im Busch war, auch wenn er noch nicht genau wusste, was. Er stieß den anderen gegen den Arm, um seine Aufmerksamkeit zu gewinnen, und zeigte dann auf ihren australischen Kollegen und Lukas.

Höchste Zeit zu starten.

Einem jähen Impuls folgend, beugte er sich hinab und klaubte den Helm auf. Es dauerte nur Sekunden, ihn überzustreifen, und er hatte das merkwürdige Gefühl, dass er ihn noch brauchen würde. Intuition: Ihr vertraute er immer.

Er holte tief Atem und drückte – Beine und Arme angelegt, die Fingerspitzen zum Sand gerichtet – auf das, was er für den Zündungsknopf hielt.

Eine Sekunde passierte gar nichts. Er dachte schon, er hätte einen schrecklichen Fehler gemacht und alles wäre aus. Doch gerade als er bereits aufgeben wollte, machte das Jetpack auf seinem Rücken einen Ruck. Eine Welle heißer Luft blies gegen seinen Rücken und fegte an der Rückseite der Beine hinab, während ihm plötzlich war, als würde ein Riese ihn an beiden Armen packen und in die Luft reißen. Mit größter Mühe rang er darum, die Ellenbogen steif zu halten. Andernfalls würden sich die Arme unkontrolliert neigen und die Schubdüsen in unterschiedliche Richtungen weisen, wodurch er nach wildem Trudelflug womöglich gleich eine Bruchlandung hinlegen würde, statt in die Höhe zu steigen.

Doch er *stieg* in die Höhe! Der Schub aus den sechs Armdüsen beförderte ihn himmelaufwärts. Langsam zunächst, dann mit zunehmender Geschwindigkeit.

Die beiden anderen Mitarbeiter rannten nun und hielten auf ihn zu. Aber sie kamen zu spät.

Er war jetzt drei, fünf, sieben Meter über dem Sand und stieg weiter. Er hörte ihre Rufe. Aber das spielte sich jetzt ein gutes Stück unter ihm ab und war somit bedeutungslos.

Er blickte die Fassade des Hotels empor. Zimmer 1015. Zehnter Stock, Zimmer 15. Dessen genaue Lage auf dem Stockwerk ließ sich bestimmt ermitteln, wenn man es in Bezug zum Bereich der Fahrstühle setzte. Hoffentlich jedenfalls.

*Überlass nicht dem Feind die Wahl des Schlachtfelds.*

Kam er nicht durch die Zimmertür hinein, nahm er eben das Fenster. Damit würden sie nicht rechnen.

Er veränderte die Position seiner gestreckten Arme, sodass sie nun leicht nach hinten wiesen. Prompt neigte sich sein Körper nach vorn und er flog genau auf das Hotel zu, wie ein Superheld in einem Kinofilmtrailer.

Unter ihm wich der Strand der Betonpromenade. In den Sand zu stürzen, wäre schon übel genug. Aus dieser Höhe jedoch auf den Beton zu krachen: tödlich. Also lieber gar nicht erst ans Fallen denken und sich auf das Positive fokussieren. Sprich darauf, dass er *flog!*

Er hatte nun die Distanz zum Hotel zur Hälfte zurückgelegt und folgte einem mehr oder minder geradlinigen, schräg nach oben führenden Kurs vom Strand zum zehnten Stock. Und er hatte bereits herausgefunden, zu welchem Fenster er musste. Zumindest hoffte er das.

Gerade zur falschen Zeit kam ihm in den Sinn, dass er keine Ahnung hatte, wie viel Treibstoff sich noch im Jetpack befand. Möglicherweise hatten die Jetpackbetreiber die Vorführung beendet, weil es zur Neige ging.

Doch es war zu spät, um sich den Kopf darüber zu zerbrechen.

Drei Viertel der Strecke waren jetzt geschafft. Mit einer leichten Fingerbewegung reduzierte er am Joystick den Schub und verlangsamte so den Flug. Er hatte keine Lust, geradewegs durchs Fenster von 1015 zu düsen. Jedenfalls nicht, bevor er wusste, ob er mit seiner Positionsberechnung richtig lag. In Zimmer 1013 oder 1017 zu krachen würde ziemlich peinlich sein, vor allem, wenn sich jemand darin befand.

Fast da. Er näherte sich dem Balkon von schräg unten. Mit ein bisschen Glück hatte ihn noch niemand entdeckt.

In makellosem Aufwärtsbogen schoss er über die Balkonbrüstung. Er drosselte den Schub, richtete die Arme sorgfältig aus und landete auf dem halben Meter breiten Streifen vor den türgroßen Fenstern. Drinnen im Zimmer war es dunkel, zumindest verglichen mit dem grellen Sonnenlicht, das hier draußen herrschte. Doch meinte er Alyas Gesicht zu erkennen, das ihn schockiert anstarrte – ebenso wie diverse bewaffnete Männer und Frauen in dunklen Anzügen. Also wohl der richtige Raum. Einer der Männer sah älter aus und sein Anzug wirkte teurer. Vermutlich derjenige, der hier das Sagen hatte. Thorsten Schnauss vielleicht – der Mann, den Lukas vom Haftgelände in Berlin angerufen hatte. Während die anderen allesamt nach ihren Waffen langten, stand er mit gekreuzten Armen einfach nur ruhig da und starrte ihn an.

Lukas stemmte einen Fuß gegen die Balkonbrüstung, riss die Arme hoch und richtete die Düsen auf das Fensterglas.

Das Glas erbebte unter der heißen Luft. Risse bildeten sich. Dann zersplitterte es. Im nächsten Moment warfen sich schon die Gangster auf ihn. Ein paar rasche Armschwenker und Lukas fegte sie mit einem Düsenschwall heißer Luft beiseite. Wie von Zauberhand schienen sie durch den Raum davonzufliegen, als sie sich mit geschockten Gesichtern aus der Gefahrenzone zu werfen versuchten. Einer krachte gegen die Garderobe, ein anderer gegen die Wand und ein Dritter verschwand im Badezimmer. Lukas spürte, wie der Düsenschub ihn nach hinten drängte. Doch er hatte ihn so heruntergeregelt, dass er sich gerade eben noch dagegenstemmen konnte. Mittlerweile hatte er mit dem Ding den Dreh raus.

Mit leicht abgespreizten Armen und verringertem Schub schaffte er es, einigermaßen auf der Stelle zu schweben. Er würde diese Position nicht lang halten können, aber …

»Komm!«, schrie er Alya zu.

Sie rannte auf den Balkon. Knirschend zerbarsten die Glassplitter unter ihren Schuhsohlen.

»Leg die Arme um meinen Hals und schling die Beine um die Hüfte!«, rief er.

Übers ganze Gesicht grinsend kam Alya auf ihn zugesprungen. »Ich weiß nicht, warum«, rief sie ihm über das Tosen der Düsen ins Ohr. »Aber ich wusste, dass du kommst, um mich zu holen. Una vertraut dir, genau wie ich! Danke!«

»Kein Problem, nicht der Rede wert. Und jetzt festhalten.«

Lukas legte die Arme an. Mit dem zusätzlichen Gewicht von Alya lief es nicht so reibungslos wie zuvor. Sie hoben vom Balkon ab, aber das Jetpack reagierte ziemlich träge.

Er bewegte den linken Arm ein Stückchen vor und den rechten ein Stückchen zurück, woraufhin sie sich vom Hotelzimmer fortdrehten. Inzwischen waren sie hoch genug, um beide Arme leicht nach hinten zu richten und sich vom Düsenschub in den offenen Himmel tragen zu lassen.

Ging ihnen jetzt der Treibstoff aus, wären sie binnen Sekunden tot: zerschmettert auf dem Betonboden unter ihnen.

Alya lugte hinab. »Sieht aus, als könnte es brenzlig werden.«

»Vertrau mir.«

Lukas legte die Arme an den Körper und reduzierte den Schub. Immer noch fühlte es sich an, als würde eine riesige Kreatur ihre Hände um seine Unterarme krallen, um ihn hochzuheben. Aber langsam sanken sie senkrecht an der Seite des Hotels entlang dem Boden entgegen: neunter Stock, achter …

Kurz hatte er mit den Gedanken gespielt, zum abgesperrten Strandbereich zurückzukehren, wo die Vorführung stattgefunden hatte. Aber das hätte nur komplizierte Erklärungen nach sich gezogen. Er steuerte unmittelbar auf den schmalen Grünanlagenstreifen zu, der das Hotel von der Promenade trennte. Dort konnte er das Jetpack zurücklassen.

Fünfter Stock, vierter, dritter …

Alyas Gewicht zog Lukas nach vorn und er musste die Arme ebenfalls etwas nach vorn strecken, um auf direktem Abwärtskurs zu bleiben.

Als sie sich dem Boden näherten, registrierte er, wie die drei Angestellten der Jetpackfirma über den Sand auf sie zugerannt kamen. Der Australier hatte sich offensichtlich erholt, was Lukas erleichtert zur Kenntnis nahm. Sie waren nicht schnell und nah genug, um ihn abzufangen. Aber zumindest würden sie ihr Jetpack unversehrt zurückbekommen. Und wer weiß? Vielleicht würde die Publicity durch den Diebstahl und die unverhoffte Rückgabe ihnen sogar helfen. Jedenfalls hoffte er es. Es schienen anständige Typen zu sein und das Gerät, das sie da entwickelt hatten, war brillant.

Einen halben Meter über dem Boden vernahm Lukas ein Piepen. Er warf einen Blick auf die Steuerungseinheit, um die sich seine Finger krallten. Ein rotes Lämpchen blinkte ihm hektisch entgegen. Ging der Treibstoff aus? Gut möglich. Nicht dass das noch eine Rolle spielte. Denn er hatte Alya wieder.

Sie setzten auf dem Rasen auf und Alya ließ sich von ihm fallen. Rasch löste er die Riemen des Jetpacks und legte es zusammen mit den Düsenarmbändern und dem Helm auf dem Boden ab.

»Was jetzt?«, fragte Alya atemlos. »Zu Una?«

»Noch nicht«, erwiderte er. »Ich hab Daniel befreit, aber ihn in einem Versteck zurückgelassen. Wir müssen ihn holen. Erst dann weiß ich, dass ihr beide in Sicherheit seid.«

»Wie's aussieht, hattest du schwer zu tun«, lächelte Alya.

»Kannst du laut sagen!«

Lukas griff ihren Arm und zog sie mit sich auf das Atlantis-Hotel zu. Schnell führte er sie zu den Hallen, in denen das Turnier stattfand – mitten durch die Menge argloser Besucher, die keine Ahnung hatten, was er gerade getan hatte. Die Frau am Eingangsbereich machte Anstalten, ihn aufzuhalten. Aber mit einer raschen Handbewegung präsentierte er ihr sein VIP-Band. »Notfall«, sagte er forsch. »Ich muss das Mädel hier auf die Bühne bringen, sofort!«

Verwirrt winkte die Frau ihn durch.

Lukas lotste sie in den Seitenkorridor, der die Hallen verband, und weiter in die dritte Halle. Ein Blick zur Bühne zeigte, dass sie nun komplett für das Turnier umgebaut worden war. Alle Zuschauerstühle waren von erwartungsvollen Gamern besetzt, die nur darauf warteten, dass es endlich losging.

Jeden Moment musste Una herauskommen, um zu spielen. Er lenkte ihre Schritte zu den Imbissständen an der Hallenrückwand. Er spähte in die Lücke, in der er Daniel zurückgelassen hatte. Der Junge war nicht zu sehen. Versteckte er sich irgendwo anders? War er fortgelaufen? Oder etwa wieder geschnappt worden?

»Tausendfüßer!«, rief er.

Sekunden verstrichen, während denen sich eine eisige Klammer um sein Herz zu legen schien. Dann quetschte sich Daniel hinter einem der Imbissstände hervor.

»Ich hab Ewigkeiten gewartet!«, beschwerte er sich. »Und bei all dem leckeren Duft hier ganz schön Kohldampf gekriegt! Aber ich bin nicht rausgekommen!«

»Gut gemacht! Bin stolz auf dich.«

Alya schob sich an Lukas vorbei und umarmte ihn. »Ich bin ja so froh, dass du in Sicherheit bist!«, sagte sie.

»Lukas hat mich gerettet«, erklärte er.

»Ja«, erwiderte sie. »Genau wie mich.«

»Und jetzt«, sagte Lukas und sah sich grimmig um, »sollten wir dafür sorgen, dass es auch so bleibt. Ich muss Una mitteilen, dass ich euch habe. Und verhindern, dass die bösen Jungs euch wieder schnappen.«

Fieberhaft dachte er einen Moment nach. Wo brachte man sie am besten in Sicherheit? In einem Hotelzimmer? Irgendwo außerhalb des Hotels?

Alle Überlegungen wurden hinfällig, als er vier Gangster in dunklen Anzügen entdeckte, die sich durch die Menge der Gamer auf sie zubewegten. Sie sahen lädiert und angeschlagen aus. Und nicht glücklich. Ganz und gar nicht glücklich.

»Los!«, sagte Lukas. Er packte Alya und Daniel und zog sie mit sich fort. Instinktiv bewegte er sich durch die Menge in der Halle voran, statt sich in den Seitenkorridor zurückzuziehen. Dort wären sie verwundbar. Doch hier ließen sich die anderen Leute als Schutz und Deckung nutzen.

Lukas führte Daniel und Alya in den Hauptbereich des Hotels zurück. Verbissen stemmte er sich dem Strom der Gamer entgegen, die sich das große *Timeslice!*-Finale ansehen wollten. Immer wieder blickte er zurück, um rechtzeitig etwas Auffälliges zu entdecken – zum Beispiel gefährliche Schläger in Anzügen und chinesische Gangster, die ihnen an den Kragen wollten.

In der Hotellobby angekommen, war Lukas zwischen

zwei Optionen hin- und hergerissen. Nummer eins – zum Ausgang eilen – wäre womöglich ein zu offensichtlicher Schachzug. Nummer zwei würde sie in die andere Richtung führen. Dorthin, wo sich vor ihm der im dunklen Schatten liegende Eingang zum Aquarium des Atlantis-Hotels abzeichnete. Das mochte eventuell die bessere Wahl sein. Sie konnten sich darin verstecken, bis Una fertig war und das Turnier – hoffentlich – gewonnen hatte. Und mit ein wenig Glück sähen sie für Leute, die sie nicht kannten, einfach wie eine normale Familie aus. Bruder und Schwester vielleicht, die ihren kleineren Bruder im Schlepptau hatten.

Als sie sich dem Ticketschalter des Aquariums näherten, griff Lukas nach seiner Kreditkarte, leicht besorgt, wie viel der Eintritt wohl kostete und ob er ihn sich würde leisten können. Egal, darüber konnte er sich später immer noch Sorgen machen.

Mit den Tickets in den Händen gingen sie hinein. Das Dekor glich so ziemlich dem des eigentlichen Hotels: ein hoher Raum mit leuchtend hellen Marmorfliesen sowie sandfarbenen Steinwänden und Säulen. Doch den alles dominierenden Eindruck stellte das wogende blaue Leuchten dar, das ihnen aus den transparenten Glasfassaden der deckenhohen Becken entgegenflutete. Überall standen Touristen herum, verzaubert vom Anblick, während das blaue Licht in magischen Wellenmustern über ihre staunenden Gesichter spielte. Lukas überprüfte den Raum augenblicklich auf Zugänge zu weiteren Bereichen des Aquariums und Schilder, die auf Notausgänge hinwiesen. Doch selbst dabei erhaschte er den einen oder anderen Blick auf die Fische, die durch die Becken schwammen. Da zogen sofagroße Mantarochen wie seltsame Raumschiffe ihre Bahnen; Thunfische, groß genug, um ein ganzes Restaurant zu verpflegen; und diskusförmige Mondfische, die zweimal so groß wie Lukas waren. Wie imposante Galeonen manövrierten sie mit ihren segelförmigen Flossen umher, die aus ihrem Rücken und Bauch herausragten.

Zwischen all diesen Wesen schossen Schwärme kleinerer Fische umher. Hell blitzten ihre silbrigen Schuppen, wenn alle scheinbar wie auf Kommando gleichzeitig nach links, rechts, oben oder unten die Richtung wechselten.

»Wahnsinn!«, entfuhr es Daniel, während er sich staunend umsah.

»Dafür ist keine Zeit«, sagte Lukas. »Sollten wir das hier lebend überstehen, kommt Una bestimmt noch mal mit dir hierher.«

Er bugsierte sie zu einem Durchgang, der zu einem Seitenraum abzweigte – in der Hoffnung, dass sich dort weniger Menschen aufhielten als in den Hauptbereichen.

In dieser Halle waren, untergebracht in verschiedenen Becken, Hunderte von Tropenfischen beheimatet. Sie schienen in allen Formen und Farben des Regenbogens vorzukommen: blau, grün, gelb, rot, orange, violett ... Fast konnte man meinen, sie seien dem Pinsel eines manischen Künstlers entsprungen.

Etwas abseits führte ein kleinerer Durchgang in einen

weiteren Raum mit Becken voller Korallenlandschaften, die von Seeanemonen und Seesternen förmlich übersät waren. Kleinere Fische, nicht größer als Lukas' Finger, schwammen darin umher und knabberten an den Korallen, während sie die wogenden Tentakel der Seeanemonen offensichtlich mieden.

»Wir müssen irgendwie Kontakt mit Una aufnehmen«, überlegte Lukas laut. Doch wie?

Ein breites Grinsen breitete sich über Alyas Gesicht. Sie griff in ihre Tasche und zog … ein Smartphone hervor!

»Hab ich im Chaos vorhin einem der Entführer geklaut«, sagte sie stolz.

Lukas musterte sie anerkennend. »Kriegst du hier Signal?«, fragte er.

Sie checkte das Smartphone und nickte. »Schwach, aber vorhanden.«

»Schick Una eine SMS. Sag ihr, dass du in Sicherheit bist.«

Während sie das tat, sah Lukas sich um und analysierte die Situation. Nur wenige Leute hielten sich hier im Raum mit den Korallenriffen auf. Es schien ein guter Platz zu sein, um eine Weile abzuwarten.

Plötzlich wurde seine Aufmerksamkeit von etwas in der Ecke geweckt, das er zunächst für einen dunklen Durchgang in einen weiteren Raum gehalten hatte. Irgendetwas bewegte sich darin. Etwas, das in rot-gelben, kurvenförmigen Wellenmustern erglühte. Noch ein Becken womöglich? Eine Art Tiefseeausstellung mit phosphoreszierenden

Kreaturen? Aber warum ähnelte das Ganze in Größe und Form einer Türöffnung, während die anderen Becken einfach das waren, wonach sie aussahen: eben Becken.

»Sie hat die Nachricht bekommen«, riss Alya ihn aus seinen Gedanken. »Sie sagt, sie weiß gar nicht, wie sie alles jemals wieder gutmachen kann.«

Lukas achtete nur halb auf ihre Worte. Der andere Teil seiner Aufmerksamkeit richtete sich auf diese rechteckige dunkle Fläche. Es *war* ein Durchgang! Das wurde ihm in dem Moment klar, als eine groß gewachsene Frau mit langem schwarzem Haar und grünem Kleid aus der Dunkelheit hervortrat. Das rot-gelbe, wellenartige Leuchten, das Lukas einem phosphoreszierenden Tiefseefisch zugeschrieben hatte, entpuppte sich als Tattoos auf ihrem Hals und den nackten Armen.

Madame Zhōu. Anführerin von Gang A – den Leuten, die Daniel im Zoo von New Orleans gekidnappt hatten.

Neben sich spürte er mehr als dass er es sah, wie Daniel den Kopf wandte und vor Schreck erstarrte.

»Sie ist es!«, flüsterte er.

Madam Zhōu bedachte Daniel mit einem Lächeln: einem kalten, cleveren Lächeln, das wirkte wie in Eis gemeißelt. »Daniel«, sagte sie. »Ich weiß, es ist noch nicht lang her, aber es ist so schön, dich wiederzusehen.«

Zwei Chinesen tauchten hinter ihr aus der Dunkelheit auf. Sie trugen keine sichtbaren Waffen, hatten jedoch jeweils eine Hand unters Jackett geschoben, bereit, in Aktion zu treten.

Alya und Daniel versuchten, sich hinter Lukas zu verbergen.

Lukas langte nach hinten, wo er Alyas Hand vermutete. Seine Finger schlossen sich um ihre. Sie hielt immer noch das Smartphone. Vorsichtig löste er es aus ihrem Griff.

»Gib mir den Jungen zurück«, befahl Madame Zhōu und starrte Lukas an. Er war sich nicht sicher, ob er sie überhaupt einmal hatte blinzeln sehen. »Und auch das Mädchen will ich. Sie könnte nützlich sein. Das Turnier hat gerade begonnen und Miss Britcross muss wissen, dass sie immer noch verlieren muss.«

»Also«, begann Lukas vorsichtig, »lassen Sie mich …«

Ohne den Satz zu beenden, schleuderte er das Handy mit voller Wucht auf eine rote Feueralarmbox, die an der Wand zwischen zwei Becken hing. Wie ein Tomahawk wirbelte das Smartphone durch die Luft. Es krachte mitten in die Box, zertrümmerte das Schutzglas und versenkte den Alarmknopf bis zum Anschlag. Auf der Stelle ging mit lautem Heulen der automatische Feueralarm los und über Lautsprecher begann eine Stimme vom Band, Instruktionen zu erteilen: zuerst auf Arabisch, wenige Augenblicke später auch auf Englisch.

Madame Zhōu stieß einen Fluch aus und trat auf sie zu. Doch plötzlich tauchte hinter ihren beiden Bodyguards eine Meute panischer Touristen auf, die sich in blinder Hast einfach an ihnen vorbeischob. Um die vermeintliche Bedrohung in ihrem Rücken abzuwenden, drehten sich die

Bodyguards zu den Touristen um und schickten sich an, sie wegzustoßen.

»Lauft!«, rief Lukas.

Er trieb Alya und Daniel vor sich her, klaubte auf dem Weg das Handy vom Boden auf und drängte sie zurück in den Raum mit den Tropenfischen. Dort herrschte vor lauter Menschen, die aus allen Richtungen angerannt kamen, bereits absolutes Chaos. Statt sich wieder in den Hauptraum zurückzubegeben, schob Lukas die beiden auf einen Notausgang auf der anderen Seite zu. Fast gleichzeitig hämmerten alle drei auf den Querriegel der Tür ein und stießen sie auf.

Lukas warf einen Blick zurück. Die chinesischen Bodyguards stürzten gerade aus dem Raum mit den Korallenriffen und sahen sich wütend um.

An den Notausgang schloss sich ein langer Korridor an. Er gehörte ganz offensichtlich nicht zum repräsentativen Teil des Hotels, denn hier bestanden die Wände aus nacktem Porenbeton statt Marmorfliesen. Laut hallten ihre über den Zementboden hämmernden Schritte von den Wänden wider, während sie auf das andere Ende zurannten. Im nächsten Moment hatten auch die Bodyguards, inzwischen drei an der Zahl, den Korridor betreten und setzten ihnen nach. Einen Augenblick rang Lukas mit sich, ob er anhalten und sich den Chinesen entgegenstellen sollte, um Daniel und Alya Zeit zu verschaffen. Aber sofort wurde ihm klar, dass das nichts brachte. Diese Männer waren nicht nur groß wie Gefrierschränke, sondern auch trainierte Kämpfer. Sie würden ihn glatt über den Haufen rennen und er hatte nichts, mit dem er sie hätte überraschen können.

Es sah nicht gut aus.

# KAPITEL SIEBZEHN

Lukas rannte weiter, während er Alya und Daniel mit sich fortzog. Wie ein wummernder Tanzbeat in einem Nachtclub hallte der Chor ihrer Schritte zwischen den Korridorwänden wider.

Die Tür am Ende des Gangs wurde größer und größer. Doch die Schritte ihrer Verfolger kamen näher und näher. Es würde knapp werden.

Lukas schmiss sich gegen die letzte Notausgangstür und stieß sie auf. Grelles Sonnenlicht flutete in den Gang, begleitet von einer Woge erstickender Hitze. Unversehens fanden sie sich außerhalb des Hotels wieder, auf der Strandpromenade. Verzweifelt blickte sich Lukas um. Die Gangster waren nur Sekunden hinter ihnen.

Ein Brüllen, das nur wenige Meter entfernt vom Strand herübertönte, ließ seinen Kopf herumfahren. Zwei Strandbuggys mit überdimensionalen Reifen und Überrollkäfigen standen dort. Die beiden Fahrer ließen die Motoren aufheulen, startbereit für ein Strandwettrennen. Touristen in Badehosen und Bikinis standen dabei und klatschten.

Ohne nachzudenken, rannte Lukas auf den nächsten Buggy zu und zog die anderen beiden mit sich. Ein kurz angesetzter Stoß beförderte den Fahrer aus dem Wagen und ließ ihn der Länge nach im Sand landen. Einen Wimpernschlag später saß Lukas schon im Fahrersitz, während Alya und Daniel sich hinter ihm in das Fahrzeug zwängten.

Mit Vollgas schoss Lukas davon. In riesigen Bögen spritzten hinter ihnen die Sandfontänen davon.

Ihre Verfolger eröffneten das Feuer. Mit trockenem *Pling* prallten die Kugeln von den Metallstreben des Überrollkäfigs ab.

»Köpfe runter!«, rief Lukas Daniel und Alya zu. Doch das hatten sie bereits getan.

Er riskierte einen kurzen Blick in den Rückspiegel, während er den höchsten Gang reinrammte und das Gaspedal bis zum Boden durchtrat. Madame Zhōus Gangster hatten den anderen Strandbuggy in Beschlag genommen und kamen näher.

Lukas steuerte nach rechts, fort von der Strandpromenade, und raste auf dem flachen Strandabschnitt weiter, der das Ufer säumte. Vor ihm warfen sich Touristen aus dem Weg. Andere jedoch, die es sich unter riesigen Sonnenschirmen im Sand gemütlich gemacht hatten, musste er in halsbrecherischen Schleudermanövern umkurven, bevor er wieder auf Kurs kam.

Er versuchte, sich zu vergegenwärtigen, wo sie sich befanden. Bei »The Palm, Jumeirah« handelte es sich, wie er aus der Luft gesehen hatte, um eine künstliche Inselgruppe, die die Gestalt einer riesigen Palme aufwies. Die Monorail fuhr entlang des »Palmenstamms«; die »Äste« zweigten kurvenförmig vom oberen Teil der Palme ab. Das ganze Gebilde wurde von einem ringförmigen Sandstreifen umschlossen, der die Palmeninsel wohl vor hohem Seegang und Stürmen schützen sollte. Und genau auf diesem »Halo« lag das Atlantis-Hotel.

Doch wie er sich erinnerte, ging der Halo weder ins Festland von Dubai über noch in den »Palmenstamm«. Er endete einfach, wie eine Sackgasse.

Lukas würde also irgendwann kehrtmachen und zurück Richtung Hotel müssen. Andernfalls säßen sie in der Falle.

Zu seiner Rechten nahm er Strandvillen und edel aussehende, an den Seiten offene Strandkabinen wahr, in denen es sich die Touristen gutgehen lassen konnten, während sie Schutz vor der aggressiven Sonne fanden.

Von dort war keine Hilfe zu erwarten.

Fast permanent musste er sich den Sand aus den Augen reiben, den der Fahrtwind ihm ins Gesicht blies. Aber zumindest sorgte er für Abkühlung.

Erneut blickte er in den Rückspiegel.

Der andere Buggy war fort.

Er blickte über die rechte Schulter zurück, um ihn vielleicht dort irgendwo zu entdecken. Ja, da war er! Nur ein, zwei Meter entfernt kam er aus dem toten Winkel angeschossen. Lukas sah zum Fahrer und ihre Blicke hefteten sich aneinander. Der Mund des Manns war zu einer zähnefletschenden Grimasse verzogen. Wie es aussah, hatte er vor, sie geradewegs in die Seite zu rammen, damit sich ihr Buggy überschlug.

»Festhalten!«, brüllte Lukas und trat voll auf die Bremse.

Die Räder des Buggys blockierten. Das Fahrzeug schlitterte über den Sand und warf ihn zu kleinen Dünen auf. Lukas spürte, wie der Sicherheitsgurt in seine Brust schnitt, als er nach vorn gerissen wurde. Aber es funktionierte. Der andere Buggy flog an ihnen vorbei und durchstieß dort, wo sie sich bei gleichem Tempo befunden hätten, nichts als leere Luft. Die verdutzten Verfolger starrten zu ihnen zurück, überwanden ihre Verblüffung aber schnell und hoben die Waffen.

Lukas rammte den Rückwärtsgang rein. Den Blick über die Schulter nach hinten gerichtet, setzte er mit Vollgas auf geradem Kurs zurück und brachte sie wieder auf Distanz, bevor die Gangster den Abzug drücken konnten. Kurz blickte er nach unten und sah, wie Alya und Daniel sich kreidebleich im Fußraum zusammenkauerten.

Als er genügend Abstand gewonnen hatte, bremste Lukas erneut und wirbelte das Lenkrad herum. Der Buggy legte eine 180-Grad-Schlidderwende hin. Noch bevor das Fahrzeug zum Stehen kam, legte Lukas wieder den Vorwärtsgang ein. Nun hielten sie wieder auf das Hotel zu. Was wenigstens etwas war. Doch es löste nicht das Problem.

Vor ihnen in der Ferne nahm er einen weiteren Strandbuggy wahr, der auf sie zuhielt. Falls die hiesige Polizei nicht auch mit Buggys durch die Gegend fuhr, rückten dort weitere von Madame Zhōus Gangstern an.

Es wurde höchste Zeit, irgendwie auch Thorsten Schnauss mit seiner Gang B ins Spiel zu bringen. Das war ihre einzige Chance. Hoffentlich funktionierte das Smartphone noch, nachdem er es durch das halbe Aquarium geschleudert hatte.

»Alya!«, rief er, während sein Blick suchend hin- und herflog, um den Buggys vor und hinter ihnen irgendwie zu entwischen. »Nimm das Handy aus meiner Tasche. Ich diktiere dir eine Nummer, die du wählen musst!« Nach links zum Meer? Oder besser nach rechts, Richtung Dünen und Strandvillen? »Der Mann, der rangeht, ist dein Entführer. Sag ihm, dass wir aufgeben. Und dass er uns vor dem Hotel treffen kann!«

»Bist du …«

»Tu's einfach für mich!«

Zwischen zwei Strandvillen zu seiner Rechten entdeckte er eine Lücke. Während er Alya die Nummer diktierte, die ihm Stu in Berlin organisiert hatte, riss er das Lenkrad scharf herum und zwang den Buggy schliddernd in die Kurve. Beinahe wären sie umgekippt und alle in den Sand geschleudert worden. Doch gerade noch rechtzeitig zog das Gewicht des Motors sie wieder zurück und die Räder setzten auf dem Sand auf. Mit Vollgas hielt Lukas auf die Lücke zu.

Rechts und links kamen die beiden Verfolgerbuggys nun in diagonaler Linie auf sie zu.

Erneut hechteten Touristen aus dem Weg, unter reichlich verschütteten Getränken und verspritzter Sonnencreme.

Im nächsten Moment flog die Lücke auch schon heran, während auf beiden Seiten die Strandvillen schemenhaft an ihnen vorbeischossen. Jäh schwoll das Brüllen des Buggymotors zu einem ohrenbetäubenden Inferno an, als es zwischen den Villen zurückgeworfen wurde.

Sie rasten auf eine runde, rot gepflasterte Plaza hinaus. Boutiquen säumten sie, in denen wertvoller Schmuck, noble Handtaschen und teure Kleidung angeboten wurden. Lukas brachte den Buggy in der Mitte zum Halten und blickte sich verzweifelt nach einem Ausweg um. Dort! Richtung Hotel führten breite Stufen zu einem Gehweg hinab und jenseits davon erhoben sich in der Ferne die hitzeflirrenden Umrisse des Atlantis-Hotels wie eine Fata Morgana aus dem Sand.

Hinter sich hörte Lukas, wie Alya ins Handy sprach. Sie klang leicht verängstigt, aber entschlossen. Wie es sich anhörte, diskutierte sie mit jemandem. Zumindest war sie also nicht auf Schnauss' Mailbox gelandet.

Lukas richtete den Buggy auf die Treppe aus. Dann trat er das Gaspedal wieder durch. Der Buggy schoss mit einem Satz davon, gerade als die beiden Verfolgerfahrzeuge hintereinander auf die Plaza preschten. Der Fahrer des ersten hatte sich so auf Lukas konzentriert, dass er überhaupt nicht darauf achtete, wo er sich befand. Sein Buggy krachte geradewegs in eine Boutique auf der anderen Seite der Plaza. Unter lautem Klirren zerbarst das Schaufenster, während ein paar Kleider wie verschreckte Geister in alle Richtungen davonflatterten.

Dann hatten Lukas, Alya und Daniel die Stufen erreicht und der Buggy hob ab. Einen langen Moment schienen sie tatsächlich zu schweben, doch dann setzten die fast zum Bersten aufgepumpten Reifen etwa fünf Meter weiter hart auf dem Gehweg auf. Einen Augenblick meinte Lukas, die Vorderreifen würden unter dem Druck platzen. Aber sie ließen den Buggy nur wie einen Flummi wieder in die Höhe hüpfen.

Hinter ihnen änderte der zweite Buggy mit quietschenden Reifen seine Richtung, um ihnen zu folgen.

»Erledigt!«, rief Alya nach vorn. »Er sagt, er trifft uns dort. Und keine Tricks, meint er.«

»Würde mir nicht im Traum einfallen«, stieß Lukas zwischen zusammengebissenen Zähnen hervor.

Der Weg beschrieb eine sanfte Rechtskurve, während er auf das Hotel zuführte. Lukas folgte ihm, doch der zweite Buggy war ihnen dicht auf den Fersen. Kurz meinte er einen Schuss zu hören, aber das mochte auch eine Täuschung sein.

Vor ihnen tauchte jetzt die Front des Hotels auf. Davor stand eine Reihe von Streifenwagen. Der Feueralarm und der kurzzeitige Diebstahl des Jetpacks waren offensichtlich gemeldet worden.

Lukas steuerte den Buggy direkt auf die Streifenwagen zu.

Beim Näherkommen drehten sich die Polizisten – unmissverständlich an ihren grünen Uniformen und Baretten zu erkennen – um und richteten die Blicke auf ihn. Gerade in diesem Moment sah Lukas, wie Thorsten Schnauss aus dem Hotel trat und sich anschickte, die Treppe hinabzugehen. In seiner Begleitung: ein paar Gorillas in dunklen Anzügen.

Mit einer Vollbremsung brachte Lukas den Buggy unmittelbar vor den Cops zum Halten. Einige hatten ihre Waffen gezogen, wie er wahrnahm.

»Wir werden verfolgt!«, rief er dem Nächststehenden zu – einer Frau, die ihren Kopf unter dem Barett mit einem Tuch bedeckt hatte. »Ich glaub, die gehören zu einer Gang oder so! Und sie sind bewaffnet!«

Der Buggy, der sie verfolgt hatte, bremste scharf und kam vor den Polizisten zum Stehen. Kaum überrascht nahm Lukas wahr, dass Madame Zhōu aufrecht hinten im Wagen stand und sich an dem Überrollkäfig festkrallte. Voll eisiger Wut starrte sie ihn an.

Urplötzlich kam Bewegung in die Cops und sie richteten ihre Waffen auf den Buggy. In diesem Moment kam auch der zweite Buggy an, mit lautem Getöse und lädierter Motorhaube, die vom Crash in die Boutique völlig zerbeult war. Die Polizisten riefen irgendwelche Befehle. Auf Arabisch zwar, aber ihr Anliegen war ebenso eindeutig wie die Richtung, in die die Läufe ihrer Waffen schwangen. Keine einfachen Handwaffen, sondern halb automatische Sturmgewehre.

Damit war Gang A eindeutig unterlegen. Langsam warfen die chinesischen Gangster ihre Waffen auf den Boden und nahmen die Hände hoch.

»Und der da auch!«, rief Lukas und zeigte auf Thorsten Schnauss und seine Gorillas. »Er steckt mit ihnen unter einer Decke.«

Prompt richteten sich die Waffen auch auf Schnauss. Seine Leute langten unter die Jacketts. Doch Schnauss blaffte etwas auf Russisch und bedeutete ihnen, langsam die Hände wieder zum Vorschein kommen zu lassen. Mit mordlüsternen Mienen gehorchten sie.

Während die Polizei die beiden Gangs entwaffnete und verhaftete, bugsierte Lukas Daniel und Alya unauffällig aufs Hotel zu. Die Polizei würde später versuchen, ihn ausfindig zu machen, doch er hatte nicht vor, dann noch hier zu sein.

Gemeinsam bewegten sie sich durch die Menge, die sich vor dem Hotel versammelt hatte, und tauchten dann in die gesegnete Kühle der Lobby ein. Lukas nahm Daniel und Alya an die Hand, während er langsam und gelassen weiterschlenderte wie ein ganz normaler Tourist, der gerade von einem Ausflug zurückkehrte.

Sie machten sich auf den Weg zu den Turnierräumen.

In der dritten Halle war auf der Bühne das Turnier in vollem Gang. Die Spieler – Una Britcross, Bradley Marshall, Tekko Saito und andere, die Lukas nicht kannte –

saßen in einer Reihe nebeneinander. Völlig auf ihre Bildschirme konzentriert, bearbeiteten sie stakkatohaft die Tastaturen und fuhren ruckartig mit den Mäusen herum. Über ihnen auf den großen Screens war das Gemetzel zu sehen, das sie in ihrer künstlichen Welt veranstalteten, während ein aufgeregter Kommentator dem Publikum in der dicht gedrängten Halle beschrieb, was gerade passierte.

Lukas stand eine Weile da und sah zu, ohne Alyas und Daniels Hand loszulassen. Atmung und Adrenalinpegel wurden langsam wieder normal.

Er war sich nicht sicher. Aber wie es aussah, schien Una zu gewinnen. Er hoffte es jedenfalls.

Sie blickte auf, fast als hätte sie geahnt, dass er da war. Sie lächelte ihn an. Dann entdeckte sie ihren Bruder und Alya und ihr Lächeln wurde noch breiter. Unterdessen hackte auf dem Bildschirm ihr Avatar mit einer Mischung aus Schwert und Kettensäge auf irgendein Monster ein, während ihre Finger wie Schemen über die Tastatur huschten. Doch ungeachtet dessen wurde ihr Lächeln noch strahlender.

Den Blick auf Lukas gerichtet, formten ihre Lippen stumm ein Wort: »Danke.«

Lukas ließ Daniel und Alya los, ohne dass sie es merkten. Sie waren ganz auf Una und die virtuelle Verwüstung fixiert, die sie gerade anrichtete.

Alles würde in Ordnung sein.

Langsam trat Lukas den Rückzug an. Mit ein bisschen Glück würde er am Flughafen sein, bevor jemand merkte, dass er fort war. Dann nichts wie zurück nach New Orleans. Und danach? Weiter nach Albuquerque vielleicht? San Antonio? Oder Richtung Süden, womöglich nach Mexiko.

Er konnte überallhin, wohin er wollte.

Nur hierbleiben konnte er nicht. Er wurde nicht mehr gebraucht. Es war höchste Zeit weiterzuziehen, bevor die Dinge zu kompliziert wurden.

# LESEPROBE

»Camp Honor, Band 1: Die Mission«

Es war Tag neun einer zehntägigen Kreuzfahrt auf der honduranischen Megajacht *La Crema*. Für die meisten Familien eigentlich ein Traumurlaub: kein einziger Regentropfen, spiegelglatte See, geringe Luftfeuchtigkeit. Dennoch hatten die zwei Jungen – beide waren im ersten Jahr an der Highschool – ihre Kabinen kaum verlassen. Der Grund: Videospiele. Und Colonel Victor Marvioso Madrugal Degas hatte die Nase gestrichen voll.

Am liebsten wäre der Colonel in die Kabine seines Sohnes gestürmt, um den Nintendo von der Wand zu reißen und die Konsole durch die nächstbeste Luke ins Karibische Meer zu schleudern.

Doch für einen erfahrenen Befehlshaber von Todesschwadronen zeigte der Colonel eine bemerkenswerte Selbstbeherrschung. Er nippte geduldig an seinem Rum, paffte Zigarillos und beschiss beim Poker, bis es zehn Uhr abends war. Dann erhob er sich vom Kartentisch und verkündete seinen Gästen, dass er bald zurück sein werde.

Die Jungen hörten nicht, wie die Tür aufging. Doch der Geruch von Rum und Zigarillos flutete den Raum.

»Zehn Uhr, Jungs«, sagte der Colonel und klatschte in die Hände. »Zeit fürs Bett!«

»Nein, Daddy. Bitte nicht. Nur noch ein Spiel. Bitte«, bettelte Wil. »Ich bin kurz davor, meinen Highscore zu knacken.«

Aber Wils Freund stand auf. »Wil«, sagte der Junge. »Wir haben versprochen, um zehn aufzuhören. Es ist Zeit.« Er gähnte. »Außerdem glaube ich, dass du morgen dann noch besser sein wirst.«

Der Colonel machte auf dem Absatz kehrt und begab sich zurück in den Spielsalon. Er konnte es gar nicht erwarten, zu seinem geliebten Glücksspiel zurückzukehren. Aber ein unangenehmer Gedanke nagte an ihm. Es war nicht so, dass er Wils Freund, dessen Name ihm dauernd nicht einfiel, nicht mochte. Ken, Carl, Chris? Irgendetwas Langweiliges in der Art. Chris Gibbs. Ja, das war sein Name.

Nein, das mit Chris war okay für den Colonel. Tatsächlich hielt er diesen Gibbs-Jungen für ziemlich annehmbar – vital, groß, schönes volles Haar, gute Zähne. Noch dazu aus diesem gewissen, drahtig-athletischen Holz geschnitzt, aus dem einmal gute Baseball-Pitcher oder Fußballtorwarte werden. Chris war eigentlich die Art Junge, von der sich der Colonel wünschte, dass Wil sie sich als Vorbild nehmen würde.

Es war etwas anderes, was ihn an Wils Freund störte. Er konnte sich einfach nicht erklären, *warum* er mit seinem Sohn befreundet war. Wilberforce war anders. Merkwürdig. Er war ein Latino-Teenager ohne Feuer, blass und schwermütig. Er hatte schiefe gelbe Zähne, rupfte sich gedankenverloren die Haare aus und roch seltsam. Warum sollte dieser normale, aufrechte amerikanische Junge Zeit mit seinem komischen kleinen Sohn verbringen?

Der Colonel machte sich zu Recht Sorgen. Der Junge – dessen wahre Identität und richtiger Name als topsecret klassifiziert und nur höchsten US-Militärs bekannt waren – kletterte ins Bett und wartete.

Als die Wache draußen die Tür abschloss und ihn quasi gefangen setzte, stand er auf. Er schlich zur Tür und presste das Ohr dagegen. Er lauschte nach den Schritten der Wache, die sich entfernten. Doch es war nichts zu hören. Der Colonel musste seinem Aufpasser befohlen haben, draußen Posten zu beziehen. Dem Jungen war es recht. Das Team, von dem er auf diese Mission vorbereitet worden war, hatte jede denkbare Eventualität einkalkuliert – einschließlich dieser.

Wie beiläufig schaltete er das Radio neben dem Bett ein und erwischte einen von Knistern und Rauschen untermalten Reggae-Sender aus Nassau. Der Junge bewegte sich zum Fenster und registrierte das Wetterleuchten, das über den westlichen Horizont flackerte.

Die Fensterluke war ungefähr fünfundzwanzig Zentimeter breit und sechzig Zentimeter hoch – gerade groß genug, um durchzupassen. Gewissermaßen war es Glück gewesen, dass der Colonel ihn in einer der Kabinen im Heck der Jacht untergebracht hatte. Die schöneren Bugkabinen besaßen viel kleinere Luken – zu klein für einen Jungen seiner Größe.

Mit schnellen, geschmeidigen Bewegungen riss der Junge die Laken vom Bett und verknüpfte sie mit einem Kreuzknoten. Nachdem das eine Ende am Bettrahmen vertäut war, ließ er das andere aus dem Fenster gleiten. Es flatterte fast bis zur Wasseroberfläche hinab. Kaum war das erledigt, schlüpfte er in seinen Neopren-Shorty und klaubte Taucherflossen und Tauchergürtel aus seinem Gepäck.

Dann steckte der Junge den Kopf aus dem Fenster und lugte nach oben zum Hauptdeck. Er sah Licht flackern, während die Wachen ungefähr sechs Meter über ihm auf- und abtigerten. Anscheinend blickten sie nicht nach unten, zumindest nicht direkt.

Er quetschte sich durch die Fensteröffnung wie eine Ratte durch eine Mauerritze, seilte sich an den Bettlaken ab und ließ sich in das warme Wasser der Karibik gleiten. Es fühlte sich gut an, im Meer zu sein. Viel besser, als die ganze Zeit in der Kabine mit Wil zu hocken, dieser lebenden Furzmaschine von einem Videospieljunkie.

Er sog die Lungen voll frischer Luft und tauchte. Dem Schiffsrumpf in die Tiefe folgend, schwamm er unter der Jacht hindurch und kam auf der anderen Seite wieder an die Oberfläche: gut viereinhalb Meter unter dem Balkon der Suite, die dem Colonel gehörte. Aus einer verborgenen Tasche seines Tauchergürtels holte der Junge zwei Saugnäpfe, die er gegen die Schiffswand presste. Rasch schlüpfte er aus den Taucherflossen und trennte die Fußhalterungen von den Gummiflossen – dem äußeren Anschein nach beides ganz normales Tauchequipment, jedoch speziell für diese Mission gefertigt. Er schnallte die Gummiflossen an den Knien fest, stülpte die Fußhalterungen über die Saugnäpfe und drückte zu. Mit einem Klick rasteten die Halterungen ein und waren nun einsatzbereit als Handgriffe. Mithilfe der Saugnäpfe und der Gummiknieschoner kraxelte er die Backbordseite hoch. Er erzeugte nicht mehr als ein leises Quietschen, als seine nasse Haut hin und wieder über das polierte Fiberglas des Schiffsrumpfes glitt.

Die doppelflügelige Glastür zum Balkon war offen gelassen worden. Sanft wiegten sich die Seidenvorhänge in der Brise. Der Junge schwebte draußen an der Bordwand und lauschte. Neben dem fernen Grollen des Gewitters vernahm er, wie Claudia drinnen hingebungsvoll vor sich hinschnarchte. Die Valium, die er ihr beim Dinner heimlich in den Drink getan hatte, tat eindeutig seine Wirkung. Was den Colonel anbelangte, so würde der wie jede Nacht bis zum frühen Morgen am Kartentisch sitzen.

Der Junge kletterte über die Balkonbrüstung und lugte vorsichtig in die Kabine. Eine menschliche Gestalt lag rücklings auf dem Bett. Die schweißbedeckte Haut glitzerte im Mondlicht. Claudia war immer noch angezogen. Ihre Augen waren von einer samtenen Augenmaske bedeckt und zu beiden Seiten des Kopfes ergoss sich ihre teure Dauerwelle über das Laken. Der restliche Raum war fast ganz in Dunkelheit gehüllt. Lediglich eine einzelne Leselampe und die irrlichterhaft zuckenden Blitze sorgten für schwaches Licht. Mit den Händen streifte er sich das Wasser von der Haut, das sich in einer Pfütze zu seinen Füßen sammelte. An den Vorhängen vorbei beugte er sich in den Raum und blickte sich um. Fast augenblicklich nahm er den schwachen Geruch von Zigarillos wahr. Er erstarrte. Suchte fieberhaft nach irgendwelchen Zeichen, die für die Anwesenheit des Colonels sprachen. Doch die Luft schien rein zu sein. Er begab sich zu dem vergoldeten Telefon, das auf dem Schreibtisch des Colonels stand. Er musste den Sender entfernen, den er am ersten Abend der Reise in der Sprechmuschel platziert hatte. Dieser übertrug ein schwaches Radiosignal zu einem Nagra-Minitonbandgerät, das in einer Spielekassette in Wils Kabine verborgen war. Mittels des versteckten Senders und des Nagras hatte er etliche Gespräche zwischen dem Colonel und politischen Führern aus Lateinamerika und Europa aufgenommen. Gespräche, die sich für die US-Regierung als enorm wertvoll erweisen würden, solange die Aufnahmen geheim blieben und die Bänder unversehrt dem US-Geheimdienst zugespielt wurden. Der Schlüssel einer erfolgreichen Operation bestand nicht nur darin, sich Informationen zu beschaffen. Vielmehr ging es auch darum, dies unbemerkt zu bewerkstelligen. Weswegen der Junge nun dabei war, die Suite des Colonels zu entwanzen. Anschließend hieß es nur noch über Bord mit dem Sender und zurück in seine Kabine. Wieder einmal würde eine Camp-Honor-Mission mit durchschlagendem Erfolg enden.

Der Junge langte gerade nach dem protzigen Telefon, als erneut ein Blitz aufzuckte. Vor sich nahm er seinen Schatten auf dem Boden wahr – und daneben einen zweiten. Eine Gestalt, die sich von hinten näherte. Die Kontur eines Mannes – der eindeutig eine Waffe auf seinen Hinterkopf richtete!

Die antrainierten Instinkte übernahmen. Statt auszuweichen, sprang er nach hinten, um die Distanz zu verkürzen. Blitzschnell hieb seine Hand von oben auf die Waffe herab und krallte sich um den Pistolenschlitten. Doch der Lauf änderte nicht die Richtung. Stattdessen stieß der Hahn herab und biss sich in das Gewebe zwischen Daumen und Zeigefinger. Es schmerzte wie Hölle. Aber die Waffe ging nicht los.

Der Junge sah nun, wen er vor sich hatte. Den Colonel! Die Augen weit aufgerissen, das Weiße darin größer als normal. Offenbar geschockt. Mit aller Macht versuchte der Junge, die Pistole in seine Gewalt zu bekommen, während der Hahn ein zweites Mal herabstieß. Der Junge wartete nicht auf das dritte Mal und entriss seinem Gegner die Waffe.

»Hilfff…«, begann der Colonel zu schreien. Doch der Junge rammte ihm die Faust in den Solarplexus. Explosionsartig wich der Atem aus der Kehle. Die Luft wurde buchstäblich aus den Lungen gepresst. Der Colonel versuchte, sich auf den Jungen zu stürzen. Doch der duckte sich einfach. Mit einem simplen Ringermanöver schlüpfte er hinter den Colonel, nahm den Mann in den Würgegriff und trat ihm die Beine unter dem Körper weg. Fest grub sich der Unterarm des Jungen in die Carotis-Arterie des Colonels – was zugleich den Atem und den Blutfluss zum Gehirn blockierte. Das war's so ziemlich.

Etwa eine Stunde später war der Junge wieder in seiner Kabine am Heck der Jacht. Er lag auf dem Bett, das Radio spielte und die Wache döste auf dem Gang. Alles war wieder an Ort und Stelle: die Laken auf dem Bett, das Lukenfenster verschlossen, Taucherflossen und Tauchergürtel verstaut. So als wäre er nie fort gewesen.

Und dennoch war gar nichts in Ordnung. Eine Leiche trieb im Golfstrom dahin, beschwert mit einem bleiernen Türstopper.

Der Junge lag wach. Er lauschte dem Regen und fragte sich, was die Kette der Ereignisse, die er gerade in Gang gesetzt hatte, in den kommenden Tagen und Jahren mit sich bringen würde. Welche Veränderungen würde der Tod des Colonels nach sich ziehen? Was würde aus Wil werden, was aus dem Land des Colonels? Am dringendsten beschäftigte den Jungen jedoch die Frage, ob er seine Spuren perfekt verwischt hatte – oder ob man ihn morgen schnappen würde.

Er war sich da nicht sicher. Doch dafür hielt er eine kleine Schachtel Zyankali bereit. Schwer ruhte sie in seiner verschwitzten Hand – nur für den Fall, dass er doch einen Fehler begangen hatte.